한국근대문학사론

문학을 통해 본 우리의 근대 경험

변화와 운명

문예학 총서 25

문학을 통해 본 우리의 근대 경험

변화와 운명

신형기

평민사

이 책은 1945년의 해방에서 1970년대 초에 이르는 우리 문학사를
서술한 것이다. 문학의 내적 논리와 역사적 문맥의 흐름을 밝히려는
것이 이 책의 의도다.

해방과 분단을 거쳐 6·25를 겪은 참담한 상황에서 남북한이 각각
개발의 시대와 주체시대로 접어드는 이 시기는 오늘의 직접적 전사
(前史)로서 꼼꼼히 되짚고 새롭게 읽어 내야 할 근대사의 부분이 아
닐 수 없다. 우리 근대사가 줄곧 그러했거니와, 해방이후야말로 격렬
한 변화의 시기였다. 궁핍과 혼돈 속에서 무지막지한 개발의 논리를
실현해 간 남한의 경우나 역사가 수령의 영도 아래서만 발전될 수 있
다는 '수령의 기획'을 절대화하는 북한의 경우는 쉽게 정식화되지 않
는다는 점에서 가히 역사적인 실험이었다고 할 만한 측면을 갖는다.
그러나 결국 그로부터 또한 드러나는 것은 운명이라고 불러야 할 것
의 모습이다. 변화의 양상을 뒤쫓고 운명의 모습에 다가서려는 것은
이제 우리의 과제다.

문학사 서술은 대표적인 작가와 작품들을 잡아 내고 그것의 계보를
밝히는 것이다. 문학의 역사를 서술한다는 데서 문학사 서술의 특수
성은 비롯된다. 그러나 필자는 문학사 서술의 특수성이 역사를 서술
한다는 과제에 앞선다고 생각하지 않는다. 문학이란 변화를 감지하는
'지진계(地震計)'이자 모습을 숨긴 운명의 '침묵을 휩싸고 도는 노래'
가 아니었던가? 문학이 이런 방식으로 역사를 다룬 것이라 할 때, 문
학사 서술 역시 궁극적으로 역사 서술이어야 한다고 말하는 것은 새
삼스러운 일이 된다. 두루 아다시피 우리의 과거란 우리의 앞날과 관
련된 것이기 때문에 언제든 진지한 관심의 대상이어야 하는 것이다.

우리 근대문학사를 쓰는 일은 우리에게 근대가 무엇이었던가 하는 물음으로부터 자유로울 수 없다. 이 책에서 필자는 그에 답해 보려 했다.

식민화는 우리가 주체적 선택의 여지를 잃었음을 뜻했고, 이로부터 해방과 분단 및 전쟁을 거쳐 개발의 시대와 주체시대로 이어지는 도정은 강대국에 의한 이념적 세계분할, 자본의 전지구적(全地球的) 운동, 국가간의 패권주의 등에 따른 피동적 결과거나 이런 상황에 따른 것이었다. 우리는 남한에서 개발의 시대가 세계자본주의의 주변부에 편입하는 방식으로 시작되었고, 북한의 주체노선 역시 소련과 중국으로부터 일정한 독립성을 모색하려는 입장에서 제시되었다는 점을 알고 있다. 이 시기를 돌이키는 작업은 이러한 결과가 역사적으로 얼마나 불가피한 것이었고, 그에 대한 대응과 모색이 얼마나 적절한 것이었나 하는 의문을 갖는 데서 시작되어야 할 것이다. 문학이 어떻게든 역사적 변화를 기록하고 운명을 사색하는 것이라고 할 때, 문학사 서술이란 그 양상을 설명하고 그에 대해 비평함으로써 위의 의문에 답하려는 것일 수 있다. 그것은 문학사 서술이 역사 서술의 과제를 수행하는 방법이다.

이 책은 오늘날 관심을 모으고 있는 근대와 근대성, 그리고 탈근대에 관한 문제를 우리의 현실 위에서 보기 위한 부분적인 준비작업일 수 있다. 탈근대 논의에 관한 최근의 관심은 바야흐로 우리 시대가 여러 면에서 더 이상 나아갈 수 없는 정점, 혹은 한계점에 다다랐다는 인식이 폭넓게 확산되었음을 말하는 것일 수 있다. 물론 근대의 경험은 끊임없이 이성과 도덕의 한계를 넘어온 것이었지만, 지향해야 할 바를 잃고 낱낱인 상태로 자본의 무제한적인 탐식성에 몸과 정신을 송두리째 내맡긴 오늘의 현실에서는, 누구도 멈추게 할 수 없는 폭주기관차에 동승해 있다는 불안감을 갖는 것은 특별한 일이 아니다. 그러나 환경의 대재앙이 되었건 집단적인 카니발리즘으로 나타나건 파국이 멀지 않다고 생각한다면 우리가 왜, 그리고 어떻게 여기까지에 이르렀는가를 생각해야 한다.

새로운 패러다임을 갖는 '근대 이후'란 것이 과연 가능한 것인지, 그것이 모색되어야 한다면 어떻게 모색될 수 있는 것인지 등은 의문을 자아내는 문제들이다. 이른바 포스트 모던 논자들이 다양한 접근과 분석을 통해 근대를 맞은편에 놓으려 하면서도 그것의 '극복'을 이야기하지 못하는 이유는 여기에 있는 것이 아닌가 생각된다. 물론 이 책은 이런 문제에 답하려 한 것이 아니다. 그러나 우리의 현실이 바뀌어야 할 것이라면 우리는 우리 자신을 보는 눈을 키워야 한다. 이 책은 우리의 근대 경험을 구체적으로 돌이켜 보는 일이 절실하다는 생각에서 씌어졌다.

이 책의 독자들과 출판을 맡아 주신 평민사 여러분께 감사드린다.

1997. 9.
신 형 기

· 차례 ·

우리에게 근대란 무엇이었던가

『서유견문(西遊見聞)』(1895)에서 유길준은 개화란 '모든 것이 지선극미(至善極美)한 경지로 들어가는 것'이라고 썼다. 그의 견문록이 그려낸 서양 여러 나라들의 모습은 이미 그런 경지에 접어든 실증이었으니, 누구든 교육을 받을 수 있고 공정한 법률이 시행되며 정부는 정부대로 국민들은 국민들대로 자신들의 직분에 충실함으로써, 서로의 권리가 보장되는 만큼 의무를 다하는 입헌정체는 그가 마땅히 그렇게 되어야 한다고 여긴 '사람다운' 삶을 가능케 하는 것이었다. 19세기 말 서구 제국의 위용(偉容)을 접하고 이를 통해 지선극미한 경지를 바라본 그의 정치적 상상력이 봉건적인 무지와 구속으로부터 벗어나야 한다는 다급한 열망에 의해 추동되었으리라는 짐작은 어렵지 않다. 서구적 근대는 그에게 '완성'의 꿈을 꾸게 했던 것이다.

  서구가 현실적인 충격으로 다가온 이래 동양에서의 근대화란 서구를 모델로 하는 것이었으며, 그 문물을 받아들이는 것을 의미했다. 서세의 동점은 서구를 닮는 것이 서구에 맞서는 길이라는 인식을 불가피하게 했던 것이다. 특히 서구 닮기에 '성공한' 일본을 코앞에 둔 우리로선 다른 선택을 고려할 여지는 없었다. 이렇게 볼 때 반식민운동은 근대화라는 더 큰 문맥을 배경으로 하는 것이었으며, 그러한 역사적인 요구를 수행해야 하는 것이었다고 말할 수 있다. 자주적인 국민국가의 수립은 이후 줄곧 민족적인 과제가 된다. 더불어 그것이 자본주의적 (혹은 꼭 자본주의가 아니더라도) 발전을 통한 국가의 부강과 이를 뒷받침하는 국민교육의 확대, 과학기술의 진보, 제도적인 정비를 통한 '민주적인' 사회관계의 정착 및 문화적인 진흥 등을 조건으로 한다는 생각이 크게 바뀌었던 적은 없다. 근대화를 숙제로 여기는 한 서구는 우월한 것이었고, 목표가 아득히 보일수록 그것은 '완성'과 동의어일 수 있었다.

그러나 서구를 좇는 것이 과연 근대화의 목표일 수 있는가 하는 의문은 일찍부터 제기되어 왔다. 이런 의문을 가능하게 한 것은 계급사상이었다. 식민지배와 착취관계가 약육강식의 현상임은 누구든 모르는 바 아니었거니와, 대항민족주의적인 반식민운동의 흐름을 이은 계급운동은 식민지배란 자본주의의 발전태인 제국주의의 세계시장 착취라는 인식을 제공했던 것이다. 반식민은 곧 반제국주의와 반자본주의를 뜻할 수 있었고, 나아가 반서구를 포함할 수 있었다. 식민현실을 빚은 것은 바로 자본주의의 죄악이었고, 이는 또 서구가 앞장서 저지른 죄악이었다. 약소민족을 걸터 누르고 있는 제국의 위용은 그 뒤에 탐욕과 야만적인 폭력성을 숨기고 있는 것이었다. 사회주의 혁명과 공산주의의 도래를 고대하는 입장에서 보았을 때, 파시즘은 제국주의가 돌이킬 수 없는 타락의 나락으로 빠져들고 있음을 드러내는 증거였다. 파시즘이 득세하고 지성과 휴머니즘 위기를 알리는 외침이 들려 오던 대전 직전의 상황은 서구의 몰락을 필연적인 것으로 예견케 했던 것이다. 세계 2차대전을 파시즘과 '민주주의'의 결전으로 보았던 여러 좌익 논자들에게 파시즘을 무너뜨림으로써 주어진 '해방'은 서구와 결별하는 기점이 되어야 했다.

구라파 인에게 있어서 근대로부터 현대에 이르는 2, 3세기는 가장 행복한 시대였다. 우리 조선 사람은 이러한 행복을 전혀 모르고 현대를 맞이하였다. 자연과 인간의 세계 속에서 제일성(齊一性)과 반복성을 파악해 내지 못한 우리 조선 사람은 지력(智力)의 편의라는 것을 모르고 살아 왔다. 그러나 우리에게 있어서 이 2,3세기는 참으로 피투성이의 기록이다. 손과 발로 그 지력의 편의를 대행하고 많은 사람들은 몽매한 가운데서 발버둥을 치다가 무참히 일생을 마쳤다. 지성이 참가하지 않은 원시적인 훈련의 반복…… 조선 사람의 무비(無比)의 불굴성과 견실성은 이리하여 축적되어 왔다. 조선 사람 특유의 순박성과 윤리적 품질(稟質)은 이러한 축적의 표현에 불과하다. 물론 이것은 구라파 지성으로서는 도저히 해석해 낼 수 없는 조선의 현실이다. 이러한 현실에다 무조건적인 애정을 느끼고 도취된다는 것은 명백한 퇴보라고 하지 않을 수 없다. 하물며 이때까지 조선의 문학자들의 유일한 지적 거점이던 구라파적 지성 자체가 허물어져 가는 현대에서는 어떠하랴.

구라파 지성은 특유의 행동성과 윤리성에 의하여 전개되는 조선의 현실에 대하여 아무런 구체적 해명을 내리지 못했을 뿐만 아니라 그 방향을 전혀 지시하지 못했다. 우리 신문학이 구라파적 지성을 토대로 하고 그 위에서 발전되어 온 40년간 그 동안 우리는 불행히도 우리의 현실을, 축적되어 온 우리 민족의 불굴성과 견실성을 참으로 그 구체성에 의하여 묘파한 작품을 대한 일이 없다. 혹시 대한 일이 있었다면 그 작품은 이미 구라파적 지성과 결별하고 도리어 그것에 항거하는 억센 사상적 훈련에다 몸을 바친 작가의 속에서 씌어진 것이었다. 이것은 결코 조선의 작가가 작가적인 소질에 있어서 부족해서가 아니다. 그가 받아들인 지력, 구라파적 지성 자신에 숙명적인 결함이 있었기 때문이다. 조선의 신문학이 발전하는 데 있어서 구라파적 지성은 가장 유력한 온상이고 기(基)였다. 이를 받아들임이 없이는 우리 신문학이 발전할 수가 없었으리라고 보는 것이 결코 잘못이 아니다. 조선문학에 있어서 그 역할은 크다. 그것은 어떤 독선적인 견해를 가지고도 도저히 과소평가할 수 없다. 우리의 많은 작가들은 누구나 그것을 받아들이고 그것을 토대로 삼아 자기의 역량을 길러 왔다. 다만 중도에서 몇 사람의 좌익작가가 그것으로부터 결별하고 새로운 사상적 훈련에다 자기를 몰아세우기 시작했을 따름이다. 구라파적 지성에다 결연장을 보낸 좌익작가야말로 누구보다 먼저 구라파적 지성의

붕괴의 운명을 자각한 사람들이었다.1)

해방을 맞은 열기 속에서 씌어진 이 글에서 한효는 서구적 지성의 붕괴를 단정하며 우리 문학에서도 그것이 더 이상 기여할 바가 없음을 선언한 것이다. 그는 우리 근대문학의 발전 과정, 혹은 근대화 과정에서 서구적 지성의 수용이 불가피했음을 인정했다. 그러나 이미 그것은 우리 현실에 대한 이해와 접근을 제약했다는 설명이다. 그가 '조선 사람이 갖는 무비의 불굴성과 견실성'을 고유한 민족정신으로 절대화한 것은 물론 아니다. 그는 우리 현실을 '바르게' 설명해 줄 '새로운 사상적 훈련'을 요구하고 있었다. 그 '사상'이란 유물사관과 구체적으로는 레닌이즘적 접근을 뜻했다.

한효의 주장은 서구 추종이 역사적이며 문화적인 단절을 초래했다는 문제의식 아래, 일본에서 일었던 '근대의 초극(超克)' 논의와 비교해 볼 만하다. 이른바 태평양 전쟁을 벌인 직후에 열렸던 한 좌담회(1942)의 참석자들은 근대화가 서구를 따르는 데서 시작되었고 또 그럴 수밖에 없었지만 서구문화의 피상적 모방과 이식, 혹은 그에 대한 막연한 존중이 일본에 적잖은 폐해를 끼쳤다고 진단했다. 사회적 분산화와 '전인성(全人性)'의 상실, 세속화 등은 서구화가 초래한 해악이었다. 몇몇 논자들은 또 서구적 근대가 갖는 본질적 문제점으로 개인과 세계, 개인과 국가를 결합할 '통일적 세계관의 결여'라든가 '영성(靈性)의 부재' 등을 꼽았다. 서구에 의한 오염과 구속을 해소하고 새로운 역사적 발전을 이룰 방법으로 그들은 일본의 고유한 정신을 살려야 한다고 처방했다. 일본의 고전에서 찾을 수 있는 일본정신에 바탕을 둔 새로운 믿음과 예지로 '신질서'를 세워 나가야 한다는 것이었다. 그들은 신(神)의 울을 벗어났기 때문에 끊임없이 피안을 그리며 미지를 향한 추구를 멈출 수 없는 서구적 근대의 정신상황을 읽는 방

---

1) 한효, 「조선문학의 현재의 입장」, 인민예술, 1946. 10., 9-10쪽.

식에는 차이를 보이기도 했지만, 이를 일본의 정신으로 극복해야 한다는 데 집착했다는 점에서는 같았다. 근대의 초극론은 서구적 지성의 행로를 뒤좇는 데 지치고 전망부재의 상황에서 혼돈 속으로 빠져들었던 식민지 지식인들에게 친일의 명분을 제공해 준 것이기도 했다.

서구적 근대의 극복을 말한 점에서 이는 한효의 입장과 다르지 않았다. 양자는 모두 서구의 정신이 한계에 봉착했다거나 붕괴의 운명을 맞고 있다고 단정했다. 민족이 주체적으로 단합하여 '신질서'를 세워나가야 한다고 강조한 점에서도 둘은 상통했다. 그러나 '근대의 초극' 논의가 결론으로 내놓은 신질서란 '천황을 중심으로 한 국민국가'를 실현하자는 것이었다. 열강의 반열에 든 거대제국으로 성장한 일본은 서구를 상대로 한 싸움을 벌이고 있었다. 신질서 운운은 서구를 배제한 대동아 공영을 부르짖은 일본이 군국주의를 더욱 강화하지 않을 수 없었던 상황에 부응한 것이었다. 과연 '천황을 중심으로 한 국민국가'는 근대 초극의 길을 열어 주는 것이었던가? 일본의 패전으로 이내 드러났던 것은 그것이 근대의 문제점을 넘어선 새 국면을 펼친 것이 아니라 여러 면에서 근대의 문제점을 오히려 심화시킨 것이었다는 사실이다. 천황이 다스리는 국민국가는 일본이 모색할 수 있었던 제국의 모습이었다. 다시 말해서 그것은 일본식으로 서구를 따라잡으려 한 안간힘이었던 것이다.

한효는 물론 민족정신에 입각한 신질서의 구축을 말했던 것이 아니다. 그는 공산주의자였다. 한효에게 신질서는 사회주의 혁명을 통해서 이룩될 것이거나 사회주의 혁명을 이루어야 할 것이었다. 공산주의로의 길을 가는 데서 자본주의적 산업화를 반드시 거쳐야 할 필연성이란 없다는 인식은 이미 보편적이었다. 반(半)농민사회가 산업화의 고통스런 단계를 경과하지 않고도 사회주의 혁명을 수행함으로써 공산주의 사회 건설의 길을 열 수 있음은 역사적으로 예시된 바였다. 서구와 결별해야 한다는 주장은 근본적으로 서구의 행로를 뒤쫓아서는 안된다는 판단에 바탕을 두었던 것이다. 부르주아에 의한 자본주의의 융성을 필요로 하지 않는 새로운 사회주의는 근대를 미달한 것이 아니라 오히려 파탄에 이른 서구적 근대를 극복한 것이었다. 이런 입장에서의 '혁명적 변주(變奏)'란 불가피하고 또 마땅했다.

해방직후 박헌영이 현단계가 부르주아 민주주의 혁명을 요구하고 있다고 단정한 것 역시 다르지 않은 문맥을 배경으로 했다. 그 혁명을 수행할 주체는 부르주아가 아니라 노동자와 농민을 가장 큰 구성원으로 하는 인민이었다. 이 '새로운' 부르주아 민주주의 혁명에 의해 달성될, '인민이 주인이 되는 인민의 시대'는 임화가 감격에 겨워 예견했듯 역사의 새 길을 열 것이었다. 그것은 또 사회주의 혁명을 비롯한 '더 높은 계단으로의' 전환을 예비하고 있었다.

그러나 어떤 혁명이 되었건 그것이 자주적인 국민국가의 수립이라는 과제를 뛰어넘을 수 있었던 것은 아니었다. 1945년의 해방은 완전한 것이 못 되었다. 게다가 모든 면에서 식민잔재의 뿌리는 깊게 내려 있었다. 이 부르주아 민주주의 혁명론도 민족의 완전한 독립을 일의적 과제로 앞세웠으니, 인민을 위한 개혁을 주도할 '민주적' 정권을 내오는 것은 눈앞의 목표였다.

자주독립의 획득과 민주적인 개혁을 외치는 입장에서 보았을 때 식민권력이 지배와 착취의 한 발판으로 삼았던 매판적인 지주자산층이 온존해 있었다는 점은 큰 걸림돌이 아닐 수 없었다. 이들은 앞으로도 반동적 역할을 할 것이 명백했고 더구나 '신래(新來) 자본주의'(박헌영이 가리킨 것은 미국이었을 것이다)가 침투할 경로가 될 가능성이 컸다. 박헌영은 토지개혁의 시급함을 강조했다. 왜냐하면 토지개혁이 이들 반동세력의 물적 토대를 해체하는 길이라고 여겼기 때문이었다. 매판세력을 제거할 때 신래 자본주의의 침투를 차단할 수 있었다. 나아가 토지개혁은 또 농업생산력을 해방함으로써 공업생산을 비롯한 자립 경제 건설의 기초를 마련하는 계기가 될 것이었다. 더불어 인민의 기본권을 보장하고 생활을 개선하며 그들을 계몽하는 것이 인민을 바탕으로 하고 인민을 위하는 정권을 수립하고 강화하는 요건이자 책무였다. 결과적으로 부르주아 민주주의 혁명론은 자주독립과 민주적 개혁이라는 민족적 과제 수행을 위해서 인민에 의해 뒷받침되는 정권으로 공고하게 서야 한다고 주장했다. 그리고 반동적 매판세력은 제거되어야 하며, 이로써 신래 자본주의의 침투를 차단해야 한다고 주장했다. 여기서 인민은 민족 구성원 가운데 반동적인 매판세력을 제외한 부분을 뜻했다. '인민의 시대'란 인민을 국민으로 하는 시대였다.

남한에서 박헌영의 계획은 실패했다. 그러나 북한은 강력한 인민정권을 세웠으며 반동층을 제거했고 또한 박헌영이 밑그림으로 그렸던 자립경제의 구상을 실현시켰다. 여러 차례 거듭된 경제개발계획을 시도하면서 북한이 사회주의적 생산성의 우월을 장담하지 않은 적은 없다. 북한사회는 개발의 이상을 부인하는 것이 아니었다. 교육의 기회는 넓혀졌으며 계몽사업의 중요성은 강조되었다. 과학기술의 증진 역시 북한이 계속해서 힘써 온 바였다. 이런 모습은 북한이 나름대로 근대를 달성하려 했음을 말하는 것이었다. 북한 사회는 고도의 조직화를 수용했던 만큼 인민들의 자발성을 중요한 덕목으로 간주해 왔다. 예를 들어 해방직후의 토지개혁이나 정전 이후 전후복구와 더불어 진행된 사회주의적 집단화 과정의 신속한 성과는 인민들 자신이 한결같이 혁명에 떨쳐 나섰음을 보여 준 것이었다. 공적 이익을 위해 몸바치는 것은 그저 의무감으로서가 아니라 숭고한 열정으로 나타나야 했다. 인민대중이 이런 도덕적인 고상함을 널리 구현하고 있다는 점은 북한사회가 스스로 자부해 온 바였다.

해방직후 임화는 인민의 시대가 근대를 극복하는 방식으로 근대를 완성할 것이라고 기대했다. 완성이란 개인과 사회가 조화되어 '완미(完美)한 개성'을 꽃피울 수 있는 상황을 가리키는 것이었다. 그가 근대를 이상시하는 근대주의에 함몰되어 있었다는 비판은 불가피할지 모른다. 그러나 어쨌든 그가 기대한 근대는 인간을 해방하는 근대였다. 북한이 보여준 새로운 근대의 모습은 과연 자본주의의 타락에 수반된 근대의 여러 문제점들을 극복한 것이었던가?

임화가 꿈꾼 근대적인 인간해방은 적어도 북한에서는 실현되지 않았다. 계급적대가 소멸된, '모든 인민의 국가'를 향해 가기 위한 국가장치의 강화는 권력적 통제의 길로 나아갔다. 생산양식의 사회주의적 변혁은 공산주의로의 전진을 보장하는 생산성을 확보하지 못했다. 교육이라든가 계몽사업에 대한 정책적 배려와 관리는 새로운 탐구와 변화의 가능성을 박탈하는 것이었다. 주체시대에 들어 구체화되는 사회통제의 여러 지침들—수령을 모든 인민의 최고 뇌수(腦髓)이자 통일단결의 중심으로 보는 '혁명적 수령관'이라든가 모든 인민은 수령을 어버이로 하는 하나의 가족이어야 한다는 '대가정(大家庭)'론, 수령으로부터 '정치적 생명'을 받고 그것을 지킴으로써만 보람있는 삶을 살수 있다는 '공산주의 인간학'의 주장 등은 어떤 자생적이고 독립적인사회의 형성도 부정하고, 절대적 지배자의 의지와 어긋나는 어떤 생각이나 행동도 불허하는 전체주의적 폭력성을 그 뒤에 숨기고 있는것이었다. 혁명적 헌신이 곧 수령에 대한 효성을 다하는 것이 되는오늘날 북한의 상황은 오히려 전근대적인 면모를 보이는 것이기도 하다. 제국주의와 서구를 극복하려는 것은 북한의 출발점이었다. 하지만북한이 다다른 오늘의 모습이 모든 것에 무차별하게 관철됨으로써 모든 경계를 허물어 버리는 자본의 군림, 그 결과로 나타나는 무정부주의적 획일화보다 더 나아 보인다고 이야기할 수 있을까?

북한이 도모해 온 근대적 개발의 방식, 도덕성을 앞세운 비도덕성은 남한의 경우와 일정하게 대비되는 것이다. 박정희는 '조국 근대화'라는 과제를 수행해야 하는 역사적 절실성을 엄숙하게 선언함으로써개발자들의 권한을 절대화했다. 농촌개혁, 공업화를 통한 국력배양, 이른바 국민총화와 이를 위한 의식개혁의 요구는 군정기에서 유신(維新)시대에 이르기까지 반복되었다. '민족중흥'의 기치 아래 근대화 프로젝트를 실현하려 했던 이 과정은 그러나 개발자들의 단호한 과대망상이 갖가지 무리를 빚고, 합리성에 입각한 근거를 다지기보다는 눈앞의 성과를 좇아야 했던 것이었다. 궁핍으로부터의 탈출이라는 절대적 명분 앞에서는 서구적 근대나 자본주의의 문제점에 대한 어떤 비판적 인식도 불가능했다. 경제적 외형의 확대는 대외 종속의 심화를 수반했다. 나아가 개발이 신화가 되고 개발자들이 영웅이 되는 상황은 또한 부정과 부패의 만연을 초래했고 혼란과 무질서에 대한 비판적 감각을 마비시켰다. 수단 방법을 가리지 않고 어찌되었든 성취를 향해 나아가는 것은 이 시대가 권장한 삶의 방식이었다. 도덕적인 황폐화가 폭넓게 진행되었던 가운데 공공적인 이상은 흔히 냉소의 대상이 되었다. 민족의 운명을 바꾸어 놓을 지도자를 자처했던 영웅들이 사라지면서 드러났던 것은 자본의 논리에 온몸을 내맡기는 천민성이었다. 그것은 바로 개발의 시대의 참모습이었던 것이다.

이념과 도덕의 우선성을 강조하는 방식이든 자본에 투항하는 형태로든 남한과 북한이 근대의 미혹을 벗지 못하고 있는 것이 아니냐는 진단은 어느 정도 불가피할 듯하다. 남북한은 서로 다른 길을 걸어왔지만 이런 점에서는 또한 쌍생아의 모습을 보이고 있는 것이다. 이런 미혹으로부터 벗어나야 한다고 할 때 우리는 다시금 근대를 우리의 과제로 생각하지 않을 수 없다. 우리의 근대 경험에 대한 반성적 통찰이 절실한 것이다.

근대와 근대성의 문제는 오늘날 광범한 화제거리가 되고 있다. 근대에 대한 오늘의 관심은 이식적(移植的) 근대론을 극복하기 위해, 자생적인 근대성을 밝히고 근대적 변모 과정의 연속성을 읽어 내려 했던 기왕의 입장과도 다른 것으로 보인다. 그것은 직접적으로 탈근대 논의와 관련된 것임이 분명한데, 근대를 맞은편에 놓기 위해서는 근대에 대해 이야기하지 않을 수 없었기 때문이다. 하지만 탈근대 논의가 새 시대의 도래를 알리는 것이라기보다는 오히려 근본적으로 근대적 미혹에 문제 인식의 뿌리를 두고 있는 것이라면 탈근대의 관점에서 근대를 보려 하기보다 근대의 관점에서 탈근대를 바라보려는 입장에 서야 한다.

근대적 변모를 설명하려 할 때 그 변모를 긍정적으로 보는 시각은 한편 여전히 일반적이다. 두루 아다시피 그것은 봉건적인 미혹으로부터의 해방을 의미했다. 근대성이 긍정적인 면을 많이 갖는다는 점은 마땅히 인정되어야 한다. 앎의 빛이 어둠을 밀어냄으로써 갖가지 구속을 벗고 자유와 평등, 그리고 풍요를 바라볼 수 있었던 것은 근대적 발전의 성과다. 많은 사람들에게 시민이 부르주아 이상을 뜻했던 이유는 그것이 열린 미래에 대한 상상력을 자극하는 말이었기 때문이다. 합리성에 대한 믿음은 새로운 미래를 향해 나아갈 수 있게 했다. 근대를 가능하게 했던 공간적 확장이나 속도감, 모든 것이 머물러 있지 않고 바뀌어 간다는 경험 역시 열광할 만한 것이었다. 그러나 근대는 사실상 그 출발에서부터 비극적인 자기부정을 갖는 것이었다. 봉건적인 세계관의 안정성과 비교할 때 앎의 확장은 동시에 의혹을 증폭시켜 온 것이었다. 도구적 이성뿐 아니라 계몽이성도 권력화되었다. 역사적 합리성에 대한 기대와 믿음은 그 과정의 폭력을 정당화했다. 건설은 곧 파괴를 의미했으며 모든 경계를 허무는 통합의 과정은 또한 단절과 세분화를 수반했다. 탐욕과 열망, 집착을 부추겼던 근대는 유례없는 부요(富饒)와 결핍, 안락함과 격동, 질서와 무질서가 날카롭게 엇갈리는 모습을 보였다. 근대와 더불어 안분(安分)을 비웃는 험난한 모험이 시작된 것이다. 이 경이로운 증진의 시대가 결국 모든 것을 소진하는 데 이르리라는 비관적 예감이 일반화되었던 것은 이미 오래다.

우리 근대문학은 일찍부터 근대의 어두움을 그려 왔다. 염상섭이 「표본실의 청개구리」(1921)에서 토로한 이길 수 없는 무력감, 세계를 불확정한 것으로 본 김동인의 인식은 식민지적 근대의 폭력성에 대응되는 것이었다. 김승옥의 「서울 1964년 겨울」(1965)에서 '조국 근대화'

를 목표로 내건 개발의 시대는 정처 없는 표류의 시대로 드러난다. 근대의 비극성을 내면화하는 것은, 예를 들어 김소월의 경우가 보여 주듯, 서정화(抒情化)의 요건이었다. 끊임없는 절망의 위협 앞에 머물지 않으려는 반성적 정신의 유연함을 견지했다. 그럼으로써 이윽고 '사랑'에 이른 김수영과 같이 비극적 인식의 변증적인 심화, 이를 통한 현실주의적 성숙성의 획득은 문학이 '사적(私的)으로' 근대에 대한, 혹은 근대적인 의미의 계몽성을 발휘해 온 방식이었다. 이러한 계몽성의 높이는 근대에 대한 비관이나 낙관을 넘어서는 것이다. 근대의 어두움과 밝음은 결국 같이 보아야 하는 것이 아닌가? 그것은 우리가 근대에 대해 견지해야 하는 기본적 자세일 것이다.

오늘날 남한과 북한이 보여 주는 현실은 '사람다운' 삶을 보장하는 것도 아니며 자본주의의 폐해를 극복한 '모든 인민의 나라'에 이른 것도 아니다. 근대의 미혹을 벗지 못한 상황은 '근대 이후'를 꿈꾸게 하는 것이지만, 한편으로 이런 상황에서 탈근대를 외친다는 것 자체가 가련한 일이 아닐 수 없다. 그러나 이런 현실이 근대에 대한 절망의 불가피함을 말하는 것은 아닐 것이다. 우리는 근대의 경험으로부터 다시금 가르침을 얻어야 한다. 그것은 이제 근대가 우리에게 던지고 있는 과제다.

제 1 장

'해방(解放)'을 찾아서
– 1945년의 해방에 이르는 정신사적 궤적

　1945년 8월 15일의 해방은 과연 무엇이었던가? 이 물음은 간단히 답할 수 있는 것이 아니다. 이 물음에 답하기 위해서는 먼저 다음의 물음들에 대해 생각해야 한다. 당시 한국인들은 어떤 배경에서 해방을 어떻게 보고 어떻게 받아들였던가? 그들은 그 자신들과 자신들의 과거를 어떻게 이해하고 있었는가? 이 급박한 전환의 시기에서 그들은 자신들이 무엇을 어떻게 할 수 있다고 생각했으며, 그러한 생각을 어떻게 구체화하거나 바꾸어 갔는가?

　이미 결과로 드러난 해방직후의 정치역사적 흐름은 다음과 같은 줄거리로 간추려 볼 수 있다. 일본 제국주의 식민세력이 물러나는 1945년 8월 15일 이후 '해방조선'에는 38선이 그어지며, 그 양쪽에 군사적 분할점령이라는 방식으로 각각 미국과 소련의 군대가 진주하였다. 정치세력 간의 이념적, 정파적 대립은 합의점을 찾지 못했고, 남북한이 각각 정부를 세움으로써 분단의 벽은 굳어졌다. 이념과 체제를 달리하는 남북한 간의 대립은 6·25라는 민족적 재난을 초래했다.

　이같은 결과는 '해방조선'이 전승국들의 입김과 그들 간의 이해가 부딪치는 이른바 국제적인 역학 안에 휘말려, 자신의 운명을 개척하기 위해 효과적으로 대응하지 못했다는 판단을 불가피하게 한다. 그것은 1945년의 해방이 '주어진' 것이었으며, 그런 만큼 한국인들이 자신들의 현실과 장래에 대해 서로 뜻을 나누고 바람직한 합의점을 찾는 데 실패했음을 말하는 것이기도 하다. 해방이후사를 살피려 할 때 우리는 '해방의 조건'—단지 외부적인 것만이 아니라 내부적인—이 어디서 비롯된 것인가에 대해 먼저 생각해야 한다. 해방이라는 말뜻이 갖는 피동성 자체가 바로 해방의 조건이었다면, 우리는 이 피동성의 역사적 근거를 돌이켜 볼 필요가 있다. 일본 제국주의의 강점에 의해 조선이 식민화되는 시점은 이 피동성의 출발점일 것이다.

1. 식민화, 근대의 경험

식민화를 통해 조선민중 모두가 경험한 것은 근대의 놀라운 폭력성이었다. 강한 무력과 효과적인 행정조직을 앞세운 독점자본에 의해 빠르고 거침없이 진행된 약탈에 따른, 약탈을 위한 변화는 조선민중들 대부분에게 새로운 두려움과 분노를 안겨 주었을 것이 분명하다. 나날이 과거의 것이 파괴되는 것을 보아야 하고, 예측할 수 없는 변화에 발맞출 것이 강요되었던 가운데서 그들은 또 혼돈과 좌절을 맛보아야 했으리라. 식민화의 경험은 그들로 하여금 근대가 무엇인지를 구체적으로 확인케 한 것이었다. '금수(禽獸)의 땅'으로부터 번져 온 이 변화의 동력은 바로 사악한 탐욕이었다.1)

그러나 한편으로 근대적인 변화는 낡은 사회의 신분적 제약이나 봉건적 탐학을 과거의 것으로 만들리라는 기대를 모았던 것이었다. 새

1) 이항로나 기정진, 최익현 등 척사의 입장을 취했던 한말 유학자들은 서양이나 일본을 '금수지역(禽獸地域)'으로 규정하고 그들의 문물을 '기기음교(奇技淫巧)'로 파악했다. 이들을 물리치지 않으면 '우리' 역시 금수가 되고 말 것이라는 생각에서 그들은 척화와 배양(排洋)을 역설했다. 서양과 일본의 근대적 힘을 탐욕으로 이루어진, 천박하며 음란한 것으로 본 이들의 견해는 한편으로 예리한 것이었다고 말할 수 있다. 그러나 그들은 '기기음교'를 물리칠 수 있는 현실적인 방안을 제시하지 못했으며, 또 이미 그것을 막는다고 해서 막을 수 있는 것이 아니라는 것을 알지 못했다.

로운 변화를 향한 바람은 이미 오래 전부터 싹트고 있었다. 변화를 억압하는 '감옥'의 벽을 깨뜨리기를 원한 사람들이 서양의 문명과 일본의 변화를 찬탄과 경외의 눈으로 바라보았던 것은 당연했다. 그들은 이 변화를 막는다고 해서 막을 수 있는 것이 아니라는 점을 알았다. 그들은 변화의 물결에 힘없이 말려들기 전에 스스로 변화를 이끌어 내야 한다는 데 동의했다. 남들의 '장기와 재주를 실상있게 이용하여 자신의 재주로 만들어야 할 것'2)을 외친 유길준에 의하면 자신을 변화시키는 것만이 자신을 지키는 길이었다. 그러나 자신이 변화의 주체가 되어 중심을 잡고 균형을 잃지 않아야 한다는 뜻에서 '중용(中庸)'의 자세를 취할 것을 강조한 그의 충언은 받아들여지지 못했다. 근대의 흉포한 물결은 그에 대응할 준비가 없었던 조선을 가차없이 휩쓸었던 것이다.

'양이(洋夷)'를 막기 위해서는 양이의 기술을 배워야 한다는 생각은 이미 오랜 것이었거니와,3) 동도서기(東道西器)론자들을 비롯한 개화론자들은 새 세계를 열어줄 수 있는 근대의 힘을 자기 것으로 하지 않을 때, 거꾸로 그것은 자신들을 억누르고 약탈하게 되리라는 위기의식을 표현했다. 이 변화의 흐름을 거스르려는 것은 결코 현실적인 태도가 아니었다. 제국들의 위협이 구체화되면서 자신이 적극적으로 변화해야만이 이 위기를 극복할 수 있다는 생각이 빠르게 확산되었다. 계몽의 입장이 그것이었다.

식민화라는 근대의 경험은 곧 제국주의의 경험이기도 했다. 근대를 대상으로 인식할 수 있도록 했던 것은 서구 제국의 강한 힘과 이를 뒷받침하는 문물과 제도였다. 제국은 아시아가 경험해야 했던 근대의

---

2) 유길준, 『서유견문』 제15편.
3) 이러한 생각은 청(淸) 위원(魏源)의 『해국도지(海國圖誌)』(1844)로부터 비롯된 '양무(洋務)' 운동의 근거였다. 『해국도지』는 김옥균, 박영효, 유길준 등에게 큰 영향을 미쳤다.

구체적인 모습이었다. 따라서 아시아에서의 근대적인 변화는 이들 제국들을 본받으려 하거나, 이를 의식한 대응적인 입장에서 추진되고 전개되었다.

제국주의는 근대를 가능하게 한 과학적 지식과 기술의 발전이 또한 야만성과 공포를 초래할 수 있다는 것을 보여준 분명한 증거다. 제국들의 위용(偉容)은 자연은 물론 다른 인간들을 철저하게 지배하고, 수단으로 삼아야 할 것을 말했다. 과거의 신화적 미혹을 물리쳐 무지와 불평등이 강요하는 고통을 제거하려 했던 계몽적 노력은, 전체주의적 획일화와 기능우선주의에 입각한 통제를 낳았다. 지식은 이익과 권력 그 자체를 의미했다. 이러한 지식, 곧 힘에 의한 지배의 대상은 한정될 수 없었으며 그것을 위한 길에 어떠한 특수성이나 차이가 고려될 수 있는 것도 아니었다.[4] 고유하고 특별한 모든 것들을 파괴하는 무차별하고 무자비한 팽창과 통합은 제국들의 존재방식이자 생리였다. 식민지배는 이에 따른 것이었다.

서구 제국주의의 위협에 맞서 스스로를 지키고자 했을 때 이를 위한 선택이 다양할 수는 없었다. 제국들을 낳은 근대의 파괴력과 창조력의 속내를 구체적으로 파악하지 못한 대응이란 이미 대응일 수 없었기 때문이다. 김옥균 등의 개화론자들은 부국자강과 강병을 꾀해야 하며, 따라서 모든 국민이 공적 이익을 우선시하고 국가의 목적에 충실해야 한다는 생각을 갖고 있었다. 대부분의 조선 개화론자들에게 큰 영향을 끼쳤던 일본 명치시대의 사상가 후꾸자와 유끼찌는 "문명의 본지(本旨)를 논"하고자 했다는 자신의 책 『문명론지 개략』(1875)에서 제국들이 각축하는 자신의 시대와 그에 대응하는 방식에 대한 현실적인 통찰을 한 바 있다.

후꾸자와는 '오늘의' 세계를 "나라와 나라 사이에 장사로 이익을 다투고 유사시엔 무기를 들어 서로 죽이는 것"이 불가피한 "상업과 전

---

4) Max Horkheimer, Theodor W. Adorno, trans. John Cumming, *Dialectic of Enlightenment*(New York Seabury Press, 1972), pp. 4-27.

쟁의 세계"로 파악했다.5) 이 대세 속에서 일본이 '독립'하는 길은 오직 부국강병을 실현하는 데 있다는 것이다. 그는 새로운 '문명적 창조'의 열정을 가지고 모든 국민이 지덕(知德)을 쌓아 공리(公利)에 힘쓸 것을 역설했다. 특히 중론(衆論)의 중요성을 강조한 그는 깨우친 사람들이 많이 나와 사회를 변성(變性)시키기를 바랐다. 그는 계몽론자였다. 그러나 그에게는 국민의 지덕이 부국강병이라는 국가의 목적을 달성하기 위한 수단이 되어야 했다. 일본은 제국들이 각축하는 시대에 살아남기 위해 자본의 힘과 강한 군대를 갖는 '제국'이 될 수밖에 없고, 따라서 계몽은 이를 위한 수단이 되어야 한다는 점을 그는 부인하지 않았다.

후꾸자와가 역설한 계몽은 국가의 목적에 종속되어야 했다. 이는 국가가 계몽의 주체일 수 있음을 뜻하는 것이기도 했다. 국가에 의해 이루어지는 계몽이란 자유의 획득을 전제로 하고 그것을 약속하는, '이성'을 주체로 한 계몽과 구분하지 않을 수 없었다. 후꾸자와는 국민을 계몽하는 데서 학자가 "양생술(養生術)"의 역할을 해야 한다면 정부는 "외과술(外科術)"을 펼쳐야 한다고 주장했다. 정부가 시행해야 한다는 '외과술'이란 제도적, 정책적으로 계몽의 터전과 기구를 마련하는 것을 뜻했으나, '외과술'을 시행하는 정부는 '양생술'의 원칙과 방향을 역시 지시할 수 있었다. 국가적 계몽은 낱낱의 국민들로 하여금 자율과 자기실현의 가능성을 열어 주기에 앞서, 국가적인 요구에 충실히 부응할 것을 요구했다. 무릇 국민은 국가에 의해 '주어진' 역할에 충실해야 했다. 일본의 경우, 전통적인 직분론(職分論)을 토대로 하는 멸사봉공(滅私奉公)의 정신은 근대화 이후에도 부정되지 않았으며, 오히려 여전히 매우 중요한 덕목의 하나일 수 있었다.

국가적인 요구나 명령은, 특히 그것이 국가의 존망과 관련되어 있다고 여길 때, 검토하거나 비판할 수 있는 것이 아니었다. 그것이 앞

---

5) 후꾸자와 유끼찌, 정명환 역 『문명론지 개략』(광일문화사, 1989), 223쪽.

서는 상황에서 정치적인 의사를 형성하는 합리적 과정은 흔히 무시될 수 있었다. 국가적 명령은 언제나 긴급히, 그리고 반드시 수행해야 했다. 국가적 이익은 사적 이익에 앞서는 것이었으므로, '자신을 버리고 나라를 생각하는' 것은 무엇보다 바른 태도가 된다. 국가의 목적 및 이해와 분리되거나 이를 비판하는 중론의 형성은 불필요하지 않으면 유해한 것으로 간주되었다. 개인은 오직 국가나 사회의 발전을 통해 발전할 수 있었다. 국가나 집단이 우선시되면서 개인은 익명화(匿名化)되지 않을 수 없었다.

후꾸자와는 서구 제국주의를 맞놓은 계몽이 어떤 용의와 구도를 가져야 하는가를 규정한 것이다. 그에게 계몽은 국가의 존망과 관계된 사업이었다. 근대의 문명이 자유와 해방을 가져 오리라는 기대는 매우 일반적인 것이었다. 많은 사람들은 이 새로운 물결이 봉건적인 '죄악'들을 일소할 것이며, 세계가 '지선극미(至善極美)'한 상태를 향해 계속해서 나아가게 하리라 꿈꿨다. 그러나 후꾸자와는 새 시대를 '장사로 이익을 다투고 무기를 들어 서로 죽이는', 약탈과 강점의 시대라고 했다. 제국들이 전쟁을 벌이는 이 시대에서 살아남는 길은 제국이 되는 길이었다. 특히 근대적인 변화의 토대가 충분히 마련되지 못한 상황이라면 국가가 강권을 갖고 이에 대처하는 것은 더욱 불가피했다. 전체주의라는 미혹의 검은 그림자는 새 시대를 덮고 있었다. 제국 열강의 위협을 맞은편에 놓은 계몽은 과연 이 새로운 미혹을 깨칠 수 있는 것이었던가?

2. 계몽의 한계 ; 문화주의

일본 제국주의에 의한 이른바 '합방(合邦)'이란 우리에겐 국가의 상실을 의미했다. 이는 곧 국가적인 차원에서 근대적 대응이 불가능하게 되었음을 뜻했다. 국가를 제국의 위협과 침입에 맞서는 주체로 여길 때 이제 모든 대응의 노력은 국가를 되찾으려는 것이어야 했다. 이 목적은 너무나 절대적인 것이었기 때문에 대응은 전략적인 고려를 배제한, 그야말로 정신적인 것으로 나타날 수도 있었다. 비극적인 희생과 의기(義氣)를 드높인 영웅적인 행위들이 칭송될 수 있었던 이유는 여기에 있다.

그러나 조선의 식민화가 근대의 힘에 의한 결과임을 인식하고 있었던 사람들이 기본적으로 취하지 않을 수 없었던 것은 계몽의 입장이었다. 배우고 깨우치지 않고는 일본 제국주의의 지배로부터 헤어날 길이 없다는 생각은 비단 '선각자'들만이 아닌, 대중들에게 역시 폭넓게 퍼져 갔다. 배움과 그를 통한 앎이 강점과 착취에 맞서는 힘이 되리라는 믿음에 바탕을 둔 계몽의 열정은 식민기간을 통해 여러 사회운동의 근거가 되었다.

식민지 상황에서 계몽이란 본질적으로 정치적이지 않을 수 없었다. 국가를 되찾는 것이 그것의 목적이어야 했기 때문이다. 계몽자들은 흔히 대항민족주의적 입장에서 민족의 단합을 호소했다. 민족은 상실된 국가를 대신하는 것으로, 국권 회복의 필연성과 당위성을 설명하는 근거였다. 하지만 민족은 국가와 같이 '외과술'을 시행할 정부를 갖는 것이 아니었다. 그리고 외과적 시술이 이루어질 수 없는 가운데서 양생의 방향을 잡기도 쉬운 일이 아니었다. 양생의 역할을 맡고자 했던 계몽자들을 혼란에 빠뜨렸던 것은 무엇보다도 식민강점에 따라 식민당국이 자행한 외과적 시술들—제도적 개변이었다. 어떤 사회적 동의의 과정도 거치지 않은 이 변화를 비판할 힘과 근거를 갖지 못할 때, 남는 것은 그에 순응하는 길이다. 계몽의 내용을 '문화적' 증진에 한정하는 문화주의는 이미 진행된, 그리고 진행될 외과술에 대한 무력한 순응을 전제로 한 것이었다. 관심을 문화적인 데 한정하는 것이 사실 가장 손쉬운 선택이었다는 점은 계몽활동에서 문화주의적 경향을 두드러지게 한 이유였다.

식민화에 따른 변화를 바르게 설명할 수 없었던 문화주의적 계몽은, 따라서 변화에 대한 전망을 구체적으로 제시할 수 없었다. 많은 계몽자들은 낡은 과거를 단죄했고 새로운 변화를 기대했다. 그러나 이미 일어나고 있는 변화가 어떠한 것인지, 그 안에서 자신들이 무엇을 어떻게 할 수 있는지, 혹은 하여야 할지를 말하지 못하는 한, 변화에 대한 기대와 예찬은 막연한 것이기 쉬웠다.

문화주의적 계몽의 입장은 문학에서 역시 두드러졌다. 당시의 여러 문학작품에서 읽을 수 있는 것은 문화주의적 계몽의 한계다. '구완서'(「혈의 누」, 1906)는 "우리 나라와 일본, 만주를 한데 합한 문명한 강국을 세우겠다는" 어마어마한 포부를 피력한다.6) 봉건적 탐학의 피해자로, 낡은 제도의 전면적 개변을 주장하는 '옥남'(「은세계」, 1908)은 통감부가 들어앉은 정치적 상황을 긍정하고 지지한다. 정치적 순응주의는 오락성의 지향과 밀접히 맞물려 나타났는데, 이는 변화의 실상을 외면하고 막연히 타율적인 변화에 편승을 바라는 태도가 한편으로 지배적이었음을 말한다.

문화주의적 계몽은 변화를 '정신적인' 데 한정하는 특징을 보였다. 그것은 식민화에 따른 제도적 변화를 그대로 인정하고 그것을 따라야 한다는 주장을 숨기고 있는 것일 수 있었다. 실제로 이광수는 문학이 합방 이후 진행된 제도적 개변에 발맞춘 '사상 감정과 생활의 변화'를 일으켜야 한다고 역설한다.7) 그의 '정신개조'론은 다르지 않은 문맥에

---

6) '일본, 만주를 합한 연방국'을 세운다면 그 주체는 누가 될 것인가? 「혈의 누」가 씌어지던 당시 우리는 이미 일본의 반식민지 상태였다. 조선과 일본, 만주를 묶는 다는 생각은 뒷날 '대동아 공영'의 주장으로 나타나거니와, 대륙을 침략하려는 일본의 구상을 대변한 것이라고 보아야 옳다.

7) 1916년 총독부 기관지 「매일신보」에 게재되었던 이광수의 글 「문학이란 하(何)오」의 한 구절.
"병합(倂合) 이래로 만반 문물제도가 실개(悉皆) 신문명에 의거하였거니와, 사상감정과 차(此)를 응용하는 생활은 의연(依然)한 구아몽(舊阿夢)이니, 종차(從此)로 신문학이 울흥(蔚興)하여 신(新)하여진 조선인의 생활감정을 발표하여서 후대로 전할

서 나왔다. 제도적인 변화에 대한 순응의 요구는 친일에 닿는 도정의 출발점이었다.

문화주의적 계몽은 앞날에 대한 전망을 제시할 수 없었다. 이인직과 이광수의 주인공들은 변화를 이끌고 또 스스로 변화할 수 있는 인물들이 아니었다. 그들이 추구하는 것은 '해방'을 향한 변화가 아니라 이미 변화한 현실과 타협하는 것이었다. 부잣집 딸과 결혼하고 "꿈에도 바라던" 미국유학을 하는 것은 『무정』(1917)의 주인공 '이형식'이 바란 바다. 기생첩을 어머니로 둔 '선형'[8]과 진사의 딸 '영채'의 뒤바뀐 운명이라든가, 돈 없고 배경이 없는 대신 야심으로 가득 찬 이형식이라는 몽상가가 "황금의 시대"에 뛰어들어 아픈 과거를 딛고 출세의 문을 여는 이야기는 이 소설의 흥미를 더하게 한 요소였다. 소설은 앞날에 대한 밝은 기대를 펼치는 것으로 끝나지만 곳곳에서 그것은 현실이 이미 참담하고 가혹한 것임을 드러냈다. 이 가혹한 현실로부터 휘황한 미래로 나아가기 위해서는 무엇을 어떻게 해야 할 것인가? 이 소설의 주인공이나 작가는 이에 대해 어떤 구체적인 생각도 갖지 못했다.

막연히 '정신'의 힘을 강조하고 이를 통한 변화를 기대하는 '순진한' 기만은 서로를 위안하는 역할을 하는 데 그칠 수밖에 없었다. 이러한 위안의 관계는 자신들을 위협하는 변화를 외면하고 오히려 그에 대한 막연한 기대를 투영함으로써 그것이 성취되리라 믿으려는 심리를 서로 묵인하는 가운데 이루어진 것이었다.

문화주의적 계몽의 의의는 우리의 고전을 되박아내는 사업을 펼쳐 '족수(族粹)'를 살리려 한다는 취지로 최남선 등이 결성했던 <조선광문회(光文會)>[9]의 활동에서 찾을 수 있다. 변화의 주체로 서기 위해

제1차의 유산을 작(作)하여야 할지라."

8) 『무정』에는 선형의 어머니가 본디 이름난 기생이었고, 김 장로와 10여 년 동거 후 김장로의 용단으로 부인이 된 것으로 서술되어 있다. 김 장로의 집으로 들어오기 전까지 선형은 기생첩의 딸로 10여 년을 지냈던 셈이다.

9) 1910년 최남선, 현채, 박은식 등이 설립한 한국고전 간행을 위한 단체. 전체 180여

서는 문화적 토대를 다지는 일이 선행되어야 했기 때문이다. 하지만 고전의 부흥은 그것이 갖는 현실적 의의를 잃지 않으려는 긴장 속에서 이루어져야 했다. 그렇지 못할 경우 그것은 언제나 한낱 고물 애호주의로 떨어질 위험을 안고 있었다.

앞날에 대한 자신의 기대를 실현할 현실적 방안을 제시할 수 없었다는 점은 문화주의적 계몽자들의 문제가 아닐 수 없었다. 이 점은 그들이 스스로 세운 선구자로서의 자기 상을 위협하는 것이었다. 이광수는 불교적인 인연론이나 보살행(菩薩行)의 인욕(忍辱)을 강조하고, 안분(安分)의 논리를 폄으로써 관념적 도덕론의 수준으로 후퇴한다. 이는 그가 계몽의 이상을 부정한 데 따른 것이거나, 애당초 계몽에 대한 그의 생각이 구체적이고 절실하지 않았음을 말하는 것이었다. 이광수의 친일은 이를 근거로 이루어진다.10) 그의 친일은 변화를 이루는 주체가 되려는 환상이 왜곡된 형태로 진행된 결과였다. 그는 식민지 모국인 강력한 근대국가—변화를 주도하는 주체로 보였던—에 모든 것을 의탁할 때 자신이 변화의 주체가 될 수 있다는 생각을 했던 것이다.11) 식민지 모국을 변화의 주체로 보고, 그 목적을 위해 모

종에 이르는 고전의 간행을 계획하여 「동국통감」, 「열하일기」 등 20여 종을 간행했다. 광문회의 활동은 문화적 주체성 확보의 요청에 답한 것이었다. 광문회의 활동은 1920년대에 들어 잡지 「동명」이나 「계명」을 중심으로 '조선학'에 대한 관심과 열의를 진작케 하는 근거를 마련했다.

10) 보살행은 대승을 가진 자를 공양하고 스스로 욕심을 가라앉혀 중생을 이끈다는 입장을 갖는 것이다. 안분이란 각자의 차별적인 천품에 충실해야 함을 가르치는 것이다. 이광수에게 일본의 국체와 천황은 대승을 가진 존재였으며, 따라서 자신을 버리고 이를 따르는 것은 보살행이 된다. 안분의 논리는 천황이 이끄는 질서와 그것이 부여하는 차별적 역할에 충실해야 한다는 것이었다. 이광수의 친일, 그의 불교적인 세계관이 친일을 수용하는 양상에 대해서는 이경훈의 논문, 「이광수의 친일문학 연구」(연세대학교 박사학위논문 1994. 12.)를 볼 것.

11) 이경훈은 이광수의 친일을 "봉건적 질서와 근대적 질서의 경계선(문지방)을 밟은 채, 결국 피식민지인으로서 약육강식적인 근대질서에 편입된 한 지식인이 자기기만적으로 시도한 일종의 근대화 캠페인(또는 근대국가에 대한 모순된 사랑)"으로 보아야 한다고 주장했다. 이경훈, 「책머리에」, 『춘원 이광수 친일문학전집·2』(평

든 것이 '총동원'되어야 한다는 주장에 그가 동조한 배경에는 식민지 모국에 적극적으로 투항하는 것만이 약육강식의 세계에서 살아남는 길이라는 생각이 작용했다.

3. 새로운 계몽 ; 억압성과 불확정성의 인식, 그리고 그것을 극복하는 길

3·1운동 이후의 이른바 문화정치는 식민체제가 자리잡았음을 알리는 것이었다. 즉 그것은 토지제도로부터 교육제도에 이르는 온갖 제도가 수립되고 정비됨에 따라 식민지 사회가 구성되었다는 것을 뜻했다. 식민지 사회의 구성은 사회 공간의 성격과 내용을 새롭게 규정하는 것이었다. 이 시기에 들어 저널리즘과 잡지 등을 매개한 문화운동은 상대적으로 활성화되는데, 이르써 가능하게 된 것의 하나는 새로운 사회공간에 대한 이해다. 식민체제를 수립하는 데 따른 여러 제도적 장치들이 이제 식민지 사회공간 안에 정착되었다는 점, 그로부터 벗어나기란 쉽지 않다는 점, 그리고 그에 의한 파괴적 변화의 과정은 더욱 가속되리라는 점에 대한 인식은 어느 정도 보편화된다. 누가 보더라도 현실은 억압적이고 또 불확정한 곳이었다.

염상섭이 본 현실의 참 모습은 섣부른 기대와 이상을 비웃는 것이었다. 그는 '추외(醜猥)한' 현실상의 폭로를 근대적으로 각성한 자아의 역할로 보았다.12) 어떤 희망도 쉽게 허락치 않는 현실의 실상과 대면한다는 것은 고통스러운 일이 아닐 수 없다. 그러나 그럴수록 모든 것을 의심하고 비판하며 해부해야 하는 것이 각성한 자아의 임무였

민사, 1995)

12) 염상섭은 평론 형태로 씌어진 「개성과 예술」(1922)에서 갖가지 우상을 타파하는 비판적 성찰의 태도를 근대적 각성의 산물로 지적했다. 그에 의하면 자연주의는 "자아각성에 의한 권위의 부정, 우상의 타파로 인하여 유기(誘起)된 환멸의 비애를 수소(愁訴)"하는 것이었다.

다. 그는 자신을 역시 '폭로'해야 했다. 염상섭은 더 이상 막연한 전망을 열어 보이는 계몽자일 수 없었다. 그는 침체와 권태에 빠진 내면을 고백함으로써 현실의 억압성을 '폭로'하려는 계몽자였다.(「표본실의 청개구리」, 1921)

염상섭에 의하면 폭로의 주체는 근대적으로 각성한 자아의 개성이었다. 그가 쓴 개성이란 말은 현실과 자신에 대한 비판적이고 반성적인 자각의 능력을 뜻했다. 그는 또 개성을 "독이(獨異)적 생명의 유로(流露)"라고 규정하면서, 자아의 각성으로 "피와 살이 있는 생명의 비약"이 가능했다고 설명했다. 그는 비판적이고 반성적인 자각을 자기 전개의 조건으로 본 것이다. 개성이 생명의 유로인 까닭은 여기에 있었다. 현실과 자신에 대한 비판적이고 반성적인 자각, 곧 개성에 의한 폭로는 근대적 자아를 전개하는 방식이었던 셈이다. 염상섭은 비로소 근대적인 각성이 비판적이고 반성적인 자각의 주체로 서는 것이며 이런 입장에서 자신을 펴는 것임을 강조한 것이다. 이는 계몽을 국가나 선각자의 사업으로 보는 태도, 그에 따른 계몽적 전제(專制)를 거부한 것이었다.

자기 전개란 변화에 대한 지향이다. 염상섭이 개성을 생명의 유로라고 규정한 배경에는 자각의 깊이가 없이 변화를 향해 나아갈 수 없다는 생각이 깔려 있었다고 보아야 옳다. 요컨대 그는 비판적이고 반성적인 자각을 통해서만 변화를 향한 자기 전개가 가능하다는 점을 지적한 것이다. 비판적이고 반성적인 자각이란 현실과 자신을 끊임없이 성찰하려는 열린 태도를 요구한다. 현실과 자신을 변화의 진행 속에서 파악하려는 동적 균형감각은 이러한 자각의 요건이 아닐 수 없다. 그것은 현실과 자신의 복합성, 그것이 갖는 한계와 가능성을 동시에 볼 것을 요구한다. 섣부른 이상에 매이거나 막연한 기대를 갖는 것은 현실과 자신에 대한 기만일 수밖에 없다. 염상섭으로 하여금 풍속 탐구의 길(『삼대(三代)』, 1931)로 나아갈 수 있도록 했던 것은 이 감각이었다. 일상의 풍성하고 구체적인 반영이나 그 안에서 움직이는 다양한 인물들의 전형적 형상화는 이 감각 위에서 가능했던 것이다.

　김동인은 현실이 불확정한 세계임을 고발했다. 현실은 어떤 논리나 질서도 부재하며 오히려 큰 잘못도 없이 불행에 빠지거나 뜻하지 않게 파탄을 맞아야 하는 곳이었다. 그의 인물들은 자각 없이 불행을 부르며 무력하게 운명적인 폭력에 휘말린다. 그의 이러한 현실인식은 식민자본주의의 자의적 폭력성을 감지한 결과다. 그러나 그가 그린 현실은 황폐할 뿐 변화의 필연성과 가능성을 갖지 않는다. 때문에 김동인의 소설들은 근본적으로 같은 이야기를 하는 데 그친다. 인물들을 황폐한 현실 속에 던져 넣고 냉혹하게 그들을 파멸로 인도하는 데 그는 더 관심을 두었다. 한계와 가능성, 절망과 희망을 동시에 보는 균형감각을 제시하는 것이 계몽적이었다면 김동인은 계몽적이지 않았다.

　이 시기에 들어 시의 응축과 수준 높은 서정화(抒情化)가 가능했던 것 역시 비판적이고 반성적인 자각에 따른 것으로 보아야 한다. '가신 님 무덤'가에 피어난 '봄빛'의 경건한 아름다움을 본 김소월이나(「금잔디」, 1922), '님은 갔지만 님을 보내지 아니하였다'(「님의 침묵」, 1925), '타고 남은 재가 다시 기름이 된다'(「알 수 없어요」, 1925)고 한 한용운, 죽음의 '침실이 부활의 동굴'임을 알아야 한다고 한 이상화(「나의 침실로」, 1923)는 어둠과 빛이 같이 있다는 생각, 어둠이 짙을수록 빛이 밝다는 비극적 역동성의 인식을 통해 근대에 대응하는 정신적인 자세를 다져 보인 대표적 예다.

　현실의 억압성과 불확정성의 폭로는 그것이 어떻게 극복되어야 할 것인가 하는 물음을 던진 것이었다. 막연한 저항의 정조, 착취받는 민중에 대한 연민과 부채의식은 이미 일반화되었지만 그 물음에 답하는 것은 쉬운 일이 아니었다. 작가들은 자신들을 옥죄고 있는 식민제도의 견고함을 부정할 수 없었다. 예를 들어 현진건은 민중에 대한 부채의식 때문에 괴로워하지만 이 제도와 맞서는 상상은 하지 못한다.

이른바 신경향파 소설들 역시 이 제도에 대한 개인의 돌발적이고 충동적인 항거를 그리는 데 그쳤다. 최서해는 경험의 직접성을 살려 식민지 현실의 가혹함을 증언했지만 변화를 이끌어 낼 실마리를 풀어 보인 것은 아니었다. 이 가혹한 현실을 극복할 새로운 이해의 틀을 제공했던 것은 '계급사상'이었다.

1920년대 초반을 넘기며 활성화되는 계급문학 논의는 문화주의적 계몽과 자연주의를 지난 시대의 것으로 비판했다. '과학적인' 계급사상은 식민지 현실의 억압성을 단순히 국체의 상실에 따른 것이 아니라, 자본주의의 발전태인 제국주의가 국가나 민족 간의 계급적 착취를 구조화한 결과로 설명했다. 식민화는 군대와 행정력을 앞세운 식민자본에 의한 독점적 착취를 뜻하는 것이었다. 민족은 계급적 단위로 인식되기도 했다. 따라서 식민화의 사슬을 끊으려는 민족적 단결은 계급적 단결이어야 한다는 주장도 제기되었다.13) 계급운동이 민족해방을 위한 길로 보일 수 있었다는 점은 계급사상이 빠르게 퍼질 수 있었던 요인이었다.

그것은 새로운 계몽의 필요에 답한 것이었다. 교육을 통한 실력의 배양과 정신의 개조를 주장한 과거의 계몽이 식민체제가 세운 제도를 긍정함으로써 기만적인 것이 되고 만 반면, 이 새로운 계몽은 식민제도 자체를 부정함으로써 시작한다. 그것은 식민제도를 통하지 않는 새로운 지식과, 피착취의 경험으로부터 우러나오는 각성을 요구했다. 식민지 민중이 자신의 계급적인 처지를 깨닫고 의식적으로, 또 조직적으로 단결할 때 억압의 사슬을 끊는 길은 열린다는 것이 새로운 계몽의 내용이었다. 제정 러시아를 무너뜨린 계급혁명의 성공담이라든

---

13) 문학논의에서 이러한 주장이 분명하게 나타나는 첫경우는 김기진의 「금일의 문학, 명일의 문학」(1924)이다. 김기진은 여기서 모든 조선 사람이 몇 년 안에 프롤레타리아가 될 것이라고 단언하면서 민족적 단위의 단결을 호소했다. 김기진은 식민지 내부의 계급적 분화에 대한 이해가 없었다고 말할 수 있다. 그러나 계급과 민족을 동일시하려 한 그의 입장은 계급운동의 민족주의적 배경을 드러낸 것이다.

가, 피압박 민족의 후원자를 자처한 소련의 존재는 많은 사람들로 하여금 계급혁명이 해방에 이르는 가장 실제적인 방법이라는 생각을 갖게 한 또 다른 원인이었다.

계급사상은 변화에 대해 보다 구체적인 인식을 제공했다. 그에 의하면 변화란 일정한 법칙성을 갖는 역사적 발전 과정에 따른 것이었다. 요컨대 변화는 이를 결정하는 여러 역사적 요인들로부터 자유롭게 일어날 수 없다는 것이다. 계급적인 자각 역시 주관적으로 선택할 수 있는 것이 아니며 단순히 도덕적인 숙성이나 지적 함양의 문제도 아니었다. 의식적인 변화는 물질적 관계의 변화에 따르며, 그것을 바꿔 놓는다. 때문에 새로운 계몽은 물질적 조건에 대한 과학적 통찰과 의식적 자발성을 유도하기 위한 전략적 고려를 배제해서는 안 되었다. 한마디로 계몽은 변화의 조건을 주도적으로 만드는 것이 되어야 했다.

계급사상은 계급적으로 자각한 대중을 변화의 주체로 내세워 계몽의 주체 문제를 새로운 각도에서 보게 했다. 즉 계몽은 국가나 선각자가 일방적으로 수행하는 것이 아니라 대중의 반성적 자각을 통해 이루어지는 것이었다. 볼셰비즘은 대중을 지도하는 당의 존재를 절대화하지만, 지도의 필요성을 역설할 때에도 대중이 변화의 주체라는 점을 이론적으로 부정하지는 않는다.

계급적 계몽은 역사적 전망을 제시했다. 기왕의 계몽자들은 제국주의의 식민지배로부터 벗어나야 한다는 점만을 이야기했지 그것이 추구해야 할 바에 대한 분명한 대안을 갖지 못했다. 계급사상에 의하면 새로운 제도인 사회주의와 어떠한 속박도 없는 공산주의의 도래는 '필연적인' 것이었다. 사회주의는 이미 현실로 나타나 있었다. 억압과 착취를 없앤 역사적 발전을 상상한다는 것은 그 자체가 매혹적인 일이었다.

계급사상은 또 식민지 현실과 세계에 대한 구성적 인식을 가능하게 했다. 이기영이 『고향』(1934)에서 그린 충청도의 '원터'는 식민지적 근대화의 집점이다. 이 작은 농촌 마을은 '드높은' 일본 상점이 즐비한 읍내로 뚫려 있을 뿐 아니라, 위로는 만주나 서간도, 아래로는 일본의 대판까지 잇닿아 있다. 그곳은 구한말 이래 식민화가 진행된 역사적 과정과 식민자본 및 매판세력을 정점으로 하는 수탈의 구조적인 체계를 축약한 무대다.14) 그곳은 또 자각한 지식인이 농민을 각성시켜 하나가 되고 노동자와 농민의 연대가 이루어지는 공간이기도 하다. 식민화의 전체적인 양상을 드러내고 그에 대한 대결의 구도를 세운 것이 『고향』이었던 것이다. 그것이 보여준 구성적 인식의 의의는 현실 풍속을 구체적으로 재현한 염상섭이 식민지 중간층의 일상을 벗어나지 못했던 점과 비교해 볼 때 더욱 부각된다.

식민자본주의의 착취와 물화된 관계에 대한 통찰은 그로부터의 해방을 향한 갈망이 어떻게 생성되고 결집되어야 할 것인가를 탐색케 했다. 이북명의 주인공들은 혼을 마비시키는 소음과 악취 속에서 "얼빠진 로보트"처럼 휘둘리다가 시체처럼 쓰러져 잠이 들며 자포자기해 술과 도박에 빠지지만,(「오전 3시」, 1935; 「공장가」, 1935) 바로 그렇기 때문에 더 이상 그렇게 살 수 없다는 자각을 한다. 이북명은 노동자에게 강요되는 극심한 소외와, 이를 통해 자신이 누구이며 무엇을 해야 할 것인가를 깨닫는 역동적인 의식 형성의 과정을 그려 내었던 것이다. 변화는 이러한 변증적 과정을 통해 일어나고 이룩되었다. 현실 속에서 일고 있는 변화를 잡아 내어 모아 이끄는 것은 작가의 임

---

14) 동경에서 돌아온 김희준은 고향이 '놀랄 만치' 변한 것을 발견한다. 읍내는 '대도회(大都會)'로 변했으며 그의 옛집은 신작로가 나 허물어지고 원터 마을 앞으로는 'C 사철(私鐵)'이 지나간다. 근대식 제사공장이 들어서고 사람들은 너도 나도 품팔이에 여념이 없지만 술찌꺼기를 '고등요리'로 알고 먹어야 하는 것이 농민들의 처지다. 그들은 고향을 등지고 간도 등지로 떠나며 일본의 대판으로 노동을 하러 가야 한다. 원터는 식민자본이 무차별하게 관철되는 곳이며 수탈의 전체적이고 구조적인 양상을 집약하여 예시하는 곳이다. 소설에선 또 조부 대에 큰 객주를 갖고 있었으나 차츰 몰락을 한 김희준의 가족사를 비롯하여 그와 같은 길을 걸은 경우들이 틈틈이 제시되고 있다.

무었다.

계급의식이란 다만 개인의 생활 경험을 통해 획득되는 것이 아니라 '바른' 정치적 입장에서 견인되고 주조되어야 한다는 이유를 들어, 계급문학론은 작가가 사상이념적으로 분명하고 투철해야 한다는 점을 요구했다. 그러나 이념적 명령을 새기려 들 때 현실을 왜곡하고 형식적 균형을 잃게 된다는 점은 일찍부터 문제로 지적되었다.15) 노동계급의 긍정적 상모(相貌)를 그리고, 낙관적 전망을 제시해야 한다는 창작상의 원칙은 문학이 이념적 허구가 되는 경우를 빚기도 했다. 이 새로운 계몽론의 정당성에 대한 확신은 오히려 그것을 관념화하는 쪽으로도 작용할 수 있었던 듯하다. 그러나 그것은 이러한 관념화 경향은 전위와 노동계급, 혹은 빈농이나 중간층 간의 의사소통과 이를 통한 의식적이고 조직적인 단결을 꾀하려 한 계급문학 본래의 입장을 거스르는 것일 수 있었다. 계급문학론과 그 근거였던 계급사상이 굳은 이론으로 수용됨으로써 오히려 합리성이나 실천성을 결여했다면, 이는 흔히 계몽이 일방적으로 가르치고 권위적으로 교시하려 드는 형태를 취했던 점과 무관치 않을 것이다. 하지만 어쨌든 식민지 상황에서 계급문학운동의 퇴조는 내부적인 원인에 따른 것이 아니었다. 상황이 어려워지면서 대부분의 운동자들은 계급문학의 지향을 다만 개인적 신념의 형태로 견지할 수밖에 없었다.

---

15) 이 점은 이른바 내용형식 논쟁을 통해 처음으로 문제시되었다. 이 논쟁은 부르주아 문학의 유산을 수용해야 하는가, 현실의 총체적 반영을 추구하느냐 선동문학의 필요에 충실하느냐, 정치적 전언을 효과적으로 부각하기 위해서는 어떤 형식을 취해야 하는가 등의 물음을 던진 것이었다. 내용형식 논쟁의 논의 수준은 낮았지만 그것은 이후 계급문학론이 펼칠 중요한 논점들을 제기한 것이었으며, 특히 그것의 핵심 과제인 창작방법 논의의 출발점이었다고 말할 수 있다. 이 논의를 통해 거론되거나 의식된 것들, 예를 들어 대중의 조직화를 꾀한다는 원칙, 정치적 계급의식과 형상화의 당파성을 구현하는 문제, 긍정적 전망의 획득과 제시의 필연성, 인민의 말과 감정에 친화적이어야 한다는 점 등은 이후 창작방법 논의의 내면적 논제가 되었던 것들이다.

계급문학운동은 해방이 혁명적인 변화를 통해 가능한 것이며, 자신과 주변에 대한 성찰을 통해 이를 적극적으로 이끌어 내는 과정에서 바라볼 수 있는 것이라는 점을 말한 것이다. 운동자들이 주목하고 또 찾으려 했던 것은 현실을 본질적으로 바꿀 수 있는 가능성이었다. 해방을 꿈꾸는 한 이 일은 포기할 수 없는 것이었다. 임화가 노래했듯 '우리는 아직도' 역사의 바다의 "높은 물결"(「현해탄」, 1936) 위에 있었다.

4. 전통지향의 여러 양상

급격한 변화와 그것이 초래한 혼돈에 대응하는 방식의 하나는 문화역사적 뿌리를 확인하고 그에 자신을 접합시키려 하는 것이었다. 변화가 강요하는 문화역사적 단절은 이미 일찍부터 극복해야 할 과제로 의식되었다. 최남선 등은 <조선광문회>를 결성(1910)함으로써 고전을 다시 박아 널리 읽게 하고자 했던 것이다. 문화전통의 단절에 대한 우려는 이러한 사업을 시작하게 한 직접적인 동기였다.

문화전통의 단절이 진행될 때 민족적 정체성은 위협받게 마련이다. 식민화에 따라 급격하고 폭력적으로 이루어진 새로운 제도화는 사회공간의 역사적 지속성을 파괴했으며, 정신도덕적이고 풍속적인 이질화를 초래했다. 이러한 상황에서 사회공간의 역사성을 조망하는 것은 변화의 의미와 내용을 점검하기 위해 필수적인 일이 아닐 수 없었다. 최남선의 「심춘순례(尋春巡禮)」(1926)는 우리 강토의 역사성에 대한 사색의 기회를 제공했다. 역사나 문화 풍속의 탐구, 국어학 연구는 1930년대에 오면 '조선학'이라는 영역을 확보하는 데 이르거니와, 이는 민족적 정체성을 수립하려는 비상한 의지를 배경으로 한 것이었다.

전통지향, 전통을 돌이키고 되살리려는 기도는 여러 모습으로 나타난다. 그것은 시조부흥운동과 같은 문단적 캠페인으로 나타나기도 하며 김소월과 김영랑, 백석, 채만식 등에서 잠복된 형태로, 혹은 공공연하게 주제화된다. 그것은 이른바 민족진영(계급진영을 타자로 놓은)을 묶는 구심적 기반의 하나이기도 했다. 도시적 세속성이나 부박함을 혐오하고 농촌공동사회를 이상시하는 태도도 이와 무관치 않은 것이었다. 순수한 도덕적 자발성이 발휘되는 훼손되지 않은 자족적 과거를 꿈꾸는 인민주의적 상상력은 몇몇 농촌소설들의 배경이 되었다. 그러나 전통지향이 단순한 호고(好古) 취향에 떨어질 때 과거는 현실로부터 도피하는 빌미가 될 수 있었다. 그것은 모든 변화를 부정하는 완고함에 매몰되거나 진정한 변화의 가능성을 기대하지 않는, 역사에 대한 체념적 관조의 태도로 나타나기도 한다. 전통지향이 취한 반서구적 입장은 친일의 거점이 될 수도 있었다.

전통지향이 변화에 대한 감각을 도외시해서는 안 되었다. 과거를 돌이키는 일은 식민화에 이른 변화의 의미와 내용을 점검하고 그 과정을 꿰어 보려는 작업이어야 했다. 오랜 서사전통을 발전적으로 수용하고 풍부한 어휘로 당대의 정사(正史)는 물론 야사와 민간에서 통용되던 야담 및 전설을 폭넓게 끌어들인 홍명희의 『임꺽정(林巨正)』(1928-1939)은 조선사회와 역사의 역동성을 주체적으로 재현한 역사소설이었다. 『임꺽정』에서 과거의 역사는 머물러 있지 않다. 봉건질서에 저항하는 '임꺽정'과 그 무리의 이야기는 그것이 낡은 것과 새로운 것의 맞섬을 통해 전개되었음을 되짚어 보여 준다. 이 소설은 식민지 사회공간과 그 역사성을 이해하는 틀을 제공하는 것일 수 있었다. 식민지의 사회공간이란 폭압적 제도와 맞서 온 긴장된 과정을 내포하고 있는 것이었다. 홍명희는 특히 민중들의 생활과 의식을 그리는 데서 '조선적인' 성격과 요소들을 잡아 내고자 했다. 그것들은 고정되어 있다기보다는 역사과정 속에 살아 움직이는 것이었다. 민족적 정체성이란 이러한 과거의 전통과 유산을 끊임없이 오늘의 관점에서 돌이키고 의미를 부여함으로써 되살려 내야 했다. 『임꺽정』에서 전통은 계몽적인 의의를 갖는 것으로 나타난다.

5. 계몽의 소멸 ; 사회공간은 불투명해지고
변화는 어지러운 것이 되다

식민화의 경험은 곧 폭력의 경험이었다. 식민지 사회는 끊임없이 폭력을 제도화해 왔다. 그에 따른 변화는 과거의 그 어떤 경험과도 비교할 수 없을 만큼 전면적이고 빠른 것이었다. 1930년대는 이러한 변화가 나날이 확대되며 더욱 가속된 시기다. 채만식이나 김유정은 전락(轉落)이라는 테마를 인상깊게 형상화한 작가들이다. 폭력적 제도가 모든 것을 삼켜 버리고 만다는 인식, 전락이 운명으로 여겨지기에 이른 상황에서 그들이 찾은 것은 풍자와 해학의 방법이다. 그것은 비판의 입장을 분명히 전제하지만 비판자가 숨는 방법이다. 비판자를 숨게 만든 것의 하나가 쉽게 길을 찾을 수 없다는 절망감이었던 것은 분명하다.

폭력적 변화가 전면적이고 가속적으로 이는 상황에서 계몽은 변화의 의미를 이해하고 거기에 주체적으로 작용하는 길을 열려는 노력으로 나타나야 했다. 노동계급의 의식적이고 조직적인 단결을 통해, 식민화에 따른 변화를 수동적으로 좇지 않고 자신들 스스로 변화를 이끌어 내려 했다는 점에서 계급문학운동은 계몽적인 성격을 갖는다. 그러나 식민자본의 운동을 동력으로 하는 전면적이며 가속적인 변화가 그에 대한 합리적 이해를 거부하고 그에 대립된 어떤 이념적, 조직적 대응도 불가능하게 하면서 사회공간은 불투명하고 변화는 어지러운 것이 된다. 사회공간이 추상적, 수동적으로 파악될 뿐이거나 파편화되는 것은 그 결과다.16)

1930년대 모더니즘은 자본주의의 세계적 팽창과 그에 따른 위기의식 내지는 도시적 세속화의 증대를 비롯한 물질적이고 풍속적인 변화의 가속화를 반영한다. 모든 것이 걷잡을 수 없이 바뀌어 간다는 생각은 모더니즘의 출발점이 되었다. 현실의 전면적이고 가속적인 변화가 강요하는 것은 그에 대한 주체적이고 비판적인 개입이 쉽지 않을 뿐 아니라 따라서 사회공간으로 진입하는 길이 소멸되었다는 느낌이다. 모더니즘을 사로잡고 있는 것은 이러한 소외의 감각이며 유배자(流配者)의 의식이다. 사회공간이 '남의' 공간이 되면서 겪는 혼돈과 불안감, 좌절의 정서는 보편화된다. 더불어 변화를 따라잡거나 그것을 내려다보는 새로운 의식을 확보하려는 조바심, 변화의 흐름을 뛰어넘으려는 초월의 의지 등이 나타나기도 한다.

이상은 「날개」(1936)에서 자신을 밀실(密室)에 유배했다. 그에게 밖으로 열린 길은 없다. 심지어 아내와의 의사소통조차 불가능하다. 아내의 매춘은 제도공간의 폭력성을 상징한다. 그의 '순진무구함'은 이 폭력성과 대조된다. 그는 1930년대의 식민지 도시를 사로잡고 있는 무자비한 탐욕의 어두운 힘을 읽었던 것이며 그에 대한 깊은 혐오를 표했던 것이다.

이상은 가차없는 현실의 변화에 뒤져서는 안 된다는 생각을 갖고 있었다. '철강과 유리로 된 건물의 초현대식 미'를 말하는 건축학도로서 그는 근대적인 변화가 문명적 쾌적함과 문화적 세련성을 가능케 하리라는 상상을 했다.17) 그가 형식적 새로움(「오감도」, 1934)을 모색

---

16) 사회공간의 개념, 그것의 추상화. 혹은 분열의 개념은 Henri Lefebvre, trans. Donald Nicholson-Smith, *The Production of Space*(Blackwell Publishers, 1991)의 4장 「From Absolute Space to Abstract Space」와 6장 「From the Contradictions of Space to Differential Space」의 도움을 받았음.

17) 이상이 수필 「예의(禮儀)」 등을 통해 그린 미래상은 "전기기관차의 디끈한 선, 철강과 유리가 초현대식 미를 자랑하고 신선한 도락이요, 우아한 예의이기도 한 다방의 일게(一憩)"가 있으며 세련된 도회여성들이 "센슈얼한 향기"를 뿜내는 것이었다.

하려 한 것은 물론 이와 무관치 않다. 그러나 첨단기술을 바탕으로 한 문명적 쾌적함과 문화적 세련됨이 넘치는 미래에 대한 그의 상상은, 자신이 '초근목피로 목숨을 잇는 너무도 끔찍한 가족'조차 부양하지 못하고 있음을 떠올림으로써 여지없이 깨진다. 어떤 희망도 쉽지 않고 죽음을 눈앞에 두고 있었으며 절망적 방종이 낭자한 자신의 현실로부터 그가 발견해야 했던 것은 변화에 따른 '새로운 시대의 생활 시스템'을 찾지 못한, 분열되고 어그러진 식민지 사회의 아노미 현상이었다. 이런 현실에서 그는 차라리 '엄숙한 19세기의 도덕률'로 돌아가려는 충동을 느끼기도 한다.18) 이 혼돈에 찬 파괴적 상황으로부터 벗어날 수 없음을 예감할 때 그가 할 수 있었던 것은 자신의 운명을 관조하는 것이었다. 그가 제시했던 것은 응시(凝視)의 형식이다. 응시는 변화의 가차없는 질주에 대한, 이 파괴적 진행에 대한 무력을 시위하는 방법이었다.

이상에게 식민지의 사회공간은 불투명하고 분절적인 것이었다. 그것은 자신의 모양을 확정하지 않음으로써 그 속에서 살아가야 하는 사람들의 자기정체성 수립을 어렵게 하는 것이었다. 이 정처 없는 불안 속에서 그는 변화의 근원지로 여긴 '제국의 도시', 동경(東京)을 찾지만 그곳에서도 그가 받는 것은 이 도시가 '영화의 세트', 이를테면 모조품 같다는 인상이다. 그럴 듯하게 꾸민 가상(假象)이 세트다. 세트는 부술 것을 전제한다. 그는 끊임없이 가상을 생산하고 소비하는 근대의 심연을 들여다보았던 것이다.

박태원을 비롯하여 최명익, 현덕, 허준 등이 역시 취한 응시의 형식은 사회공간이 불투명해지고 따라서 시야가 제한되는 데서 비롯된 것으로 보인다. 김기림은 거친 변화의 힘에 휩쓸린 '세계'의 풍경을 무감동하게 풍자했다.(「기상도」, 1936) '병든 세기(世紀)'의 혼란 속에서 '나는 도망칠 길을 찾지 못하고 그의 칼렌다에는 내일이 없다.' 그는

---

18) 수필 「산촌여정」, 「작가의 호소」, 「공포의 기록」, 「사신(私信)」 등을 볼 것.

'폭풍'이 멈추고 '태양'이 떠오르는 때를 꿈꾸지만 과연 폭풍은 멈출 것인가?

변화의 흐름을 가늠할 수 없는 상황에서 취할 수 있는 가장 소극적 인 대응은 스스로 정체(停滯)되는 것이다. 옛것의 지향, 자연에 대한 관조는 그 방법이었다. 도자기나 화초를 매개로 한 의고적 아취에 끌 리고 짐짓 한거(閑居)의 여유를 찾던 이태준은 결국 변화에 대한 무 력감과 피로감을 드러낸다.(「사냥」, 1942; 「무연(無緣)」, 1942) 정지용 은 평정된 인고(忍苦)의 자세를 취해 보기도 한다. "오오 견디련다. 차고 올연(兀然)히 슬픔도 꿈도 없이 장수산 속 겨울 한밤내―"(「장수 산 1」, 1939)

6. 변화와 운명

군국주의적 파시즘이 '아시아의 공영(共營)'이라는 '거대한' 구상 아 래 국가적 총력 경주를 위한 전면적인 캠페인을 벌여 나가기 시작하 는 1930년대 말, 비상한 위기의식 속에서 절망적 모색을 하던 식민지 문단에는 이른바 '세대 논쟁'이 인다. 세대 논쟁은 기성문인들이 신인 들의 작품 경향이나 작가로서의 자세에 대해 불만을 드러내고, 신인 들 역시 기성을 비판한 데 따른 것이었다. 신인들이 현실에 대한 사 상이념적 대응의 체계를 갖지 못하고 있다는 점은 기성들이 표한 불 만 가운데 하나였다.

스스로 신인 측을 대변했던 김동리는 이에 맞서 오히려 기성들이야 말로 '주의(主義)'나 사상을 "개성적으로 수용하지 못"했다고 주장했 다. 그에 의하면 과거의 계급문학은 "이념의 우상"에 예속된 것으로 기성의 오류를 대표하는 것이었다. 반면 그러한 예속으로부터 자유로 운 신인들은 문단에 새로운 기운을 불어 넣고 있는 존재였다. 문학이란 "개성과 생명의 구경(究竟)을 탐구"하는 것이어야 한다는 점, 문학에서 주의나 사상은 이러한 탐구를 거쳐 "인생의 한 세포로 유기화(有機化)"되어야 한다는 것이 그가 거듭 힘주어 말한 바였다. 그는 전통의 단절을 식민지 문학의 한 질곡으로 의식하였거니와, 계급문학 나아가 기성 일반의 문제가 주의나 사상을 '피동적으로' 받아들인 데 연유한다고 보았다. 그는 새로운 문학이 주체적 사색과 성찰 위에서 이루어져야 할 것임을 외친 것이다.(「신세대의 정신」, 1940)

그러나 김동리만이 주의나 사상을 자신의 것으로 주체화해야 한다고 생각했던 것은 아니다. 기성 측을 대표하던 김남천은 이를 절실한 문제로 의식했던 인물이었다. 그는 카프가 해소된 이후, 이념적 연대가 붕괴됨에 따라 개인이 낱낱으로 흩어지는 경향을 보면서 이념을 추상적, 관념적 차원에 떨어뜨려 놓지 않고 "일신상(一身上)의 모랄"로 주체화해야 한다는 점을 강조했다. 그는 계급문학의 이념적 집단성이 이념의 주체화로 뒷받침되지 못했음을 자기비판했던 것이며, 이념을 주체화함으로써 이념을 견지하는 길을 찾으려 했던 것이다. 자신을 내사(內査)하여 관념적 위장이나 허위의식을 적발하려는 '고발문학론'(1937)을 시작으로 그는 진지하게 모색의 길을 걷는다. 김남천의 경우에 비추어 볼 때 분명히 드러나는 것은 김동리가 단순히 주의나 사상의 주체화 문제를 말한 것은 아니라는 점이다. 김동리에게 계급문학의 이념이란 애당초 개성과 생명의 구경 탐구와는 어긋난 것이었다. 계급문학이념의 주체화, 혹은 그것에 의한 집단적 연대도 그에겐 저열한 부화뇌동 이상일 수 없었다. 결국 김동리가 구경 탐구를 통해 유기화해야 한다고 본 주의나 사상이란 특정한 것이었다고 보아야 옳다.

개성과 생명의 구경이란 도대체 무엇인가. 구경이란 합리적으로 이해하거나 설명할 수 없는 부분이다. 다시 말해 그것은 운명의 영역인 것이다. 이 구경의 영역은 알 수 없는 정염과 집착, 돌발적 충동에 사로잡히며 불의의 재앙을 맞닥뜨려야 하는 곳이다. 김동리는 기연(奇緣)에 의해 만나고 헤어지며 방황과 고통의 길을 가야 하는 인물들을 그린 바 있다. 파탄과 좌절은 그들의 운명이다. 그들은 이를 피하려 들어서는 안 된다. 구원이 있다면 그것은 이 가혹한 운명과 동떨어진 것일 수 없기 때문이다.

'삶'에 대한 비극적 인식, 운명적 파탄과 구원을 역설적인 내포의 관계로 보는 입장 등은 니체 이래의 근대정신에 닿는 것이다. 김동리가 말한 구경의 의미는 파괴의 열정과 새로움에 대한 매혹이 맞물리며, 환멸과 혼돈의 음영이 짙은 만큼 빛을 향한 갈망이 깊은 근대의 거대한 아이러니를 반영하고 있다. 김동리는 자신이 근대의 정신을 세계적 보편성의 수준에서 호흡하고 있다고 자부했다. 이러한 생각은 그로 하여금 자신의 정신적 우월을 확신하게 한 근거였다. 그가 이상이나 최명익, 허준 등의 모더니스트에 대해 동류의식을 느꼈던 이유도 그들이 근대의 정신에 가까이 갔다고 여겼기 때문이었다.

그러나 김동리의 구경론이 근대적인 변화에 대한 통찰을 동반했던 것은 아니다. 실상 구경에 대한 그의 생각은 음(陰)과 양(陽)의 전변(轉變)이라는 개념을 근거로 한 것이었다. 그는 구경이 "생명의 율동"으로 나타난다고 했거니와, 두꺼비가 구렁이에게 잡아먹힘으로써 새끼를 치듯 빛과 어둠, 삶과 죽음, 승리와 패배는 끊임없이 뒤집히고 돌아가는 것이었다.[19] 음양의 운동이란 결국 자연적 순환을 설명하는 것이다. 이 개념에 의하면 모든 것은 쉬지 않고 바뀌어 가지만 궁극적이고 본질적인 변화란 있을 수 없다. 변화는 누가 이끌 수 있는 것도 아니며 변화를 이룩하려는 노력도 결국 덧없는 것일 뿐이다. 모든 것은 운명적 연쇄 속에서 용해되고 다시 생성된다.

---

[19] 김동리는 자신의 소설 「무녀도」(1936)의 주인공 '모화'의 죽음이 역설적인 승리(구원)를 뜻하는 것이라고 해석했다. 물에 빠져 죽은 여인의 혼백을 건지기 위해 모화가 시나위 가락에 맞추어 물 속에 잠기는 것은 자신의 "전 생명을 자연의 율동 안으로 귀화합일"한 것이라는 것이 그의 설명이다.

이같은 생각은 식민강점과 수탈에 병행된 전면적이고 가속적인 변화를 거리를 두고 보게 할 수 있었다. 그러나 동시에 이는 변화를 합리적으로 이해하고 그에 대응하려는 어떠한 노력도 거부하는 것이었다. 변화는 운명이었다. 변화를 운명의 연쇄에 의한 것으로 여기는 태도는 변화로부터 자신을 소외시키며 나아가 모든 변화를 결과적으로 긍정하는 것이 아닐 수 없었다. 이러한 운명에의 구속이 삶의 조건이라는 것, 그것이 김동리가 삶의 구경에서 찾은 바였다.

김동리의 구경론은 근대의 정신을 말하면서 변화에 대한 실천적 관심을 멀리 밀어 놓은 것이었다고 말할 수 있다. 이는 식민지의 사회공간이 추상화되면서 변화에 대한 구체적 감각이 사상되고 자신과 현실을 바꾸어 가려는 비판적이고 반성적인 자각의 의지가 무산된 상황을 또한 반영한다.

변화에 대한 합리적 이해와 통제의 능력이 상실된 가운데 그것 대신 확산되었던 것은 허황한 과대망상이다. 자신들이 뒤쫓았던 서구의 근대문명과 문화가 막다른 곳에 이르렀다는 단정 아래, 그것의 수용에 따른 해악을 쓸어 내고 "일본의 고대정신에 바탕을 둔" 새로운 믿음과 예지로 신질서를 세워 나가야 할 것을 말한 저 '근대의 초극(超克)' 논의(1942)[20]는 그 예다. 신질서는 '천황을 중심으로 한 국민국가'

---

20) 1942년 당시 일본 문화계의 '일류 인사'들이 여럿 참가한 이 논의의 주제인 '근대의 초극'―서구적 근대를 넘어선다는―은 일본의 군국주의적 체제를 정당화하기 위한 이데올로기적 캠페인의 하나였다고 말할 수 있다. 논의에 가담한 논자들은 일본의 서구화 과정을 비판했다. 그것은 굴복과 추종의 과정이었다. 서구의 문명과 문화를 배우고 따르는 것은 역사적으로 불가피한 선택이었지만 그로 인한 정신적 왜곡 역시 적지 않았다는 것이다. 서구문화의 피상적 모방과 이식, 혹은 그에 대한 막연한 존중이 빚은 문화적 단절과 혼란, 사회적 분화와 전인성(全人性)의 상실, 세속화 등이 서구화가 초래한 해악이었다. 몇몇 논자들은 또 서구적 근대의 본질적 문제점으로 개인과 세계, 개인과 국가를 결합할 '통일적 세계관의 결여'라든가 영성(靈性)의 부재 등을 꼽았다. 일본의 역사와 정신, 문화전통의 독자성과 우월성을 주체적으로 살려 계승하고 이를 근간으로 사회를 통일하는 것은 서구에 의한 오염과 구속을 해소하고 새로운 역사적 발전을 이룰 수 있는 길로

의 이상을 실현하는 것이자 옛 일본의 훼손되지 않은 '통일성'을 되살려 내는 것이어야 했다. 서구의 수용이 국가적 사업으로 시작된 것처럼 서구의 초극 역시 국책적 계몽의 대상이 된다.

친일은 서구와 그 수용의 해악을 극복해야 한다는 논리, 나아가 서구를 배제하고 아시아의 단결을 외친 '대동아 공영'의 주장을 수용함으로써 이루어진다. 그것은 변화에 대한 비판적 자각과 주체적 관여를 포기하고 눈먼 힘에 의한 변화를 무자각하고 수동적으로 추종한 결과다. 신질서에의 편입을 새로운 운명으로 보았던 것이다. 이러한 변화가 새 역사를 마련하리라 외치고 그 요구에 충실하는 것을 공적 헌신으로 미화한 점에서 친일은 해방이 아니라 구속을 요구하는 전도된 계몽이었다.

근대의 초극, 혹은 친일의 논리는 군국주의적 개발의 무자비한 폭력성, 그것이 야기하는 거대한 황폐화를 분식하는 것이었다. 그것은 근대를 넘어서는 논리가 아니라 근대의 야만, 그것의 백치성을 한껏 드러낸 논리였다.[21]

간주되었다. 이경훈 역, 「근대의 초극 좌담회」, 한국문학연구회 편, 『다시 읽는 역사문학』(평민사, 1996)

[21] 일본의 군국주의적 개발은 그들의 근대가 준비했던 것이며 세계사적으로도 특별한 것이 아니다. 한때 선각자와 계몽자를 자처했던 이들의 친일은 그것이 그들에게 근대를 달성하고 또 새롭게 넘어서는 가장 현실적인 방법으로 비친 결과일 수 있다. 친일은 갑작스런 도덕적 훼절이나 강압에 따른 것으로서만 설명될 수 있는 것이 아니다. 그들은 식민권력과 체제 안에 편입됨으로써 변화의 주체가 될 것을 기대했다. 그들은 변화에 대해 철저하게 수동적이었던 것이다. 근대의 역사 과정은 변화에 대한 비판적 자각과 그것을 이루어 나가려는 자발적인 참여의 의지를 잃을 때 누구도 파괴적 변화의 희생자가 될 수밖에 없음을 말해 주고 있다. 이 파괴적 변화를 추종함으로써 그것의 성과를 누릴 수 있으리라 기대했다는 것이 뒷날 친일분자들의 해명이었지만 식민지 조선인들이야말로 파괴의 우선적 대상이었다

제 2 장

1945년의 해방

1. 1945년의 해방

　툭 불거진 두 눈에는 피가 돌았다. 시선은 실신한 사람처럼 들떠 일정한 곳을 보지 않았다. 볼까지 찢어진 검은 입술은 금방이래도 아우성이 폭발할 듯이 벌룸거렸다. 땀방울이 콧줄기로 흘러내렸다. 굵은 주름살이 이마와 수염자리를 차지했다. 붉다 못해 검은 빛이 도는 얼굴 근육이 쉴 새 없이 부분적으로 경련했다. 광대뼈가 유달리 높았다. 그는 만세—라고 확실한 발음을 못했다. 아— 아니면 에— 하였다. 외치는 순간 그의 얼굴은 괴롬과 울음의 상징이었다. 무서운 괴로움에서 무서운 슬픔에서 탈출을, 해방을 부르짖는 비상한 외침이었다. 그는 확실히 해방의 기쁨을 믿지 않는 것 같았다. 다만 가슴 속에 첩첩이 쌓여 있는 울분과 원한만을 마음껏 소리칠 수 있고 외칠 수 있는 자유만을 아는 것 같았다.[1]

　오랜 식민압제 속에 살아 온 대부분의 사람들에게는 해방을 설령 예감하고 있었다고 해도 그것이 매우 갑작스러웠다는 것은 분명하다. 마치 어둠에 익숙해 있던 사람이 갑자기 빛과 맞닥뜨렸을 때 당황할 수밖에 없듯, 해방을 기쁨으로 맞은 사람들 역시 막연한 불안감을 느껴야 했을 것이다. 위의 소설의 대목이 찍어낸 것은 식민지 민중들에게 1945년의 해방이 어떤 것이었는지 말해 주는 인상적인 장면이다. 해방을 반기는 만세소리는 여전히 생생한 악몽을 물리치는 절규거나 그 잔영을 떨치려는 신음이었다. 이 영문없고 속내가 가늠되지 않는

---

1) 윤세중의 단편소설, 「십오일 후」, 예술운동, 1945. 12., 84-85쪽.

변화에 대한 불안감 속에서도 그러나 그들은 자신들이 오랫동안 기다렸던 것이 무엇이었는가를 확인했다. 그들이 바란 것은 더 이상 수탈과 억압이 없는 세상이었다. 해방은 모든 착취로부터, 모든 폭력과 모멸로부터, 그리고 노예적인 굴종으로부터 벗어나는 것이어야 했다.

해방이 한국인들에게 일차적으로 던진 과제는 자신과 주변을 새롭게 정의해야 한다는 것이었다. 해방은 강제를 물리치고 미혹을 떨치는 새로운 출발점이 되어야 했다. 해방으로 부각될 수 있었던 것은 도덕적인 합리성의 요구였다. 해방은 사(邪)에 대한 정(正)의 승리, 요컨대 역사의 도덕적 의지가 실현된 것으로 여겨지기도 했으며, 민주주의가 파시즘을 무너뜨린 결과이자, 그럼으로써 '새로운 세계사적 단계'가 시작되리라는 것을 알리는 역사적인 전환점으로 설명되기도 했다.[2] '병든 세기(世紀)'의 혼란 속에서 "나는 도망칠 길을 찾지 못하고 그의 칼렌다엔 내일이 없다"라고 읊었던 김기림에게 역시 해방은 '지혜의 승리'를 말하는 것이었다.

> 황량한 근대(近代)의 남은 터에 쓰러져
> 병들어 이즈러져 반신(半身)이 피에 젖은
> '헬라쓰'의 오래인 후예. 이 방탕한 세기의 아름소리 들으럼
> 자못 길들이기 어려운 즘생이더니
> 지혜의 속삭임에 오늘은 점잖히 귀죽었고나.[3]

길들이기 힘든 금수(禽獸)의 세기는 과연 지혜의 목소리로 다스려진 것인가. 하여튼 이를 기대하는 눈으로 볼 때 새로운 역사적 단계는 '이성의 기획'이 실현될 단계로 비칠 수 있었다. 이 시기에서 다시 계몽의 의지가 두드러지는 이유는 여기에 있다. 즉 한국인들은 이 시

---

2) 백남운, 『조선민족의 진로』(신건설사, 1946), 3쪽.
   박치우, 「전체주의와 민족주의」, 『사상과 현실』(백양당, 1946), 97쪽.
3) 김기림의 「지혜에게 바치는 노래」의 부분, 『해방기념시집』(중앙문화협회, 1945), 21쪽.

기가 자신들이 스스로 새롭게 서고 양심과 정의의 논리를 좇아 이를 실현하기 위해 힘써야 할 것을 명령한다고 여겼던 것이다.

해방을 맞은 조선에서도 새로운 역사가 시작되어야 하고, 새 시대는 더 이상 억압과 수탈이 없는 시대여야 한다는 생각을 마땅히 여기면서 정치적 관심과 열정은 고조된다. 정치가 이러한 변화를 실현할 방법으로 보였기 때문이다. 정치에 대한 관심은 이제 공개적이고 '특별한 자격'이 없어도 이야기할 수 있는 대상이 된다. 정치가 일반적인 관심거리가 된 것이다. 특히 식민착취의 직접적 대상이었던 민중들이야말로 정치적 바람을 표현할 수 있는 권리가 있는 존재가 아닐 수 없었다. 새 시대가 억압과 수탈을 당해 온 민중들을 위한 것이어야 하고 그들의 바람이 이루어지는 시대여야 한다는 도덕적 명제를 반박하기는 쉽지 않았다. 새 시대엔 민중이 높은 지위를 가져야 한다는 생각이 폭넓게 수용될 수 있었다. 실제로 일본인들이 버리고 간 공장을 자주적으로 관리하려 한 노동자들의 자주관리운동이나 농민들의 빠른 조직화는 그들이 변화를 향해 열려 있음을 드러낸 증거였다. 이들의 움직임은 제도적으로 허용이 되건 안 되건 이미 '공공성(公共性)'을 갖는 것으로 간주되었다. 이 점은 해방기의 매우 중요한 면모이자 식민지 시대와 이 시기를 구별하는 특성이었다.

민중이 공공적 권위를 갖는다는 생각은 실질적인 근거를 확보하지 못한 취약한 것이었다고 말할 수 있다.4) 그러나 당시로선 민중을 부

---

4) 하버마스는 19세기 영국 사회에서 부르주아 대중들이 특별한 자격 없이 모여 자유로운 공개적 토론에 참여하는 '공공영역(Public Sphere)'이라는 개념을 제시했다. 대중들의 논의가 제도적으로 허용되고 그들로 하여금 기왕의 '일반적 질서(General Law)'에 대해 새로운 권위를 갖고 맞설 수 있게 한 근거는 시장경제의 발전이었다. 대중의 영역이 공공성을 획득하고 국가권력으로부터 분리될 수 있었던 것은 부르주아 상업자본주의를 기반으로 가능했던 것이다. 해방직후의 경우 민중들의 움직임이 분출될 수 있었던 것은 이와 다른 배경을 갖는다. 그러나 민중운동의 공공성은 일정한 정치적 역할을 하며 줄곧 부당한 권력에 맞서는 이념적 생산의 기반이 된다.

정할 어떤 것도 존재하지 않았다. 해방은 식민제도와 그것의 권위가 다만 강압에 의한 것이었으며 도덕적으로 부당한 것이었음을 일깨웠다. 훼손된 역사를 바로잡아야 한다면 그것은 식민제도의 희생자였던 민중이 수행할 수 있고, 또 그래야 했다. 민중들의 자생적인 움직임은 미군정과 부딪게 되는데, 물론 누구도 미군정을 '우리의' 정부라고 생각하지는 않았다. 더구나 그것은 '악독한' 식민제도를 상당 부분 그들의 권력기반으로 이용했다. 식민제도 위에 들씌워진 군정은 역시 강압을 수단으로 하는 것이었다. 이념과 정파를 달리하는 여러 집단들이 권력을 쥐기 위한 경합을 벌이는 가운데서도 '우리의' 정부를 세워야 한다는 점에서는 누구나 공감했다. 그 정부는 민중을 위한, 민중에 의한 것이어야 했다. 공적 권위를 갖는 정부가 부재하고 따라서 어떤 제재도 부당한 상황에서 민중은 권위를 갖는 잠재적인 주체일 수밖에 없었다.

급격한 사회변화는 자신과 주변에 대한 전면적인 재규정을 요구하는 것이었다. 원하든 원하지 않든 식민체제와 제도 아래서 그에 적응해 살아야 했던 사람들은 이제 새로운 자기정체성을 수립하지 않으면 안 되었다. 일제 강점 말기의 상황에선 최소한의 선택적 윤리를 확보하는 것조차 손쉽지 않았거니와, 과거를 떳떳하게 돌이켜 볼 수 없었던 대부분의 경우, 특히 어떤 형태로든 친일에 앞장섰던 지식인들에게 새로운 자기상의 수립은 시급했던 것이다. 변화의 방향을 가늠할 수 없는 가운데서도 다가올 시대가 다수 민중을 위한 것이 되어야 한다는 생각에 심정적으로라도 동조하지 않는 사람은 드물었다. 민중을 근본으로 여기는 생각은 뿌리깊은 것이기도 했으니, 민중을 위해야 한다는 식자(識者)의 채무감은 새삼 상기된다. 민중적 공동체의 이상은 민족적 일체감의 바탕을 이룬다. 정치적 관심과 열정은 이를 토대로 한 것이거나 최소한 이를 의식한 것이었다.

---

cf. Jurgen Habermas, trans. Thomas Burger, *The Structural Transformation of Public Sphere*(MIT Press, 1991)

그러나 해방조선의 장래는 매우 유동적일 뿐 아니라 불투명한 것이 아닐 수 없었다. 한 시인이 읊었듯, 무엇보다 해방을 맞은 우리의 현실은 "가도, 가도 붉은 산"이었다.

가도, 가도 붉은 산이다.
가도 가도 고향뿐이다.
이따금 솔나무 숲이 있으나
그것은
내 나이같이 어리구나.5)

그는 이 '붉은 산'이 '고향'임을 확인함으로써 우리 현실에 대해 연민에 찬 애착을 보이지만, '자신과 같이 어린 소나무'가 어떻게 자라날 수 있을 것인가 하는 불안한 심정을 또한 숨기지 않고 있다. 암담함과 설렘 속에서 그래도 차분한 결의를 다지는 시인의 모습과 더불어 드러났던 것은 내부적인 장애뿐 아니라 외부적인 장애가 결코 만만치 않다는 점이었다. 막연히 '해방자'로 칭송하고 조선독립의 후원자가 되리라 믿었던 연합군은 새로운 제한자였다. 미국과 소련의 존재를 의식하지 않을 수 없는 상황이었으므로 어떤 이념적 입장을 갖느냐는 이내 민감한 문제가 되었다. 갑작스러운 해방이 초래한 사회적이며 도덕적인 혼란과 무질서는 쉽게 가실 것 같지 않았다. 정파 간에 첨예한 대립이 노정되는 가운데서 친일세력은 다시 고개를 들고 있었다. 해방조선을 가로지른 38선 이쪽과 저쪽이 서로 다른 변화의 길을 걷고 있다는 점은 차츰 분명해졌다. 경제적 궁핍과 생활의 어려움은 오히려 점점 더 심각해져 갔다. 이런 상황은 진정한 '해방'을 향한 길이 결코 순탄할 수 없음을 강하게 암시하고 있었다.

---

5) 오장환, 「붉은 산」(1945)의 부분, 『오장환 전집』(창작과 비평사, 1989), 91쪽.

2. 문학과 정치

해방 이튿날 임화와 김남천 등은, 바로 전날까지 "문인들의 총력을 대동아전쟁의 승리를 위해 결집하고 황도(皇道) 세계관에 입각한 일본문학을 수립"하고자 했던 <조선문인보국회>가 있던 건물에 모여 <조선문학건설본부>라는 이름의 단체를 결성한다. 건설본부를 중심으로 다른 문화 부문의 단체를 묶은 <조선문화건설중앙협의회>가 생겨난 것은 이틀 뒤인 8월 18일이었다.6) <조선문화건설중앙협의회>가 내세웠던 강령은 "조선문화의 해방, 조선문화의 건설, 문화전선의 통일"7) 이었다. 정치적인 해방과 더불어 문화도 식민압제로부터 해방되어야 하고, 문화를 해방하는 일은 새로운 문화의 건설을 요구하며, 이 건설의 행진에는 친일분자나 민족반역자를 제외한 모두가 참여해야 한다는 주장이었다. 협의회의 강령은 해방을 맞은 문화인이 무엇을 해야 할 것인가를 처음으로 제시한 것이었다.

협의회를 이끈 임화 등은 박헌영이 「현 정세와 우리의 임무」라는 제목으로 쓴 교시적인 글, 이른바 <8월 테제>가 발표(1945. 8. 20.)되고 난 뒤 자신들의 주장을 구체화한다. 인민을 기반으로 한 민족문화의 건설을 위해 문화인들이 통일전선을 결성해야 한다는 점을 요구하면서 일제 문화지배의 잔재 와 봉건유제 및 국수주의의 청산, 그리고

---

6) <조선문화건설중앙협의회>의 의장엔 임화, 서기장으론 김남천이 선출되었다. 협의회의 결성 과정을 통해 확인할 수 있는 것은 다음과 같은 점들이다.
임화와 김남천 등은 일본 패망의 사실을 안 즉시 그들이 재개할 문학활동의 방식으로 단체운동을 선택했다는 점, 그들의 움직임은 매우 빠르게 진행되었다는 점, 그들의 시각은 단지 문학에 국한되었던 것이 아니라 문화 전반으로 확대되었다는 점, 각 문화 부문들을 조직하는 과정에서 역시 문학건설본부를 주도한 이들이 주도적 역할을 했다는 점 등이다.

7) 이 슬로건은 건설본부의 확대조직인 <조선문화건설중앙협의회>의 결성대회(1945. 8. 18.) 석상에서 선언 형식으로 발표되었다.
민주주의 민족전선, 『조선해방연보』(문우인서관, 1946), 358쪽.

부패한 시민문화의 삼제(芟除)를 당면한 과제로 내세운 것이다.[8] 이는 현단계를 반제, 반봉건의 입장에서 민족의 자주독립과 민주적 인민정부의 수립을 목표로 하는 '부르주아 민주주의 혁명단계'로 규정하고 민족통일전선의 결성을 요구한 <8월 테제>의 정세분석과 기본노선을 충실히 해석해 옮긴 결과였다. 박헌영은 노동자와 빈농을 위시한 인민대중을 민족의 주체로 보는 한편, "새로 나타나는 외국세력을 영접하고 그들의 대변자가" 됨으로써 자신들의 세력을 유지하려 드는 과거 친일세력, 매판적 지주자산층과 그들의 정치적 옹호자들을 분쇄해야 할 밖의 적으로 가리켰다.[9] 임화 등에 의하면 청산해야 할 일제잔재와 봉건유제는 바로 매판적 지주자산층의 문화적 반영이었으며, 또 그들은 국수주의를 내걸 수도 있고 '부패한 몰락기의' 서구문화를 들일 수도 있는 부류였다. 문화의 해방과 건설 역시 반민족적 매판적 지주자산층을 제거하지 않고는 이룰 수 없는 일이었다.

  건설본부-협의회는 그 출범과 더불어 문학이나 문화적 과제를 정치적 과제와 같은 선 위에 놓았던 것이다. 동시에 그들은 자신들의 운동이 '바른' 정치세력과의 접합을 통해서 이루어져야 할 것임을 주장했다. 문학은 정치와 결합해야 한다는 것이다. 이러한 생각은 어떠한

---

8) 협의회가 운동의 방향과 그에 따른 과제들을 어느정도 구체화하는 것은 그것이 곧이어 발표하는 <문화활동의 기본적 일반방책>(1945. 8. 31.)에서이다. 방책의 내용은 다음과 같은 것이었다.
   1. 일제의 야만적 기만적 문화정책의 잔재 소탕과 문화반동에 대한 투쟁의 전개
   2. 문화의 철저적인 인민적 기반의 완성을 기하기 위하야 봉건적, 특권계급적, 반민주적, 지방주의적 문화의 요소와 잔재의 청산을 위한 투쟁의 전개
   3. 세계문화의 일환으로서의 민족둔화의 계발과 앙양을 위한 건설사업의 설계
   4. 문화전선의 인민적 협동의 완성을 기한 문화통일전선의 조직 (『조선해방연보』, 문우인서관, 1946, 258쪽)
   방책의 내용은 건설본부의 기관지 문화전선에 게재된 임화의 평문, 「현 정세와 문화운동의 당면 임무」(문화전선 창간호, 1945. 11. 15.)에서 다시 부연되고 상세하게 설명된다.
9) 박헌영, 「현정세와 우리의 임무」, 『남로당 연구 자료집』(고려대 아세아문제연구소, 1974), 10-11쪽.

배경에서 나온 것인가?

해방을 맞은 대부분의 사람들이 동의했던 것은 정치가 새로운 건설의 수단이라는 점이었다. 적어도 당시에서 정치는 정권의 획득을 목표로 하는 것이 아닐 수 없었다. 어떤 세력이 정권을 획득하느냐, 즉 어떤 정부를 수립하느냐에 따라 변화의 방향이 결정되리라는 점은 자명했다. 따라서 민중이 주인이 되는 세상을 이루려 한다면 그것을 약속하는 정권의 획득을 위해 노력해야 했다.

레닌과 모택동의 문학론에 의하면 문학과 정치의 관계는 문학과 혁명의 관계다. 왜냐하면 정치는 계급과 계급 간의 투쟁이며 그를 위한 의식과 제도 수립의 싸움이기 때문이다. 혁명이란 역사발전의 과정에서 진보적 계급에 의한 정치적인 투쟁을 가리키는 말이다. 프롤레타리아 계급과 인민에게 정치는 곧 혁명이다. 문학이 프롤레타리아 계급과 인민을 주체로 하는 정치적인 목표를 달성하기 위해 힘써야 한다는 것은 문학이 혁명의 도구가 되어야 한다는 것을 뜻했다. 나아가 애당초 모든 문학이 특정한 계급에 속하고 그들의 정치적 입장이나 노선을 반영하는 것이라고 할 때, 프롤레타리아와 인민에게 속한 문학은 마땅히 그들의 혁명사업의 일부분이 되어야 할 것이었다. 건설본부-협의회가 채택한 강령은 문학이 혁명의 도구가 되어야 한다는 오랜 주장에 근거를 둔 것이다. 임화 등은 왜 박헌영이 제시한 정세 해석과 노선을 좇으려 했는지, 그 속내와 배경을 살피기 위해서는 임화가 쓴 「문학의 인민적 기초」(중앙신문, 1945. 12. 8-13.)를 읽을 필요가 있다.

임화는 이 글에서 해방을 맞아 우리 문학은 드디어 "사상과 예술의 통일", "객관과 주관의 조화"를 이룰 수 있는 기회를 갖게 되었다고 선언했다. 이같은 기회는 "신문학 초창기 이래" 처음 우리문학에 주어진 것이라는 설명이다. '사상과 예술의 통일', '객관과 주관의 조화'

는 어떤 문맥에서 쓰인 표현인가? 그리고 임화가 이를 통해 말하려한 것은 무엇인가? 1930년대 말 전환기의 혼란 속에서 임화는 우리의 근대적인 변화가 서구를 기준으로 볼 때 매우 미흡한 것임을 지적했다. 그는 우리소설이 "성격과 환경이 조화되는 진정한 본격소설"에 이르지 못했다고 했는데, 이는 "서구적 의미의 완미(完美)한 개성"이 발현될 수 없었고 그것의 기초가 되는 '사회생활'이 부재했던 결과였다.10) 요컨대 '성격과 환경의 분열'은 '사상과 예술'이 통일되지 못하고 '객관과 주관'이 조화되지 않은 상황의 산물이라는 설명이었다.11) 시민사회의 성숙을 통한 근대정신의 확립 없이 소설형식은 완성되지 않는다고 주장하면서 그는, 오늘의 상황에서 '성격과 환경'의 조화를 기대하기가 어렵다고 진단했던 것이다.

그렇다면 '사상과 예술의 통일'이나 '객관과 주관의 조화'는 성숙한 시민사회에 이를 때 가능한 것인가? 성숙한 시민사회의 작가로 발자크를 들기도 했지만 임화가 특정한 시기의 서구 시민사회 자체를 이상시했다고 보기는 어렵다. 그가 말한 성숙한 시민사회란 19세기 낭만주의 사상에 바탕을 둔 전인적(全人的) 사회의 이상, 즉 인간성의 조화로운 발전이 보장되는 사회를 뜻하는 것이라고 보는 편이 오히려 타당하다. 완미한 개성이 유기적인 통합을 이루는 사회인 것이다. 여기서 문학은 개성의 창조적 발현이다. 개성이 소외되지 않을 때 개성에 충실할수록 그것은 사회적인 것이 될 수 있다. 문학의 예술적 진실성은 사회적 진실성과 모순되지 않는다. 사회적 지도원리로서의 사상과 예술의 통일이 이루어지는 것이다.

---

10) 임화, 「본격소설론」, 『문학의 논리』(학예사, 1940), 375쪽.

11) 임화가 사용한 '성격'과 '환경'의 분열이라는 표현은 직접적으로 세태(世態)소설과 내성(內省)소설의 경향을 가리키는 것이었다. 세태소설이란 '환경'에 대한 '성격'의 수동성이 증가하면서 '성격'이 소외된 '환경'만이 자연주의적으로 드러나는 것이며, '환경'으로부터 이탈된 '성격'이 자기 안으로 파고들 때 내성소설이 나온다는 것이다. 그렇다면 '성격'과 '환경'의 조화란 실천적 의지를 갖는 '성격'과 그의 적극적 교섭을 허용하는 '환경' 사이에서 성립될 수 있는 것이었다.

임화는 이러한 근대의 이상을 가지고 식민지 현실이 그에 미치지 못했음을 자탄했던 것이다. 임화의 논리는 막연히 서구적 근대의 이상을 역사발전의 지표로 여기는 근대주의의 오류에 빠져 있었다고 말할 수 있다. 그리고 그로부터 어설픈 서구지향의 한계를 읽는 것은 어려운 일이 아니다. 그러나 어쨌든 임화에게 근대의 이상을 달성하는 것은 문학이 발전하기 위한 조건이었다. 때문에 문학은 현실에 대해 실천적으로 관여하지 않을 수 없는 것이었다. 뒷날 그는 '사상과 예술, 혹은 객관과 주관의 분열'이 문학 내부의 문제에 기인하는 것이 아니라 문학 밖의 문제에서 비롯된 것이라고 지적하면서, 문학이 자신의 문제를 해결하려면 현실의 문제를 해결하기 위해 '뛰어들어야' 한다고 외쳤다. '신문학 초창기 이래' 처음으로 주어진 기회란 바로 현실의 문제를 해결할 수 있는 기회였던 것이다. 이 건설의 행진에 동참하는 것은 문학이 자신의 문제를 해결하는 길이기도 했다.

임화는 그가 대망했던 완미한 개성 대신 그 자리에 인민을 놓는다. 인민은 새 역사를 만들어 갈 주체였기 때문이다. 그는 모든 문제를 해결하는 길이 "인민에게 다가가고 인민을 위할 때" 열릴 것이라고 단언했다.

인민과 하나가 되는 것이 '사상과 예술, 객관과 주관의 통일'을 이루는 길이라는 이야기는 사실 사회주의 리얼리즘 논의 이래 혁명문예 이론이 혁명문예의 의의를 규정해 온 방식을 닮은 것이다. 혁명이란 역사발전의 진리를 실천하는 것이다. 프롤레타리아가 이끄는 인민대중의 혁명적 실천은 역사의 발전법칙에 정확하게 일치하는 것이기 때문에, 프롤레타리아와 인민의 생활과 의식이 발전되는 혁명적 과정을 '진실하게' 그리는 혁명문예는 혁명의 사상적 진리를 구현한다. 예술적 진실성이란 혁명적 창조성에 의해 담보되는 것이다.[12] 혁명문예는

---

12) 혁명문학론에 의하면 문학의 가치는 사회적 에너지를 조직하는 데서 발휘된다. 그것이 '우리' 안에 있는 에너지를 일깨울 때 가치를 느낀다는 것이다. 삶과 현실

혁명적 사상내용이 완미한 예술형식과 통일을 이루며 예술적 진실성이 객관적 진실성이 되는 문예라는 주장이었다.

임화는 인민과 하나가 되는 것이 혁명문예의 일의적 요건임을 새삼 역설한 것이다. 서구적 의미의 완미한 개성이 발현될 수 있는 성숙한 시민사회는 더 이상 임화의 이상이 아니었다. 인민대중을 주인으로 하는 민주적 인민정부를 수립하는 일이야말로 자본주의를 극복한 새로운 근대의 과제였다. 인민을 해방하려는 이 새 시대에서 문학은 오직 인민의 편에 서고 인민의 것이 됨으로써 자신을 해방할 수 있었다. 인민과 그들의 바람에 충실하기 위해서는 새로운 역사를 건설하려는 진보적 동향과 자신을 일치시켜야 했다. 문학과 정치의 결합은 이러한 생각에 따른 것이었다.

임화가 '신문학 초창기 이래' 처음으로 주어졌다고 말한 기회는 자신과 현실을 새롭게 바꾸고 만들어 갈 수 있는 기회였다. 그는 새 시대의 건설이 우리민족 전체의 과제라고 말한다.

> 역사는 어떤 주인공에 의하여 만들어지고 그들은 어떠한 상황에서 나타나는가. 이 제목은 결코 단순한 소설론의 주제도 아니고 간단한 정치론의 제목도 아니다. 생각컨대 그것은 해방된 우리 민족 전체가 방금 당면해 있고 또 당장 해결하지 않으면 안 되는 운명적 과제의 한 부분이라고 나는 생각한다.13)

새 시대를 건설하는 것은 민족 전체의 역사적인 '일반임무'였다. 그

을 통찰하는 작가라면 그는 자기 시대의 진보적 세력과 자신을 일치시키지 않을 수 없거니와, 예술적 동감은 이로써 가능하다. 문학의 예술적 진실성과 창조성은 그것이 얼마나 현실에 충실하며 새 역사를 만들어 가는 창조적 역할을 하느냐에 달린 것이다.

cf. Alick West, "The Relativity of Literary Value"(1937), *Marxist Literary Theory*, eds. Terry Eagleton, *Drew Milne*(Blackwell Publishers, 1996), p.105.

13) 임화, 「문학의 인민적 기초」(3), 중앙신문, 1945. 12. 11.

것은 공공의 과제가 아닐 수 없었다. 임화 등은 이 '일반임무'가 민족적 합의와 단결을 바탕으로 공공성을 갖는 운동을 통해 수행되어야 한다고 생각했던 것이 분명하다. 그들이 서둘러 단체를 결성하고 이내 다른 문화부문을 엮어 그 전체를 꿰는 운동논리를 찾고자 했던 것은 개별적이고 분산적인 움직임을 '옳은' 입장에서 통일하려 한 의도의 결과로 보아야 한다. 그들은 문화운동 전반을 유기적으로 일체화하고 그 주도권을 쥐고자 했던 것이다. 그들은 인민을 민족과 동일시했다. 인민은 바로 민족이며 일반임무를 수행할 주체였다. 따라서 새로운 문화운동은 인민의 뜻과 의지를 대변하는 것이 아니어서는 안 되었다. 그리고 이 점은 문학이나 문화운동이 정치와 결합해야 하는 이유였다. 인민이 무엇을 바라는지 깨닫고 인민을 모아 이끌며 인민과 하나가 될 때 '일반임무'는 수행될 수 있다.

임화 등은 다시 계몽의 필요를 말한 것이다. 그들에 의하면 인민은 이 계몽의 대상이자 주체였다. 계몽의 내용은 '일반임무'에 대한 자각, 곧 정치적 자각이었는데 인민대중의 경험과 삶은 이미 그 기본 방향을 가리키는 것이었기 때문이다. 물론 그들은 인민의 권위를 부정하지 않았다. 계몽은 인민의 자발성을 유도하고 잠재력을 일깨우는 것이어야 했다. 그러나 동시에 이 계몽이 계몽자가 정치이념적으로 높은 곳에 서서 인민을 깨우치고 묶는 형태가 되어야 한다는 점을 그들이 부정한 것은 아니다. 인민이 주체가 되어야 한다고 했지만 옳은 방향은 하나였으며, 그 길은 자율적으로 찾아야 한다기보다는 이미 권위적으로 규정되어 있었고, 따라서 좇아야 할 것이었다. 이 인민적 계몽은 과거의 민족주의적 계몽이나 계급적 계몽이 그러했듯, 결국 국가적 계몽에 대한 대응이거나 그것을 닮은 것이었다.

임화 등은 박헌영의 노선을 그대로 받아들이고 따르고자 했다. 그들은 박헌영의 노선이 '일반임무'와 일치되며, 곧 인민의 뜻과 의지를 구체화한 것이라고 생각한 것이다. 박헌영의 노선에 충실하고 공산당이 도모하는 민주적 인민정부의 수립을 위해 애쓰는 것은 '일반임무'를 수행하는 길이었다. 인민의 뜻과 의지를 실현하기 위한 정치와의 결합은 현실적으로 특정한 정치세력과의 결합을 의미했다.

과거 이른바 중간층 작가로 해방직후 건설본부에 가담한 이태준은 정치가 문학의 근본적 속성일 수 있다는 것, 더구나 지금은 침묵을 지켜야 할 시기가 아니라는 주장을 했다.[14] 자신이 부화뇌동하여 '적화(赤化)'되었다는 주변의 견해를 비판하며 그는 정치적 선택과 정치세력에의 종속은 다른 것임을 말한다. 특히 건설의 임무를 앞에 두고 있는 지금, 정치에 관여한다는 것은 민족의 운명을 생각하는 지성의 명령이 아닐 수 없다는 것이다. 이태준은 자신의 정치적 선택이 역사의 뜻을 묻는 진지한 성찰에 따른 것임을 알리려 했다.

과연 박헌영의 노선은 인민의 뜻과 의지를 대변하고 매개하는 것이었는가? 그것은 과연 인민적 합의와 단결을 이끌어낼 수 있는 것이었던가? 그러나 임화 등의 선택은 이 물음에 대한 숙고의 과정 없이 이루어진 것이다. 민주적 인민정부 수립의 이상을 앞세운 정치적 세력화는 빠르게 진행되었다. 문학이 현실을 변화시키는 데 적극적으로 가담하는 것을 꿈꾸어 온 그들로서 시급했던 것은 정치적 선택 자체였다. 그들에게 다른 선택이나 방법을 모색할 여지는 없었다고 보아야 옳다.

3. 인민의 문학

해방과 더불어 이내 정치세력들의 통일전선체로서 '인민공화국'이 결성되고 인민위원회 조직이 신속히 확대되었던 사실은 자주와 독립을 향한 인민적 통합의 분위기가 어느 정도 지배적인 것이었음을 말

---

14) 이태준, 「문학과 정치-우리는 왜 정치에 관여하는가?」, 한성일보, 1946. 2. 26.

해준다. 공산당의 노선은 이러한 추세를 거스르려는 것이 아니었다. 사실 당이 내세운 부르주아 민주주의 혁명노선과 민족통일전선전술은 아시아의 근대 경험에서 나온 것이며, 그에 대한 나름의 대응으로 제시되었던 것이다. 우리의 경우에서도 식민세력에 유착된 매판적 지주자산층과 수탈의 대상이 되는 인민층 사이의 경계는 분명히 그어졌다. 시민층은 일찍이 반동화되었거나 애당초 진보적인 세력을 형성하지 못했다. 인민층이야말로 식민세력을 물리치고 민주적 변혁을 이룰 존재가 아닐 수 없다는 기대는 자연스러운 것이었다.

임화는 과거 「조선신문학사론 서설」(1935)에서 식민화와 더불어 우리 시민계급의 성장은 제약되었고 곧 매판층으로 반동화되고 만다는 점을 지적했다. 대신 1920년대 초반 이후, 노동자 계급의 정치적 및 사상적 영향력은 증대되었다고 보았다. 이광수 소설의 개량주의적 입장은 그의 계급적 배경인 시민층이 반동화됨에 따른 '세계관상의 자기 제약'을 드러낸 것이었다. 임화는 민족운동 안에서 노동자 계급이 수행할 진보적 역할을 강조했으며, 이러한 관점에서 계급문학이 장차 조선의 민족문학 전반을 '제약'하게 되리라 예견했다.[15] 폭넓은 인민의 개념을 언급하진 않았지만 그는 이미 부르주아 민주주의 혁명론이 전제하고 있는 사항, 즉 시민층은 반동화되었고 민족운동은 노동자계급에 의해 주도되어야 한다는 점을 지적했던 것이다. 그러나 해방후 임화로 하여금 인민을 '발견'할 수 있게 한 것은 직접적으로 <8월 테제>였다. 과연 인민 개념이 갖는 구체적 함의는 어떤 것들인가.

<8월 테제>는 인민을 프롤레타리아를 위시한 광범한 농민층과 일부 진보적 시민을 아우르는 개념으로 규정했다. 서로 다른 계급적 기반과 속성을 갖는 계급들의 연합체로서 인민적 통합을 위한 정치적 주문은 "프롤레타리아의 헤게모니 확립"이었다. 즉 혁명적인 전위인

---

15) 임화, 「조선신문학사론 서설」(2), 조선중앙일보, 1935. 10. 10.

노동계급의 영도가 이루어져야 한다는 생각이다. <8월 테제>는 레닌을 인용해 '프롤레타리아의 헤게모니 확립'이란 밖으로 "정치적 지도의 정당성"에 의해 확보되는 것이며, 내부적으로 엄격한 규율과 헌신, 그리고 열정을 필요로 하는 것임을 지적했다.

인민이 집체적인 지혜와 정신적 힘, 소박하지만 풍부하고 깊은 사상 감정 등을 갖고 있다고 보는 태도는 오랜 것이다. 자족적인 농업공동체를 이상시하는 인민주의는 그 하나다. 인민주의적 입장에서 강조되었던 것은 인민이 도덕적 자발성을 갖는다는 생각이었다. 이를 바탕으로 이루어진 공동체는 따라서 강제를 필요로 하지 않는다. 그러나 실제로 인민의 통합이 인민의 도덕적 자발성에 의해 이루어져야 한다고 여긴 경우는 별로 없다. 예를 들어 '인민성(Narodnost)'은 본디 제정 러시아에서부터 쓰여진 용어로, 모든 인민이 종교적이고 정치적인 입장에서 황제를 정점으로 통합되어야 함을 뜻하는 말이었다.16) 인민은 이끌어야 할 대상이었던 것이다.

인민을 사상이념적 우위에서 하나로 묶어 이끌려는 기도는 계몽기 이래 식자들이 계속했던 사업이었다. 계몽을 심각하고 시급한 과제로 여길수록 계몽 엘리트의 역량과 열성은 강조되었다.17) 계몽 엘리트가 얼마나 헌신적인가는 계몽사업의 성과를 좌우하는 요인으로 간주될

---

16) 사회주의 리얼리즘의 핵심적 개념으로 쓰이는 인민성은 19세기 독일에서 나온 민족정신(Volksgeist)을 러시아에서 번역해 옮긴 말로, 제정 체제하의 인민들이 종교적으로나 정치적인 입장에서 황제를 정점으로 통일되어야 한다는 뜻을 안고 있었다. 황제는 모든 인민의 '자애로운 아버지'이며 종교적 숭배와 추앙의 대상이어야 했다.
Regine Robin, *Socialist Realism; An Impossible Aesthetic*(Stanford Univ. Press, 1992), pp. 52-53.

17) 인민을 정신적으로 통합하는 데서 계몽적 지식인의 역할을 강조하는 태도는 아시아의 경우 보편적인 것이었다. 중국 공산주의를 연 사상가 이대교의 맑시즘 수용은 이러한 입장에서 이루어졌다. 그에 의해 수용된 막시즘, 혹은 레닌이즘은 매우 정신주의적이고 또 영웅주의적인 것이었다.
Maurice Meisner, *Li Ta-Chao and the Origins of Chinese Marxism*(Harvard Univ. Press, 1967), p. 202.

수 있었던 것이다. <8월 테제>에서 역시 인민은 획득해야 할 대상이었으니, 이런 계몽의 문맥은 해방기의 진보적인 운동 전반에 작용했던 것으로 보인다.

프롤레타리아 전위가 인민에게 다가서고 그들과 '융합'하기 위해서는 전위의 내부적인 결속이 선행되어야 했다. 임화 등은 민족통일전선전술에 입각해 문화통일전선이 결성되어야 한다고 말했는데, 문화통일전선 역시 프롤레타리아가 영도해야 할 것이라면 사업은 두 방향으로 이루어져야 했다. 즉 이념적인 우월성을 갖는 전위의 입장에서 문예정책을 결정하거나 조직을 운영하는 문제에 관한 주도권을 쥐는 것이었으며, 인민을 이끄는 데서 이를 관철하는 것이었다. 이 모든 일은 정치적 당파성을 내포적 핵심으로 해야 했다. 정치적 당파성을 구심점으로 가짐으로써만 정당한 정책의 관철과 계급적 융합 내지 인민에 대한 이념적인 삼투는 가능하기 때문이었다. 그런데 임화가 관심을 표하고 실제로 건설본부가 취했던 형태는 중간층 작가들을 다수 영입하는 일이었다. 조직 내에서 전위와 중간층 작가들의 차별성은 부각되지 않았다.18)

협의회의 중심인물 가운데 하나였던 김남천은 문화운동이 튼튼한 조직적 거점과 전면적인 계획, 분명한 지침을 필요로 하는 것임을 지적했다. 그것의 성과는 운동자들이 자신의 책무를 진지하게 수행할 때 제고될 수 있다는 것이다. 그에 의하면 운동자가 취해야 하는 자세는 '교육자적'인 것이었다. 일제의 문화지배가 문화를 인민으로부터 소외시킴에 따라 또 문화의 비속화와 타락이 빚어졌다고 분석하면서, 그는 이를 제압하는 '건강한' 문화의 건설을 외친다.19) 하지만 그

---

18) 중간층 작가들은 조직의 '지도적' 위치에 있기도 했다. 이태준은 건설본부의 중앙위원장을 맡았으며 김기림은 시부 위원장이었다.
19) 김남천, 「문학의 교육적 임무」, 문화전선, 1945. 11. 15.
―――, 「해방과 문화건설」, 중앙신문, 1945. 11. 2-5.

의 글에서도 정치적 당파성을 관철하기 위한 조직론적인 고려는 발견되지 않는다. 김남천은 다만 교육자의 경건하고 구도적인 자세를 요구했을 뿐이다. 인민의 문화를 건설하는 일이 단지 인민의 자발성을 기대함으로써가 아니라 정치적 당파성을 핵심으로, 그것이 관철되도록 주도권을 갖는 가운데 이루어져야 했다면 그들은 이 문제에 답해야 했다.

문건-협의회가 이 문제를 소홀히 하고 있다는 비판을 가한 것은 이들 단체와 별도로 <조선프롤레타리아문학동맹>을 결성(1945. 9. 17.)했던 한효 등이었다. 이기영과 한설야 등의 중견작가를 앞세우고 한효, 윤기정, 권환, 홍구 등이 참여한 프로 동맹은 그 명칭이 그렇듯 식민지 시대 카프를 계승한다는 취지를 밝혔다. 프로 동맹은 해방후의 혁명단계를 부르주아 민주주의 혁명단계로 보는 점에서나 문화통일전선의 필요를 인정한 점에서 역시 건설본부 측과 다르지 않았다. 그러나 그들에게 새로 건설될 문학의 기본적 성격은 프롤레타리아 문학의 본질과 내용을 벗어난 것이어서는 안 되었다. 그들이 강력하게 주장한 바는 문학이 근본적으로 계급 이데올로기의 형태라는 점이었다. 때문에 현단계가 부르주아 민주주의 혁명을 필요로 한다 하더라도 그것이 프롤레타리아 이데올로기에 입각해야 하는 이상, 문학운동은 프롤레타리아 문학을 건설하는 데 그 목적을 두어야 했다.[20]

문학이 계급 이데올로기의 형태라는 생각을 앞에 놓고 보았을 때 건설본부가 말하는, 인민에 기초한 인민의 문학은 이념적 근거가 모호한 것이었다. 그들은 건설본부가 부르주아 민주주의 혁명단계론이나 통일전선전술을 기계적으로 습용함으로써 이같은 '오류'를 빚었다

---

20) 프로 동맹의 강령은 다음과 같다.(예술운동, 1945. 12., 124쪽)
 1. 우리는 프롤레타리아 문학 건설을 기함.
 2. 우리는 파시즘 문학, 부르주아 문학, 사회개량주의 문학 등 일절 반동적인 문학을 배격함.
 3. 우리는 국제 프롤레타리아 문학운동의 촉진을 기함.

고 진단했다. 이는 건설본부-협의회의 주동자들이 문학의 이념성을 확고하게 쥐지 못한 데 따른 결과가 아니면, 그들이 애당초 이념적으로 철저하지 않음을 시사하는 증거로 비쳤다. 프로 동맹의 비판은 건설본부가 '비계급적인 타협주의'로 흐르고 있다는 것이었다.

프로 동맹측의 비판은 건설본부가 조직상의 무원칙성을 노정하고 있다는 점으로 집중되었다. 요컨대 중간층 작가들에 대한 조직적 우위를 확보하지 못하고 있다는 것이었다. 이념적 구심점이나 당파적 핵심을 제공하는 조직의 주체가 부재할 때 그것은 극단적으로 한낱 '명부(名簿)'에 불과할 수밖에 없다는 것이다.[21] 아무리 통일전선이 필요하다고 하나 그것이 정당한 방향으로 나아갈 근거를 갖지 못한 상황에서는 통일전선체의 존립 자체가 무의미함을 그들은 강조했다. 프로 동맹측이 생각한 효과적인 문학운동 조직의 형태는 프롤레타리아 전위가 독자적인 조직을 갖고 여타의 조직원들을 상대로 분파활동을 벌이는 것이었다. 그럼으로써만 전위의 결속력이 확보되며 이를 바탕으로 이념적 주도권을 쥘 수 있다는 주장이었다.

문화통일전선이 이념적 통합의 구심점을 갖는 위에서 전개되어야 한다는 프로 동맹측의 지적은 이른바 '민주적 집중주의'[22]의 원칙을 따른 것이었다. 건설본부-협의회의 주동자들이 조직을 중간파들에게 넘겨 주었다는 프로 동맹의 비판은 소련에서 사회주의 리얼리즘이 제정되고 당이 문학에 대해 적극적으로 간섭을 하면서 내렸던 부하린에 대한 판결(1938)[23], 즉 그가 프롤레타리아의 잠재력을 과소평가하고 동반자 작가들에게 너무 의존하려 했다는 지적을 연상케도 한다. 그

---

21) 한효, 「예술운동의 전망」, 위의 책, 6쪽.
22) 민주적 집중주의는 당활동에 관한 볼셰비즘의 기본원칙이었다. 그것이 요구하는 것은 권력의 집중이다. 그러나 이는 상황적 여건에 따라 '집중'에 주력하든가 '민주'에 주력할 수도 있는 탄력적인 운영의 가능성을 내포하는 개념이기도 했다.
23) A. Kemp-Welch, *Stalin and the Literary Intelligentsia, 1928-39*(St. Martin's Press, 1991), p. 233.

러나 부하린의 우경적 오류에 대한 지적은 이제 '계급적 화해'의 시기가 지났다고 판단되는 지점에서 이루어졌던 것이었다. 말하자면 '계급적 화해'가 필요한 시기엔 부하린의 노선이 허용될 수 있었던 것이다. 해방직후의 상황을 소련과 비교하는 데에는 무리가 있지만, 이 시기가 '계급적인 화합'을 필요로 하고 있었음은 분명하다. 임화 등은 여러 중간층 작가들을 조직 안에 영입했다. 반면 문화통일전선의 필요를 역시 인정한 프로 동맹은 중간층 작가들을 그만큼 끌어들이지 못했던 것이 또 사실이었다. 프롤레타리아 전위가 주도권을 쥐어야 한다는 것은 문학운동의 대중적인 확산을 위한 조건이었으나, 이를 공연하게 내세울 때 현실적으로 중간층의 획득은 제약되게 마련이었다. 프로 동맹측은 자신들이 '미 조직 예술대중을 조직'하는 데 오히려 더 관심을 둔다는 점을 밝히기도 했다. 그렇다면 프로 동맹은 중간층을 끌어들이는 데 치중했던 건설본부와는 다르게 문화통일전선을 해석했다고 말할 수도 있다. 즉 폭넓은 인민대중을 이념적으로 흡수하려 했을 가능성이다.

통일전선이란 일방적 견인이나 강제에 의해 가능한 것이 아니다. 레닌에 의하면 그것은 '진리'의 삼투(滲透)에 의한 것이어야 했다. 문화통일전선의 확산과 단결은 그것의 목적이 갖는 정당성에 대한 폭넓은 동의를 이끌어 내며, 이를 실현하는 투쟁에 자발적으로 동참케 할 때 가능했다. 궁극적으로 통일전선은 정치적 각성을 기초로 하는 것이었다. 정치적 각성이 결국 이념의 문제라고 할 때 진리의 삼투는 '정치 이데올로기의 진주(進駐)'를 가리키는 것이 된다. 요컨대 문화통일전선 역시 그 대상이 인민이건 중간층이건 종국에는 이념적으로 통합되어야 하는 것이었다.

임화는 인민에게 다가가고 인민을 위해야 한다고 외쳤다. 인민을 위하는 것은 인민정부의 수립을 위해 애쓰는 것이었으며 이를 수행할 정치세력과 결합하는 것이었다. 건설본부는 부르주아 민주주의 혁명이 요구하는 과제를 해결하고자 했으며, 이를 수행할 주체로 문화통일전선의 결성을 주장했다. 그런데 인민에게 다가간다는 것은 결국 인민을 모아 이끌어야 한다는 것을 의미했다. 정치가 요구했던 바는 '이데올로기의 진주'를 목적으로 하는 집단적 계몽이었던 것이다. 볼셰비즘의 원칙을 따르면 인민을 이념적으로 모아 이끌기 위해서는 먼저 프롤레타리아 전위가 공고한 지위를 갖고 결속되어야 했다. 문화단체는 외곽의 대중조직이지만 그 역시 이념적 우위에서 조종되어야 할 것이었다면, 임화 등은 이 문제에 대한 분명한 준비를 하지 않은 것이다. 그들은 인민의 자발성, 혹은 인민을 위한 열정을 기대했던 것이라고 추측할 수 있다. 인민에게 다가갈 때 모든 문제는 해결될 것이라고 한 임화 등은 인민의 자발성을 기대하는 입장과 인민을 이념적으로 영도해야 한다는 입장 사이에 있었다.

부르주아 민주주의 혁명이란 반드시 더 높은 단계의 혁명으로 전환되어야 하고, 될 수밖에 없는 것이었다. 부르주아 민주주의 혁명이 혁명의 최종 목표가 아닌 한, 이 단계에 상응하는 인민의 문학을 건설하는 일 역시 최종 목표일 수 없었다. 그렇다면 인민의 문학은 결국 프롤레타리아 문학으로 가야 할 역사적 미완태에 불과한 것이 된다. 여기서 다음과 같은 물음은 가능하다. 인민의 문학 건설은 그것이 지향해야 할 프롤레타리아 문학의 모습을 염두에 두면서 수행되어야 하는가? 프롤레타리아 문학의 단계로 가면 인민의 문학은 없어질까? 이원조는 프롤레타리아 문학을 인민의 문학이 도달해야 할 발전태로 보았다.24) 그러나 임화와 김남천이 상상한 인민의 문화가 완성되는 단계는 한낱 과도적 단계는 분명히 아니었다. 임화에게 그것은 오랫동안 대망했던, 주체의 운동과 현실이 유기적으로 통합되는 이상적 단계였다. 김남천에게 역시 그 단계는 인민이 문화의 향유자이자 창조

---

24) 이원조, 「조선문학의 당면과제」(6), 중앙신문, 1945. 11. 11.

자가 되는, 더 이상 부족함이 없는 단계였다. 김남천은 다음과 같이 그때를 상상한다.

"동지 제군이여 얼마나 아름다운 일이냐. 호미를 들은 농민의 하나하나가 악보를 보며 아코디언을 울릴 수 있고 노동의 휴식 속에서 근로하는 부녀자가 고급소설을 즐길 수 있고 거리마다 촌락마다 도서관과 미술관과 극장과 영사장이 준비되어 있다면 그리고 이들의 하나하나가 모두 시를 짓고 노래를 부를 수 있다면 통틀어 문화의 향유와 창조의 길이 이들 인민 대다수의 앞에 열려진다던 아마도 그것은 얼마나 아름답고 축복받은 일이 아닐까 보냐."[25]

임화와 김남천이 인민에 의한 근대의 '완성'을 막연하게 기대한 것이라면 그 근대는 어떤 것이었을까? 그것은 인민들의 도덕적 자발성이 이념의 영도를 앞지르게 되고, 그들 각자의 개성이 집단의 의지와 일치될 시대였다. 그들은 인민을 통해 꿈을 본 것이다. 그러나 그들이 그린 미래상은 실제 현실과 너무도 동떨어진 것이었다.

건설본부와 프로 동맹은 <문학동맹>으로 통합(1945. 12. 13.)되었다. 당의 외곽으로 문학단체가 분립되어서는 안 되었기 때문이다. 그러나 이 통합은 새로운 분립의 발단이기도 했다. 프로 동맹측의 몇몇 사람들에겐 그것이 월북의 직접적 계기가 되었다. 한편 건설본부나 프로 동맹에 참여하지 않았던 여러 문인들은 정치세력들이 이념적으로 대립하는 것과 발맞춰 문학동맹에 맞서는 단체를 결성한다.[26] 정치적 대립이 이른바 좌와 우로 극성화되면서 정치는 이념투쟁이 된다. 그리고 정치와 접합된 문학 역시 그 소용돌이에 휘말리지 않을 수 없었다.

---

25) 김남천, 「해방과 문화건설」(2), 중앙신문, 1945. 11. 3.
26) 문학동맹에 대한 정치적 이념적 대응은 <전조선문필가협회>의 결성(1946. 3. 13.)으로 가시화된다.

제 3 장

하나의 화두; 민족문학론

작가 이태준의 「해방전후」(1946)는 해방을 맞은 자신이 어떤 생각으로 어떻게 발걸음을 옮겼는가를 피력한 소설이다. 해방의 소식을 뒤늦게 듣고 상경한 이 소설의 주인공 '현'이 건국을 향한 '경주'를 보며 느꼈던 것은 불안감이었다. 특히 그는 좌익의 발호(跋扈)를 우려했고 좌익이 '날뛰는' 날엔 민족상쟁이 빚어질 위험이 있다고 보았다. 문화방면에서 역시 '재빨리 간판을 내걸고 덤비는 축'들이 모두 전날의 좌익작가들임을 안 그는 '그러고만 앉았을 때가 아니라고 생각하여' 자기 발로 '협의회'(건설본부의 확대기구)를 찾아간다. 그러나 '현'은 이내 자신의 우려가 기우였음을 밝히고 있다. "조선문화의 해방, 조선문화의 건설, 문화전선의 통일을 부르짖는 그들의 주장엔 한 군데도 이의를 품을 데가 없었다"[1]는 것이다. 좌익측이 계급을 앞세우지 않은 것은 '현명할 뿐 아니라 고마운 처사'였다. "이들에게 이만큼 조선 사정에 진실한 정신적 준비가 있었던가?" 그는 적이 놀라 마지 않는다.

이태준은 이 소설에서 좌익측이 계급이 아니라 민족을 내세운 데 공감했음을 밝혔다. 계급은 배타적인 것이었고 민족은 포용적인 것이었다. 민족은 계급에 선행하는데, 계급은 민족을 나누는 개념이었던 것이다. 오랜 식민압제를 벗어난 상황에서 민족의 단합이 무엇보다 절실한 과제로 비쳤던 것은 당연하다. 민족이 하나로 뭉쳐 독립을 이

---

1) 이태준, 「해방전후」, 문학, 1946. 7, 22쪽.

루어야 한다는 데 누구도 이의를 달 사람은 없었다. 더구나 이태준과 같이 과거를 떳떳하게·돌이킬 수 없었던 대부분의 식자들에게 이 거룩한 사업에 참여하는 것은 자기 정당성을 확보하기 위해서도 절실한 일일 수 있었다. '민족문학의 건설'이란 표어도 이런 상황에서 나온 것이었다. 그러나 이태준은 이 민족문학에서 '민족'이 민족구성원 전체를 뜻하는 것이 아니고, 뜻할 수도 없음을 알아야 했다. 이미 임화는 민족적인 단합이 인민을 중심으로 하는 것이어야 함을 말했다. 이로써 그는 매판적 지주자산층이 이 단합에서 제외되어야 함을 명백히했다. 민족은 바로 인민을 뜻했다. 민족문학은 인민의 문학이었던 것이다. 민족의 단합이 어떻게 이루어질 수 있고, 이루어져야 할 것인가를 모색하는 일은 이 시기 민족문학의 핵심적인 과제였다.

1. 민족문학 건설의 구상

통합단체인 문학동맹이 결성된 이후 당은 중앙위원회의 이름으로 <조선민족문화건설의 노선(잠정안)>을 발표한다.(1946. 2.) 이 문건으로 당의 문예방침은 확인된다. 현단계는 프롤레타리아 문화가 아니라 인민의 문화, 곧 민족문화를 건설해야 할 때였다. 그것은 민주적 인민정부를 수립하고 이로써 달성해야 할 민족의 완전한 해방과 독립이라는 정치적 과제에 따른 목표였다. 이 노선은 또 인민대중을 획득하기 위한 대중화에 각별히 유의해야 할 것을 강조하면서 문화운동이 우편향이나 좌편향으로 극단화될 때 인민대중은 이탈된다는 점을 지적했다. 당의 노선은 민족문화의 건설을 하나의 화두로 던진 것이다. 그 목소리는 자신에 차있었으며 단정적이고 단호했다. 그리고 모두가 이를 받아 '해방'의 길을 밝혀 가야 할 것임을 말하고 있었다.

문학동맹은 당의 노선을 지침으로 삼아 민족문학 건설의 방향을 밝히는 <제1차 전국문학자대회>를 열었다.(1946. 2. 8-9.) 대회에서는 민족문학 건설의 문제와 소설, 시, 비평 등의 각 장르별 문학사 해석, 창작방법론과 농민문학, 계몽운동, 문학유산의 계승과 세계문학의 섭취, 나아가 국어 재건에다가 신인육성에 이르는 문제들을 언급한 보고연설들이 낭독되었다. 이와 같이 여러 방면에 걸친 보고들을 두루 꿰는 중심적인 언술은 대회 첫머리에 임화가 읽은 「조선민족문학건설의 기본과제에 관한 일반보고」였다.

임화는 해방과 함께 비로소 "우리 민족의 모어(母語)로 표현되고 우리 민족의 사상감정을 내용으로 한" 문학 발전의 전제가 마련되었다고 지적했다. 그에 의하면 해방에 이르는 우리 역사, 나아가 문학사는 '근대'를 충족시키지 못한 것이었다. 우리는 '아시아적 봉건사회'의 성격이 청산되지 않은 상황에서 식민화의 길을 걸었고, 일본 제국주의가 갖는 후진성으로 말미암아 식민지배의 성격 역시 '비 근대적'이었다는 설명이다. 임화는 근대가 "한 민족을 통일된 민족으로 형성하는 민주주의적 개혁과 그것을 토대로 한 근대국가의 건설"을 통해 충족될 것이고, 그럴 때 민족문학의 수립은 가능한 것임을 다시 일깨운다. 그리고 그런 입장에서 과거의 문학사를 근대문학에 미치지 못한 과정으로 해석했다.

개화기 이래 식민지 시대 문학은 근대의 토대 없이 서구의 근대문학을 기계적으로 이식(移植)한 "변칙성"을 노정해 왔다고 임화는 주장한다. '변칙성'이란 이식(移植), 혹은 이를 불가피하게 한 근대적 토대의 결여라는 한계로부터 말미암은 것이었다. 온갖 사조들의 유입과 변천이 "유행의 변화와 같았고 모두가 모방과 같은 감"을 주었던 것은 토대 없는 이식에 따른 결과였다는 것이다. 그리고 이 점에서는 식민지 시대 프로 문학 역시 예외가 아니었다. 임화는 1920년대 초반 이후 민족해방운동은 새로이 부상한 근대적 노동계급을 중심으로 전개된다고 하였다. 또 이 노동계급을 배경으로 한 프로 문학은 종래 신문학의 "미약한 진보성과 계몽성을 혁명성과 대중성의 방향으로 발전시켰고, 형식에 있어서 리얼리즘을 확립"한 성과를 이루었다고 평가했다. 그러나 프로 문학도 이식의 한계를 갖는 것이었다.

　　첫째로 프로 문학은 수입된 사조의 모방으로 기인되는 공식주의적 약점을 드러내었다. 종래의 신문학 가운데 들어 있는 긍정될 요소와 새로이 대두할 수 있는 예술문학 가운데 들어 있는 좋은 의미의 민족성을 뿌르조아적이라고 하여 부정하는 과오에 빠졌다. 반제국주의적이요 반봉건적인 민족문학 수립의 과제가 역시 장래에 있다는 사실도 그다지 고려되지 아니했고 문학유산의 계승이라든가 예술적인 완성이라든가 하는 문제도 적당히 취급되지 아니했다. 통틀어 민주적 민족문학의 수립이 부단히 현실적 과제로 살아 있고 그것을 수행할 주요한 담당자로서의 역사적 사명에 대한 자각이 부족했음은 반성되지 아니하면 아니된다.[2]

　　임화는 정치적 공식주의나 계급적 배타주의를 사조 모방의 '변칙성'에서 비롯된 프로 문학의 한계로 본 것이다. 그에 의하면 '변칙성'— 이식의 한계는 근대적 토대의 결여를 원인으로 했다. 그런데 그는 또 프로 문학이 민족해방운동에 나선 노동계급을 배경으로 한 것이라고 말했다. 그렇다면 프로 문학이 보인 이식의 한계는 어디에서 말미암은 것인가. 임화는 프로 문학이 민족의 해방과 자주독립이라는 근대적인 과제 해결을 향한 인민적 합의와 통일이 이루어질 수 없었던 상황에서 나온 것으로 보았던 듯하다. 그는 프로 문학 운동이 지식인 운동자에 의해 제약되었음을 암시했는데, 정치적 공식주의나 계급적 배타주의는 이론적 경색성, 곧 지식인 운동자의 한계로부터 말미암은 것일 수 있었다.

　　프로 문학이 인민적 일체화를 달성하지 못한 상황에서 전개되었다 하더라도 임화가 이를 다만 지식인 운동으로 간주한 것은 아니다. 그는 프로 문학이 노동계급의 관점을 통해 식민수탈의 내용을 드러내고

---

2) 임화, 「조선민족문학건설의 기본과제에 대한 일반보고」, 『건설기의 조선문학』(백양당, 1946), 37쪽.

'해방'을 위한 투쟁의 방향을 가리켰다고 평가했다. 그러나 정치적 공식주의나 계급적 배타주의는 어쨌든 인민적 연대가 충분하게 이루어지지 않은 상황의 결과였다. 지식인 운동자와 노동계급, 모든 인민의 연대는 민족의 해방과 자주독립을 위한 인민정부 수립을 자신들 모두의 공통된 과제로 인식하고 수행할 때 달성될 것이었다. 그것은 이식의 한계를 극복하는 길이었다. 인민의 문학, 곧 민족문학은 이러한 근대의 과제를 수행함으로써 건설될 수 있었다.

비평과 소설 등 여타 장르의 문학사적 해석은 대체로 임화의 보고 내용에 준하는 수준에서 이루어졌다. 이원조는 계몽사업의 시급함을 강조하며 인민으로 하여금 "민주주의적 교양"을 함양케 하는 데 그 목표를 두어야 함을 역설한다. 민주주의적 교양은 결국 인민을 정치이념적으로 통일하는 것을 뜻했다. 소설 부문에 대한 보고에서 임화는 다시 "주인공과 환경이, 그려지는 사실과 표할 정신이 통일될 가능성"을 기대한다. 대중이 "새로운 시의 온상"이라고 역설하는 김기림에게 시인은 진정한 근대의 완성을 다짐하는 "초 근대인"이어야 했다. 근로대중-인민의 대부분을 차지하는 농민들에게 관심을 기울여야 할 필요성은 새삼 환기되었다. 홍구는 과거의 계급적 농민문학이 사회, 정치적 문제에만 치중했음을 비판하면서, 농민들의 풍부하고 구체적인 생활상과 사상감정의 형상화를 처방한다. 인민에게 익숙한 민족형식을 습용해야 한다는 점 역시 강조되었다. 새로운 창작방법으로 제시된 진보적 리얼리즘이란 민주적 인민정권의 수립을 위한 혁명적 앙양을 그리는 것이어야 했다.

문학자대회가 소련에서 사회주의 리얼리즘의 윤곽을 확정한 뒤 개최되었던 1차 <소련작가대회>(1934)나 중국의 <중화전국문학예술활동가대표대회>(1949)와 근본적으로 달랐던 점 가운데 하나는 사회주의 정권이 획득되지 않은 가운데 열렸다는 사실이다. 문학자대회는 민족문학론의 윤곽을 어느정도 구체화하고 고정하는 기회를 마련했지만, 그럼에도 불구하고 이를 통해 제시된 관점과 주장은 충분한 '권위'의 뒷받침을 받는 것이 아니었다. 맹원들 가운데는 여전히 인민의 문학인 이 민족문학과 '민족혼'을 앞세우는 반동적이고 국수적인 '민족주의 문학'을 구분하지 못하는 경우가 없지 않았고, 민족문학을 프로 문학의 위장으로 보는 일부의 오해 역시 방치되고 있었다.

한편 1946년 초에 결성(1946. 3. 25)되는 <북조선문학예술총동맹>의 몇몇 논자들은 문맹의 민족문학론을 비판하기 시작했다. 이는 이 시기부터 남북한의 문학운동이 노선을 달리하고 또 서로 차별성을 의식하며 전개되기 시작한다는 점을 알리는 것이었다.

안막과 윤세평, 안함광 등 북문예총 논자들의 비판3)은 민족문학 건설에서 프롤레타리아의 영도가 어떤 방식으로 관철되어야 할 것인가 라든지, 민족문학과 프롤레타리아 문학의 관계가 어떻게 설정되어야 하는가를 쟁점으로 한 것이었다. 안막은 문맹의 민족문학론이 '계급 관계에서 민족을 분리'시킴으로써 민족을 추상화하는 오류를 범했다고 주장했다. 그 결과 문맹의 민족문학론은 초계급적인 것이 되고 말았다는 것이다. 북문예총 논자들은 민족이 프롤레타리아의 영도를 받아야 하는 것처럼 민족문학은 프롤레타리아 이데올로기의 헤게모니를 필요로 한다는 점을 한결같이 강조했다. 민족문학 안에서 프롤레타리아 문학의 독자성은 지켜져야 했다. 안함광이 주장하듯 민족의식과 계급의식이 "변증법적으로 통일"4)되어야 할 것이었다면, 각각을 바탕으로 하는 민족문학과 프롤레타리아 문학 역시 변증적 내포의 관계를 맺어야 한다.

안함광은 또 임화 등의 민족문학론이 앞세운 근대의 달성 논리를

---

3) 안막, 「조선문학과 예술의 기본임무」, 문화전선, 1946. 7.
   윤세평, 「신민족문화 수립을 위하여」, 문화전선, 1946. 11.
   안함광, 「민족문학 재론」, 『민족과 문학』(문화전선사, 1947)
4) 안함광, 위의글, 33쪽.

비판했다. 민족문학의 건설이 추구해야 할 정치적 내용으로 민주주의란 근대적인 것이 아니라 '진보적'인 것이어야 한다는 견해였다. 그에 의하면 근대에 대한 집착은 현실에 대한 혁명적 태도를 오히려 거스르는 것일 수 있었다. 민족문학의 근대성은 그것의 계급적 성격을 모호하게 하는 것이어서는 안 되었다. 안함광은 근대성을 강조함으로써 빚어질 수 있는 인민, 혹은 민족개념의 추상화를 문제시한 것이다.

윤세평도 문맹의 민족문학론이 구체적인 실천의 감각을 결여한 관념적 발상과 태도의 소산이라고 몰아붙였다. 북문예총의 비판은 앞서 프로 동맹이 벌인 비판과 반드시 일치하고 있지는 않지만 그와 맥을 같이 한다. 프로 동맹이 거론한 문제들은 북문예총 논자들에 의해 다시 언급되었던 셈이다.

북문예총의 비판에 대한 답변으로 나타나는 것은 이원조가 청량산인의 이름으로 발표한 「민족문학론」(문학, 1948. 4.)이다. 1947년 6월에 씌어진 이 글에서 이원조는 다시 근대론을 반복한다. 민족문학의 건설은 독립된 민족국가의 수립이라는 근대적 과제를 수행하는 단계, 곧 인민정부를 세우고 민주주의를 달성하는 단계에 상응하는 문학적 과제였다. 이원조는 외세와 매판층을 배격하는 인민의 이해가 결국 계급적인 이해이며, 프롤레타리아의 이해와 모순되는 것이 아님을 주장한다. 인민의 이해를 대변하는 민족문학 역시 계급성을 부정하는 것일 수 없었다. 그러나 민족문학과 계급문학은 구별되어야 할 것이었다. 계급문학은 프롤레타리아의 문학이며 프롤레타리아 혁명이 완수된, 프롤레타리아 독재가 이루어지는 단계에서 가능한 것이었기 때문이다. 대신 이원조는 민족문학이 계급문학 발전의 가능성을 보장해 줄 수 있다는 입장을 밝혔다. 민족문학의 단계성을 인정한 것이다.5)

---

5) 앞서 이원조는 부르주아 민주주의 혁명이 혁명의 최종목표가 아닌 한 이 단계에 상응하는 민족문학의 건설 역시 최종 목표일 수 없지 않느냐는 생각을 조심스레 제시한 적이 있다. 민족문학의 건설은 프롤레타리아 문학을 완성하는 길로 통하게

민족문학은 하나의 역사적인 범주로, 사회성격의 변화에 따라 프롤레타리아 문학으로 발전될 수 있다. 이원조는 민족문학이 프롤레타리아 문학으로 가야 할 역사적 미완태임을 인정한 것이다. 하지만 그렇다 하더라도 현단계는 계급문학을 목적으로 하는 단계가 아니었다.[6] 이런 점에서 그는 안막, 윤세평, 안함광 등의 비판을 현실조건과 시대적 특수성을 고려하지 못한 "기계주의자"의 것으로 돌려 버리고 있다.

이원조의 민족문학론에 특별히 새로운 내용은 없다. 북문예총 논자들의 비판적 쟁점이 되었던 프롤레타리아 영도의 문제에 대해서 이원조는 충실한 답변을 하지 않았다. 이원조가 거듭 밝힌 것은 인민적 통합이 인민의 열망을 달성하기 위해 투쟁하는 데서 이루어지리라는 원칙이었지, 통합의 전략이 아니었다. 이원조는 새삼스레 모스크바 삼상회의의 결정에 관심을 기울인다. 그는 재개(1947. 5. 21.)된 미소공위가 "국제적 민주역량"을 발휘하여 인민들이 원하는 정부를 세울 수 있게 되기를 기대했던 것이다. 그들이 '정치적 해결'에 더 관심을 기울였다는 점은 인민적 통합에 대한 그들의 생각이 막연했다는 점과 무관치 않은 듯하다.

그러나 문맹이 이 점에 대해 뚜렷한 입장을 표하지 않았다는 사실은 자신들이 바란 정치이념적 구심점이 형성되지 못한 남한의 상황을 반영하는 것일 수도 있었다. 1946년 10월의 인민항쟁 이후 진보적 정치운동 전반에 대한 군정의 탄압은 더욱 노골화되었다. 반면 북한에

마련이라는 주장이었다. 이원조, 「조선문학의 당면과제」(6), 중앙신문, 1945. 11. 11.
6) 모택동은 그의 「신민주주의 문화」(1940)에서, "우리의 정치, 경제상에서 사회주의적 요소가 존재하고 있고, 우리의 국민문화의 반영까지도 사회주의적 요소가 존재하고 있다. 그러나 전체 사회로 볼 때, 우리는 지금 이러한 전체적인 사회주의 정치, 경제를 채 형성하지 못했고, 그리하여 아직 전체적인 사회주의 국민문화가 존재할 수 없다"고 하였다.(이욱연 옮김, 『모택동의 문학예술론』, 논장, 1989, 49쪽) 이원조는 모택동의 이 글을 원용하고 있다. 그러나 모택동의 신민주주의 문화론은 프롤레타리아의 영도뿐 아니라 "프롤레타리아 사회주의 사상의 영도"를 주장했다.

서는 사상개혁을 위한 집단적 캠페인으로 '건국사상총동원운동'(1947)이 준비7)되고, 이를 통해 김일성의 영향력은 빠르게 확대되었다. 프롤레타리아의 영도란 한편으로 권력의 제도화를 뜻하는 것이었다. 반면 임화 등의 근대 지향은 애당초 인민적 자각에 대한 계몽적 신뢰에 바탕을 둔 것이었다. 그들은 인민적 합의가 인민들이 주체성을 획득하는 가운데 달성될 수 있으리라 기대했다. 하지만 그러한 여건은 마련되지 못했다.

1947년에 들어서며 문맹은 심각한 조직적 이완 현상을 보였다.8) 사상이념적으로 견고하게 통일되지 못한 조직은 외부의 압력에 허물어져 나갈 수밖에 없었던 것이다. 민족문학에 대한 이해는 동맹원들 사이에도 "아직 철저하지 못"했는데, 한편에서는 봉건적이고 매판적인 "일부 시인묵객"들까지 민족문학의 정통을 잇는다고 공공연히 자처하는 상황이었다. 이원조는 자신들이 내외적으로 많은 문제에 봉착해 있음을 시인했다. 프롤레타리아의 주도권 부재가 이 상황을 빚은 우선적 이유는 아니다. 그러나 문맹의 민족문학론이 근간으로 했던 '인민적인 자각'의 개념이 그것을 구체화할 방법과 전략을 동반하지 않았다는 점은 그들의 운동이 정치적 상황에 그대로 대응될 수밖에 없게 한 원인의 하나였다.

2. 계몽의 실천, 혹은 그 방안들

계몽은 인민이 자각적 주체로 서기 위한 교양적 토대를 마련한다든가, 그들로부터 통합의 근거나 계기를 발견하고, 일정한 관점에서 이

---

7) '건국사상총동원 운동'이 준비되던 무렵의 북한 문단의 동향에 대해서는, 김재용, 『북한문학의 역사적 이해』(문학과 지성사, 1994), 98-103쪽을 참조.
8) 이 시점에서 임화는 새삼 이념적 결속의 문제를 강조하기에 이른다.(「민족문학의 이념과 문학운동의 사상적 통일을 위하여」, 문학, 1947. 4.)

를 유도하여 의도하는 방향으로 발전 및 강화시키는 것이어야 했다. 이를 위한 문학의 대중화는 오랫동안 강조되었던 바다. 문맹의 논자들은 계몽운동 전반에 대한 구상을 피력했다.

　문맹퇴치와 민주주의적 교양의 보급은 무엇보다 시급한 과제로 간주되었다. '전 인구의 80퍼센트가 문맹이고 99퍼센트 이상이 민주주의에 대한 이해와 훈련이 없는'9) 상황에서, 먼저 필요한 것은 인민이 문학을 접할 수 있게 하고 민주주의가 무엇인지를 깨닫게 하는 일이었기 때문이다. 김남천은 이러한 계몽이 국가적 규모의 사업으로 시행되어야 한다는 점을 지적했다. 문맹퇴치와 과학보급, 미신타파 등은 민주주의 수립을 위한 기본과제이기 때문에 "정부 자신의 방대한 정책이나 사업"을 필요로 한다는 주장이었다.10) 그는 국가적 계몽을 요구한 것이다. 김태준이 계몽을 위해 고려해야 할 것으로 열거한 것들―교육제도의 개혁을 비롯한 노동자 학교, 농촌 야학을 설립하는 문제, 극장을 새로 짓고 영화사를 국유화하며 방송을 민주화하는 등의 문제, 국어맞춤법을 통일하고 횡서안을 연구하는 문제11) 역시 국가적 규모의 추진을 필요로 하는 일이었다. 그들은 인민정부가 해야 할 계몽사업의 내용을 앞당겨 제시한 것이다.

　국가적 계몽의 구상과 더불어 대중화-혁명적 계몽의 방안들 역시 논의되었다. 대중화를 위한 주문은 먼저 운동자가 인민대중에 가까이 다가가 서고 그들의 말을 배우며, 그들의 사상 감정에 익숙해야 한다는 점이었다. 인민의 삶에 대한 충실한 이해, 그들과의 일체화는 인민에 대한 이데올로기의 삼투를 용이하게 하는 조건일 뿐 아니라 지식인 운동자 자신 안에 남아 있을 수 있는 '소자산 계급 근성'을 청산하는 방법이었다. 운동자가 인민 위에서 말하지 않고 인민의 가운데서 말

<hr>

9) 김기림, 「계몽운동 전개에 대한 의견」, 『건설기의 조선문학』, 192쪽.
10) 김남천, 「문화의 대중화」, 자유신문, 1946. 9. 16.
11) 김태준, 「민주주의와 문화」, 『민주주의 12강』(문우인서관, 1946), 59쪽.

할 때 혁명적 계몽의 내용은 구체화될 수 있으며 그 효과 또한 제고될 수 있었다. 당시의 상황에서 이를 실천하는 방안의 하나로 제시된 것은 '문화 서클 운동'이었다.

문화 서클은 '문화의 감상과 연구를 위한 동호자들의 소집단'으로, 일종의 문화적인 세포라 할 수 있다. 농촌이나 공장의 '비전문적 대중'들을 대상으로 하는 서클은 일단 취미의 요구를 충족시킬 필요가 있었다. 그러나 그것이 단순한 서클이어서는 안 되었다. 서클은 궁극적으로 현 단계의 과제인 민주주의적 민족문화의 건설을 위한 것이어야 했다. 즉 그것은 정치이념적 지향을 가져야 했다.

서클은 생산현장에서 인민들이 서로의 의식적인 각성을 도모하는 공간을 마련했다. 그리고 그런 점에서 그것은 인민대중이 스스로 자신들의 직접적 관심사에 대한 이해를 정기적으로 나누는 '통신원' 운동의 토대가 될 수도 있었다. 서클과 통신원 제도가 보고문학이나 소인극(素人劇) 등의, 인민이 쓰고 참여하는 문예형식을 활성화할 수 있는 것임은 다시 말할 필요도 없다. 문화운동이 공장이나 농촌의 현장을 중심으로 전개되고, 이에 따라 노동자와 농민 안에서 작가와 지도자들이 배출될 때 인민은 문화적 주도권을 쥐고 비로소 스스로를 위한 생산자로 나설 것이라는 생각이었다.

하지만 서클의 활동은 정치이념적 우위에서 '유도'되어야 할 것이었다. 운동의 방향을 옳게 잡고 '내부의 협잡물'을 배제해 나가기 위해서는 주재자의 지도력이 불가결하게 행사되어야 했다. 서클의 성격상 주재자의 지도력이 노출되어서는 안 되었다. 문학 서클의 효용을 주목한 작가 김영석은 "자기만이 이니셔티브를 장악하고 있는 듯이 보이거나 어떤 이데올로기로 문학 서클 전체, 문화 서클 전체를 율(律)하려는 기색으로는 오늘날의 조선의 문학애호가나 문화동호자를 광범위하게 획득할 수 없고, 따라서 신축성있고 탄력성있는 참으로 대중적, 자주적인 서클은 창조될 수 없다"[12]고 말한다. 그에 의하면 서클은 먼저 오락적이고 위안적인 성격을 가져야 했다. 대중들의 생활감정과 요구를 수용할 수 있어야 한다는 주문이었다.

김영석은 해방직후의 상황이란 적극적인 계몽을 필요로 하고 있고 그 방법은 대중운동이어야 한다는 점을 역설한다. 그가 보기에 문인들 대부분은 대중화에 태만했다. 그는 무엇보다 문인들이 "독선적 딜레탄티즘"을 버리지 못한 데 그 원인이 있다고 진단했다. '독선적 딜레탄티즘'은 문학을 "소시민적이고 자기만족적인" 수준에 잡아 두려는 경향이었다. 그것은 대중화에 나서기 앞서 먼저 자신의 문학적 역량을 충실히 해야 한다고 주장하거나, 아니면 애당초 대중화에 아무런 관심도 갖지 않는 양상으로 나타나고 있다는 분석이었다.

> 문학 대중화 문제와 맞붙은 독선적 딜레탄티즘적 경향은 어떠한 형태로 표현되는가? 한 가지는 대중화를 꾀하기 전 우선 자신의 역량을 문제삼자는 것이요, 다른 하나는 이에 대한 완전한 무관심이다. 자신의 역량을 문제삼는 것은 문학자의 창조력의 원천이 오직 우리에 있는 줄로밖에는 생각지 않는 극히 유치한 견해로서 대중화 문제에 대한 완전한 무관심과 다를 바 없다. 현 단계의 조선문학은 어디까지나 '문학운동'으로 성장한다는 것을 우리는 명심해야 하며 오늘날 조선문학의 양적 질적 향상을 위한 전체적 운동은 그것이 동시에 개개의 문학자의 역량의 향상을 초래하게 하는 것이라는 중요한 사실을 간과한다면 우리의 전진은 있을 수 없다.13)

오늘의 상황은 대중화 운동을 위시한 문학운동의 적극적인 개진을 필요로 한다는 점, 이러한 운동 역량의 제고가 곧 문학적 역량의 심화로 이어질 수 있다는 것이 김영석의 주장이었다. 문인은 인민의 투쟁에 참여함으로써 참된 영감을 얻고 투쟁의 진실에서 문학적 진실을 획득할 수 있다는 점을 그는 말했다.

---

12) 김영석, 「문화 서클의 성격」, 현대일보, 1946. 8. 28.
13) 위의 글, 현대일보, 1946. 8. 27.

창작은 물론 대중화의 중요한 방법이었다. 김남천에 의하면 문학작품의 질적 향상과 대중화란 별개의 문제일 수 없었다. "질적 향상을 위한 진정한 노력만이 보급화의 문제를 옳게 해결짓는 관건이요, 인민대중의 진정한 사랑을 받으려고 갖은 애를 쓰는 노력만이 동시에 그의 작품을 질적으로 향상시키는 단 하나의 옳은 방향이 될 것"이라고 그는 단언한다.[14] 김남천은 인민대중을 위한다는 것이 결코 작품의 질적 저하를 요구하는 것이 아닌데도, '저급한' 대중이 읽도록 해야 한다는 명목 아래 "안이하그 저속한 추수를 합리화"하는 현상이 빚어지고 있음을 비판했다.

'저속한 추수'란 구체적으로 어떤 것인가. 그가 거론한 홍구의 「석류」(신문학, 1946. 6.)라든가 안동수의 「그 전날 밤」(우리문학, 1946. 2.), 혹은 엄홍섭의 「귀환일기」(우리문학, 1946. 2.)는 징용귀환자나 출옥자를 그린 것으로, 억압과 수탈을 받았기 때문에 인민들이 가질 수 있다고 믿은 '고난의 역량'에 대한 작가의 이상적인 기대를 표현한 단편들이었다. 해방의 기쁨을 소박하게 그리고 인민들의 도덕적 잠재력을 부각시킨다든가, 그러한 입장에서 앞날에 대해 낙관적으로 전망을 제시하고 있는 점은 이들 단편들의 공통점이었다. 여기서 두드러지는 것은 해방직후 지식인들이 흔히 빠져들 수 있었던 윤리적인 태도로서의 인민주의적 경사[15]이지, 해방의 조건과 의미를 통찰한다거나 구체적 투쟁의 과정 속에서 인민이 어떻게 긍정성을 발휘하는가를 탐구하려는 현실주의적 자세는 아니다. 김남천은 이를 비판했다.

김남천은 또 구주 탄광으로 징용을 갔던 안회남의 연작 단편들을 들며 경험이 건조한 보고에 머문 경우와, 허준의 「잔등」(대조, 1946. 1.)에서 나타나 보이는 무감동한 정태적 시선 등을 비판했다. 이기영

---

14) 김남천, 「창조적 사업의 전진을 위하여」, 문학, 1946. 7., 139–140쪽.
15) 인민의 도덕적 자발성이나 잠재력을 주관적으로 기대하는 인민주의적 감정과 태도는 해방기에 매우 광범하게 나타나는 현상이다. 인민주의적 경사에 대해선, 신형기, 「인민주의적 태도」, 『해방기 소설 연구』(태학사, 1992) 참조.

의 「해방」(신문학, 1946. 4.) 역시 "안이한 공식성"으로 인해 현실을 제대로 살려 내지 못한 경우로 평가했다.

김남천의 처방은 작가로서의 성실성, 곧 '고뇌와 사색의 심화'를 기해야 한다는 것이었다. 이러한 처방이 그가 일찍이 외쳤던 자기고발의 정신과 맥닿는 것이었음은 쉽게 짐작된다. 풀어 말하면 추상적 관념의 선점을 배격하고 현실에 대한 끊임없는 반성적 긴장을 요구하는 입장이었다. 이러한 성실성이 전제되지 않은 한 현실에 대한 어떤 적극적 자세도 우스꽝스런 오인(誤認)에 그치고 말 것이었다. 작가로서의 성실성은 현실주의적 성취의 조건이었다. 현실주의적 성취—질적 제고가 대중에의 보급을 보장하는 열쇠라면, 결국 그는 대중화를 현실주의적 충실성에 따르는 문제로 본 것이다.

해방을 역사적 당위의 결과로 여기고 이런 입장에서 앞날에 대한 막연한 윤리적 기대를 표현한다든가, 육박해 오는 현실을 미처 소화하지 못함으로써 소설이 번쇄한 기록으로 떨어지는 것은 이 시기의 일반적인 현상이었다. 한효는 해방과 함께 닥쳐 온 새로운 질서를 수용하는 과정에서 문학자들이 혼란과 침체에 빠질 수밖에 없었음을 지적하면서, 그러나 "마침내 뒤로 물러갈 자는 물러가고 앞으로 나아갈 자는 나아가기 시작했다"[16]고 말한 바 있다. 한효가 발견했다고 한 것은 작가들의 '새로운 정열'이었고, 그것은 '현실을 가장 옳게 인식하는' 전진의 힘으로 간주되었다. 그러나 김남천이 볼 때 이 '정열'은 아직 미흡하거나 진정한 것이 아니었다. 그들은 "복잡하고 뒤숭숭한 현상의 포말 밑에 굳세게 흘러내리고 있는 역사의 커다란 진행"[17]을 잡아내야 했다. 이는 단순히 정열이나 세계관의 문제가 아니었다. 그것은 체험과 인식의 깊이 문제였으며, 나아가 혁명적 성숙성의 문제였다.

---

16) 한효, 「조선문학 현재의 입장」, 문학예술, 1946. 10., 5쪽.
17) 김남천이 장편 『1945년 8·15』(자유신문, 1945. 10. 15. - 6. 27.)의 연재를 알리는 '작가의 말'(자유신문, 1945. 10. 5.)에서 쓴 표현.

1946년 10월 인민항쟁 이후 문학가동맹 중앙위와 서울시 지부는 '모든 문학자가 공작자로 나설 것'을 촉구하는 성명서를 발표한다.(1946. 11.) 대중화에의 총력 경주가 선언된 것이다. 김남천은 그간 대중화 운동이 '몇 사람의 특지가(特志家)'에 의해 '비조직적이고 수공업적인' 방식으로 진행되어 왔음을 비판했다. 대중화 운동의 필요가 어느 정도 여론화된 것은 사실이지만 이를 실천으로 옮길 조직적 거점의 마련이 충분치 못하다는 지적이었다.

학생들은 바른 사관을 배우려고 과학단체의 문을 두드리고 있다. 직장에서는 지도자를 기다리다 지쳐서 우열(愚劣)하기 짝이 없는 각본을 가지고 차마 볼 수 없는 신파 연극을 꽤 무리하여 눈물이 날 지경으로 즐겨하고 있다. 농촌에서는 임의의 스토리와 제멋대로의 대사를 가지고 추석놀이를 즐기고 있다. 경향(京鄕)을 막론하고 정감록은 여전히 정세판단의 권위로 행세하고 있다. 이에 대하여 우리들은 무엇을 하였는가. 몇 사람의 특지가(特志家)가 수공예적인, 비조직적 수단으로 독서회를 만들고서 스스로 만족하여 있다. 요구하는 단체와 학생들에게 기성 각본 한두 편을 개인관계를 통하여 제공하는 것으로 자찬하고 있는 형편이다. 이러한 수공업적인 방법을 가지고는 전 인민의 문화적 욕구에 수응할 수는 없다. 일반대중의 문화적 욕구는 날이 갈수록 치열해 가고 있다. 우리의 문화운동은 이에 대답할 책임이 있는 것이다. 우리 문화대중화 운동은 수공업성을 이탈하고 과학적 계획성에 의하여 조직화되어야 한다. 문화와 격리되어 있는 근로인민대중은 문화운동의 강력한 조직화를 갈망하고 있는 것이다.18)

대중화 운동은, 예를 들어 서클 운동을 두고 볼 때 이를 조성, 관리할 수 있는 하부조직과 서클 주재자를 필요로 하는 것이었다. 김남천은 문화조직을 확장하는 방법으로 당의 최하 기본조직에 문화부를 두거나 여러 대중단체들이 각급기관에 문화부를 설치해야 한다는 주장

---

18) 김남천, 「신단계에 처한 문화운동」, 자유신문, 1947. 1. 4.

을 폈다. 당이나 대중단체의 조직을 이용해 문화운동의 거점을 넓히려는 의견을 낸 것이다. 김남천은 문화 서클이 대중단체의 운영에서 그 세포를 늘이는 '보조수단'일 수 있으며, 나아가 항쟁으로 인한 조직원의 결손을 메울 수 있는 방법이기도 하다는 점을 지적하기도 했다.

다른 과제로 또 그는 각 문화단체가 기관지를 가질 것과 대중화를 위한 교정(敎程)과 교재, 총서 등의 발간이 서둘러 이루어져야 함을 들었다. 물론 공작자의 양성 역시 시급한 과제였다. 공작자는 조직자여야 하기 때문에 '유능한 과학자나 예술가'이기 이전에 조직화의 역량을 갖추어야 했다. 김남천은 문화단체뿐 아니라 각급 당 문화부나 대중단체의 해당 부서에서 이를 위한 각별한 준비가 있어야 할 것을 촉구한다. 그러나 당시의 상황에서 당이나 여타 대중단체들이 그 조직 안에 문화부를 두어야 하고 공작자를 양성해야 한다는 김남천의 제안을 얼마나 심각하게 받아들일 수 있었는지는 의심스럽다. 이미 합법적 대응이 어려운 상황이었다. 국가적 계몽은커녕 대중화의 조직적 거점조차 제대로 마련되지 못했던 것이다. 결과적으로 그의 제안은 제안으로 그치고 만다.

항쟁을 '옳게' 작품화하는 것은 그 정신을 계승하는 중요한 방법이었다. 임화는 인민항쟁이 "조선문학의 새로운 기원"[19]이 되어야 한다고 주장했다. 이제 문학은 항쟁의 정신에서 출발하여야 했다. 항쟁을 찬양하고 항쟁의 과정에서 나타난 인민들의 영웅적 형상을 살려 내는 것은 창작의 일차적 임무가 아닐 수 없다는 것이다. 그러나 인민항쟁의 문학적 형상화는 활발히 이루어지지 않았다.

인민대중이 익숙하게 알고 있는 민족적 형식에 새로운 민주주의적, 혹은 진보적 내용을 담는다는 민족형식론은 <민족문화건설의 노선>

---

19) 임화, 「10월 봉기와 대중공작」, 문학 인민항쟁 특집, 1947. 2., 15쪽.

에서부터 대중화를 위한 원칙으로 제시된 바 있다. 고전의 변개(變改)는 이를 실천하는 방법의 하나였다. 실제로 「홍길동전」이나 「이춘풍전」 등을 새로 고쳐 쓰는 작업이 시도되기도 했다. 그러나 예를 들어 박태원의 『홍길동전』(1947)을 두고 볼 때 변개는 한계를 가질 수밖에 없었다. 홍길동은 봉건 시대의 의적 이상일 수 없었기 때문이다. 다양한 고전형식을 이용하는 데 대한 논의 역시 충분히 이루어지지 못했다.

3. '순수'론과 민족문학 논의의 무산

'민주주의'란 인민을 주체로 해야 하고 그 인민은 프롤레타리아에 의해 영도되어야 한다는 건설본부의 정치적 입장이 밝혀지면서, 이에 이념적으로 동조할 수 없었던 과거 민족진영과 해외문학파 출신 문인들이 처음으로 결성(1945. 9. 18.)한 단체는 <중앙문화협회>였다. 그러나 박종화, 변영로, 으상순, 김영랑 등을 성원으로 했던 이 단체의 활동은 미미했다. 문학가동맹의 입장과 노선에 대한 사상이념적 대응은 <전조선문필가협회>의 결성(1946. 3. 13.)을 계기로 시작된다. 문필가협회의 등장은 탁치 문제로 정치세력들의 이념적 대립이 선명히 드러났던 것과 때맞춘 것이었다. 문필가협회의 결성 작업이 이승만을 의장으로 하는 '민주의원'의 선전위원회와 동아일보 등 이른바 우익 언론의 직접적 제의로 시작되었던 점[20]이라든지, 김구와 안재홍 등이 그 결성대회에 내빈으로 초청된 사실은 이 단체 역시 정치적이나 이념적 대립의 역학 속에서 결성된 것임을 말해 주고 있다.

문필가협회가 정치적, 이념적 대립의 역학에 의해서 결성되었다는 사실은 이 단체가 그로부터 결코 자유로울 수 없었음을 뜻했다. 문필

---

20) 이헌구, 「전조선문필가협회」, 『해방문학 20년』(정음사, 1966), 138쪽.

가협회는 문맹에 대한 이념적 대응을 벌여야 했다. 그러나 그들이 통일된 논리를 준비했던 것은 아니다. 문필가협회의 성원들은 대체로 두가지 방향의 생각을 드러냈다. 하나는 문학이란 저급한 목적의식을 배제하고 삶의 구경(究竟)을 그려야 한다는 '순수'론이었고, 또 민족혼 내지 민족정신의 고취를 요구하는 민족주의적 효용론이었다. 두 생각은 본질적으로 다른 것이었지만, 동맹의 논리를 배격한다는 점에서 둘의 입장은 같았다.

　문필가협회의 결성 목적에 부합되는 활동은 이내 그것의 전위대 격으로 결성되었던 <청년문학가협회>(1946. 4. 4.)의 성원들, 그 가운데도 김동리, 조연현, 서정주 등을 중심으로 전개되었다. 그들은 '순수'의 입장에서 '정치'를 배제한다는 점에서 일치했다. '정치'와 '순수'가 맞서는 양상이 빚어진 것이다. 이 대립은 식민지 말기의 이른바 신인논쟁에 뿌리를 둔 것으로, 기성문인을 '이념적 우상'에 예속되었다고 비판하면서 '개성과 생명의 구경(究竟)'을 탐구하는 데 문학의 의의가 있다고 한 김동리의 주장은 다시금 문맹을 성토하는 근거가 된다. 즉 문맹을 향한 협의회의 비판은 문맹이 문학을 정치에 종속시켰다는 데로 모아졌던 것이다.

　'순수'는 '정치'를 대립항으로 놓는 것이었지만, 그 자신들이 변했듯 "증류수 같은" 순결함을 지향하는 것은 아니었다. 그들의 순수론은 문학의 자율성 개념에 뿌리를 두고 있었다. 즉 문학은 다른 목적에 구속되어서는 안 된다는 생각이다. 두루 아다시피 문학을 자율적이라고 보는 견해는 문학의 독자적인 가치와 효용을 주장해 왔다. 딱히 사상이라든가 도덕을 앞세우지 않더라도 잘 씌어진 문학작품은 인생에 대한 품격 높은 통찰과 윤리적 지혜를 제시한다는 오랜 인문주의적 견해는 그 대표적인 것이다. 종교나 철학으로부터 문학의 자율성을 지켜야 한다고 믿고, 문학이 종교나 철학 이상으로 인도적 깊이를 구현할 수 있다고 여기는 생각은 근대에 들어 더욱 일반화되었던 것이기도 하다.

 '순수'론의 이론적 근거는 애당초 이 수준을 넘는 것은 아니었다 본다. 여기서 유도될 수 있었던 것은 문학이 현실에 충실하기 위해서 는 먼저 문학에 충실해야 한다는 논리였다. 다시 말해 문학의 진정성 은 문학적 가치의 성취를 통해 보장되는 것이기 때문에, 무엇보다 문 학에 충실하는 것이야말로 현실에 충실하는 길이라는 생각이다. 김동 리가 '순수'란 결코 "음풍농월하는 식으로" 현실을 외면하자는 것이 아니라고 여러 차례에 걸쳐 자신있게 이야기할 수 있었던 근거는 여 기에 있다. 문학이 먼저 문학으로 성취될 때 그것은 현실에 끼침을 줄 수 있는 것이므로, 순수의 주장은 가장 타당한 실천론이라는 것이 그의 주장이었다.

 청년문학가협회의 결성대회를 바로 앞둔 시점에서 조연현은 '정치' 에 대한 포문을 연다. 현재의 조선문학은 위기에 처해 있다는 것, 그 위기의 원인은 문학이 "정치나 주의의 충복"이 된 데 있다는 것이 그 의 주장이었다. 조연현은 문인이 어떤 정치적 견해를 갖고 이를 관철 시키려고 노력하는 것과 문학적인 성취를 위해 노력하는 것을 구분했 다. 문인이 정치적 활동을 할 수는 있겠지만, 문학을 통한 기여란 "현 실적인 정치운동에 투족(投足)한다든지 어떤 주의의 해설가가 됨으로 써 이루어지는 것이 아니라 그가 가장 문학가일 수 있을 때 이루어진 다"는 것이다. 문학이 '공식적 관념'을 옮겨 놓거나 '선전문'으로 떨 어지고 마는 현상은 문학에 충실하지 않은 결과였다. 그는 문학이란 나름의 가치를 갖는 독자의 영역임을 주장한 것이다. 그가 진단한 위 기의 내용은 문학의 자율성이 보장되지 않고 있다는 것, 즉 "정치의 충견으로 화한 시류 문인"들이 스스로 문학을 정치에 종속시킴으로써 문학적 성취와 이를 통한 진정한 현실적 기여의 가능성을 제약하고 있다는 것이었다. 그는 문학이 '구출'되어야 할 것임을 외친다. 문학 과 정치의 분리는 문학을 구출하는 유일한 방법이었다.[21]

글로 드러난 수준에서 조연현은 어떤 정치적 입장을 갖느냐 그 자체를 문제시한 것이 아니다. 그가 문제로 지적한 것은 문학의 정치종속과 그에 따른 문학적 성취의 미흡이었다. 그는 문맹의 노선과 활동을 정치적이거나 이념적 입장에서가 아니라 문학적인 입장에서 비판한 것이다.

그러나 실제로 조연현의 생각이 어떠한 것이었는가를 깊이 파악하기 위해서는 김동리의 주장을 살펴볼 필요가 있다. 일찍이 식민지 시대 말기에 있었던 신세대 논쟁에서 김동리는 신인들이 무사상적이라는 기성의 비판에 맞서, 기성문인들이야말로 "외래의 우상적 이념"에 매달려 온 것이 아니냐고 반박한 바 있다. 김동리의 반박은 대략 두 가지 근거를 갖는 것으로, 그 하나는 문학을 사회적 현실이나 역사와의 관계 안에서 보려는 계몽의 입장을 거부하는 것이었다. 그에 의하면 계몽의 의도는 문학적 성취를 저해하는 것이었다. 문학의 자율성 개념을 주장한 것이다. 또 다른 근거는 문학의 이념이 주체적이어야 한다는 것이었다. 문학의 이념은 빌어 올 수 있는 것이 아니라 "제 자신에서 배태하여 제 자신에서 빚어진 정신"이어야 한다는 주장이었다. 이러한 입장에서 김동리는 기성문인들이 "사대주의"에 빠져 있다고 단정했다. 그가 보기에 기성의 사대주의는 '물질'을 섬기는 계급문학에 이르러 극단을 보였고, 그 퇴조와 더불어 혼미의 상황을 노정하고 있었다. 외래의 우상을 기계적으로 추종해 온 기성의 한계는 신세대가 극복하리라는 것, 신세대는 이러한 사명을 갖는다는 것이 김동리가 주장한 바였다.

이광수 이래 근대적 계몽론이 한편으로 민족의 문화적 정체성을 부정해 왔음을 생각할 때, 김동리의 주체적 입장은 시사하는 점이 없지 않은 것으로 보인다. 또 그는 문학의 자율성을 강조함으로써 문학에 부과되어 온 정치적이거나 이념적인 계몽논리를 비판적으로 검토해야

---

21) 조연현, 「문학의 위기」, 청년신문, 1946. 4. 2.

할 필요를 제기했다고 말할 수 있다. 그러나 계몽의 논리와 '사대주의'에 대한 김동리의 비판은 매우 자의적이고 모호한 주장으로 이어졌다. 그는 신세대의 정신이 "개성과 생명의 구경을 탐구"하는 데 있다고 규정하면서 문학은 이를 본령(本領)으로 해야 한다고 말했다. 하지만 그가 이 구경의 의미를 구체적인 현실역사와의 관계 안에서 설명할 수 있었던 것은 아니다. 생명의 구경론이 탈역사화된 추상적 궤변에 불과한 것이었다면, 그것이 어떻게 현실에 실천적 끼침을 줄 것인가 하는 의문을 갖지 않을 수 없다. 현실에 대한 진지하고 객관적인 성찰이 도외시될 때 문학의 이념은 미혹에 빠져들 수 있으며, 오히려 정치적 협잡이 틈입될 여지를 허용할 것이다. 정치에의 종속이 문학의 위기를 초래했다는 조연현의 진단은 문학적인 성취와 이를 근거로 한 효용의 문제에 대한 열린 논의를 수반해야 할 것이었다. '순수'의 주장이 문학을 이념적으로 또한 제한할 때, 그것은 오히려 문학의 영역과 그 효용의 가능성을 좁히기 때문이다.

해방후 김동리가 현단계 문학의 일의적 과제로 제시한 것은 "민족적 자각 내지는 민족적 개성의 확립"이었다.22) 순수를 외치기에 앞서 문학이 기여해야 할 현실적 방향을 가리킨 것이다. 누구라도 눈앞의 현실문제에 관심을 기울이지 않을 수 없는 것이 이 시기였거니와, 앞서 지적했듯이 그들의 '순수'론은 문학에 충실해야 한다는 것이었지 현실적 관심을 배제해야 한다는 것은 아니었으므로, 김동리의 이러한 주장을 특별하게 볼 필요는 없다. 현실을 얼마나 깊이있게 통찰하고 무엇을 과제로 여기느냐는 '순수'론의 실제 내용과 질적 수준을 가리키는 것일 수도 있다.

김동리는 민족이 단결해야 한다고 말한 것이다. 계급적 반목과 같은 민족 자체 내의 분열은 민족의 존립을 위해 바람직하지 않다는 주

---

22) 김동리, 「조선문학의 지표」, 청년신문, 1946. 4. 2.

장이었다. 그는 민족의 통합에 기여하는 방법으로 문학을 통한 민족정신의 앙양을 외친다. 민족정신으로 민족을 통합해야 한다는 것이다.

민족 간의 모순이 첨예한 상황이므로 민족 구성원 모두는 이를 해결하기 위해 단합해야 한다는 것, 따라서 내부적 모순은 일단 덮어두어야 한다는 것이 이승만과 김구 등을 필두로 하는 이른바 우익 정치세력의 공통된 입장이었음은 두루 아는 바다. 그것은 이해와 절충을 통한 민족적 합의 대신 숭고한 정신에 의한 일체화를 요구한 것이다. 그것은 해방현실의 문제를 흐렸으며 이미 진행되고 있는 반동적 변화를 받아들이도록 요구하는 것이기도 했다. 김동리는 이러한 이념적 입장을 드러낸 것이라고 보아야 옳다. 김동리 등의 '순수' 주장은 이러한 이념을 넘어서는 것은 아니었다.

'순수'론의 본격적인 개진은 김병규와의 논쟁을 일으키는 김동리의 「순수문학의 진의」(서울신문, 1946. 9. 15.)로부터 시작된다. 그는 문학의 본령이 인간성 옹호에 있음을 전제한 뒤, 순수문학은 문학의 본령인 휴머니즘을 추구하는 것이라고 주장했다. 그가 말하는 휴머니즘은 구체적으로 어떠한 것이었던가. 오랜 인문주의적 입장에서 볼 때 휴머니즘은 교조적인 억압을 비롯한 갖가지 비이성적 폭력과 무지에 맞서 인간적인 가치를 찾고 지키려는 태도이며, 창조적이고 비판적인 개성을 통해 삶과 세계에 대한 성찰의 깊이와 치우치지 않은 현실적 균형감각을 견지하려는 자세라고 말할 수 있을 것이다. 김동리는 휴머니즘을 역사적으로 진행되어 온 인간지향의 '정신적' 동력의 개념으로 쓴다. 휴머니즘은 고대 헬레니즘과 헤브라이즘의 정수였으며 르네상스 시대의 인본주의를 꽃피운 배경이었다는 것이다. 이어 그는 매우 독창적이라 아니할 수 없는 '제3기 휴머니즘'론을 편다. 즉 근대의 과학정신은 공식주의와 기계론을 초래했으니 유물사관은 그 대표적 경우라는 것, 유물사관은 고대의 신화적 우상이나 중세의 계율적인 신성이 그러했듯 휴머니즘을 역행하는 방향에 서있다는 것, 그러나 철학에 있어서 니체와 하이데거, 문학에 있어서 헤세나 헉슬리 등이 나서 '제3기 휴머니즘'의 방향을 제시했고 이 '제3기 휴머니즘'은 오늘날 정치적 민주주의가 가고 있는 방향이기도 하다는 것이 그 내용이었다.

유물사관의 극복이 세계사적 추세임을 단정한 김동리가 볼 때 아직도 공식주의와 기계론이 성행하는 해방이후의 현실은 "후진사회 특유의 병상(病狀)"을 드러낸 것이었다. 이러한 과학과 물질의 폐해를 극복하는 일은 당면한 역사적 과제가 아닐 수 없었다. 그것은 휴머니즘을 기조로 한 순수문학의 과제였다. 순수문학이 계급문학—공식주의와 기계론을 극복하는 것은 세계사적 흐름에 발맞춘 것이 된다. 나아가 김동리는 순수문학이야말로 진정한 민족문학이 될 수 있다고 강변한다. 왜냐하면 민족문학은 민족정신의 발현으로 나타나는 것인데, 휴머니즘과 민주주의를 실현해야 하는 오늘의 상황에서 민족정신은 그에 입각한 것이 되어야 하며, 따라서 휴머니즘을 추구하는 순수문학은 민족문학의 실질적 형식이 되지 않을 수 없다는 논리였다.

김동리는 순수문학의 정당성을 나름의 역사적 해석 위에서 이끌어냈고, 이를 바탕으로 순수문학과 민족문학을 등식관계에 놓았다. 순수문학은 조연현이 강조한 것처럼 "반드시 정치적 은둔을 요구하는 것은 아니"[23]었다. 김동리는 나름의 휴머니즘론을 통해 문맹의 민족문학을 계급문학, 즉 공식주의와 기계론에 빠진 것으로 매도했다. 이로써 어쨌든 그는 자신이 반공의 입장에 서 있음을 분명히 한 것이다. 반공의 입장을 제공한 그의 휴머니즘은 도대체 어떤 속내를 갖는 것이었던가.

김동리는 니체나 하이데거 등을 새로운 휴머니즘의 선구자로 내세웠지만, 「창조와 추수」(민즈일보, 1946. 9. 15.)라는 글에선 새로운 휴

---

23) 조연현, 「순수의 위치」, 예술부락, 1946. 6., 2쪽.

머니즘의 내용을 다른 방식으로 설명하고 있다. 새로운 휴머니즘은 '유심과 유물의 대립적 이원론을 동시에 초극하고 서양정신과 동양정신을 변증법적으로 지양'하는 것이라는 주장이었다. 그는 바로 이것이 그리스와 르네상스를 잇는 제3휴머니즘이라고 명명했다.

이런 엄청난 주장은 송두리째 그의 형되는 범부(凡夫) 김정설에게서 빌어 온 것이었다. 김동리가 남다르게 지적 자부심을 가졌던 배경에 범부란 존재가 놓여 있음을 발견하는 것은 어려운 일이 아니다. 김동리에게 범부는 박식한 학자이자 세계를 위기에서 구하려 했던 선각자였다. 뒷날 그의 글을 모아 엮은 책에서 김동리는 범부가 "지금까지 있어 온 동서철학들을 총정리할 수 있는 새로운 형이상학"[24]을 안출코자 했다고 말한 바 있다. 이 씌어지지 못한 범부의 주저(主著)는 '불교의 무(無)와 주역의 태극을 종합적으로 지향'하고자 하는 것이었다는 이야기였다. 동서철학을 꿰뚫었다는 범부의 해박함을 인정한다 하더라도, 이를 총정리한 '새로운 형이상학'을 제시하려는 기도란 실로 야심만만한 것이었다고 아니할 수 없다. 더구나 그것이 세계의 위기를 타개하고자 한 것이었다는 점은 여하간 그의 관심 영역이 매우 폭넓은 것이었음을 짐작케 한다. 그가 남긴 단편적인 글들을 정리해 볼 때 반복적으로 나타나는 바는 서양이 쇠운의 시기에 다다랐다고 단정하는 위에, 오직 동양이 세계를 구할 새로운 사상적 방향을 밝힐 수 있음을 역설하는 것이다.

서양은 문예부흥 이후 모든 문화가 한없이 발달하였다. 그러나 그들은 이미 갈만큼 다 갔다. 개척하여 놓은 공적도 크지만 장차 어디로 가느냐가 큰 문제다. 게오르규는 『25시』란 문학작품을 지었는데, 25시란 말은 24시는 이미 갔는데 날은 새지 않고 25시, 곧 밤이 연장되고 세기의 밤은 새지 않는다는 뜻이다.(중략)

현대 서양인은 하나의 기계가 되었다. 이 기계가 인간을 구출할 수는

---

24) 김동리, 「백씨를 말함」, 『풍류정신』(정음사, 1986)

없다. 인간의 구출은 인간이어야 한다. 그러나 그런 사람이 서양에는 없다. '광명은 동방에서 온다'라는 말과 같이 서양 이외에서 기계화되지 않은 사람을 찾으려면 동방밖에 없는 것이다.(중략)

　이것을 해결할 방법은 무엇이겠는가? 서구인은 관념론이나 물질론, 주관적이나 객관적, 개인적이나 전체적, 이러한 사고방식을 구지(拘持)하고 현실을 다시 관찰하려 든다. 그러나 서구적인 사고방식으로는 해결되지 않는다. 우리 동양학자들은 그러한 사고방법을 가지지 않으나, 현대인으로서는 관념적이니 물질적이니 하는 사고방식에 의거하지 않고서는 결국 어떻게 할 것이냐? 이것은 관념론, 물질론을 어떻게 적용하지 않는 한계까지 끌고 가느냐가 문제이다. 이것을 해결한다는 것은 이러한 문화를 만들어 냈던 것만큼 중대하다. 관념론이니 물질론이니 하는 것이 오늘날의 서양을 만들어 냈으니 그것을 해결하는 방법은 그런 원리가 아닌 다른 사고 원리가 되어야 한다.25)

　범부가 제시한 사고원리는 음양론이었다. 음양론은 유물과 유심의 이분법을 지양하는 통합적 원리라는 것이었다. 그는 이기론(理氣論)을 음양의 원리에 입각해 해석하는가 하면, 단학(丹學)과 선도(仙道)의 관점을 소개하기도 했다. 말하자면 이런 것들이 인간의 기계화를 극복할 동양의 대안이었던 것이다.

　그러나 서양이 '갈 만큼 갔고' 서양이 다다른 한계는 서양이 해결할 수 없다는 그의 단정은 서양사회와 역사에 대한 분석을 근거로 한 것이 아니라, 서양의 운세가 이미 쇠했다고 보고 이제 동양이 그 자리를 차지할 것이라는 생각, 양이 음이 되고 음이 양이 된다는 음양의 변전 논리에 입각해 서양과 동양의 위치 역전을 점치는 구한말 이래 개벽론의 주장을 따른 것이었다. 개벽론은 서세의 동점에 대한 이념적 대결의식의 소산이었으니, 서양의 침탈에 대한 심정적인 보상과 손괴된 자긍심의 확인을 바라는 민족주의적 정서를 중요한 동기로 갖는다. 개벽론은 한때 매우 폭넓게 확산되었으나 이러한 생각이 과연

---

25) 위의 책, 112-114쪽.

사상으로서의 지위를 가질 수 있는 것이었는지는 심히 의심스럽다. 적어도 서양의 몰락과 동양의 부흥에 대한 예언을 관념적이고 자의적인 운세학 이상으로 보기는 어려울 듯하다. 개벽론의 줄기는 척사론(斥邪論)에 닿는 것으로, 무엇보다 서양에 대한 그들의 이해는 지나치게 단편적이었다. 범부는 과학에 의한 인간의 기계화를 서양이 갈 때까지 간 증거로 들었지만, 이로써 확인되는 것은 서양문명은 물론 과학에 대한 그의 이해가 무척 낮은 수준에 머물러 있었다는 점이다. 그가 서양의 몰락이 필연적이라고 단정하며 예로 든 슈펭글러(『서양의 몰락』) 역시 서구문명과 역사에 대해 비합리주의적으로 과장된 위기의식을 표현한 것으로 읽어야 옳을 것이다.

피상적 이해와 주관적 비약으로 가득 찬 범부의 주장이 갖는 의미는 오히려 다른 데서 찾아야 할 것으로 보인다. 즉 범부의 소론은 현실의 혼돈과 절망을 호도하는 비합리적 일탈로 기능했으리라는 점이다. 우선 그는 관심의 범위를 세계사적인 문제로 확대함으로써 상대적으로 우리 현실의 절박함을 잊게 했다. 동양의 예지가 서양의 위기를 구원하리라고 생각할 때 심정적인 위안은 가능했을지 모른다. 한 천재가 동양의 예지로 서양과, 나아가 인간을 구원한다는 생각은 조잡스러운 정신주의적 기대의 극단을 보여준 것이다.

김동리는 범부로부터 과학에 의한 기계화를 현대의 위기로 보는 입장, 다시 말해 과학이 '정신'을 구속함으로써 '인간'을 말살시키려 하고 있다는 생각을 비롯하여, 이러한 위기를 새로운 정신적인 처방으로 타개하려는 발상법 등을 그대로 받아들였다. 김동리에게 유물사관은 과학에 의한 인간의 기계화가 이른 정점이었다. 따라서 유물사관에 입각한 계급문학은 인간을 구원해야 한다는 입장에서 마땅히 배격해야 한다. 범부가 모색코자 한 새로운 형이상학 대신 김동리는 순수문학을 그 자리에 놓았다. 순수문학은 과학에 의한 인간의 기계화에 맞서 인간성의 회복을 지향한다는 주장이었다. 마치 범부가 한 시대를 획하고 새로운 시대의 출발을 마련할 사상의 안출을 도모했듯이 김동리는 순수문학이 계급문학을 극복한 새로운 시대를 마련할 것이라 주장했다. 서양은 망하고 동양은 승하리라는 개벽론에서 비롯된 범부의 이른바 동양론적 시각, 특히 동양의 예지에 대한 자긍은 신인논쟁 이래 김동리가 취한 주체적 태도의 근거이자, 그로 하여금 스스로의 주장을 거침없이 피력할 수 있게 한 자신감의 원천이었다.

김동리의 순수론을 조금 다른 각도에서 부연했던 것은 조연현의 '생리'론이었다. 조연현에게 '생리'는 '논리'에 대비되는 개념으로, 이성이 설명할 수 없는 인간의 '실존적, 심리적 진실'을 뜻했다. 논리가 가정에서 출발하여야 하는 것인 데 반해, 모든 인간이 생리를 부정할 수는 없다는 점에서 생리는 "인간 최초의, 그리고 가장 직접적인 현실"[26]이라는 것이다. 조연현은 역시 역사적 구체성으로부터 분리된 인간 일반의 문제를 말하고 있었다. 나아가 그는 생리의 조건을 절대화함으로써 그것을 운명적인 것으로 이해하려고 한다. 조연현은 김동리의 '생의 구경'에 근접한 것이다. 생리는 설명할 수 없고 개선할 수 없는 것이었다. 하지만 그것이 '직접적인 현실'인 만큼 생리의 운명이야말로 '현실적인 필연성'을 뜻하는 것이 된다.

조연현의 관심사는 유물사관이라는 합리주의를 '초극'하려는 것이었다. 그의 이론적인 근거는 쉐스토프였다. 그는 쉐스토프 류의 비합리주의를 현대의 지배적인 사상경향으로 파악했다. 계몽적이고 합리적인 이성에 대한 쉐스토프의 회의는 현대정신의 불가피하고 정당한 발로로 간주되었다. 공산주의는 오늘날 인간의 요구에 부응할 수 없는 낡은 시대의 유물이었다. 김동리가 그러했듯 조연현은 자신의 생각이 갖는 시대적 의의를 부각하고자 했다.

이성만으로는 해결될 수 없는 인간의 실존적 심리적 진실성을 새로운 현대인은 어떻게 요리할 것인가. 그리고 물질만으로는 어떻게도 할 수 없

---

26) 조연현, 「논리와 생리-유물사관의 생리적 부적응성」, 백민, 1947. 9., 49쪽.

는 인간의 광범하고 심원한 정신의 영역에 대해서 여지없이 무력할 뿐
아니라 오히려 지나치게 절망적인 유물사관이 현대인의 정신적 치료를
어떻게 담당하며, 공산주의의 경제 균등의 성공만을 믿고 언제나 자유스
럽고 독창적인 것을 지향하는 새로운 현대인의 개성이 어떻게 모든 인간
의 획일화에 만족할 수 있을 것인가[27]

쉐스토프가 도스토예프스키나 니체를 반추하며 보였던 윤리적 이상
주의에 대한 공격이나 인간존재의 근본을 비극적인 것으로 단정하는
입장을 조연현이 어떻게 이해했는지는 확인하기 어렵다. 그러나 조연
현은 쉐스토프를 통해 역사와 인간에 대한 합리적 신뢰를 부정하며
그것의 변화를 기대하고 실현하려는 모든 노력이 도로일 뿐임을 말할
수 있었다. 어떠한 변화도 인간존재의 근본적인 비극성을 제거할 수
없다는 생각은, 적어도 해방직후의 시기에선, 절실히 요청되었던 현실
적 실천을 외면하는 데 이용될 수 있었다. 김동리의 구경론과 마찬가
지로 조연현의 생리론은 이런 입장에서 반공의 기능을 충실히 수행한
것이었다.

김동리와 조연현의 문학론은 근본적으로 반계몽적인 것이었다. 그
들은 합리적으로 설명될 수 없는 '진실'에 대해 관심을 기울였다. 그
들에게 역사와 인간의 변화란 무의미하거나 불가능한 것이었다. 대신
그들은 '운명'을 강조했다. 역사와 인간이 어떤 '본질적인' 연쇄에 매
어 있다는 생각, 때문에 변화를 향한 꿈과 실천을 근본적으로 거부하
는 태도는 반공을 위한 본질적인 기초를 제공하는 것이었다.

이념적 탄압으로 문학가동맹의 활동이 제약되면서 김동리, 조연현
을 위시한 '반공' 문인들의 영향력은 상대적으로 확대된다. 이에 따라
그들의 문학관은 중심적이고 지배적인 것으로 정착된다. 그러나 이는
정치적이며 이념적인 금압과 통제, 나아가 분단의 결과였다. 김동리

---

27) 조연현, 「합리주의의 초극」, 경향신문, 1947. 10. 26.

등의 문학론은 분단의 진행에 발맞춘 분단문학론으로 나타난다.

민족정신의 앙양과 고취를 요구하는 주장들은 여전히 제출되고 있었다. 민족정신을 드높임으로써 민족이 하나로 단합할 수 있고 민족적 주체의 수립 역시 가능하다는 논리였다. 박종화에게 민족정신의 앙양은 민족적 의기(義氣) 등으로 나타났던 '혼'을 찾는 문제였던 반면 조지훈은 그 근거를 인문주의적 고전의 정신, 그의 표현으로는 "문화이성"28)에서 찾고자 한다. 하지만 '민족혼'이나 '문화이성' 등의 공소한 관념을 현실문제의 해결책으로 제시하려 한 점에서 그들은 다르지 않았다.

이른바 반공문화노선의 '승리'가 확정된 1948년에 이르러 이윽고 김동리는 이러한 민족주의적 문학론을 자신의 순수지향과 구별한다. 민족주의 문학이란 민족주의 이데올로기에 입각한 것이며, 따라서 역사적 한정성을 갖는다는 것이 김동리가 순수문학과 민족주의 문학을 구별한 이유였다. 김동리에 의하던 진정한 민족문학은 민족적 개성을 갖는 일방 세계적 보편성과 역사적 영속성을 확보한 것이라야 했고, 이는 순수문학―그의 말로는 '본격문학'을 통해서만 가능한 것이었다. 본격문학은 민족적 개성을 매개로 "인간 고유의 일반적 운명"을 그리는 것이며, 그것만이 진정한 민족문학이라는 주장이었다.29)

해방기의 순수론은 그 대립항을 잃자 더 이상의 이론적 모색을 중단한다. 순수론이 매우 분산적이었고 이론배경이 부실했다는 점, 그것이 지향하는 현실적 지표가 명확하지 않아 논의가 구체성을 획득하기 어려웠다는 점 등은 순수론의 개진을 제약한 요소로 보인다. 그러나 '순수'의 주장이 갑작스레 지리멸렬해지고 마는 것은 그것이 정치적, 이념적 대립의 긴장 속에서 제시되었기 때문이고, 그 긴장이 사라졌기 때문이었다. 반공이념의 독주는 민족현실에 대한 총체적 인식을

---

28) 조지훈, 「민족문화의 당면 과제」, 문화, 1947. 4., 10쪽.
29) 김동리, 「민족문학론」, 대조, 1948. 8., 105쪽.

차단하고 있었다. 민족현실에 대한 실천적 관심은 배제되거나 왜곡되었다. 민족문학 논의의 무산은 이에 수반된 불가피한 결과였다.

4. 왜 민족문학인가 ; 중간 정리

해방기의 민족문학론은 정치이념과 제도가 국가적 권력으로 정착되지 않은 상황에서 그것을 획득하려는 대립된 입장들을 배경으로 한 정치적 담론, 혹은 일종의 수사학으로 나타났다. '정치'의 주장은 말할 것 없고 '순수' 옹호론 역시 그 논자들이 의식했건 못했건, 한 편의 이념과 제도를 대변하고 있었다. 정치이념과 제도의 정착을 위한 조건을 만들려 했다는 점에서는 '정치'와 '순수'가 다름이 없었던 것이다. 민족문학 논의의 열기는 한반도가 이념적으로 분할되고 남과 북 양쪽에 서로 다른 체제가 자리를 잡으면서 잦아든다. 어쨌든 각기 대립된 이념으로 정부를 세웠기 때문이다. 서로를 배제하려 한 이념적 입장에서 볼 때 정치적 수사학으로서 민족문학론의 효용은 다한 것이다.

단정 수립 이후 남한에서 '순수'론은 더 이상 민족문학이란 수사에 대한 관심을 잃는다. 북한에서도 민족문학의 방법론으로 제시된 '고상한 리얼리즘'(1947)은 김일성과 그의 노선에 충실할 것을 강조하는 계몽적 전제(專制)가 된다. 양측의 민족문학론이 정치적 담론을 벗어날 수 없었고 그것이 개별 주체들의 구체적 발화로서가 아니라 주어진 문법을 충실히 부연하는 방식으로 이루어졌다든지, 결국은 집단적 계몽의 성격을 띠었다는 점을 생각할 때, 그것은 사실 그다지 놀라운 일이 아니다. 그러나 그럼에도 불구하고 민족문학론은 어느 쪽의 것이건 휴머니즘을 이야기했고 민족의 자주독립과 통일을 지향한다고 했다. 임화 등이 내세운 민족문학론의 근거가 되는 '인민'은 매판세력과의 사이에 금을 긋는 것이었으며, 제국주의 식민세력을 맞은편에 놓는 것이었다. 김동리의 순수론이 척사론을 그 한 근거로 하고 있었다는 점 역시 그것이 민족문학을 표방한 내면의 이유 가운데 하나였다. 민족문학의 주장은 '해방'을 향한 오랜 바람과 의지를 배경으로 한 것이었다. 이런 점에서 민족문학이란 화두를 던진 것은 엄밀하게 말해서 그들이 아니었다. 민족문학론을 특정한 문맥에서 나온 정치적 수사학으로만 볼 수 없는 이유는 여기에 있다.

그렇다면 그것은 억압적 상황에 맞서고, 무엇보다 새로운 변화의 가능성을 제약한 분단의 제도화에 대한 반성을 요구해야 했다. 이런 과제가 여전히 우리의 과제로 남는 한, 민족문학 논의의 무산은 민족문학이라는 화두를 거두어들이는 것은 아니었다.

제 4 장

역사 재현의 세 방향

> 그러므로
> 헛된 수고로 혀를 간사케 하고 또 돈을 모으랴 하지 말며
> 이방인이 주는 꿀을 핥지 말며
> 원래의 머리와 가슴으로 돌아가
> 그리로 하여 가난하고 또 의로운 인민의 뒤를 따라
> 사마리아 산에 올라 울고 또 뉘우치라[1]

해방기는 '역사'가 어떻게 전개될 것인가에 대중적 관심이 모아졌던 시기다. 이 혼돈과 희망의 시기는 변화가 필연적이라는 것을 예감케 했으면서 그 윤곽을 떠올리는 것을 방해했다. 참회하는, 정갈하고 경건한 마음으로 인민의 길을 좇으라는 잠언(箴言)은 그러나 어떻게 현실의 장애와 한계를 넘을까를 구체적으로 가르치는 것은 아니었다. 억압과 수탈로부터 벗어나려는 비상한 열정은 역사 속에 도사린 암초에 휘감기고 심연에 빠져 들며 소용돌이쳤다. 역사는 말 그대로 '탐색'의 공간이었다.

이 시기에 씌어진 소설의 대부분은 격동하는 현실의 단면을 그리는 데 그쳤지만 몇몇 경우는 역사의 방향을 구성적으로 제시하려 했다. 구성적 제시로서의 문학적 재현은 서로 다른 이해와 견해를 갖고 맞선 사회세력들의 움직임을 반영하고 대변하는 것이었다. 여기서 읽으려 하는 것은 이러한 재현의 대표적 양상들이다.

---

1) 설정식의 「제신(諸神)의 분노」의 부분, 『제신의 분노』(신학사, 1948), 44-45쪽.

1. 젊은이들이 가야 할 길

김남천의 『1945년 8·15』(자유신문 1945. 10. 15. – 1946. 6. 27.)는 해방을 맞은 여러 사회계층의 사람들이 움직여 가는 모습을 그린 미완의 장편이다.2) 연재를 시작하기 전 '작가의 말'에서 그는 남과 북이 갈리고 정당이 난립하는 현실에 대한 세간의 불안을 전하며, "그러나 이 복잡하고 뒤숭숭한 현상의 포말 밑에 굳세게 흘러내리고 있는 역사의 커다란 진행에 우리는 고요히 귀를 기울일 필요가 있"3)음을 강조한다. 부동(浮動)하는 현상의 심부를 흐르는 역사의 방향을 제시하겠다는 포부였다. 김남천이 '우리'라고 부른 대상은 특별히 젊은이들이었다. 그는 젊은이들이 어떠한 길을 가야 할 것인가에 대한 답을 주려는 데 자신의 창작의도가 있음을 밝힌다. 자신이 쓰려고 한 것은 "곤란하지만 진실한" 길을 걷는 젊은이들의 이야기라는 것이다. 작가가 내비치는 비상한 각오와 자신감은 이 소설이 변화에 대한 신뢰와 계몽적인 믿음을 근거로 씌어질 것임을 말하고 있었다. 그는 현실 속에서 변화의 방향을 구체적으로 적시하려 했던 것이다.

소설은 부산의 동래여고 교사를 하던 스물세살의 '박문경'이 해방으로 감옥에 갇혀 있던 이들이 풀려 났다는 소식을 접하고, 학병반대운동을 벌이다 수감되었던 애인 '김지원'을 찾아 상경하는 장면으로부터 시작된다. 항복했다는 일본군이 여전히 살기등등해 있는 모습에 의아해 하면서도 그녀는 새로운 앞날에 대한 막연한 기대와 조바심 속에

---

2) 연재는 1946년 6월 27일 165회분에서 중단되었다. 연재가 왜 중단되었는지는 불분명하다. 작가나 신문사 측의 해명이 발견되지 않는 것으로 보아 연재의 중단은 갑작스러운 사정이나 외압에 의한 것일 가능성이 있다.
3) '작가의 말', 자유신문, 1945. 10. 5.

서, 경성대학 의학부를 마친 실습생이었던 애인 지원이 몇몇 동지들과 더불어 학병 동원에 반대하는 격문을 썼다가 피검되던 과정을 돌이킨다.

감옥에 갇힌 애인을 성실하게 기다려 온, 차분하고 따듯한 마음씨의 문경이 작가 김남천이 과거 「경영」(1940)과 「맥」(1941)에서 그렸던 '최무경'의 변신임을 알아차리기는 어렵지 않다. 그러나 『1945년 8·15』의 문경이나 지원은 식민지 말기의 '정신적 위기' 속에서 방황하는 「경영」이나 「맥」의 주인공들과 여러모로 다르다. 우선 문경의 아버지는 오랜 세월 독립운동에 몸 바친 해외의 지사로 설정되어 있다. 청상과부로 기독교 풍속에 젖어 산 최무경의 어머니가 이윽고 재혼을 하는 것과 달리, 문경의 어머니는 이십 년 전 망명한 남편을 기다리며 남매를 길러 온 당차고 꼿꼿한 여인이다. 그리고 무엇보다 "온당하지 못한 사건"4)에 걸려 입감한 최무경의 애인 '오시형'이 전향을 하고 혼돈 속에 자신을 던짐으로써 풀려날 수 있었던 데 반해, 지원은 해방을 맞아 떳떳하게 감옥문을 나서는 것이다. 오시형은 자괴에 빠져 최무경으로부터도 멀어지지만, 자신은 징병면제 대상인데도 학병 반대 운동을 벌였던 지원에게 그간의 고초를 이겨 냈다는 점은 자신의 도덕적 정당성에 대한 신뢰를 굳히는 충분한 이유가 된다. 이러한 지원의 출감을 앞두고 문경은 그에 대해 단순한 연모만이 아닌 존경의 감정을 갖는다.

당시 소설에서 사상범의 석방은 흔히 역사에서 선(善)의 의지가 실현됨을 보여 준 사건으로 그려졌다.5) 『1945년 8·15』의 경우 역시 다르지 않다. 떳떳하게 출옥하는 지원과 성실하게 그를 기다렸다가 맞는 문경이 서로 나누는 것은 고양된 윤리적 일체감이다. 그리고 이러한 감정은 문경과 지원의 애정이 보다 거룩한 것을 향한 헌신의 열정

---

4) 「맥」, 『김남천 창작집 맥』(을유문화사, 1947), 174쪽.
5) 안동수의 「그 전날 밤」(우리문학, 1946. 2.), 「아름다운 아침」(문학, 1946. 11.)은 대표적인 것들이다.

과 경건한 동지적 신뢰로 발전되어야 할 것을 예고하는 것이었다.

박문경은 상경하는 날 역전에서 '이신국'의 딸 '경희'를 만나 임시정
부의 요인이었던 아버지 '박일산'이 오랜 망명생활을 마치고 환국하리
라는 소식을 접한다. 이 이신국과 경희는 김남천이 식민지 시대 말기
에 썼던 통속소설 『사랑의 수족관』(1940)에 등장하는 '대흥 콘체른'의
사장 이신국이며 그의 외동딸 경희다. 『사랑의 수족관』에서 토목기사
'김광호'와 결혼한 재원 경희는 이제 중년의 부인이며, 빈틈없고 교양
미 넘치는 김광호는 대흥의 중역이 되어 있다. 집에 온 문경은 어머
니로부터 한때 아버지 박일산과 감옥생활을 같이 하기도 했지만 매판
자산가가 된 '최진성'이 문경의 집에 사람을 보내고 어머니에게 돈봉
투를 전하려 했다는 이야기를 듣는다. 망명정치인들을 후원하는 단체
를 결성하여 그들을 맞을 준비를 서두르고 있다는 최진성 등의 저의
가 이들의 명망을 업고 자신들의 정치적 입지를 마련하려는 데 있음
은 곧 드러난다. 망명정치인들을 앞세워 반동적인 정치단체를 결성하
려는 그들의 선언문에는 대흥의 사장 이신국과 그의 사위 김광호의
이름도 들어 있다. 한편 경희의 서제(庶弟)인 '경선'의 가정교사로, 해
방후 학도경비대에 나가는 문경의 남동생 '무경'은 새로운 자극을 바
라는 난만한 중년부인 경희의 유혹에 이끌린다. 『사랑의 수족관』의
총명하고 청순한 경희는 권태에 지친 유한부인으로 변해 있으며, 그
의 착실한 남편 광호는 자신이 선 위치와 해야 할 역할에 회의를 느
끼면서도 어쩌지 못하는 섬약한 인텔리이다.

박헌영은 일찍이 <8월 테제>에서 매판층이 해외 망명정객이나 '신
래(新來) 외국세력'과 유착될 가능성을 지적했거니와, 최진성은 바로
이러한 반동적 야합을 도모하는 정치적 거간꾼이다. 『사랑의 수족관』
에서 그저 너그러운 아버지로 그려졌던 이신국은 반동정당을 꾸리고
군정에 '줄을 놓으려' 안간힘을 쓰는 교활한 자산가로 나타난다. 높은
견식에 날카로운 비판의 눈을 갖고 있지만 자신을 바꿀 힘이 없어 으

레 자조하고 마는 김광호는 매판 자산층의 정신적 황폐를 고발하는 내부적 관망자다. 농염한 육체의 이경희가 분방한 미소년 무경을 상대로 애욕에 빠지는 모습 역시 이들의 계급적 한계를 말하는 것으로 읽힌다.

애당초 작자의 창작의도가 그러했던 만큼 『1945년 8·15』는 양심적 지식청년 지원이 정치적으로 각성해 가는 과정을 상세히 그리고 있다. 먼저 감옥은 지원에게 정신적 세례를 준 '학교'였다. 그가 돌이키는 감방의 교사는 영등포 군수공장에 잠입하여 태업을 조직하다 피체된 '장사우'로, 명쾌한 이론에 고매한 인품, 무사한 이타적 열정의 혁명가다. 지원이 갇혀 있던 기간은 장사우로부터 배우고 감동을 받은 각성의 기간이었다. 그는 외친다. "서대문 형무소! 아, 위대한 영웅들의 합숙소여!"(43회)

결핵으로 옥사하는 장사우 대신 지원을 혁명적 실천의 길로 이끄는 실제적 인도자의 역할을 하는 인물은 직업적 혁명가 '황성묵'이다. 지원과 감옥에서 서로 '통방'을 한 사이인 황성묵 역시 확고부동한 신념과 적극적 의지의 인물임이 암시된다. 출옥한 뒤 황성묵의 전감을 받은 지원은 소작농과 노동자들의 해방을 위해 헌신할 것을 마음속으로 다짐한다.

공적 선(善)의 실현을 위해 그것에 매진하기 위해서는 사적 감정이나 관심은 버려야 했다. 그는 사랑하는 문경이 자신이 가야 할 길을 막는 방해물이 될까 걱정하며, 이제 자신에게는 단순한 연애감정이 무의미하다고 단정하기도 한다. 이런 그인 만큼 38선 이북에 있는 고향의 소작농들이 지주인 자신의 집에 몰려들어 곳간을 부수는 행패를 부렸다는 소식을 듣고도 담담해 한다. '지주인 아버지도 반성해야' 한다는 것이 그의 입장이다. 그는 38선 이북은 '차츰 잘 되어 갈 것'이라고 말하면서 사람들이 원한과 질시와 적개감을 거두고 '아름답고 참된 화합'을 이루기를 기대한다.(71회) 그는 마치 자신의 계급적 기반을 초탈한 듯해 보인다. 이런 지원을 보며 그의 충실한 애인 문경은 지원이 애인이기보다 먼저 그의 '지도자'라고 생각하는 것이다. 지원의 감화에 의해 그들의 애정은 동지적 유대로 바뀐다.

　황성묵의 성격적 상모 가운데 가장 특징적인 면은 투쟁 속에서 단련된 냉철한 엄격성이다. 그는 지원에게 공산당의 결성 소식을 전하며 현재로선 부르주아 민주주의 혁명 노선만이 정당한 노선임을 통고한다. 지원은 황성묵의 통고를 무비판적으로 접수한다. 당이 결정한 노선 문제에 대해 더 생각해 본다는 것은 불필요하고 또 자신으로선 불가능한 일이라는 생각에서다. 그는 아무런 근거 없이 공산당과 그 노선이 그대로 인민의 해방을 위한 것이라고 단정하는 것이다. 그리고 때문에 인민을 위해 헌신하려는 그의 의지는 당의 엄격한 위계에 자신을 복속시켜야 한다는 요구와 어떤 마찰도 일으키지 않는다. 결과적으로 황성묵은 정치적 지도의 정당성이나 그것으로 담보되는 절대적 권위를 매개하는 '전신자'의 역할을 한다.

　지원은 의학공부를 계속하기보다 '건국'의 소명에 응하기로 결심한다. 지원의 뜻을 좇으려 하는 문경은 당과 인공의 결성을 경축하는 적색 시위를 구경하러 갔다가 여직공의 행렬에 가담하고 격앙된 일체감을 경험한다. 그러나 그녀는 공산당의 노선이 임정요인인 아버지의 그것과는 다르다는 것을 알면서 갈등에 빠진다. 한편 미국 유학을 하고 돌아온 이신국의 아들 '이경철'은 군정 고문관이 되고, 최진성 등과 함께 '공화당'을 결성했던 이신국은 군정의 정책이 자신들과 같은 자산층을 배제하려는 것이 아님을 알고 고무된다. 이신국의 사위 김광호는 이신국의 정치활동을 비판하지만 어떤 행동도 취하지 못하는 자신의 모순된 태도를 스스로 비웃고 비하하는 모습을 보여줄 뿐이다. 광호의 처 경희는 무경과 불륜의 관계를 맺고, 무경은 좌익세력을 타도하기 위한 우익 청년단을 조직하는 사업에 참여한다.

　임정요인인 아버지가 인공에 참여하지 않은 사실 때문에 갈등하던 문경은 안락을 팽개치고 나선 지원을 경모하고 그에게 감복함으로써 지원의 뒤를 좇겠다는 생각을 굳힌다. 지원과 마찬가지로 문경의 선택 역시 진지한 검토와 논증의 결과는 아니다. 윤리적 고매함은 정치적 선을 절대화하고 그것은 또 열성적 헌신을 요구한다. 문경은 자기에게 말한다. "무슨 큰 지식이 있고 무슨 굉장한 경험과 경륜이 있다고 내가 일의 가부를 가릴 것이며 좋고 나쁨을 탓할 것이냐."(124회)

지원은 황성묵의 지도 아래 영등포에서 섬유노조를 결성하려는 사업에 뛰어든다. 현장에서 지원이 절감하는 것은 자신이 아직도 소시민 근성을 청산하지 못했다는 사실이다. 그러한 지원에게 황성묵과 더불어 또 하나의 지표로 등장하는 인물은 현장의 동료 노동자인 '오성주'다. 일상의 그가 보여 주는 낙천적이고 무신경한 측면은 황성묵의 동요하지 않는 엄격함과 대조를 이룬다. 그러나 사업에 임하는 그의 태도는 놀랄 만큼 민활하고 단호하다. 오성주의 일견 무신경한 낙천성은 상실과 핍박으로 단련된 끝과이며, 신념의 확고부동함을 말하는 것이었다. 드디어 김남천은 헌신의 열정에 불타는 이 지식청년 앞에 노동자 오성주를 등장시킴으로써 노동계급이 새로운 시대를 향한 거대한 인민적 앙양의 선진적인 주체가 되어야 하고, 될 수밖에 없음을 이야기하려 한 것이다. 지원과 오성주의 관계는 이 소설이 그리고 있는 인물 구도 가운데 가장 핵심적인 것이 아닐 수 없다. 지원은 그들에게 배우며 그들과 하나가 됨으로써 그들의 힘을 바르게 견인해 낼 수 있어야 했다. 하지만 연재의 돌연한 중단으로 지원과 오성주의 이야기는 이 지점에서 그치고 있다.

한편 화학노조의 제약 분회를 조직하는 일을 맡은 문경은 각연히 기대했던 것과는 달리 노동자들의 취미가 저속하고 천박할 뿐더러, 대부분이 자신들의 현실에 무자각한 데 실망한다. 그러나 이내 그녀는 노동자들이 어쩌할 것이라고 기대한 것 자체가 잘못이었다고 생각한다. 그들의 힘을 끌어 내기 위해서는 먼저 그들을 옳게 이해하고 그들과 동화될 필요가 있었다.

"모든 것은 내 잘못이다. 내가 노동자 계급, 여직공의 생활과 의식정도, 그런 것에 대해서 아무런 준비도 없이 소시민적 근성을 그대로 가지고 그들 가운데 나선 것이 잘못이었다. 아, 어떻게 이 어려운 난관을 돌파할 것인가."(165회)

그들로부터 경원의 대상이 되는 한 그들을 조직한다는 것은 불가능할 것이었다. 그녀는 먼저 그들과의 생활적 동감을 확보해야 했다. 그것은 철저한 계급 전이를 필요로 하는 일이었다. 『1945년 8·15』는 이러한 자책의 장면에서 중단되었다.

'젊은이들이 가야 할 길'은 바로 인민에게 다가가 인민과 하나가 되는 길이었다. 그리고 그 길은 인민이 주인이 되는 민주주의를 이룩하는 길이었다. 김남천은 이를 '부동하는 현상의 심부를 흐르는' 역사의 방향으로 본 것이다. 황성묵이나 장사우는 앞서 그 방향을 가리킨 이정표였고 당은 이를 향한 행진을 이끌 주체였다. 이 행진에 참여하기 위해서는 그것의 대의(大義)에 자신을 일치시켜야 했다. 젊은이들은 신념의 유대를 굳게 하며 대의를 위해 몸 바치려는 열정을 가져야 했는데, 그것은 동시에 당의 명령에 충실하고 이를 정점으로 하는 조직의 한 분자가 되어야 함을 뜻했다.

애당초 바른 노선과 그렇지 못한 것의 경계는 분명했다. 이 행진에 뒤처지거나 대립되는 모든 입장은 반동적인 것이었다. 이신국은 군정의 세력을 업으려는 반동적 매판 자산가에 지나지 않으며, 그의 딸 경희가 드러내는 것은 이들 계급의 도덕적 타락상이다. 경희와 불륜의 관계를 맺고 그저 아버지의 노선을 따른다는 생각으로 우익청년단을 결성하는 데 가담하는 무경은, 주인공 문경의 동생이지만 문경과는 다른 길로 접어든 것이다. 여전히 방향 부재의 혼돈 속에 빠져 있는 김광호는 진보성을 잃은 지 오래된 시민계급과 시민적 교양의 한 계를 표한다.

이 '거룩한' 행진에 참여한 두 젊은이, 지원과 문경이 부딪치는 것은 자신들의 소시민적 한계다. 그들은 '깨끗한 물의' 지식층이었고 그런 만큼 순수한 열정으로 불타지만, 문경이 노동자들의 저속함과 천박함에 놀란 자신을 스스로 꾸짖고 있듯, 역시 인민을 제대로 알지 못했던 것이다. 인민을 앎으로써만 그들은 소박한 양심적 입장에서 진정한 혁명가로 나아갈 수 있었다. 작가 김남천은 인민을 바로 아는 것이 이념적으로 바로 서기 위한 전제임을 말한 것이다. 왜 그러한 가? 선진 노동자 오성주는 노동자가 어떻게 전위적 계급의식을 획득하는가를 보여 주기 위해 제시된 형상이다. 지원은 오성주의 단순하고 명료한 적극성에 감복해 마지 않거니와, 오성주의 이러한 상모는 실제적인 투쟁의 경험을 통해 단련된 결과가 아닐 수 없다. 오성주는 바로 현실이 키워낸 혁명가였다. 새로운 변화는 바로 이러한 인민의 경험과 그들의 깨달음으로부터 일어날 것이었다. 인민은 현실의 변화를 가져 올 잠재적인 주체였다. 인민을 아는 것이 곧 현실을 아는 것이며, 도덕감정이나 관념의 수준에서가 아니라 그야말로 현실적인 수준에서 이념을 획득하기 위한 전제가 되는 이유는 여기에 있었다.

오성주의 형상은 경험적 노동계급이 전위적 계급의식을 획득하는 현실의 역동학을 그린 김영석의 여러 소설들을 떠올리게 한다. 일찍이 이북명은 식민지 노동자들이 얼마나 가혹한 조건 속에 있으며, 그러한 생활이 그들을 어떻게 부수어 나가는가를 구체적으로 보여줌으로써 필연적으로 그들이 스스로를 조직하리라는 보고서를 제출한 바 있거니와, 해방기의 김영석은 노동자가 감당해야 하는 모진 노역과 생활화된 참극, 모욕과 탁탈의 경험이 현실을 바꾸려는 열정으로 나타나는 변증적 과정을 생동감있게 재현했다.6) 오성주의 지적 상모는 김영석의 주인공이 갖는 성격적 특징인 몰아(沒我)적인 '무감동함'—

과묵하고 침중한 한편 억센—과 일맥상통한다. 그것은 바로 모진 현실에 의해 단련된 결과다. 그렇기 때문에 그는 어떤 유혹에도 흔들리지 않고 회의를 모르는 것이다.

오성주는 김남천이 노동자를 막연히 이상화하지 않았다는 점, 그들의 긍정성이 '더 이상 잃을 것이 없는' 데서 나오는 것으로 보았다는 점을 말해 준다. 그러나 김남천은 이 소설에서 오성주와 같은 인물을 주인공으로 내세우지 않았다. 김남천이 지식청년 지원과 문경을 택한 것은 그들의 계급적인 위치가 사회적 제 세력이 움직여 간 판도를 보여 주기에 유리한 인물들인 때문이었다고 설명할 수 있다. 그러나 작가가 특별히 이들을 비춘 속 깊은 이유는 지식인의 이념 문제가 김남천이 오랫동안 붙든 주제였다는 점에서 찾아야 할 것이다.

「물」논쟁(1933) 이후 「소설의 운명」(1940)을 쓸 때까지 그가 줄곧 관심을 쏟았던 것은 이념의 주체화 문제였다.[7] 카프가 해산되어야 했고 객관적인 조건이 어려워진 가운데, 과거의 이념적 지향을 버리고 평속한 자연주의로 물러서거나 관념적 수준에서 현실을 재단하는 아이디얼리즘적 일탈 현상이 빚어지고 있다고 진단한 그는, 자신을 포함한 지식인 작가가 자기 고발의 정신을 가질 것을 처방했다. 그는 자연주의적 후퇴와 아이디얼리즘적 일탈을 소시민적 취약성 내지 이중성에서 비롯된 결과로 보았고, 스스로 이를 무자비하게 적출함으로써 일종의 반성적 입장을 확보하려 했던 것이다. 그는 이념을 버리거나 그것을 절대적으로 타자화된 관념의 수준에 두는 것 모두를 비판했다. 그렇다면 이념을 주체화하는 길은 무엇이었던가? 「소설의 운명

---

6) 김영석의 대표작으로는 「전차운전수」(신문학, 1946. 8.)와 「폭풍」(문학, 1946. 11.) 등의 단편과 조선중앙일보에 연재했던 장편 『격랑』(1948)을 꼽을 수 있다. 김영석에 관해선, 신형기, 「긍정적 주인공의 발생학」, 『해방기 소설 연구』(태학사, 1992)를 참조할 것.

7) 「물」논쟁과, 이후 이념의 주체화 문제에 대해 김남천이 한 모색에 대해선, 김외곤, 「김남천 문학에 나타난 주체 개념의 변모과정 연구」, 서울대 대학원 박사학위 논문, 1995, 36-52쪽을 참조할 것.

」에 이르러 그가 내린 결론은 현실을 연구하는 리얼리즘의 길이었다. 현실이란 '어떠한 관념적 디자인보다도 준엄하다'8)는 것이다. 리얼리즘의 길은 현실로부터 이념을 배우고 획득하는 길이며 그것을 실현하는 길이었다.

　해방과 더불어 임화는 모든 문제가 인민과 하나가 될 때 풀릴 것이라고 단언한다. 김남천에게 인민은 곧 현실이었다. 따라서 인민을 아는 것은 현실을 아는 것이 되며 곧 이념을 주체화하는 길이 된다. 인민을 아는 것은 그간 김남천 자신을 포함한 지식인들의 이념적 혼란을 일소하는 길이기도 했다. 작가가 자신의 독자로 겨냥한 '젊은이'들 안에는 그 자신도 포함되어 있었다. 이렇게 볼 때 이 소설은 작가가 스스로에게 말하는 지식인의 자기 설명적인 소설이다.

　인민에게 다가가는 것이 이념을 주체화하는 유일무이한 방법이었다면 지원과 문경이 획득하는 이념의 내용은 구체적으로 어떤 것이었던가. 지원의 눈을 뜨게 하는 황성묵이나 장사우는 토착 공산주의자들로 그려져 있다. 황성묵은 "전장(戰場)은 국내에 있고 공장에 있다는 굳은 신념 밑에"(43회) 영등포의 군수공장에서 태업을 조직하다가 검거된 인물이며, 장사우 역시 해외에서 들어온 동지와 연락하여 조직사업을 하다가 피체된 공산주의자다. 이들의 지도자는 박헌영이다. 작가는 문경의 입을 빌어 박헌영의 놀라운 투쟁 경력에 대한 경모의 감정을 표한다. 박헌영은 "조선의 독립과 민족의 해방이 망명으로 되는 게 아니라는 굳은 신념을 가지고",(144회) 여러 차례 혹독한 감옥살이를 하면서도 쉼없이 반일투쟁을 조직한 "강철같은 의지의 애국자"라는 것이다. 지원과 문경이 국내에서 활동해 온 공산주의자들의 감화와 지도를 받고, 박헌영을 따르려 한다는 생각을 공연하게 천명하는 장면은 젊은이들이 가야 할 길을 이념적으로만이 아니라 특정한 정치

---

8) 김남천, 「체험적인 것과 관찰적인 것」, 인문평론, 1940. 5., 50쪽.

세력과 관련하여 한정하는 것이었다. 즉 인민에게 다가가는 길은 바로 박헌영을 따르는 길이었던 것이다.

박헌영을 그 어느 누구와도 비교할 수 없는 인물로 여기는 상황에서 그를 추종하고자 하는 열망은 당연히 가져야 할 것으로 간주된다. 지원이 아무런 근거 없이 당의 노선이 그대로 인민의 해방을 위한 것이라고 단정했던 것이나, 문경이 당의 지시에 대한 자신의 판단을 스스로 보류한 이유는 이로써 설명된다. 비판적이고 반성적인 주체로서의 자각적인 입장은 박헌영이나 당을 상대로 해서는 몰수되어야 마땅한 것이었다.

지원과 문경이라는 부르주아 교양인이 박헌영과 당을 따르는 데 특별한 생활적인 동기는 없다. 그들을 이끈 중요한 내면적 동기는 그들의 윤리적 진지함이었다. 시민계급의 성장과정과 그 성격을 규명하려는 것은 김남천이 줄곧 관심을 기울였던 주제 가운데 하나였다. 그는 『대하(大河)』(1939)에서 고리대금으로 치부한 개화기 신흥 자산층의 상모를 그려낸 바 있고, 그것의 계작이라고 볼 수 있는 『동맥(動脈)』(1946)과 희곡 「3·1운동」(1946)에서는 기독교와 천도교의 갈등을 그림으로써 시민계급이 수행한 근대적 역할을 조명했다. 시민계급의 반동화는 「맥」(1941)이나 「낭비」(1941)의 잠재적인 주제였다. 그는 여기서 서구의 문명과 정신이 이미 몰락의 길을 걷고 있다고 단정하지만, 또 한편 이같은 생각을 갖게 한 배경이었던 일본의 '동양주의[9]'를 부정하지도 긍정하지도 못하는 혼란에 빠진 부르주아 교양인들을 비춰냈다. 『1945년 8·15』의 지원과 문경은 부르주아 교양인들이 이제 새로운 선택을 해야 한다는 것을 말하는 형상이었다. 과연 박헌영과 당은 지성의 혼돈과 비판적 성찰의 결여를 일시에 해결해 주며, 절대적으로 옳은 길이었던가?

---

9) 서구문명의 충격에 의한 일본의 근대화, 나아가서는 서구적 근대 자체를 비판하면서 일본정신으로 서구적 근대를 초극해야 한다는 일련의 생각. 「근대의 초극」 논의(1942)로 나타나기도 했음.

김남천이 시민계급에 관심을 가졌던 것은 우리의 근대를 이해하기 위해서였다고 볼 수 있다. 그런데 김남천은 이제 인민에게 다가가는 길, 그의 선택으로는 박헌영과 당을 따르는 길만이 우리 근대의 모든 문제를 해결하는 길이라고 말하고 있는 것이다. 그의 장황한 소설은 마침내 박헌영 노선의 정치적 선전물로 떨어지고 만다. 이 소설의 긍정적인 인물들이 한결같이 빠져 들고 마는 도덕적 엄숙주의는 한편으로 절대적 권위에 의한 지배와 간섭을 예고하는 것이었다.

소설은 지원과 문경이 노동자들을 만나는 지점에서 중단되었다. 이 지점은 지원과 문경의 모색이 시작되어야 했을 곳이다. 그러나 그들의 모색은 이미 끝난 것이다. 분명치 않지만 더 이상의 소설적 전개가 무의미했다는 점도 소설이 중단된 이유 중에 하나가 아니었을까?

2. 인민항쟁 ; 역사의 방향

박헌영과 그를 따르는 많은 사람들에게 1946년의 대대적인 인민항쟁은 인민들 자신이 역사의 방향을 가리킨 의미깊은 사건이었다. 그리고 그 방향은 박헌영과 당이 가리킨 방향과 바로 일치한다는 것이 그들의 생각이었다.

1946년 9월 경성철도공장 노동자들의 파업을 도화선으로 각 산별 노조가 동정파업에 돌입함에 따라 '한국 노동운동사상 최대의 규모로' 전개되었던 9월 총파업은, 10월 1일의 대구 역전 시위 이후 농민이 적극 가세함으로써 거의 남한 전역에 걸친 광범한 인민항쟁의 형태로 확대되었다. 항쟁은 식량난이나 생활난에 대한 인민의 반발로 시작되었지만, 항쟁의 과정을 통해 선명히 드러났던 것은 군정의 반동적 정책과 폭압 기구에 대한, 그리고 여전히 득세하고 있는 지주 및 자산층과 친일세력에 대한 인민의 깊은 원한이었다. 항쟁의 과정에서 노동자와 농민은 연대된 '전인민적' 성격을 보였으며 변혁을 향한 바람을 한 방향으로 분출했다. 조직적 지도역량의 결핍으로 항쟁은 분절적 양상10)을 나타냈지만, 곳곳으로 자연발생적인 항쟁이 이어졌던 점은 인민들의 분노와 바람이 오랫동안 응축된 것이었음을 말하는 것이기도 했다.

항쟁에 대한 당시 정치세력 간의 평가는 크게 양분되었다. 그것을 '일부 소수 악질분자와 몽매한 군중에 의해 일어난 난동'으로 보는 견해와 민주주의를 이루려는 인민의 투쟁으로 보는 견해가 그것이었다. '민주진영' 안에서도 이를 '극좌적 과오'로 규정하는 입장 역시 없지 않았다.11) 그러나 민주적 인민정권의 수립을 목표로 하는 입장에서 볼 때 항쟁은 변혁을 향한 인민의 열망과 그들의 혁명적 잠재력이 분출된 사건이 아닐 수 없었다.

박헌영은 인민항쟁을 동학농민봉기나 3·1운동과 맥락을 같이하는 것으로 보았다.12) 그에 의하면 인민항쟁을 어떻게 평가하느냐는 정치적 진보와 반동을 가르는 시금석이었다. 이런 논리를 따를 때 '옳은' 입장에서 항쟁을 그리는 것은 중요한 문학적 과제가 된다. 임화는 항쟁이 "조선문학의 새로운 기원"13)이 되어야 할 것이라고 외친다. 항쟁의 과정에서 나타난 인민들의 영웅적 면모를 살려냄으로써 항쟁의 정신을 널리 알리고 계승해야 한다는 것이었다. 그에 의하면 항쟁은 작가들로 하여금 인민이 누구인가를 알게 할 결정적인 계기이자 발판이 될 것이었다. 항쟁이 작가들을 일깨울 것이라는 기대였다. 항쟁을

---

10) 정해구, 「10월 인민항쟁의 전개과정과 성격에 관한 한 연구」, 고려대학교 대학원, 1987, 116쪽.
11) 사회노동당과 좌우합작파의 입장. 사회노동당은 공산당, 인민당, 신민당의 합작 과정에서 그 일부가 결성한 정당으로 박헌영의 남로당과 대립되었다. 박헌영은 사회노동당의 결성을 '민주진영'을 내부적으로 파괴, 분열시키려는 책동으로 비판했다. 10월 인민항쟁에 대한 그들의 부정적이고 미온적인 입장 역시 비판의 대상이 되었다.
12) 박헌영의 논문, 「10월인민항쟁」(1946. 11.)이나 「3·1운동의 의의와 그 교훈」(1947. 2.)을 참조할 것.
13) 임화, 「10월 봉기와 대중공작」, 문학 인민항쟁 특집호, 1947. 2. 15쪽.

교훈으로 삼고 연구함으로써 작가들은 새롭게 거듭날 것이었다.

  김남천은 「대중투쟁과 창조적 실천의 문제」(문학, 1947. 4.)라는 글에서 맑스와 엥겔스, 그리고 라살레 간에 벌어졌던 지킹엔 논쟁을 원용해 인민항쟁을 작품화하는 바른 입장을 밝히고 창작의 지침을 제시하려 했다. 그에 의하면 정치적 견해의 심천(深淺)과 차이에 따라 미학적 성과는 결정될 것이었다. 김남천에게 인민항쟁을 보는 정치적인 견해는 본질적으로 두 가지 이상이 있을 수 없었다. 즉 인민의 '행동과 실천 가운데서만 역사의 추진력을 붙들려고 하는' 입장과 그렇지 않은 입장이었다. 항쟁을 '극좌적 과오'로 본 사회노동당은 애당초 인민의 역할을 폄시한 것이며, 그런 점에서 반동세력과 같은 편에 선 것이다. 김남천에게 인민은 곧 현실이었고 항쟁은 이 현실의 운동이었다. 정치적 견해의 심천과 차이란 이 현실을 제대로 보느냐 그렇지 못하느냐에 따라 드러날 문제였다. 현실주의적인 성취란 바로 여기에 걸린 문제였던 것이다. 그는 지킹엔 논쟁을 소개함으로써 이러한 주장을 부연한다.
  지킹엔 논쟁이란 독일의 사회주의자 라살레가 자신의 문학극 「프란쯔 폰 지킹엔」(1859)을 혁명적 비극에 대한 견해를 적은 수고와 더불어 맑스와 엥겔스에게 브내, 그 답신으로 맑스와 엥겔스가 비평과 조언을 담은 편지를 쓴 데 이어, 다시 라살레가 자신의 견해를 옹호하는 반박문을 보낸 것을 가리킨다. 수고에 의하면 중세 농민전쟁의 전야, 영주에 맞선 기사들의 봉기를 다룬 이 작품을 통해 라살레가 의도한 것은 혁명 일반의 비극적 원리를 규명하는 일이었다. 그가 말하는 이 비극은 '이념의 힘 혹은 무한성을 신뢰'하는 '혁명의 감격'과, '유한한 수단'에 의해 제약되는 현실정치 사이의 모순에서 빚어지는 것이었다. 봉건영주에 대해 반기를 든 귀족이자 세련된 교양인인 지킹엔은 정치가로도 탁월한 능력을 갖는 인물이었기에 단지 '감격'의 수준에 머무르지 않고 혁명을 성취하려는 정치적 방법을 모색한다.

'외교적 고려와 술수'는 그가 구사한 정치적 수단이었다. 그러나 지적으로 열등한 농민대중은 '감격'의 수준, 그들이 이를 수용하는 방식인 '본능적' 차원을 벗어나지 못하고 있었다. 농민대중은 지킹엔을 이해할 수 없었으며 따라서 지킹엔은 그들의 헌신을 얻어낼 수 없었다.

지킹엔은 정치적 현명함을 갖는 인물이었음에도 불구하고, 혹은 그렇기 때문에 대중으로부터 소외된다. 대중으로부터의 소외는 지킹엔의 혁명적인 기도를 좌절케 한 원인이었지만 라살레에 의하면 그 책임이 전적으로 지킹엔에 있는 것은 아니다. 대중이 그를 이해할 수 없었다는 점은 더 큰 원인이다. 라살레는 이를 하나의 비극적 원리로 보려 했다. 지킹엔은 혁명의 이념과 현실정치 간의 모순 때문에 실패에 이를 수밖에 없는 비극적 영웅이라는 것이다. 지킹엔의 정치적 현명함은 이 비극적 관계를 빚는 구조적 단초로서의 '결함'이었던 셈이다. 이러한 비극성을 혁명 일반의 원리로, 나아가 역사의 '필연적이고 영원한 원리'로 보려 했던 것이 라살레의 입장이었다.14)

김남천의 비판은 라살레의 입장이 근본적으로 비역사적인 것임을 지적하며 시작된다. 먼저 '혁명일반의 원리'라는 것은 혁명을 구체적인 역사의 진행과정 가운데서 파악하지 않고 이를 추상화하려 한 생각에서 고안된 것이었다. 라살레의 치명적인 오류는 혁명, 혹은 역사의 본질적인 추진력을 혁명의 관념에서 찾으려 한 데 있었다. 이러한 한계로 말미암아 라살레는 역사를 다루면서 '세계사적 관념의 대표자'에만 집착하였던 것이고, 그 결과 주인공 지킹엔은 역사적 현실의 구체적인 총체성을 상관해 낼 수 없는 추상적 관념의 확성기로 나타났다는 설명이었다. 맑스와 엥겔스는 이를 '실러적 방법'으로 보고 '셰익스피어 화'하라는 조언을 했거니와, 김남천이 볼 때 라살레는

---

14) 지킹엔 논쟁 전반에 대해선, 조만영 엮음, 『마르크스주의 문학예술논쟁』(돌베개, 1989)의 이곳 저곳.

현실에 충실하려는 리얼리즘에 이르지 못하고 주관적 관념에 빠지는 아이디얼리즘적 왜곡을 저지른 것이었다.

이어 김남천은 맑스의 편지를 인용하여 지킹엔의 미학적 결함과, 농민 및 일반 인민의 역사적 역할을 부정한 라살레의 정치적 오류가 맞물려 있음을 지적한다. 농민운동에 주의를 기울이지 않음으로써 라살레는 지킹엔의 진정한 비극적 요소까지를 놓쳐 버렸다는 것이다. 김남천이 보기에 라살레가 맑스의 비판을 반박하면서 당시의 농민운동이 반동적이었다고 주장했던 점은 인민항쟁을 극좌 모험주의로 비판한 사회노동당의 태도와 다를 바 없는 것이었다. 역사의 주체인 인민을 경시하고 자신이 마치 주도적 역할을 하고 있는 듯 착각하고 있는 사회노동당과 좌우합작의 지도자들은 맑스의 표현대로 공상적 '동키호테'에 불과했다. 인민을 과소평가하고 인민항쟁의 역사적인 의의를 바르게 파악하지 못한 어떤 입장도 부르주아적인 견지로 후퇴할 것이었다.

이윽고 김남천은 인민항쟁이 본질적으로 계급투쟁이었음을 천명한다. 역사란 계급투쟁으로 발전되는 것이었다. 인민항쟁에서 작가가 발견하고 그려 내야 할 것은 역사를 움직여 가는 계급투쟁의 추동력이었다. 개인은 세계사적 관념의 대표자가 아니라 자신이 속한 계급의 대표자로 나타나야 했다. 따라서 그의 행동 내지 운명은 그가 속한 계급의 역사적 역할, 혹은 운명과 변증적으로 통일되어야 할 것이었다. 드디어 김남천은 혁명적 주체로서 전형 형상의 계급적 당파성을 주문하는 데 이른 것이다. 그는 창작을 위한 지침으로 인민항쟁의 원인을 분석하고, 그것의 역사적 의의를 제시하면서 글을 맺고 있다. 그에 의하면 항쟁은 인민정권을 향한 인민의 의지를 보여 준 것이었으며 그들의 단결이 '무진장한' 변혁의 역량을 만들어 낼 수 있음을 증명한 것이었다.

지킹엔 논쟁을 통해 김남천은 역사적 현실에 대한 충실성이라는 리얼리즘의 원칙을 확인하고, 혁명적 주체의 형상화에서 계급적 당파성의 구현이라는 정치적이자 미학적인 문제를 제기했다고 말할 수 있다. 인민항쟁을 올바르게 그린다는 것은 혁명의 주체를 인민으로 보고 그 안에서 계급투쟁의 동력을 읽어 내려는 당파적 견지에 설 때 가능하다. 이러한 김남천의 이론적 도달점은 문학자대회를 전후하여 제출된, 창작방법으로 진보적 리얼리즘 논의를 결산한 것이었다고 말할 수 있다. 인민항쟁은 "무수한 인민적 영웅들의 산 이야기"15)였거니와, 진보적 리얼리즘이란 투쟁에 나선 인민들로부터 역사의 추진력을 발견하고 이를 긍정적 견지에서 형상화하는 것이었다. 김남천은 지킹엔 논쟁을 소개함으로써 형상의 진정성과 구체성은 당파적 시각의 관철과 맞물릴 때 보장된다는 현실주의의 핵심 원리를 일깨웠던 셈이다.

지킹엔 논쟁에서 또 다른 논점이 되었던 것은 역사적인 혁명을 그리는 데서 비극 양식이 어떻게 적용되고 해석되어야 하는가의 문제였다. 맑스에게 지킹엔은 '유한한 수단'에 의존한 '잘못' 때문에 실패한 것은 아니었다. 지킹엔의 비극은 '몰락하는 계급'의 하나인 그가 기존의 것에 반역한 아이러니에서 초래된 것이었다. 지킹엔의 운명은 결코 변혁을 수행할 수 없는 그 계급의 운명에 종속되어 있었다. 요컨대 그는 단지 상상 속에서만 혁명가였기 때문에 실패할 수밖에 없었다는 것이다. 맑스와 엥겔스에 의하면 지킹엔의 비극은 혁명의 본질을 벗어난 주변적인 것에 불과했다. 당시에서 진정한 비극적 갈등은 지킹엔과 같은 인물을 통하여 제시될 수 있었던 것이 아니라 '뮌쩌'를 지도자로 한 농민군의 분투에서 발견되어야 할 것이었다.

비극은 단지 주인공이 실패로 끝나는 양식이 아니다. 전통적으로 그것이 다루어 온 주제는 운명에 맞선 인간의 중단될 수 없는 추구였다. 비극의 주인공은 한계 상황에 부딪히지만, 이를 통해 오히려 자신·

---

15) 박찬모, 「인민의 생활과 문학의 과제」, 문학평론, 1947. 4., 18쪽.

의 신념을 다지거나 스스로에 대한 긍지를 확인한다. 그는 패퇴하더라도 절망하지 않는다. 때문에 비극에선 극단적인 비관이나 낙관, 운명론과 이상주의가 배격된다. 비극이 고도로 현실적인 양식일 수 있는 이유는 여기에 있었다. 이러한 관점에서 보았을 때 농민군의 패퇴가 농민군의 몰락을 의미하는 것은 아니었다. 농민군의 이념과 의지가 현실 속에서 끊임없이 밀려 올려지는 한, 혁명은 중단되지 않을 것이었다. 이러한 혁명적 비극성의 인식은 인민항쟁의 전망을 제시하고, 나아가 진보적 리얼리즘에 내포된 혁명적 로맨티시즘의 해석을 바르게 열어 주는 계기가 될 수 있었다.

인민항쟁은 구체적인 인민을 보게 한 사건이었다. 박헌영과 당을 따르는 것이 인민에게로 가는 길임을 말했던 김남천에게도 항쟁은 인민이 그 어느 정치세력에 비해 앞선다는 사실을 새삼 상기케 했으리라. 하지만 인민항쟁을 옳게 그린 현실주의적 성과작은 씌어지지 않았다. 반동적 탄압이 더욱 노골적이고 야만적으로 진행되었던 것은 사실이지만, 그보다 이는 작가들이 인민에게로 가까이 가지 못했음을 말하는 증거였다.

3. 변화를 기대하지 않는 현실주의

김동리에게 인간 삶의 현실은 실천의 대상이 아니었다. 그것은 어떤 자연적 원리에 입각한 것이었다. 그는 이 자연적 원리를 절대적인 것으로 간주함으로써, 현실의 개선과 변혁은 불가능하며 따라서 삶은 그것을 운명으로 받아들일 수밖에 없다는 생각을 전파한다. 변화란 자연과 생명의 운동으로 일어나는 것이지 인간의 이성적이고 의지적인 노력으로 획득될 수 있는 것이 아니었다. 이런 입장에 설 때 이념적 열정은 비웃음의 대상일 수밖에 없고 이를 실현하려는 정치적 노력 역시 무망한 도로에 불과한 것이 되고 만다.

소설을 두고 볼 때 김동리가 일찍부터 그려 온 세계는 알 수 없고 설명되지 않는 것이었다. 그의 초기 단편들, 「바위」(1936)나 「무녀도」(1936), 「황토기」(1937) 등에서 드러나는 작가의 태도는 삶의 윤리적 질서를 철저히 부인하는 점에서 '자연주의적'이기도 하다. 현실은 간절한 바람과 기대를 저버릴 뿐 아니라 불의의 재앙을 던져 주는 무자비한 공간으로, 삶은 어떤 운명적 연쇄에 매인 것으로 그려진다. 등장인물들에게 닥치는 운명은 현실의 논리나 등장인물의 성격적인 결함과도 가지적(可知的) 관련을 갖지 않는 자의적인 힘으로 나타난다. 그들 등장인물들이 보이는 원시적 정염이나 제어할 수 없는 돌발적인 충동, 불가해한 집착은 그들 자신의 것이라기보다는 이 운명의 것으로 읽힌다. 그들은 자신의 운명을 감지하고 받아들이는 직관적 예지를 갖기도 한다. 그들이 깨달아야 하는 것은 논리나 필연성의 기준으로 계량되지 않는 존재의 우연성이다. 기연(奇緣)에 의해 만나고 헤어지며 고통과 방황의 길을 가야 하는 것이 그가 그려 낸 인간의 존재적 상황이었다.

김동리에게 인간성의 옹호가 이러한 존재적 상황을 거부하는 것이 아님은 분명하다. 오히려 인간성 옹호는 이 '운명'에 대한 거시적 통찰을 요구하는 것인 듯 해 보인다. 일찍이 그는 「두꺼비 설화의 정신」(1939)이라는 짧은 글에서 자연적 순환에 대한 아포리즘을 제시한 바 있다. 두꺼비가 구렁이에게 잡아 먹힘으로써 도리어 자신의 새끼가 그 구렁이를 먹고 자랄 수 있게 하듯 죽음은 동시에 탄생을 배태하는 것이라는 이야기였다. 이러한 자연적 순환의 관점에서 볼 때 탄생과 죽음, 혹은 승리와 패배, 만남과 헤어짐은 역동적인 연쇄의 관계를 맺는 것으로 이해될 수 있다. 그것은 윤리적으로 설명되지 않으며 어떤 개선 의지의 틈입도 불허하는 것이다. 두꺼비 설화를 통해 김동리가 말하려 했던 바는 엄엄한 자연적 순환이 존재의 조건이자 방식이라는 것이었다. 이러한 입장이 그의 운명론적 태도의 바탕에 놓이는 것이었음을 짐작하기는 어렵지 않다. 그가 자연적 순환과 다르지 않은 뜻으로 쓴 '세계의 율려(律呂)'란 우주 운행의 리듬을 가리키는 말로 곧 음양의 전변에 근거한 개념이었다.

김동리의 휴머니즘은 인간 삶의 내용을 개선하는 데 관심을 두는 것이 아니었다. 그가 줄곧 이야기한 것은 문학이 삶의 궁극적 원리 내지는 방식, 그의 표현으로 '삶의 구경'을 다루어야 한다는 것이었다. 이러한 입장은 '정치'에 대한 기대나 가능성을 부정하는 것이다. 정치는 어리석은 환상과 기만, 그리고 술수와 음모에 그칠 수밖에 없는 것이었다. 그러나 김동리가 정치에 대해 무관심했던 것은 아니다. 그는 자신의 시대가 정치에 의해 많은 것이 결정되는 시대임을 알고 있었고 자신의 정치적 입장을 뚜렷이 드러냈다. 변화를 이루어 내리라는 기대를 갖지 않고 애당초 그러한 가능성도 부정하면서 갖는 정치적 관심이란 도대체 어떤 것인가. 이 시기에 씌어진 그의 장편 『해방』(동아일보 1949. 9. 1. – 1950. 2. 16.)은 좌우의 대립이 일단락된 후, 좌우 대립의 과정을 돌이켜 낸 것으로 좌우 대립에 대한 김동리의 생각, 나아가 정치에 대한 반동적 견해의 일반적 틀을 읽을 수 있게 하는 것이다.

장편 『해방』은 '동아여자대학'의 교원 '이장우'가 그의 막역한 친구이자 동지로, '대한청년회'를 이끌던 '우성근'의 피살 소식을 전해 듣는 장면에서 시작된다. 총탄을 맞고 쓰러진 회장 우성근의 시신 앞에 모여 선 우익 청년들은 범인이 '국군준비대 아이들'이 아니면 민청, 혹은 학병동맹원들일 것이라는 추측을 한다. 대한청년회의 이름으로 좌익 청년단체를 해체하라는 성명이 나간 뒤였기 때문이다.

한편 우성근을 향한 주위의 신망이 두터웠고 그가 비상한 열정에 영도력을 갖춘 인물이었음이 돌이켜진다. 그러나 우성근과 그의 청년회가 어떤 이념적 정향을 갖고 무엇을 해왔는지는 전혀 제시되고 있지 않다. 그의 죽음은 아무런 설명 없이 '국가와 민족을 위한 희생'으로 간주되며 슬픔과 격앙된 분노는 짐짓 결연한 소명의식을 동반한다. 좌익은 타도되어야 한다는 것이다. 이장우는 자신들의 손으로 원수를 갚을 것을 다짐한다.

소설의 방향은 돌연 바뀌어 동아여자대학의 이사이자 죽은 우성근의 장인으로, 적극적인 친일을 한 자산가 '심재영'의 내력과 동정을 지리하게 서술한다. 기대한 바 많았던 사위의 죽음으로 의기소침해진 그는 이제 이장우에게 관심을 갖고 접근한다. 그는 자신의 작은 딸 '양애'가 이장우와 맺어지기를 바라고 있다.

이장우는 우성근 대신 청년회의 회장으로 추대되기까지 하지만 웬일인지 이야기는 그의 사적 주변을 맴돌고 있을 뿐이다. 그는 스스로 다짐한 우성근의 복수도 잊은 듯하다. 소설은 이장우의 옛친구 '하윤철'을 등장시켜 그의 과거사를 풀어 낸다. 일찍이 이장우는 고보시절 하윤철의 집에 기식하는 신세를 졌다. 하윤철의 어머니는 이장우를 아들처럼 여겨 전문학교까지 보내 주었지만, 윤철의 동생 '미경'을 연모하게 된 이장우는 이 일로 하여 그 집을 나와 동경으로 가 대학을 마치게 된다. 여전히 하미경을 잊지 못하고 있던 이장우는 오랜만에 그녀를 만나는데, 미경의 등장과 함께 민청동맹에 나간다는 그의 동생 '기철'의 존재가 드러난다. 그러면서 기철이 우성근 암살 사건과 연루되어 있음이 암시된다. 미상불 그들은 운명적인 고리로 연결된 셈이다.

여기서 갑자기 이야기에 끼어드는 것은 '신철수'라는 야비한 악당이다. 사이비 신문 '해방주보'의 주필이자 편집국장이라는 명함을 앞세워 공갈과 사기를 일삼는 그는 또 '인민'을 외치면서 여러 여성동맹원들과 성관계를 갖기도 한다. 그가 엽색에 재주가 있기 때문이기도 하지만, 여성동맹이라는 곳 역시 얼마든지 성적 방종이 가능한 공간인 듯 그려진다. 이러한 과정에서 신철수는 우성근 살해의 배경을 눈치채고 기철이 살해범 가운데 하나임을 알게 되면서, 이를 미끼로 하미경의 육체를 노린다.

그런 가운데 신철수는 심재영을 찾아와 그의 친일행적을 기사화하겠다고 협박한다. 심재영의 부탁을 받고 신철수의 뒤를 밟던 청년회원은 마침 호텔에서 미경을 겁탈하는 신철수를 덮친다. 신철수로부터 기철의 은신처를 알아 낸 청년회원은 총격 끝에 기철을 붙잡아 청년회 지하실에 가두고 심문하던 중 기철은 돌연 심장마비로 숨을 거둔다. 소설은 이장우가 조사를 나온 경찰과 군첩보대를 맞는 장면에서 끝난다.

의문의 피살에 대한 호기심을 불러일으키며 시작되는 이 소설은 그러나 물론 범인이 밝혀지기까지 효과적으로 서스펜스를 유지하는 탐정소설은 아니다. 무엇보다 이 소설엔 범인을 잡으려는 명민한 탐정이 없다. 우익 청년회장의 피살로 시작되었고 그 일이 좌익에 의해 저질러졌으리라는 강한 암시에도 불구하고 이 소설이 좌우의 대립과 투쟁을 내용으로 하고 있는 것도 아니다. 이 소설의 인물들은 특별한 시대적 성격을 결여하고 있다. 그들은 이념적 지향에 의해 움직이는 것이 아니다. 다만 그들은 운명적으로 얽히며 예상치 못했거나 의도하지 않은 결과에 이른다. 『해방』은 작가가 그려 온 운명적 기연의 세계를 답습하고 있다. 우성근의 살해범을 잡는 것은 이 운명적 연쇄의 부산물일 뿐이다.

그렇다면 이들을 서로 얽혀 들게 하는 운명이란 어떤 것인가. 가시적으로 확인할 수 있는 운명이란 다름아닌 작위적 복선이나 우연의 결과다. 이장우가 잊지 못하는 하미경의 등장을 위해 하윤철은 별다른 목적 없이 10년 만에 불쑥 이장우를 찾아 오며, 또 영문 없이 나타난 호색적 사기한 신철수는 기철이 범인임을 알고 이를 미끼로 하미경의 육체를 노리던 중, 심재영을 협박함으로써 청년회의 뒷조사를 받는데, 마침 하미경을 겁탈하다 잡힌 그는 기철의 은신처를 대는 것이다. 인물들은 작위적 복선 안에 서로 꼬리를 물고 배치되어 있다. 그들의 성격은 그들의 역할에 의해 한정된다. 그들이 역사적 전형성을 결여하고 있는 이유는 여기에 있다. 예를 들어 친일자산가 심재영은 다만 소심한 노인이며 하미경은 연약한 희생자일 따름이고 신철수는 그저 야비한 악당이다. 작가는 이장우를 훌륭한 인물로 그리고 있지만 그의 긍정성이란 것도 멋진 외모에 그저 사려가 깊다는 등의 지극히 피상적인 것이다. 삶의 구경을 탐구한다는 김동리의 '본격문학론'은 실제로 멋진 주인공과 가련한 희생자, 야비한 악당이 벌이는 우여곡절의 이야기로 나타난다.

앞서 말한 것처럼 우성근이나 이장우는 우익 청년회를 대표하는 존재들이지만 그들의 상모에서 이념적 특징은 부각되지 않는다. 그러나 이장우는 드디어 소설 말미에서 자신의 정치적 입장을 분명하게 밝힌다. 하윤철과의 토론에서 이장우는 자신을 '극우파'로 비난하는 윤철을 깨우치는 것이다. 이장우는 짐짓 담담하게 정치란 지극히 '현실적인' 문제임을 지적한다. 그가 일깨우는 현실은 이미 38선이 가로 놓였고 이를 경계로 미국과 소련이라는 '두 세계'가 대립하는 현실이었다. 마침내 그는 이러한 현실에서 정치를 한다는 것은 결국 이 두 세계의 싸움에 뛰어드는 것일 뿐이라고 단정한다.

> "……자네가 말하는 좌익이니 우익이니 하는 것은 결국 이 두 개의 세계를 의미하는 거야. 그것이 단순히 우리민족에 국한된 좌우익이 아니요 38선만이 아닐세. 이것은 지극히 평범하고 정식적인 말 같지만 동시에 지극히 근본적이고 원칙적인 판단이란 것을 알아야 하네. 왜 그러냐 하면 이것이 현실이기 때문이야. 현실이란 이와 같이 두 개의 세계의 싸움이란 것을 알아야 돼. 우리가 정치를 한다는 것은 이 두 개의 싸움에 뛰어드는 것 뿐이야."(149회)

풀이 죽은 하윤철은 두 개의 세계를 지양한 제3의 세계를 선택할 수 있지 않겠는가 자신없이 되묻는데 이장우는 선명하고 단호하게 답한다. 두 세계의 대립을 해소하는 "가장 현실적이고 구체적인 방법은 그 어느 한 개의 세계가 다른 한 개의 세계를 극복하는 길밖에 없"(149회)다는 것이다. 때문에 "그 어느 한 세계에 가담하여 싸우는 것"은 불가피하다는 주장이다. 이장우는 자신이 우익의 편에 선 것은 미국을 선택한 결과임을 피력한다. 자신은 미국의 자본주의를 선택한 것이 아니라 '개성의 자유를 존중하는' 미국의 민주주의를 선택했다는 것이다. 민주주의를 기준으로 볼 때 미국이 60퍼센트 수준에 도달했다면 소련은 30퍼센트의 수준이라는 설명이었고, 또 지리적으로 부동항을 얻고자 하는 소련의 공세를 피하기 위해서는 "그와 대척되는 또 하나의 세계와 악수하지 않을 수 없다"(150회)는 이야기였다.

작가가 그린 긍정적 인물들, 우성근이나 이장우가 이념 문제에 대한 자기 생각이 없었던 이유는 이로써 설명된다. 이 소설이 이념적 대립을 배경으로 하면서도 인물들의 행동이 이념적 동기를 갖지 않으며, 결과적으로 이야기가 공교로운 운명의 장난으로 나타나는 이유도 이와 다르지 않다. 말하자면 이념의 문제는 그들의 문제가 아니었다. 그들은 이념으로부터 스스로 소외되어 있다. 이념의 선택이란 미국이나 소련 가운데 하나를 선택해 그 편이 되는 것이었기 때문이다.

비로소 확연하게 드러나는 것은 냉철한 현실주의자(?) 김동리의 정체다. 김동리는 서구의 물질주의와 과학의 한계를 비판하는 반서구주의자의 모습을 보였다. 형 김정설의 주장을 흉내내 그는 자본주의와 공산주의를 지양하는 제3휴머니즘론을 부르짖기도 했다. 그러나 이제 그는 이념적으로 대립된 미국과 소련을 우리가 주체적으로 배제하는 것은 어림없는 일이며, 때문에 불가피하게 그 한 편에 가담해야 함을 말하고 있는 것이다. 말할 것 없이 이러한 주장은 냉전의 논리를 그대로 받아들이는 것이었다. 그에 의하면 좌우란 결국 미국을 추종하느냐 소련을 추종하느냐에 따른 구분에 불과했다. 이 소설을 통해 드러나는 좌우대립에 대한 그의 견해는 그것이 미소 간의 대립이라는 현실적 역학을 넘어설 수 없다는 것이고, 그런 입장에서 이념적 열정과 기대를 조소하는 것이었다. 그에 의하면 변화를 향한 이념적 투사는 기만이 아니면 백일몽이었다. 새삼 확인할 수 있는 것은 그가 주어진 현실을 절대적으로 보는 운명론자였다는 사실이다.

이미 미국을 선택한 이 소설의 주인공에게 분단의 울은 지당하지 않을 수 없다. 그것을 깨는 길은 미국의 편에서 소련을 배제하는 길뿐이다. 나아가 그것은 우리가 어쩔 수 있는 일이 아니었다. 분단은 미국이 소련을, 혹은 소련이 미국을 배제할 때까지 우리로선 돌이킬 수도 바꿀 수도 없는 운명이었다. 결과적으로 김동리는 분단의 극복을 향한 모든 주체적인 노력을 거부한 것이다. 삶의 구경을 이야기하는 김동리와 미소 가운데 하나의 선택이 불가피함을 단언하는 김동리는 전혀 다른 인물처럼 느껴지기도 한다. 그러나 물론 이 둘은 다른 인물이 아니다. 그가 그려 낸, 기연에 의해 얽히고 예기치 않은 재앙과 맞닥뜨려야 하는 가혹하고 공교로운 세계는 변화를 부정하고 운명의 자의성을 강조하는 아노미한 비전의 표현이었다. 그것은 정치적 냉소주의를 동반했다. 그는 역사에 대한 비합리적 절망을 전파하고 실천적 통찰을 거부했다. 이는 그가 견지한 반공의 실제적인 용이었다.

이렇게 볼 때 김동리가 주장한 '순수'는 문학적 수사에 불과한 것이 된다. 왜냐하면 순수는 반공 이데올로기를 배경으로 했기 때문이다. 순수가 반공 이데올로기를 배경으로 하는 한, 그것은 그가 주장했듯 인간에 대한 진지한 통찰에서 나온 것이기 전에 예속과 분단을 받아들이는 것이었다. 이 점에서 그는 이념적 편견에 매인 교조주의적 태도나 복음에 현혹된 뇌동적 동조자들에 대한 자신의 비판으로부터 자유로울 수 없었다. 예속과 분단을 받아들이는 태도는 주어진 현실을 절대적인 것으로 보는 것이다. 그 결과이자 원인이었던 반공 이데올로기는 모든 주체적 변화의 가능성을 부정하는 점에서 교조적이며, 그에 대한 무비판적 추종을 요구하는 점에서 이미 뇌동적인 것이었다.

4. 계몽적 전제(專制)

해방후 북한에서 당과 북조선임시인민위원회의 주도로 진행된 토지개혁(1946년 3월 5일 공포, 실시되어 불과 20일 만에 끝난)은 그간의 계급관계를 바꾸어 놓았다. 즉 이로써 친일파와 지주자산층, 이른바 '반민주분자'들의 계급적 기반은 전격적으로 제거되었고 인민 내부의 계급대립은 지양되어 계급적인 통일을 바라보게 되었다. 계급적 통일은 프롤레타리아 독재가 추구했던 바다. 해방직후 당은 현단계에선 노동계급이 영도하는 부르주아 민주주의 혁명이 필요하다고 말했으나, 북조선인민위원회의 수립(1947. 2. 21.)과 더불어 인민에 의한 민주주의는 실제로 프롤레타리아 독재를 의미하는 것이다. 프롤레타리아 독재는 새로운 국가적 장치들에 의한 강력한 국가적 권력의 행사를 요구하는 것이었다.16) 토지개혁은 새로운 국가적 장치들을 건설하기 위한 토대를 마련한 의의를 갖는다.

한편 1946년을 넘기며 당과 인민위원회가 밝히는 건국의 **방향**으로 모든 인민들을 총동원하고 그들의 의식을 개조하려는 사상적 캠페인인 '건국사상총동원운동'이 전개된다. 이후 북한이 사상혁명의 고삐를 늦춘 적은 없다. 건국사상총동원 운동이 전개되던 가운데 창작의 새로운 방법적 원칙으로 제출되었던 것은 '고상한 사실주의'다. 새 국가건설에 나서는 인민들의 영웅적 투쟁을 그려야 한다는 고상한 사실주의 방법은 옳고 바람직한 본보기 형상을 통해 독자들의 감응을 유도

---

16) 레닌주의에 의하면 프롤레타리아 독재는 단일한 계급, 곧 프롤레타리아가 배타적으로 국가권력을 장악하는 것이다. 국가권력은 국가장치에 의해 존재할 수 있다. 때문에 프롤레타리아 독재를 위해선 기존의 국가장치를 파괴하고 새로운 국가장치를 건설해야 한다. 프롤레타리아 독재는 공산주의를 지향하는 과도적 단계이므로 국가장치의 강화는 궁극적으로 국가장치의 소멸을 위한 것이어야 했으나, 소련의 경우를 비롯하여 많은 나라에서 프롤레타리아 독재는 국가주의적 독재의 형태로 왜곡되었다.

하고, 그들의 '승리'를 보여줌으로써 달성될 미래에 대한 확신을 갖도록 할 것을 요구했다. 긍정적 주인공은 '고상한' 인물이어야 했는데, 이는 민족적 품성에 바탕을 둔 것으로 간주되었다. 고상한 사실주의는 여러 가지 면에서 북한문학의 기본적 틀을 잡은 것이었다. 토지개혁이 이루어지고 건국사상총동원운동이 펼쳐지며 고상한 사실주의가 논의되던 상황을 배경으로 이기영의 장편 『땅』(1948-9)은 씌어졌다.

이기영은 『땅』에서 토지개혁이 어떻게 세상을 바꾸었으며 새 세상에서 살아갈 새로운 사람들의 모습은 어떤 것인가를 그렸다. 식민지시대 이래 이기영의 관심이 농촌과 농민문제를 벗어난 적은 없었다. 그는 모진 착취와 갖가지 경제 외적 강제에 시달리는 농민의 현실을 소박하지만 힘있는 필치로 잡아 냈고, 농민이 식민자본주의가 강요하는 파괴적 변화에 맞서 자신과 자신의 현실을 바꾸어 나갈 수 있는 길을 제시하려 했다. 그런데 해방후 이기영은 그간의 농민문제가 토지개혁으로 일거에 해결되었다고 보았다.

토지개혁이 시행된 직후에 씌어진 단편 「개벽」(문화전선, 1946. 7.)은 토지개혁이 농민들을 옥죄던 모든 질곡을 일소한 제목 그대로 천지개벽과 같은 것이었음을 말하고 있다. 「개벽」의 빈농 '원 첨지'에게 토지개혁은 알 수 없는 조화다. 그가 토지개혁을 '희한한 일'이라고 반기면서도 반신반의하는 것은 이 때문이다. 세상이 또 뒤집힐 수 있다는 지주의 협박에 금세 주눅이 든 그는 토지개혁을 위한 고농들의 위원회에 들기를 마다한다. 그의 소극성이 당시의 한 평자가 지적17)

---

17) 「개벽」이 씌어진 직후 안함광은 원첨지의 형상이 '봉건적 한계와 무지에 따른 소극성을 잘 포착'한 것이라고 평가했다.(「북조선 창작계의 동향」, 문화전선, 1947. 2.) 그러나 이후 안함광은 1950년에 쓴 한 글에서 앞서와는 다른 입장을 보였다. 이 소설은 농민에 대한 '구체적 파악이 부족'했다는 것이다.(「8·15해방 이후 소설문학의 발전과정」,『문학의 전진』, 문화전선사, 1950) 이러한 평가의 차이는 고상한 사실주의 등으로 나타난 문예정책의 경직화에 따른 것으로 보인다. 이 점과 관련된 안함광의 『땅』에 대한 평가, 문예정책과 『땅』의 개작 문제를 설명한 글은,

한 대로 농민들이 갖는 봉건적 한계를 반영하는 것이라면, 작가는 원 첨지가 토지개혁을 통해 변하는 모습을 그림으로써 그에 의한 봉건성의 청산을 부각하려 했던 것이라고 생각할 수 있다. 그러나 원 첨지가 또한 뚜렷이 드러내는 것은 그에게 토지개혁이 난데없는 선물이었다는 점이다. 원 첨지와는 달리 변화에 재빠르게 자신을 맡기는 사뭇 적극적인 그의 아내 역시 토지개혁에 대해 제대로 알고 있지 못하기는 마찬가지다. 토지개혁은 그들이 이루어 낸 것이 아니다. 원 첨지의 이러한 면모는 농민들이 토지개혁의 수동적 수혜자일 수밖에 없었다는 점을 인정하는 것이다. 농민들이 수동적 수혜자일 수밖에 없었다는 점은 토지개혁의 성격을 이해하는 데서 결코 사소하게 여기지 않아야 할 점이다.

땅을 받은 농민들은 놀라고 감격한다. 작가는 열광 속에서 한 데엉킨 그들이 어떤 '위대한 목표'를 향해 갈 것을 암시하며 소설을 맺었다. 그러나 그들의 깨달음이 감히 기대도 하지 못했던 땅을 받음으로써 가능했다면, 그 '위대한 목표'는 땅을 내려 준 주체와 무관한 것일 수 없다. 그것은 누구였던가? 그것은 영문 모르게 다가 온 새 시대였으며 새로운 지도자 김일성이었다. 이러한 관점은 『땅』에서 역시 반복되고 있다.

'벌말'이라는 강원도의 산골을 무대로 한 『땅』은 10년 넘게 '고공살이'(머슴살이)를 해 온 투박하고 진솔한 성격의 농민 '곽바위'가 토지개혁에 의해 땅을 받는 데서 시작된다. 아버지를 여의고 어린 시절부터 모진 노역을 감당해 왔으나 누이동생을 제사공장에 팔려 가도록 해야 했고, 못자리 검사를 나온 왜놈 지도원을 메친 일로 6년의 감옥살이를 하는 동안 또 어머니와 누이동생을 잃어야 했던 원통하고 참담한 그의 과거사는 농민이 '사람 대접'을 받고 땅의 주인이 된 새 시

이상경, 『이기영; 시대와 문학』(풀빛, 1994), 348-353쪽을 참조.

대의 밝음과 뚜렷한 대비를 이룬다. 그러나 곽바위에게도 토지개혁은 난데없는 것이다. 『땅』은 농민들에게 토지개혁이 '흥부의 박씨' 같은 것이었다고 그리고 있다. 땅을 받고 기뻐하는 농민들을 보는 곽바위의 생각은 다음과 같은 것이다.

> ......해방의 덕으로 앞뒤가 꼭 막혔던 그들에게 별안간 살 길이 틔웠으니 희한하고, 오히려 그것은 흥부의 박 속에서 나오는 재물보다도 더 큰, 삼천리 강산이 모두다 내 것이 된 셈이다. 인제는 김일성 장군의 영명하신 지도 밑에 인민의 노력이 건국사업에 열성적으로 움직이면 그 속에서 무진장의 보화가 쏟아져 나올 것이다. 어찌 다만 돈과 쌀이나 비단 뿐이랴?18)

곽바위는 땅을 받은 것이 무엇을 의미하는지 빠르게 깨우친다. 그는 토지개혁 이후 농촌의 변화를 이끄는 '선생님'이자 세포위원장인 '강균'과 같은 자상한 계도자가 가르치고 배려하는 가운데, 땅을 받은 데 만족치 않고 강펄을 개간해 논을 넓히려는 사업에 적극적으로 참여한다. 소설은 강균이 개간에 대한 말을 꺼내자 곽바위가 이에 비상한 관심을 보이고, 다시 강균이 세포위원회를 소집해 개간을 결정한 뒤, 부락민대회를 열어 이를 '만장일치로' 가결하는 과정을 그리고 있다. 강균은 개간 계획을 구체화하면서 인민의 의사를 자연스럽게 결집하는 세심한 조정자로 나타난다. 농민들은 개간을 하면 자신들에게 땅이 더 돌아갈 뿐 아니라 건국의 기초가 되는 곡식을 더 많이 거둘 수 있다는 생각을 하는 것이다.

한편 어떻게든 이러한 변화에 훼방을 놓으려고 갖은 술수를 마다않는 지주들의 모습과, 빚에 몰려 강제로 지주 '윤상열'의 첩 노릇을 했지만 토지개혁 이후 윤상열이 남한으로 도망치고 난 뒤 새로운 삶을 살려고 하는 결곡한 성격의 '전순옥'이, 억울한 모함을 당해 자살하려

---

18)『땅(개간편)』(조선인민출판사, 1948), 79쪽.

다 강균에 의해 구조되기까지의 이야기가 전개된다. 전순옥은 일찍이 마음속으로 곽바위를 흠모해 왔거니와, 이윽고 강균의 중매로 곽바위와 결혼을 한다. 곽바위와 전순옥의 결혼은 한맺힌 과거를 가진 두 사람의 결합으로, 이제 새 세상을 만난 사람들이 새롭게 출발하여야 함을 알리는 것이다.[19] 개간은 곽바위의 헌신적 노력과 남다른 용력에 힙입어 마을사람들이 한마음으로 뭉치고, 뒤를 보아 주는 강균과 당의 지도로 성공한다. 전순옥도 마을의 여맹조직을 책임지고 여성들을 가르치는 역할을 앞장서 해나간다. 곽바위와 전순옥은 이미 스스로 모범이 되어 농민들을 지도하는 존재다. 곽바위는 개간답의 소출을 애국미로 헌납하며 인민회의 대의원으로 평양에 가 감격 속에서 김일성을 만난다. 전순옥은 아들을 낳고 곽바위는 증산에 더욱 매진한다.

작가 이기영은 이 소설 수확편을 쓰던 1948년 9월에 그 자신이 대의원(강원도 북부)으로 최고인민회의 제1차 회의에 참가하거니와,[20] 회의 나흘째 되는 날(1948. 9. 7.)에는 평안북도 박천에서 온 한 농촌 출신 대의원이 토지개혁 이후 진행된 농촌의 변화에 대해 보고하고 있다. '김용국'이라는 이름의 이 대의원은 지난날 착취와 굴욕 속에서

---

19) 지주의 첩이었던 전순옥과 머슴이었던 곽바위의 결합은 새 시대에 의해 마련된 '새 인간'의 탄생이라는 주제에 부합되는 것이다. 과거에 자신이 첩이었다는 사실 때문에 자살을 기도했던 순옥은 토지개혁으로 죽었던 사람이 다시 산 것 같다는 곽바위의 말에 호응하며 다음과 같이 외친다.
"그렇지요! 새 세상을 만난 사람들은 지난 시절과는 아주 상관이 없잖아요?"
　　　　　　　　　　　－『땅(개간편)』(조선인민출판사, 1948), 261쪽.
전순옥을 첩으로 설정한 1948년 판의 내용은 1960년 조선작가동맹출판사 판에서는 그대로 반복되나 1973년 문예출판사 판에서 순옥은 정혼한 총각과 결혼을 하지만 윤상열이 그를 징용을 가게 함으로써 처녀로 수절하다가 해방을 맞는다. 이 기영은 전순옥을 '도덕화'한 이러한 개작이 수령의 지적에 의한 것임을 밝힌 바 있다.
20) <조선민주주의 인민공화국 최고인민회의 제1차 회의록>, 최고인민회의 상임위원회(국영제1인쇄소, 1948. 12. 5.)

살아 온 자신이 오늘 대의원의 한 사람으로 영예로운 최고인민회의 석상에 선 데 한없는 감격을 느낀다고 하면서, 북한 농촌을 '딴 세상'으로 만든 놀라운 변화는 "위대한 소련 군대의 참다운 방조와 우리 민족의 지도자이신 김일성 장군의 올바른 지도 밑에 토지개혁을 위시하여 제반 민주적인 개혁을 실시한 결과"[21]라고 칭송했다. 토지의 무상 분여로 농민들의 생활이 유족해져 기와집을 짓고 소와 돼지를 기르는 것은 물론이고, 자식을 대학에 보내는 가정도 늘고 있다는 소식을 호수를 대고 거명을 해가며 상세히 전한 뒤, 그는 노동법령의 혜택을 입어 자신도 작년에 금강산 휴양소에 가 쉬고 온 꿈 같은 현실이 펼쳐지고 있음을 피력했다. 이렇듯 행복을 준 김일성 위원장에게 보답하기 위해 자신과 농민들은 '불타는 애국열'을 갖고 경작 면적을 확장하는가 하면 영농방법을 개량하여 수확고를 높이고 있다는 것이었다. 실제로 여러 모범농민들이 인민경제 계획에 따른 예정치의 2배 이상, 많게는 10배까지 증수한 사실도 예시되었다. 이러한 변화를 누가 막고 빼앗아 가려 한다면 전체 농민은 "남녀노소 할 것 없이 한 사람같이 일어서서 싸울 것"이라는 결의를 표하는 것으로 그의 발언은 끝났다.

이 농촌 출신 대의원이 최고인민회의에서 한 발언은 토지개혁과 그 이후의 현실을 어떻게 보아야 할 것인가에 대한 일종의 공식적 언술로 읽어야 할 것이다. 그의 발언은 내용의 부분적 진위와 관계없이 토지개혁과 민주적 개혁에 따른 생활의 변화가 농민들에게 매우 '감격적'인 것이었고, 또 마땅히 그런 것이어야 했음을 말해 준다. 이 감격적 변화가 소련군의 도움과 김일성의 지도로 이루어졌다는 것, 농민들의 생활은 비약적으로 바뀌고 있으며 그 은혜로움은 농민들로 하여금 충직한 성심(誠心)을 갖게 했다는 것이 그의 발언의 요지였다. 개간과 증산의 열의, 국가와 제도에 대한 무조건한 신뢰, 그리고 이를

---

21) 위 회의록, 238쪽.

지키려는 결의는 『땅』이 그려낸 바이기도 했다. 갖은 고통을 당하던 곽바위가 땅을 받고 충직한 성실으로 개간과 증산에 힘써 대의원으로 '출세'하는 과정은 위의 대의원의 경우에서 볼 수 있듯 이미 하나의 익숙한 줄거리로 제시되었던 것이 아닌가 생각된다.[22]

　　현실이 일거에 개벽되어 생활의 변화가 감격적으로 진행되는 상황의 주인공은 역시 비약해야 한다. 곽바위는 토지개혁을 통해 곧바로 계급적 자각과 동요하지 않는 신념에, 이타적 열정을 갖는 인물로 나타난다. 작가는 애당초 그의 의식이 바뀌고 성장하는 구체적 과정을 그리는 데 관심을 기울이지 않았다. 과거 「서화」(1933)와 『고향』(1934) 등에서 이기영은 참담한 현실이 농민들을 이악하게 만들거나 자포자기에 빠지도록 하는 한편, 또 그러한 현실을 극복하려는 의지를 갖게 하는 모습을 그렸다. 그러나 곽바위의 형상에서는 생활과 의식 발전의 변증적 관계가 사상되어 있는 것이다. 뒷날 이기영은 이 감격시대에선 '비범한' 인물을 그려야 했고, 그러기 위해서는 허구와 과장도 필요했다고 술회했다.[23] 개벽된 현실은 새로운 영웅을 요구했다는 것이다. 황무지를 개간하는 데서 보통사람은 들어 올릴 수도 없는 무쇠 써레로 몇의 몫을 해낸다든가 맨손으로 산돼지를 때려 잡는 곽바위는 이 감격시대의 영웅이었다. 그의 형상은 현실의 변화에 대한 통찰을 통해 포착된 것이 아니라 땅을 준 은혜로움에 깊이 감응할 때 경이로운 비약이 가능하다는 생각에서 꾸며진 것이다.

　　이 비범한 영웅은 민담의 영웅을 닮고 있다. 사회주의 리얼리즘의 제정(1934)을 둘러싼 논의에서 고리끼는 민담이나 신화의 영웅들 가운데는 예술적으로 조화된 완벽한 형상들이 많다고 말하면서, 그 이

22) 실제로 최고인민회의 제1차 회의의 대의원 가운데 농민은 전체의 34퍼센트로 가장 많았다. 곽바위가 대의원이 되어 평양을 방문토록 한 것은 직접적으로 이기영 자신의 대의원 경험과 관련되어 있을 것이다.
23) 이기영, 「주인공 설정과 작가의 의도」, 문학신문, 1966. 3. 25.

유는 이 형상들이 자신의 삶을 바꾸려는 투쟁에 직접 참여하는 근로 대중에 의해 생산되었기 때문이라는 설명을 했다. 이들 영웅들이 낙관적이고, 어떤 어려움 속에서도 승리를 확신하는 것도 다르지 않은 데 연유한다는 주장이었다. 인간의 능력을 이상화한 이 영웅들의 형상은 인간의 발전을 예견하는 현실주의적인 것으로 읽어야 한다는 것이다. 이 경우 '과장과 허구'는 현실을 왜곡하는 것이 아니라 오히려 현실의 본질을 추출하는 방식일 수 있었다.[24]

고리끼의 주장은 사회주의 리얼리즘의 두 가지 핵심적 내용, 민족적 성격을 부각하려는 입장과 사회주의 건설의 과정을 찬양하고 필연적으로 이룩될 미래를 예견해 그려야 한다는 혁명적 낭만주의와 관련된 것이었다. 민담적 영웅은 서구 제국주의의 그것과는 다른 소련 인민의 고유한 문화적 독자성을 발견해야 한다는 요구를 충족시키는 것일 수 있었다.[25] 한편 과장과 허구—혁명적 낭만주의는 다가올 미래를 상상적으로 실현하는 것이라는 점에서 창조적이며, 변화될 현실을 그린다는 점에서 실제적인 의의를 갖는다.

이 두 내용은 바로 고상한 사실주의의 핵심이기도 했다. 고상한 사실주의에서 '고상한'이란 사상이념적이고 도덕적이며 예술적인 품격의

---

24) 막심 고리끼, 「소비에트 문학에 관하여」(1934. 8. 17.), 슈미트/슈람 편, 문학예술연구회 미학분과 옮김, 『사회주의현실주의의 구상』(태백, 1989), 28, 33쪽.
 M. Gorky, "Talks with the Young", *Socialist Realism in Literature and Art*(Progress Publishers,1971), p. 45.
25) 러시아 나름의 특수성과 차별적 원리를 발견해야 한다는 생각은 종교적, 문화적 제도가 빠르게 붕괴되던 19세기 서구사회의 영향을 배제하려는 입장에서, 이미 니콜라이 1세 때부터 공연하게 역설되었던 바다. 서구사상과 문화의 영향을 받았으나 러시아 농민의 잠재력을 기대하고 그들의 역사적 경험을 바탕으로 한 나름의 사회정치적 견해를 제시했던 벨린스키 등은 이른바 '애국주의'의 중요한 근거를 마련했다. 스탈린 시대에 들어 강하게 표출되었던 민족주의적 성향은 이러한 전통을 답습한 것이었다.
 cf. Yuri Y. Glazov, "Stalin's Legacy; Populism in Literature", *The Serach for Self-Definition in Russian Literature,* (ed.) Ewa M. Thompson(Rice Univ. Press, 1991), p. 96.

높이를 의미했으나, 또한 민중의 영웅이 갖는 민족적 품성의 고유한 내용을 뜻하는 것으로 쓰인다. 농촌이나 공장에서 '조선적 주제'를 찾고 '조선 사람의 고상한 민족적 품성'을 형성하는 사업의 헌신적 조력자가 되어야 한다는 것은 고상한 사실주의 방법이 작가들에게 요구했다.[26] 이후 '고상한'은 긍정성을 집약한, 그것의 민족적이고 주체적인 양상을 가리키는 수식어로 사용되었다. 곽바위의 놀라운 의식적 비약은 고상한 품성의 발로였던 것이다. 그것은 민족적 품성의 고유한 긍정성에 연유하며 조선 인민이 겪은 혁명적 경험의 구체성을 반영하는 것이었다. 나아가 곽바위의 고상한 품성은 앞으로 다가올, 그리고 이미 힘차게 그를 향한 변화가 진행되고 있는 미래를 예견케 하는 것이었으므로, 곧 고상한 사실주의가 내부적 핵심으로 갖는 혁명적 낭만주의를 충족시키는 것이기도 했다.

그렇다면 고상한 품성의 내용은 어떤 것이었던가? 1950년대 후반의 민족적 특성 논의에서는 우리 고전작품들이 '애국주의적 헌신성'이나 '인도주의적 포용성'을 보여 준다는 점이 주장되기도 했다. 충직하고 검박한 심성이라든지 내유외강과 상호부조의 정신 등은 논자들이 민족적 특성으로 지적한 것들이었다. 논의는 민족적 특성이 항일무장투쟁을 비롯한 혁명의 경험을 통해 어떻게 나타나는가를 보아야 한다는 쪽으로 진행되었다.[27] 예를 들어 충직하고 검박한 심성은 당과 혁명에 대한 무한한 충실성이라든가 사상적 순결성으로 나타난다는 것이

---

26) <조선노동당 중앙위원회 29차 상무위원회 결정서>(1947. 3. 27.)
27) 1950년대 말과 1960년대 초에 걸쳐 전개되었던 민족적 특성에 관한 논의는 긍정적 주인공의 민족적 특성과 민족적 형식(고전문학 등에서 드러나는)의 관계에 치중하여 전개되었으나, 이내 몇몇 논자들은 민족적 특성에 대한 관심이 (조선적) 공산주의자의 전형을 창조하는 데로 모아야 한다는 주장을 폈다. 항일혁명투사들이나 천리마 기수들은 (조선적) 공산주의자들의 전형으로 간주되었다. 그들의 고상한 품성은 조선인민의 계급투쟁의 역사적 구체성을 반영하는 것이라는 주장이었다. 대표적인 글로 윤세평, 「공산주의자의 전형창조와 관련된 민족적 특성에 대한 일고찰」(조선문학, 1960. 4.), 박종식, 「우리문학에서 주체의 확립과 민족적 특성」(조선문학, 1961. 2.)이 있다.

다. 또 내유외강이나 상호부조의 정신은 두터운 동지애나 원수에 대한 비타협성, 집단을 위한 무사한 열정의 근거였다. 민족적 특성은 혁명적 윤리학의 바탕을 이루는 것이었다. 그것은 혁명적 인민의 내적 자질이었으며, 혁명의 과정을 통해 발현되고 새롭게 획득되어야 했다. 반항심 강한 투박한 농민이었던 곽바위가 땅을 받음으로써 강의한 혁명적 열정을 갖고 영웅적으로 개간과 증산에 앞장서는 것은 그의 충직함이 혁명적 변화를 따르려는 충실성으로 발현된 결과였다.

혁명적 자질로서의 민족적 품성이 혁명의 경험을 통해 발현된다면 곽바위의 비약을 어떻게 설명해야 할 것인가. 곽바위의 비약은 고상한 혁명적 자질의 발현이 감응에 의해 일어나는 것임을 말하고 있다. 곽바위는 토지개혁을 위시한 민주적 변혁이 진행되는 위대한 현실과 이를 지도하는 김일성의 은혜로움에 감응한 것이다. 감응의 관계는 제도적인 것이 아니라 인간중심적인 것이다. 높은 은혜는 그에 보답하려는 성심을 불러일으킨다. 변화가 눈부시면 감응은 더 적극적이어야 한다.

곽바위가 보인 감응에 의한 비약은 그가 독자들에게 요구하는 바다. 곽바위는 독자들을 감응시키기 위한 과장된 영웅—본보기 형상이었다. 이런 점에서 민담적 과장, 그와 관련된 민족적 특성 문제는 혁명적 낭만주의와 모순되지 않는다.

『땅』에서 감응의 관계는 모든 인간관계의 바탕을 이룬다. 자살하려던 전순옥은 강균이 타이르자 단번에 마음을 바꾸며, 개간에 참여한 농민들은 곽바위의 영웅적이고 헌신적 태도를 칭송하고 그를 닮으려함으로써 단합된 힘을 발휘한다. 적극적으로 감응하느냐 그렇지 못하느냐에 따라 긍정성과 부정성은 갈린다. 지주들은 애당초 감응이 불가능한 대상들이다. 강균의 역할은 이러한 감응의 관계를 유도하고 조직하는 것이다. 그는 당일꾼으로서 언제든 스스로 모범을 보여야 한다.[28] 그러나 물론 강균은 독자성을 갖는 인물일 수 없다. 그는 감응관계의 매개적 고리일 뿐이다. 감응의 관계는 새 시대와 땅을 준 김일성으로부터 비롯된 것이었다.

뒷날 주체시대에 오면 수령의 은혜에 보답해야 할 것이 강조되면서 품성의 충직함은 매우 중요한 덕목으로 간주된다. 왜냐하면 그것은 충실한 감응의 조건이기 때문이다. 역사의 발전은 수령으로부터 말미암고 수령의 가르침을 좇을 때 가능한 것이었다. 주체시대의 모든 인간관계는 수령을 유일한 정점으로 하는 감응의 관계로 설정되어야 했다. 『땅』은 주체시대와 주체문예의 내부논리를 이미 예고하는 것이었다.

『땅』은 계급적이고 사상적인 통일을 요구하는 국가적 계몽의 캠페인을 배경으로 씌어진 것이었다. 이 계몽은 억압과 수탈의 역사를 일소하는 길이 한 지도자에 의해 마련되고 밝혀졌음을 알리고 그를 따르는 열성적인 개발자가 되기를 가르치는 것이었다. 그러나 동시에 그 길에 대한 비판적 통찰의 여지는 무시되거나 부정되었다. 보은의 논리라든가 감응의 관계를 앞세우는 상황은 모든 문제에 대한 답이 이미 주어져 있음을 말하는 것이기 때문이다. 비판적인 통찰이 제한되고 자율적인 모색과 변화의 가능성이 막힐 때 변화는 더 이상 자신의 것일 수 없다. 이러한 상황은 실제로는 변화에 대해 수동적이기를 강요하는 것이다. 곽바위의 능동성은 부여된 과제를 수행하고 주어진 길을 가는 한에서 발휘된다. 곽바위는 그 길만이 옳은 길이라고 강변하는 형상이다.

『땅』은 북한이 확고한 변화의 길로 들어섰음을 말하고 있었지만 동시에 다른 길을 모색할 수 있는 잠재력이나 가능성을 부정하는 것이었다.

---

28) 최근의 문학사 기술은 강균을 당일꾼의 전형으로 보고 있다. 『조선문학사』(10)(사회과학출판사, 1994), 154쪽.

제 5 장

전후 현실의 인식

이 죄를 저지른 원수를 증오하여 쫓기에
스스로 나의 죽지를 잘라서도 가각(苛刻)하리.[1]

6·25는 분단의 수용을 강요한 민족 안팎의 모순이 겹친 가운데 터져 나온 것이면서 그 모순을 더욱 깊게 하는 계기가 된다. 남한의 경우 전쟁은 반공독재 체제를 강화하고 모든 면에서 미국에 크게 의존하게 되는 결과를 낳는다. 엄청난 파괴의 경험과 이로 인한 깊은 내상이 사회적으로나 문화적으로 왜곡과 강박을 초래한 가운데, 고조된 증오라든가 공포감을 바탕으로 반공 이데올로기는 어떤 반론도 허락치 않는 절대적 지배력을 행사하기에 이른다. 반공 이데올로기가 강요한 것 가운데 하나는 냉전체제의 수용, 즉 세계를 미소가 이끄는 두 진영으로 나누고 우리의 이해를 미국의 그것과 일치시키는 시각이었다. 반공 이데올로기의 지배와 냉전체제의 내면화, 그리고 미국을 통해 세계자본주의 체제로 편입됨에 따라 진행된 물적 토대의 변화는 이 시기 문학의 성격을 규정하는 바탕의 조건이었다.

전쟁의 경험은 일단, 무엇보다 재앙의 경험이었다. 침략을 단죄하는 철저하고 단호한 '멸공'의 의지가 역설되는 상황이었지만 전쟁은 쉽게 설명되지 않고 정당화되지 않는 것이었다. 전쟁을 공산주의로부터 민주주의를 수호하기 위한 인류의 '성전(聖戰)'[2]으로 보는 견해라든가

---

1) 유치환, 「결의」(<보병과 더불어> 중에서), 문예(전시판), 1950. 12., 31쪽.
2) 이무영은 6·25를 "멸공성전(滅共聖戰)"으로 표현하면서 그것은 인류적 투쟁을 우

우리가 '자유진영'을 지키려는 미국의 세계사적 임무에 적극 동참해야
할 것이라는 주장을 그대로 받아들일 수 없었던 경우, 혹은 받아들인
다 하더라도, 전쟁을 보는 일반적인 방식의 하나는 그것을 '민족의 비
극'으로 여기는 것이었다. 이념적 해석이 어떻든 전쟁은 민족이 서로
죽이는 재앙이며 수난이라는 생각이었다.[3] '스스로 죽지를 잘라 가각'
함으로써 새기려는 '원수'에 대한 증오는 단지 증오로 그칠 수 없는
것이었다. 민족상잔의 악착한 운명은 증오에 앞서 인고의 자세를 요
구하고 있었다.[4] 이 운명과 맞서기 위해서는 마치 외디프스가 자신의

리 민족이 솔선 대행(代行)하는 것이라고 말하고 있다. 「전쟁과 문학」, 전선문학,
1953. 5., 4-5쪽.
[3] 이념적 적대감과 증오를 앞세우기보다 민족상잔의 참상에 대한 소조한 감회를 피
력하고 있는 대표적인 종군시 하나를 든다면, 다음과 같다.
　(전략)
　일찍이 한 하늘 아래 목숨 받아
　움직이던 생령들이 이제

　싸늘한 가을바람에 오히려
　간고등어 냄새로 썩고 있는 다부원

　진실로 운명의 말미암음이 없고
　그것을 또한 믿을 수 없다면
　이 가련한 죽음에 무슨 안식이 있느냐

　살아서 다시 보는 다부원은
　죽은 자도 산 자도 다 함께
　안주의 집도 없이 바람만 분다　－조지훈의 「다부원에서」(1950. 11.)

[4] 6 · 25를 '민족의 비극'으로 여기는 것은 흔히 반공의 수사(修辭)일 수도 있었지만
편협한 반공논리로부터 조금이라도 시선을 진작할 때 가질 수 있는 태도였다. 유
치환은 <보병과 더불어>에서 또 다음과 같이 읊고 있다.
　(전략)
　오늘도 황진(黃塵)에 묻히어 군병은 가노니
　길목마다 모퉁이마다
　인간이 인간을 습격하기에
　파충류처럼 마련한 흉흉한 참호

눈을 찔러야 했던 것처럼 깊은 자책과 성찰을 해야 했다. 과연 전후 문학은 어떤 길을 모색했 갔던가?

6·25가 민족의 재앙이 아닐 수 없었다는 점에서 이를 '비극'으로 보는 관점은 전후문학의 일반적 근거이자 출발점이 된다. 모든 것이 파괴되어 가치의 중심을 갖지 못하고 지향할 바를 잃은 상태에서 닥치게 마련인 불안과 공포, 무의미의 위협은 이러한 시각을 불가피하게 하는 것이었다. 이 '비극'은 또 해방직후 이래 많은 사람들을 사로잡았던 이념적 열정과 기대에 대한 강한 의심을 품게 했다. 전쟁 현실은 정치적 계몽이 제시했던 미래의 모습을 비웃는 것이었기 때문이다. 정치적 이상이란 음험한 속임수이거나 어리석은 꿈이고, 폭력과 광기가 그것의 참 모습이라는 생각은 빠르게 확산되었다. 그러나 이 '비극'은 절망을 강요한 만큼 그것을 견디고 이겨 나가야 한다는 사실을 또한 이야기하고 있었다. 그러기 위해서는 이 '비극'에 대한 인식을 깊게 해야 했다. 6·25라는 재앙이 어디로부터 비롯되었으며 그것은 어떻게 극복되어야 할 것인가를 생각하는 것은 이 시기의 본질적 과제가 된다.

문학 논의의 수준에서 6·25와 전후 상황을 이해하고 설명하려는 노력은 대부분 '현대'에 대한 서구 사조의 이해를 바탕으로 이루어졌다. 논자들이 서구사조를 보편적인 것으로 받아들인 데에는 여러 이유가 있지만 이는 6·25가 세계사적 사변으로 간주되었던 사정과도 무관치 않은 듯하다. 냉전론이 왜곡된 것이나마 세계를 보는 시각을 제공한 것이다. 대체로 현대 논의는 반공 이데올로기와 충돌하는 것이 아니었지만, 또 그것은 전후상황에 대한 편협한 반공론의 해석을 벗어나는 방법이기도 했다. 그러나 현대 논의가 무엇보다 사람들의

뜻 있거든 답하라 산악이여 바다여
인간의 이 악착한 몸부림이
끝내 무용한 것이런가 아니런가 -「목노니」의 부분

관심을 끌 수 있었던 중요한 이유는 그것이 현대를 '비극의 세기'로 규정한 데 있었다. 전쟁의 상처가 생생했으므로 현대의 비극성은 감정적으로 쉽게 동의할 수 있는 것이었다. 현대의 대표적인 사상조류로 간주되었던 실존주의는 삶의 '불가항력적인 무의미'에 대한 비극적 감정에 그 기초를 두었다는 점에서 상당한 흡인력을 발휘했다. 황폐한 세계 속에 홀로 던져졌다는 생각, 현실을 통어되지 않는 힘들에 노출된 불확정적인 것으로 보는 태도는 훼손과 상실을 강요한 전쟁의 혹독한 경험과 부합되었다.

현대 논의는 이념적 분단과 금압에 따른 사상사적 흐름의 단절이 초래한 불안정한 공백을 메웠다. 하지만 이런 독후감식 논의나 지적 유행이 전후 현실을 구체적으로 설명해 주었던 것은 아니다. 식민지의 착취경제가 과거 이식(移植) 논의의 물적 기초였듯, 사실 이 새로운 수용 논의는 원조경제를 배경으로 한 것이었고, 이러한 현실의 문제를 호도하는 데 부분적으로 기여했다. 현대 논의는 자본주의의 모순이 심화되면서 불가피하게 나타난 전반적인 소외 현상과 그것이 제기하는 이성과 문명에 대한 위기의식을 전했다. 물론 그것이 전혀 우리의 문제가 아니었다고 말하기는 힘들다. 그러나 우리의 현실은 우리의 현실이었다. 현대 논의는 우리의 관점에서 비판적으로 수용되어야 마땅했다. 그러기 위해서는 현대론의 토대들, 예를 들어 그것의 비합리주의적 측면이라든가 비관주의적 경향을 비판적으로 조명할 필요가 있었다. 김동리를 비롯한 순수론자들의 경우, 그들은 운명의 자의성을 강조하는 비합리주의적 입장을 취함으로써 정치적 허무주의를 조장했는데, 현대 논의 역시 반공 이데올로기가 정치적 무관심 내지 현실에 대한 무자각한 추수를 강요하는 상황을 정면으로 문제삼은 것은 아니었다. 그럼에도 불구하고 '현대'라는 주제는, 비록 회의를 앞세우고 있었지만, 과연 참다운 변화가 가능한가에 대한 의문을 던지고 있었다. 현대 논의의 의의는 그것이 얼마나 우리 현실에 다가서는 길잡이의 역할을 했으며 변화를 위한 모색에 충실했는가에 따라 가름될 것이었다.

1. 전쟁, 제약적 조건

한국전쟁에 대한 대부분의 연구들은 그것이 미소 간의 냉전을 배경으로 한 것이었음을 부정하지 않는다. 전쟁은 발발 이후 그 주체와 성격 면에서 점차 국제적 성격을 띠어 갔다는 지적이다.[5] 6·25가 미소의 대결을 배경으로 한 것이라는 인식은 전쟁 당시에도 이미 일반적이었다. 냉전에 대한 진영론적 해석이 반공 이데올로기를 통해 그대로 수용되었기 때문이다. 즉 세계가 미국을 대표자로 하는 자유진영과 소련을 따르는 공산진영으로 나뉘어 있다고 여기고, 자유진영의 한 부분인 '우리'는 공산진영의 침략을 물리치는 데 일조해야 한다는 생각이었다. 이렇게 볼 때 6·25는 "공산주의에 대한 자유인의 투쟁"[6]이었으므로 비단 민족적 문제만이 아닌, 세계사적이고 인류사적인 의의를 갖는 과제가 된다. 세계사적인 사변으로서 6·25가 갖는 의의를 살려 내기 위해서 한국문인들은 자신의 좁은 주변을 벗어나 한국과 한국인들의 투쟁을 세계적이고 보편적인 차원에서 내려다볼 수 있는 높은 위치에 서야 할 것이라는 점이 요구되기도 했다.

오늘의 한국동란은 금세기 인간체험의 지층을 최저의 밑바닥까지 노출시키고야 말았다. 두 개의 세계가 상투하는 전후(여기서 전쟁은 2차 세계대전을 가리킴-인용자) 6년의 곡절이 쌓인 채 이러한 비극을 가져오고야 말았다. 여기에는 비단 한국 자신의 역사적 인과성이 교차하고 있을 뿐만 아니라 실로 인류사적인 과거와 현재의 공죄(功罪)

---

5) 예를 들어, 한국정치연구회 정치사 분과, 『한국전쟁의 이해』(역사비평사, 1990), 18쪽과 그 밖의 여러 곳.
6) 박기준, 「한국작가의 반성」, 전선문학, 1952. 4., 15쪽.

가 시급한 결단을 재촉하면서 참여하고 있는 것이다. 한국 작가의 역사적 의식이라든가 사회성은 그런 고로 우리의 생활터전을 훨씬 넘어선 인간존재의 지평선에까지 확대되어 간다. 그러한 의미의 세계관이랄까, 인생관은 한국적인 것을 기조로 하면서 그 터전을 훨씬 내려다볼 수 있는 고차원의 위치에서만 형성될 수 있는 것이다.7)

참혹한 파괴와 상잔이 벌어지고 있는 한국이라는 터전을 '훨씬 내려다볼 수 있는' 위치란 과연 어떠한 것일까? 전쟁을 '공산주의에 대한 자유인의 투쟁'으로 보아야 하는 한 아무리 높은 위치에 선다 하더라도 전쟁에 대한 이해는 진영론의 한계 안을 맴돌 수밖에 없었다. 전쟁이 타율적인 해방과 분단에 잇따른 결과임을 지적하는 것은 어려운 일이 아니다. 그러나 이 과정을 다만 공산주의와의 대결이라는 구도에 입각해 볼 때, 전쟁 발발의 배경이 되었던 국내외적 여러 요인들과 그것들의 동력학은 사상되고, 전쟁은 소련에 의해 획책된 공산주의의 일방적인 침략으로 해석되게 마련이었다. "슬라브의 검은 술잔은 미혹의 꿈을 낳고/ 클레믈린의 붉은 입술은 이 땅을 빨아 삼켜"8)라고 소련의 야욕을 매도한 모윤숙의 경우는 그 한 예다. 이는 '미국 침략자'를 물리친 승전보를 제일 먼저 스탈린에게 고하겠다는 오장환의 시귀9)와 마주 놓아 볼 만하다. 작가들 대부분이 전쟁 경험

---

7) 위의 글, 14쪽.
8) 모윤숙의 「기다리던 그날」의 한 구절, 문예 1950. 12., 34쪽.
9) 북한군이 대전 전투에서 미군에게 이긴 뒤 씌어진 오장환의 「우리는 싸워서 이겼습니다―쓰탈린 대원수께 드리는 시」(『시집』, 조선인민군전선문화훈련국, 1950. 8.)는 다음과 같이 시작한다.
  우리는 싸워서 이겼습니다
  미국 침략자의 피묻은 손을
  제 조국 강토에서 몰아내는 싸움에―
  크나큰 이 승리

  솟구치는 이 기쁨
  아 우리는 어디에다 제일 먼저

의 직접적 충격에 압도될 수밖에 없었으리라는 점도 생각해야 하겠지만, 반공 이데올로기와 진영론이 일방적으로 관철되었던 현실이야말로 6·25에 대한 성찰을 어렵게 한 요인이었다. 작가들이 전쟁과 정면으로 대면하기를 회피한 이유는 무엇보다 여기서 찾아야 하지 않을까 싶다.10)

전쟁의 기원과 배경, 의미가 실천적으로 성찰되기 어려운 가운데, 그것은 주관적으로 체험된 것일 뿐이거나 추상적 비극이 된다. 전후에 씌어진 대부분의 소설들은 반공과 애국의식을 고취하는 '계도적'인 것과 세태적인 기록을 제외하고는, 파괴의 충격과 그로 인한 내상의 깊이를 열어 보이려는 것이 아니면, 이 불의의 재앙에 대한 소박하고 무력한 항변 혹은 추상적 사색으로 나타난다. 전쟁 현실에 구체적으로 다가서지 못함으로써 전쟁이라는 소재는 전후의 일반적 관심사가 되는 '불안하고 혼돈스런 현대'라는 주제 안으로 이내 미끌어져 들어간다. 전쟁의 현실을 파내려감으로써 우리의 현대를 사색하기보다 우리의 현실을 추상적 현대로 환원시키는 경향이 두드러졌던 것이다.

현대가 황폐하다고 할 때, 불가피하게 뒤따르는 것은 이러한 상황에서 인간의 자유와 존엄은 어떻게 구현되어야 하는가라는 물음이었다. 휴머니즘은 이 현대에 대응하는 방식으로 간주되었다. 전시하의 문학이 좀더 능동적인 역할을 해야 한다고 요구한 몇몇 평론가들은 전쟁을 그리는 작가들이 '행동적 휴머니즘'에 입각할 것을 처방한 바

이 사실을 고하오리까!

쓰딸린이시여!
우리는 싸워서 이겼습니다
(하략)

10) 조연현은 '감명을 줄 만한 전쟁문학이 하나도 나오지 않은' 데 대해 문단을 향한 일반의 요망과 비난이 있음을 말하며, 그러나 외부적 경험을 내적 경험으로 형성시키는 데에는 상당한 시일이 필요하다는 점을 들어 이러한 비난을 성급한 것으로 간주했다.(「한국전쟁과 한국문학」, 전선문학, 1953. 5.) 물론 그는 반공 이데올로기나 진영론의 제약을 언급하지 않았다.

있다.11) 작가들은 시야를 자신의 주변으로부터 확대시켜야 하며 소극적 넓두리나 세태 기록에 그쳐서는 안 된다고 하면서, 그들은 행동적 휴머니즘이 전쟁 현실을 보다 넓고 깊게 보게 할 것이라고 주장했다. 그러나 행동적 휴머니즘 자체가 전쟁 현실의 통찰을 보장하는 것은 아니었다. 더구나 반공과 '애국사상'의 고취를 전제한 행동적 휴머니즘은 전쟁 현실을 오히려 크게 왜곡할 수 있는 것이었다. 굳은 전우애와 동포애, 적에 대한 끓는 적개심을 갖는 '늠름한 용자(勇者)'—긍정적 주인공을 그리라는 김팔봉의 요구12)는 행동적 휴머니즘의 주문이 어떻게 왜곡될 수 있는가를 보여 주는 예다.

2. '현대' 논의의 성격과 방향

'현대' 논의는 서구의 전후사조, 주로 모더니즘과 실존주의를 소개하는 방식으로 전개되었다. 모더니즘과 실존주의가 놀라운 파괴를 경험한 전후(1차 세계대전과 2차 대전) 서구의 정신상황을 반영하는 것이었다는 점은 그에 공감할 수 있었던 특별한 이유가 아닐 수 없었다.13) '불안과 상실의 세기'인 현대에 대한 동시대적 감각은 일반화된다. 이미 진영론적 시각은 6·25를 세계사적 사건으로 보게 했거니와, 그것이 '세계적 보편성'에 대한 의식을 널리 갖게 한 발단적 이유의

---

11) 곽종원, 「문학정신의 확립」, 자유세계, 1952. 1., 166쪽.
　　 박기준, 앞의 글.
12) 김팔봉, 「전쟁문학의 방향」, 전선문학, 1953. 2., 63쪽.
13) 모더니즘과 실존주의의 소개는 두루 아다시피 전후에 시작된 것은 아니다. 예를 들어 모더니즘의 소개는 1930년대 최재서와 김기림 등에 의해 이루어졌다. 특히 최재서는 파시즘이 득세하던 상황에서 고조되었던 서구의 현대적 위기의식을 전했던 바, 이는 위협적으로 팽창되어 가던 일본제국주의의 속박 아래 있던 우리에게도 시사하는 바 없지 않았던 것이다. 전후의 모더니즘 소개는 이러한 앞선 예에 비추어 볼 필요가 있다. 실존주의에 대해서 이미 1930년대에 하이데거가 소개되었고 해방직후부터 단편적인 논의가 이어졌다.

하나였음은 분명하다. 대동아 공영의 이상을 부르짖던 일본제국주의의 지배하에서 서구는 '초극'해야 할 대상이었다. 하지만 남한이 미국을 중심으로 한 세계자본주의 체제 속으로 재편되면서 서구와 서구적 현대는 다시 우리 현실을 보는 잣대가 된 것이다.

해방기의 민족문학 논의에서 서로 대립된 입장 사이에는 큰 차이가 있었지만 어떻게든 서구적인 근·현대의 경험을 배격하는 주체적인 입장을 앞세운 점은 그들의 공통점이었다. 때문에 전통을 계승하고 되살리는 것은 그 구체적인 내용과 무관하게 서로의 중요한 과제로 간주되었다. 그러나 분단의 고착은 해방기의 흐름을 날카롭게 끊어 놓았다. 서구 전후사조의 소개라는 방식을 취한 현대 논의는 그 공백에 들어선 것이었다. 서구사조의 소개는 새롭게 등장하는 이른바 신세대 비평가들에 의해 수행되었다. 그들이 입 모아 외친 것은 우리의 문화적 토양이 척박하다는 점이었다. 우리의 전통은 보잘 것 없는 것으로 여겨졌다. 그러나 그들은 자신들과 자신들의 견해가 문학사적 단절의 소산임을 분명히 깨닫고 있지는 못했다.

서구사조의 소개는 기왕의 이식 논의를 연상케 하는 점이 없지 않았다.14) 소개자들은 서구사조를 중심적이고 보편적인 것으로 간주했다. 소개가 전체적인 전략이나 구도를 갖고 이루어진 것도 아니어서 대체로 그 양상은 개별적이고 산만하게 나타났다. 그러나 모더니즘과 실존주의를 통해 환기된 현대에 대한 문제의식이라든가 위기감은 전쟁을 빚은 역사의 억압성을 의식할 수 있게 했다. 특히 실존주의 소개 논의는 휴머니즘을 거론하는 데로 귀착되었는데, 바른 현실인식과 접합되지 않은 휴머니즘 주장은 막연한 윤리론의 수준을 맴돌 수밖에 없는 것이었지만, 또 한편 그것은 문학적 실천의 길을 열고 이를 수

---

14) 그 증거로 들 수 있는 것의 하나는 소개자가 주체적인 입장을 견지하지 못하고 단순히 전신자의 역할을 하는데 그치거나, 오히려 소개되는 대상이 발화의 권위적 주체가 되는 현상이었다. 말하자면 '사르트르의 사상은 이렇게 이해될 수 있다'라는 식으로 소개자가 발화의 주체가 되기보다 '사르트르는 이렇게 말했다'는 식의 소개 대상 자체가 발화의 주체가 되는 어법이 우세하게 쓰이는 경우다.

행할 주체를 확립하는 일이 절실함을 일깨울 수 있었다. 휴머니즘을 과연 어떻게 실천할 것인가에 답하는 것은 문단 신세대의 과제였다.

몇몇 논자들은 이런 입장에서 다시금 민족문학의 건설을 주장했다. 휴머니즘 주장을 우리의 구체적 현실에 접맥하는 것은 민족문학 논의의 중요한 동기이자 근거일 수 있었다. 휴머니즘이 전후의 중심 화두로 떠올랐다는 데서 확인되는 것은 우리의 근대를 움직여 온 계몽 논리의 존재다. 휴머니즘으로 나타난 계몽의 입장은 점차 순수론의 미망을 타개해야 할 상대로 놓기에 이른다. '반 순수'를 표방한 입장들 사이에는 편차가 없지 않았으나, 1960년대에 이르러 순수와 참여의 대립은 날카로운 쟁점을 이룬다.

서구 전후사조의 소개와 수용은 어느 정도의 단계적인 차이를 보인다. 실존주의 문학론의 소개에서 사르트르의 글들을 그저 옮기는 수준에 그친 양병식이나 손우성 등과, 일정한 자기 견해를 앞세우며 비판적으로 정리된 소개를 하려 한 김붕구 등의 입장은 구별되어야 할 것이었다. 또 다른 신세대 소개자들, 이어령과 유종호, 정명환과 송욱 등도 단순한 전신자로 그친 것은 아니다.

모더니즘과 실존주의가 현대라는 공통 분모를 갖는다고 할 때 그 현대란 어떤 것이었던가. 소개자들에 의하면 현대는 기왕의 합리적 이성이나 그에 의한 체계에 반발하는 것이었다. 현대의 눈으로 볼 때 합리적 이성에 의한 세계 설정은 작위적이거나 가공적이고 혹은 추상적이어서 현대를 설명할 수 없다는 것이다. 합리적 이성은 폭력일 수도 있었다. 그들은 막시즘을 배격해야 하는 이유를 여기서 찾았다. 막시즘은 '반세기적(反世紀)인', 억압적이고 기만적인 합리주의로 간단히 매도되었다.

세계 인식의 보편적 근거를 부정한다든가 사회적 불확정성을 강조하는 입장, 더불어 존재의 목적론을 철저하게 배제하려는 태도 등은 이른바 현대적 사상 조류의 바탕을 이룬다. 이와 더불어 불안과 무의미의 감각은 정서적 저층에 확산되었다. 보편적 이성이 부정되면서 주관적 개별화는 불가피한 것으로 받아들여진다. 개인은 자율적인 존재였다. 개인의 자율성은 사회적 관계라든가 역사적 힘들에 선행하는 것이 된다. 이런 주장은 개인의 자기 신뢰를 북돋는 것이었지만, 전체로부터 분리된 개인은 서로 간의 소통이 절연된 독립적 단자(單子)가 되지 않으면 스스로 전체가 되어야 했다. 전반적인 내면화의 경향이 두드러지고 정신적인 비약이나 직관에 의한 파악이 강조되었던 것도 이상과 같은 흐름 안에 놓고 보아야 할 현상이었다.

인간존재가 우연히 '던져진' 것이어서 세계와 근본적으로 무연(無緣)하고 어떤 이성적 전제도 가질 수 없는 것이 인간의 본디 상황이라면, 이 상황은 혼돈이 아닐 수 없다. 실존주의에 의하면 이런 점에서 인간은 '완전히' 자유로운 존재라는 것이다. 인간은 스스로 자신의 길을 선택해야 했다. 그 주체는 개인의 의식이었다. 철학적으로 생의 철학이나 현상학에 뿌리를 두고 있었던 실존주의가 말하는 의식은 초월적이며 지향적인 성격을 갖는다. 그것은 자신을 규정하며 또 끊임없이 이를 넘어섬으로써 스스로 새롭게 형성해 가야 할 것이었다. 이러한 구도 안에서 주체적인 선택에 따른 책임 문제가 역설될 수 있었고 실존주의는 휴머니즘이라는 주장이 나올 수 있었다. 그러나 인간이 서로 절연된 낱낱의 개별자일 수밖에 없는 이상, 그들은 어떤 통합적 중심과도 연계되어 있지 않다. 따라서 각자의 선택은 독자적인 것이고 그 결과 역시 개별자인 자신에게로 되돌아 가는 것이었다.15) 보편적 기반이나 근거가 부정된 가운데 낱낱 주체들의 노력은 결국 자기 존재 자체를 확장하는 데 그칠 것이었다. 이러한 개별적 자기 확장이 실존주의의 이론 윤곽 안에서 주체가 가게 되는 불가피한 방향이었다면, 실천이 강조되는 경우에도 그 주체가 사회적이고 역사적인 의미 관계로 진입하는 것은 어려워진다. 자신의 결단에 의해 현실

---

15) 조가경, 『실존철학』(박영사, 1991)의 360쪽, "향내적(向內的) 주체성과 그 진리의 한계" 참조.

에 '참여'할 때에도 다른 주체들 및 현실과의 존재론적 관계가 세워지지 않는 한 그는 개별자일 수밖에 없다.

스스로 자기를 규정하고 끊임없는 변화와 탈피를 거듭해 가야 한다는 입장에도 불구하고 주체의 개별화를 방지할 수 없다는 점은 실존주의의 문제만은 아니었다. 개별화된 주관성의 확장이 정신적으로, 혹은 사회적으로 어떻게 '종합'될 수 있는가는 실로 모더니즘 전반의 핵심적 문제였다.16) 문학예술이 그저 분산된 '존재'로서가 아니라 사회적으로 실천적인 것이 되기 위해서는 기본적으로 그것들 간의 소통의 공간이 전제되어야 했기 때문이다. 그러나 모더니즘을 다루었건 실존주의 문학론을 대상으로 했건 전후의 소개글에서 이 문제에 대해 진지하게 비판적으로 접근한 경우는 드물다.17) 현실적 실천에 관심을 쏟는 현실주의 문학론의 흐름이 단절되었던 가운데 부각된 개별화된 주체의 자유—'고아(孤兒)'의 자유는 다만 모색의 역동성을 강조하는 것이었다. 불안에 떨면서도 '다양한 모험과 실험의 코스'를 가야 하는 것은 고아의 운명이자 의무라는 것이다.

20세기는 과학에 대한 비합리의 승리요, 육체의 언덕을 넘어 영의 부활로써 먼저 막이 열렸었고, 다양한 모험과 실험의 코스에는 젊은 고민의 선수들이 준비금 없는 불환(不換)지폐만 불안스레 날리며, 의지가지 없는 천애의 고아인 제 자신들을 발견하고 있었다. 19세기적 COSMOS의 폐허에서 무너진 외부(현실)의 파편과 해체된 내부(정신)의 동강동강을 희미한 조명등으로 히스테리컬하게 비추어 보곤 중얼거려 보는 세기의 고아들!18)

---

16) Albrecht Wellmer, (이주동, 안성찬 역) 『모더니즘과 포스트모더니즘의 변증법』 (녹진, 1990), 59쪽.
17) 김붕구는 전후 시기에서 이 문제를 비판적으로 의식하고 거론한 유일한 논자였다. 그 대표적인 글은 「휴머니즘의 재건」(자유문학, 1958. 2.)이다.
18) 조향, 「20세기 문예사조」, 사상, 1952. 9., 86-87쪽.

개별화된 주체의 자유와 그가 감당해야 하는 불안을 지적하는 한편, 끊임없는 추구를 역설하는 것은 모더니즘과 실존주의를 소개 및 수용하는 데서 일반적으로 발견되는 공통점이었다. 합리주의의 '죽음'이 현대의 필연적인 흐름으로 단정된 이상, 개별 주체들은 귀착점 없는 다양한 모험에 뛰어들거나 새로운 실험을 시도할 수밖에 없다는 것이다. 전쟁의 폐허와 전통의 부정은 이런 선택을 불가피한 듯 여기게 한 원인이었다.

김동리는 모더니즘의 수용이 "한국의 문학전통과 생리를 무시한 공리공론"[19]으로 흐르고 있음을 비판했다. 모더니즘의 '신봉자'들은 과거 계급문학론이 그러했던 것처럼 '개념과 생명의 괴리'를 빚고 있다는 진단이었다. 그는 한결같이 외쳐 온 삶의 궁극적 문제를 그려야 한다는 입장에서 모더니즘에의 경사를 새로운 것에 대한 일시적 호기심의 발로나 "행상인(行商人)의 구호"쯤으로 치부한 것이다.

한편 조연현은 '순수'의 지향과 이를 대변했다는 '문협파'의 활동에 문학사적 정통성을 부여하려고 노력했다. 해방직후, 문단을 적화시키려던 '붉은 괴뢰'들의 책동에 맞서 문학을 옹호하고 민족문학 수립의 길을 닦은 것도 자신들이었으며 전쟁의 혼란을 추스리는 역할을 했던 것도 자신들이었다는 주장이었다.[20] 전후시기에서 일변 두드러지게 나타났던 것은 문학사적 회고와 정리인데, 조연현은 '순수'를 1930년대 이래 우리 문학사를 관류하는 가장 우세하고 타당한 흐름으로 기술한다. 특히 그 가운데서도 김동리를 위시한 서정주, 조지훈 등이야말로 '순수'의 흐름을 참답게 계승하고 발전시킨 존재들이었다.[21]

김동리와 조연현은 자신들의 '문협파'와 그 활동에 정통성을 부여함

---

19) 김동리, 「민족문학의 이상과 현실」, 문화춘추, 1954. 2. 73쪽.
20) 조연현, 「한국 해방문단 10년사」, 문학과 예술, 1954. 6. 146쪽.
21) 1955년 6월부터 현대문학에 연재되는 조연현의 「한국현대문학사」를 볼 것. 그의 글은 문학사 기술이 사적 권위와 정통성을 확보하는 방법일 수 있었음을 보여 준다.

으로써 모더니즘 '신봉자'와의 구별을 분명히 한 것이다. 이 대립의 속내에 있는 핵심은 무엇이었던가? 사실 실존주의 문학론의 광범한 배경이랄 수 있는 비합리주의는 '순수'론의 사상적 입지이기도 했다. 특히 조연현의 '생리'론은 쉐스토프에 근거를 둔 것으로, 그는 일찍이 실존주의에 관심을 보였다. 하지만 '외화주의(外化主義)'에 대한 반대는 그들이 줄곧 견지하려 했던 바다. 문학은 '자신으로부터 배태되어야 할' 것이었다. 예컨대 박인환이 보여준 이국 취향의 멋부림이나 '국적(國籍)을 갈아 버린다'는 뜻의 '데뻬이즈망의 시학'[22]을 외친 조향의 주장은 김동리 등이 볼 때 결코 용납할 수 없는 것이었다. 김동리에게 모더니즘의 '신봉자'들은 주체적이지 않고, 그런 점에서는 계급문학 추종자들과 다르지 않았다. 그는 '소문을 좇는' 모더니즘 문학이 피상적이고 일시적인 현상으로 그칠 것임을 점쳤다.

그러나 순수파와 '외화주의적' 모더니스트들의 대립은 단지 주체성 여부의 문제와 관련하여서만 설명될 수 있는 것이 아니다. 이 대립의 더 깊은 원인은 현실에 대한 태도의 차이에 있었다. 문학이란 삶의 본질에 가 부딪혀야 한다는 김동리의 '구경론'이나, 문학은 '생리적 진실'을 말해야 한다는 조연현의 주장은 '궁극적이고 근원적인' 문제를 향한 것이었다. 따라서 삶을 역사적 현실 위에 놓고 보는 여러 입장들뿐 아니라 이를 변화시키려는 통찰과 실천의 노력을 거부하는 것이었다. 그들에 의하면 시공을 초월한 보편적이며 필연적인 '그 무엇'에 접근할수록 문학의 진정성과 높이는 보장되는 것이었다. 김동리는 전쟁전 서정주의 시집 『귀촉도』(1948)의 발사(跋辭)에서 서정주의 리리시즘이 『화사집』(1941)의 '심연'으로부터 벗어나 이제 "3월의 하늘가에 숨쉬는 꽃봉오리를 바라보게끔 되었다"[23]는 긍정적 평가를 했다. 말

---

22) 데뻬이즈망은 언어를 그것의 문맥으로부터 빼내는 방법이다. 조향의 몽타주 기법의 시들은 외국어를 즐겨 썼는데 그의 이론에 의하면 그 외국어들은 의미의 전위 (轉位)를 통해 새로운 오브제로 사용된 것이다. 이에 대한 자세한 설명은, 이경훈, 「모더놀로지의 시인 조향」, 한국문학연구회 편, 『1950년대 남북한 시인 연구』(국학자료원, 1997), 312-314쪽을 참조.

하자면 『귀촉도』가 '그 무엇'에 대한 관조의 높이에 이르렀다는 것이다.

그러나 『화사집』이 '형이상학적 전율'을 통해 일정한 리얼리즘적 성취를 이룬 반면, 『귀촉도』가 "일원적 감정주의로의 후퇴"[24]를 알리는 것이었다면 김동리는 서정주의 시가 정태적 서정성에 함몰되고 만 것을 높은 경지에 올랐다고 말한 것이다. 김동리는 문학이 역사적 현실을 밀쳐 놓을 때 추상화되거나 관념화되기 마련이라는 점에 대한 생각이 없었다. 대신 그는 역사적 현실에 집착하는 문학은 일시적인 효용을 갖는 도구가 되기 십상이라는 주장을 거듭했다. 현실에 대한 비판적 관심을 스스로 배제한 그의 태도는 현실에 대해 근본적으로 추수적이었던 그의 태도와 다르지 않은 것이다. 김동리 등의 문협파와 모더니즘 '신봉자'들을 가르는 차이는, 김동리 등에게 현실의 변화는 근본적으로 무의미한 것이었지만 모더니스트들에게 현실은 빠르게 변화하고 있고 변해야 할 것이었다는 데 있었다. 변화에 대한 민감성이야말로 모더니스트의 조건이었던 것이다.

『귀촉도』로 표상되었던 문협파의 정신과 대별되었던 것은 모더니즘의 역동성이었다. 시집 『새로운 도시와 시민들의 합창』(1949) 이래 전쟁 기간에 결성되었던 「후반기」 동인들의 활동, 그리고 시집 『현대의 온도』(1957)에 닿는 모더니즘의 흐름은 피상적이고 작위적인 형식주의에 빠진 면이 없지 않았지만 그것이 모두 외래사조를 흉내내려 한 것은 아니었다. 모더니즘의 흐름을 꿰는 것의 하나는 역동적인 부정

---

23) 『귀촉도』(선문사, 1948), 66쪽.
24) 김우창, 「한국시와 형이상」, 『궁핍한 시대의 시인』(민음사, 1977), 66쪽.
   김우창에 의하면 『귀촉도』는 서정주가 "강렬한 관능과 대담한 리얼리즘"을 특징으로 했던 『화사집』의 '분열'을 쉽게 벗어나 "동양의 일원적 평화"에로 귀의했음을 알리는 이정표다. 현실과의 역동적 긴장을 잃음으로써 그의 시는 '추상적'인 것이 되고 만다는 것이다. 김우창은 서정주가 '한국시의 실패'를 가장 전형적으로 보여 준다고 단언했는데, 이는 문협파의 서정주의가 대부분 정태적인 궤로 귀착되고 만 사실을 지적한 것이라고 말할 수 있다.

의 정신이었다. 모더니스트들은 흔히 기왕의 문학적 관습을 배격하고
새로운 방법을 모색하려는 전위적이고 실험적인 입장에 섰거니와, 그
들이 구사한 대담하고 충격적인 언어는 전후의 불안하고 억압적인 상
황에 대한 기호적 저항25)으로서의 의미를 갖는다. 모더니즘의 의의를
나름대로 규명하려 했던 이봉래가 '준열한 자기변혁의 의욕'26)을 강조
하며 낡은 현실을 거부하고 새로운 질서를 세우기 위한 적극적인 실
천의 자세를 요구한 것은 이러한 문맥에서 읽어야 할 것이다.

그러나 새로운 질서를 세우는 것이 모더니즘의 목표였다면 이를 위
해서는 무엇보다 현실에 대한 깊은 통찰이 앞서야 했다. 낡은 현실의
문제가 무엇이며 그것이 무엇을 필요로 하는가를 꿰뚫어 보지 않고는
새 질서를 이야기할 수 없었기 때문이다. 나아가 새 질서의 수립이나
현실의 통찰이란 사회적이고 역사적인 주체를 수립해야 한다는 것과
다른 과제가 아니었다. 그런데 주체의 개별화를 방지할 수 없었다는
점은 모더니즘 전반의 문제였다. 실제로 전후의 모더니즘 논의 역시
종합적 거점이나 전망을 갖지 못했고, 따라서 분절적이고 산만한 양
상을 노정했다. 게다가 모더니즘이 흔히 기법이나 취향의 수준에서
이해되었다는 점은 역시 한계였다. 이미 식민지 시대의 경우에서 보
았듯이 피상적인 기법이나 막연한 취향으로서의 모더니즘이 역사적
감각의 선진성을 획득하기는 쉽지 않은 일이다. 박인환이 읊조린 감
상과 허무의 정조, '저급한 리얼리즘'이나 순수의 정태성을 물리치려
는 노력이 현대와 도시에 대한 단편적인 인상들을 제시하는 데 그친
김경린의 경우는 모더니즘이 그 역동적 긴장을 잃은 결과로 보아야
할 것이다.27)

---

25) 한계전, 「전후시의 모더니즘적 특성과 그 가능성」, 『한국전후문학의 형성과 전개』
   (태학사, 1993), 105-106쪽 참조.
26) 이봉래, 「한국의 모더니즘」(하), 현대문학 1956. 5., 218쪽.
27) 예를 들어 김경린의 「태양이 직각으로 떠러지는 서울」은 회화적 시각화와 애상적
   정조의 결합이라는 점에서 식민지 시대 모더니스트, 김광균의 경우를 연상케 한
   다. '푸른 <푸라타나스>'와 '군용 트럭'을 겹쳐 놓음으로써 전후의 서울을 그리며

주체의 수립을 위한 발걸음은 결국 자신에 대한 각성에서 시작되지 않을 수 없는 것이었다. 이런 점에서 김수영의 소시민적인, 그러나 진지하고 양심적인 자기반성은 그를 다른 모더니스트들과 구별하는 점이 않았나 생각된다. 자신을 끊임없이 돌이켜 보고 자신을 바꾸어 가야 한다고 생각함으로써, 나아가 그것을 자신의 운명이자 사명으로

시작된 이 시는, 그러나 시적 화자가 자신의 권태건 <로지크>에 대해서건 모색의 진지함을 보여 주지 못한 결과, 맥빠진 회화시로 그친다.

태양이
직각으로 떨어지는
서울의 거리는
<푸라타나스>가 하도 프르러서
나의 심장마저 염색될까 두려운데

외로운
나의 투영(投影)을 깔고
질주하는 군용트럭은
과연 나에게 무엇을 가져 왔나.

대학교수와의
대담마저가
몹시도 권태로워지는 오후이면
하나의 <로지크>는
바람처럼
나의 피부를 스치고 지나간다.

포도 위에
부서지는 얼굴의 파편들의
슬픈 마음을 알아줄 리가 없어

손수건처럼
표백된 사고를 날리며
황혼이
전신주처럼 부풀어 오르는

가각(街角)을 돌아
<푸라타나스>처럼
푸름을 마시어 본다. -「태양이 직각으로 떠러지는 서울」(1957)

여김으로써,28) 그는 삶의 진실을 향한 매진의 열성을 이야기한다.

> 폭포는 곧은 절벽을 무서운 기색도 없이 떨어진다
> 규정할 수 없는 물결이
> 무엇을 향하여 떨어진다는 의미도 없이
> 계절과 주야를 가리지 않고
> 고매한 정신처럼 쉴사이없이 떨어진다29)

'곧은 절벽(絶壁)을 무서운 기색도 없이 떨어지는' 폭포의 힘찬 형상이 살려 내는 것은 변화의 역동적인 속도감이며, 그에 대한 의식적 각성을 잠깐도 늦추지 않으려는 팽팽한 긴장감이다. 그는 머물지 않으려는 모색과 추구의 성실성을 보였다. 새로운 질서가 어떤 것이어야 할지, 그를 위한 실천이 어떻게 시작되어야 할지는 아직 모호했다. 그러나 그는 부단히 앞을 향해 움직여 나가야 한다는 점을 일깨웠다. 김수영이 구현한 정신적 자세의 진지함은 현실에 대한 비판적 통찰의 거점, 혹은 균형감각을 마련하는 것이었다. 그는 주체의 수립을 위한 발걸음을 떼어 놓은 것이다.

3. 주체와 모랄, 그리고 휴머니즘의 문제

실존주의의 수용논의에서 핵심 주제가 되었던 것은 휴머니즘을 어떻게 이해하고 구현할 것인가였다. 휴머니즘은 '현대'에 대응하기 위한 마땅하고 불가피한 태도로 간주되었다. 그러나 휴머니즘을 사회적 차원에서 보려 할 때 생각해야 했던 것은 개별 주체들을 어떻게 묶느냐 하는 문제였다. 휴머니즘이란 개별적인 존재를 함양하는 데 그치

---

28) "영원히 나 자신을 고쳐가야 할 운명과 사명에 놓여 있는 이 밤에/ 나는 한사코 방심(放心)조차 하여서는 아니될 터인데" -「달나라의 장난」(1953)의 부분.
29) 김수영, 「폭포」(1957)의 부분.

는 것이 아니라 그들의 연대를 통해 인간의 이상을 구현하는 데로 나아가야 하기 때문이다. 이 문제는 논쟁적 중심이 된다.

실존주의와 실존주의 문학론을 소개한 논의에서 양병식과 손우성 등은 주로 사르트르를 평판적으로 소개했던 반면, 김붕구의 관심을 끌었던 것은 말로와 까뮈였다. 그 가운데서도 특별히 그가 말로를 부각시켰던 이유는 말로가 '행동가'라는 데 있었다. 월남의 독립운동에 참가했고 지하 항독운동을 벌여 온 그의 생애가 한시도 혁명이라는 시대적 격랑을 벗어나지 않았다는 점을 김붕구는 강조한다. 그런 만큼 말로의 문학은 국외적 관찰자의 문학이 아니라 "행동에서 흘린 피를 증언하는" 체험의 문학이 된다. 그가 참여하고 그려 낸 혁명들은 그대로 현대의 역사적 사건들이었고 절박한 현대적 상황을 징표하는 것이었다는 점에서, 말로는 "현대 역사의 증인"이자 현대가 강요한 극한적인 "인간조건의 증인"이기도 했다. 나아가 인간의 진정한 속 모습은 수동적이고 소외된 인간이 아니라 행동하는 인간을 통해 조명되어야 할 것이기에 말로는 또 "인간 내면의 탐험가"였다는 것이다.[30]

앙드레 지드가 위선적인 부르주아 도덕을 공격했다면, 말로는 갖은 억압과 위협 속에서 인간이 인간으로서의 '긍지'를 지키는 모습을 보여 주었다고 김붕구는 지적한다. 인간은 본디 '고절(孤絶)한' 존재이나 자신의 상황 안에서 '강철같은 의지'를 발휘하고 '초인적인 행동'을 함으로써, 스스로의 품격을 높이고 위의(威儀)를 발휘할 수 있다는 것이 말로가 웅변한 바라는 것이다. 이렇듯 인간의, 인간으로서의 길을 추구하는 데 말로의 휴머니즘이 있었다. 김붕구는 말로의 문학이 인간의 길을 가리키는 나침판의 의미를 갖는다고까지 단언한다.

그렇다면 말로의 인간이 투쟁했던, 인간을 억압하고 위협하는 현대의 상황이란 구체적으로 어떤 것인가. 김붕구에게 현대의 억압성과

---

30) 김붕구, 「증인문학론」, 사상계, 1955. 12., 116-117쪽.

폭력성은 "정치적 신화"로부터 비롯된 것이었다. 전체주의로서의 공산주의와 파시즘, 권력과 유착된 대중매체는 "집단적인 환상"을 만들어내고 있다는 진단이었다. 미래를 약속하면서 지배를 정당화하고 그의 헌신을 강요하는 것이 그들의 방식이었다. 휴머니즘의 길은 명석함과 용기, 의지를 가지고 이를 깨나가는 것이 되어야 했다. 김붕구는 휴머니즘의 길이 바로 혁명의 길임을 말한다. 혁명이란 억압과 폭력을 끊임없이 거부하려는 휴머니즘의 추구여야 했다. 이러한 휴머니즘을 향한 길에 이기적인 감정이나 집단적 이해타산이 끼어들어서는 안 되었다. 진정한 혁명적 동력은 무사(無私)한 열정이 모여 이루어지는 것이었기 때문이다.31) 그가 바라는 휴머니즘은 매우 순수하고 그만큼 추상적인 것이었다.

휴머니즘의 길이 혁명의 길이라고 한 김붕구지만 그에게 휴머니즘과 혁명이 어떤 합리적 근거를 갖는 것은 아니었다. 오히려 이성적 합리성이란 경계해야 했다. 그 이유로 그는 현대의 '정치적인 신화'가 이성의 옷을 입고 나타나기도 하며, 혹은 이성의 맹점을 이용한다는 점을 지적했다. 말하자면 그것은 계몽의 형태를 취하는, 사이비 계몽이었던 것이다. 김붕구가 볼 때 합리성으로 돌아가는 것은 정치적 신화의 억압과 폭력에 맞서는 방법이 못 되었다. 대신 그는 말로와 까뮈에서 그 답을 찾는다. 말로와 까뮈는 이성의 기만을 의식하고 돌파하려는 '각성된 문학정신'을 보여 주었는 바, 이는 '정치적 신화'에 맞설 휴머니즘의 구체화된 모습이 아닐 수 없다는 것이다. 김붕구가 말로와 까뮈를 사르트르 앞에 놓았던 것도 사르트르의 이론은 현란하지만 문학정신의 진정성과 깊이를 갖지 못한다고 평가했기 때문이었다. 말로의 문학이 '처참하고 웅장한 서사시'일 수 있었던 이유, 철저하게 허무를 깨달은 까뮈가 그러나 결코 거기에 빠지지 않은 이유도 결국 이 문학정신의 깊이를 말하는 것이었다.

---

31) 김붕구, 「현대의 신화」, 사상계, 1957. 8., 127-128쪽.

김붕구가 '발견'한 말로와 까뮈의 정신은 현대에 대한 비극적 각성의 소산이다. 말로나 까뮈는, 김붕구에 의하면, 현대의 관료적인 대중 사회에서 조장되고 허용되어 온 야만적 '신화'를 날카롭게 비판한 것이다. 계몽의 신화화를 문제시하고 그에의 대응을 역설한 김붕구의 소개 논의는 현대론의 한 정점을 이룬다.

말로와 까뮈는 계몽의 기획이 전도되고 만 현대의 영웅들이었다. 그렇다면 김붕구에게 던질 수밖에 없는 다음 물음은 어떻게 이 영웅들이 보여준 각성된 정신으로부터 휴머니즘의 사회적인 실천을 이끌어 낼 수 있을까였다. 실존주의는 개개인이 주체적인 선택을 해야 한다는 점을 강조했다. 휴머니즘 역시 개개인의 각성된 의식을 통해 추구될 수밖에 없는 것이었다. 그러나 휴머니즘의 지향이 하나의 운동으로 전개되기 위해서는 이를 위한 구심점, 혹은 그 지향의 보편적 근거가 필요했다. 주체적인 선택을 강조할수록 개인들의 개별화가 불가피하다면, 휴머니즘의 지향도 분산적인 것이 될 수밖에 없다. 김붕구도 이 문제를 문제로 느끼고 있었다.

현실이 이처럼 개개의 '눈뜬 의식' 앞에 현전하는 세계라면 그것은 '의식'의 주체성을 강조할수록 분열과 고립에의 방향이지 결코 통일과 융합의 방향이 아님은 물론입니다. 그러면 이 분열과 고립 생의 무의미에서 어떻게 휴머니즘 재건의 길이 열릴 것인가? 역사상에 그리고 현재도 수많은 방향과 가치를 내걸그 저마다 휴머니즘의 깃발을 내세웠지만 휴머니즘의 기반은 최소한 인간이 서로 어떤 점에서 공통의 거점 위에 서고 있다는 인간의 어떤 본성을 인정하는 데서 성립할 수 있을 터입니다.[32]

이 문제에 대한 김붕구의 답은 말로와 까뮈가 추구한, 인간적인 '위의'를 드높인다든가 '반항의 정신'을 견지하는 것이야말로 인간 의식

---

32) 김붕구, 「휴머니즘의 재건」, 자유문학, 1958. 2., 21쪽.

이 지향하는 바이거나 지향 활동 자체의 속성일 수 있다는 것이다. 요컨대 그것들은 인간을 묶어 주고 고양시키는 가치를 내포한다는 설명이었다. 실로 '인간이 무엇을 위해서 목숨을 바칠 수 있다는 것은 개인을 초월하는 가치가 있다는 증거가 아니겠느냐'고 그는 반문한다. 급기야 김붕구는 '무엇으로도 침범할 수 없는 인간의 본연'33)을 전제하지 않을 수 없다고 말한다. 개인을 초월하는 인간정신의 보편적인 기반이 존재한다는 추론이었다. 억압과 질곡에 맞서 인간으로서의 위의를 지키는 것이 '유구한' 문학적 주제임을 그는 상기시켰는데, 이역시 '인간의 본연'을 전제하도록 하는 증거였다.

김붕구는 인간정신의 보편성이 의식 작용의 필연성으로 드러난다고 주장한 것이다. 사르트르 역시 비슷한 주장을 한 적이 있다. 맑스주의자들과의 논쟁에서 사르트르는 유물론이 오히려 형이상학을 이용해 실증주의를 파괴했고, 합리주의를 표방하면서 역시 이를 파괴함으로써 은밀히 관념론으로 회귀했다고 비판했다.34) '필연성'은 물질의 운동에서가 아니라 오히려 의식 속에서 찾아야 할 것이었다. 김붕구의 답은 이와 다르지 않은 맥락에서 나온 것으로 보인다. 즉 필연성은 합리적인 근거를 갖는 것이 아니었다. 의식의 지향성을 강조하는 실존주의의 이론 구도 안에서 개인을 초월하는 가치와 '인간 본연'의 존재를 전제하기 위해서는 결국 의식의 지향이 필연성을 갖는다는 주장을 하지 않을 수 없었던 것이다. 그러나 의식의 필연성에 대한 주장이 그대로 개별화된 주체들을 묶는 실천적 각성의 길을 열어 주는 것은 아니다. 의식의 필연성을 주장하든 않든, 종합의 거점은 먼저 주체들이 공동으로 처한 특별한 상황과 그에 대한 경험을 근거로 찾아야 했기 때문이다. 김붕구는 주체의 문제를 보편적인 인간 의식의 차원에서만 접근했다. 하지만 종합의 근거를 구체화하기 위해서는 우리

---

33) 위의 글, 27쪽.
34) 장 폴 사르트르, 「유물론과 혁명」, G. 노바크 엮음, 김영숙 옮김, 『실존과 혁명; 실존주의와 막스주의의 휴머니즘 논쟁사』(한울, 1983), 108쪽.

현실과 역사에 대한 깊은 성찰이 반드시 필요했다. 김붕구가 소개 논의를 통해 거론한 문학적 주제들 역시 우리 문학에 대한 이해를 기반으로 해서 검토해야 했다.

휴머니즘적 실천의 길을 찾으려는 김붕구의 모색은 의식의 필연성을 주장하는 막다른 골목에서 중단된다. 인간적 위의 지킴이나 반항의 정신은 구체적 상황에서 구체적 분투를 통해 구현될 수 있었지만, 그가 우리가 처한 상황이 구체적으로 어떻고 구체적인 투쟁은 어떤 것이어야 하는가를 묻고 답하려 하지 않았기 때문이다. 그의 모색은 매우 진지했지만 의연히 추상적인 수준을 맴돌았다. 소개 논의의 한계라든가 실존주의 문학론의 성격을 그 원인으로 들어야 할 것이나, 다른 원인도 생각해 봄직하다. 김붕구는 곳곳에서 전쟁의 경험을 통해 각인된, 이데올로기에 대한 염증을 드러냈다. '정치적 신화'에 대한 그의 비판은 반공주의와 일치되는 것이었다. 반공에 입각한 이념 비판은 현실과 역사로 나아가는 길을 차단했고, 결과적으로 문학적 관심의 영역을 좁히는 원인이 되었다. 그것이 '순수'론의 배경이자 결과였다. 김붕구의 관심은 문협파의 '순수'론과는 상당한 거리를 갖는 것이었지만 그가 이 '순수'의 매카니즘을 벗어났다고 말하기는 어렵다.[35]

신세대 비평가 가운데 하나였던 이어령은 "우리는 화전민(火田民)이다"[36]고 선언한다. 그의 선언은 우리 문학의 여건이 말할 수 없이 열악하고 우리가 믿고 기댈 전통이 없음을 단정한 것이다. 그는 자못 진지하고도 대담하게 우리 민족의 '내적 생활이 빈곤'했고 그런 만큼

---

35) 한 연구자는 김붕구 등이 펼친 이른바 저항문학론을 순수문학의 이념과 추상적 저항의 논리 사이에서 '곡예'를 벌인 것으로 평가했다. 이 '곡예'라는 표현은 저항의 논리가 전후 현실의 갖가지 문제를 외면하면서도 짐짓 '순수'를 맞은편에 놓으려 한 것이었다는 판단에 연유한다. 한수영, 「1950년대 한국 문예비평론 연구」, (연세대학교 대학원 박사학위 논문, 1995), 119쪽.
36) 이어령, 「화전민 지역」, 『저항의 문학』(경지사, 1959), 9쪽.

뚜렷한 '민족적 자아―주체의식'을 형성하지 못했다고 또 단정했다. 주체로 서기 위해서는 문제에 떳떳하게 맞부딪치려는 '대결의 혼'이 있어야 하는데, 우리의 정신 풍토에서 그것은 자라기 힘든 것이었다. 이렇듯 '바탕'과 '그릇'이 부실했던 위에 외래문화의 비주체적 수용은 불가피했다. 그리고 이로 말미암은 문화의 불연속적인 단절은 문화적 불모성을 지속시킨 원인이었다. 독자적인 문화라고 한다면 "원시의 문화에서 50보 100보 경지에 있는"37) 토속성을 겨우 들 수 있을 뿐이었다. 이어령이 볼 때 비주체적 수용에 따른 혼류가 거듭되어 온 우리의 문화적 상황은 '카오스' 그 자체였다. 그에게 문화적 카오스는 전후의 일시적 현상이 아니었다.

그의 화전민론은 이러한 카오스적 터전을 '개간'해야 한다는 주장이었다. 화전민이 '온갖 잡초와 불순물을' 태워 없애야 하듯, 과거에 대한 '불의 작업'을 수행해야 한다는 것이다. 그는 '항거의 정신'을 역설하고 요구한다. '항거의 정신'은 과거의 '온갖 잡초와 불순물'들을 부정하는 정신이자 동시에 새로운 기원을 마련하려는 정신이어야 했다. 이러한 부정과 창조를 통해 휴머니즘은 구현될 수 있다는 것이다.38)

이어령이 '현대론'의 범주를 벗어나 있었다고 보이진 않는다. 그러나 그는 현대의 위기와 불안에 대해 이야기하기보다 한국의 문화적 상황을 진단하려 했고 그 내력을 설명하려 했다. 그가 신세대로서 행한 문단의 구세대에 대한 비판은 과거의 문화 전반에 대한 부정을 배경으로 이루어졌다. 그 역시 '고아'임을 자처한 셈이다. 그러나 그는 단지 19세기의 합리적 이성이라는 '아비'를 죽인 고아에 그치는 것이 아니라 한국의 문화전통이라는 못난 아비의 터를 새로 일구어야 하는 고아였다. 그리고 이 고아들이 발휘하여야 할 휴머니즘은 단지 인간적인 가치를 선양하는 데 그치지 않고 문화창조의 방향을 잡고 기틀을 마련해야 하는 역사적 과제를 안고 있었다.

---

37) 「신화 없는 민족」, 위의 책, 30쪽.
38) 「아이커러스의 패배」, 위의 책, 38쪽.

개간을 위해 이어령이 한 작업은 문학론을 강의하는 것이었다.39) 개간의 도구는 서구의 문학론과 그것이 보인 가치의식이었다. 그는 해박했고 자신감이 넘쳤으며 때로는 과시적이었다. 그의 발랄한 지적 재기는 또 세련된 실제비평의 감각으로 이어지는 것이었다. 그는 여러 모로 자신이 비판한 기왕의 비평가들과 달랐다. 그러나 그는 한국문학의 과거와 전통을 송두리째 부정하는 위에 서 었기 때문에 마치 '총명한 고아'가 가질 법한 위태로운 구석을 보여 주고 있었다. 그는 새 시대를 여는 '기수(旗手)'의 출현을 대망했다. 과연 그의 기대는 충족될 수 있었던가?

기수이기 위한 조건으로 그가 든 것은 새로운 '모랄'을 제시해야 한다는 것이다. 작가는 '현실을 침묵으로 받아들이지 말아야' 하며 '역사에 대한 책임을 자각해야' 한다고 그는 외친다. 이어령은 적극적인 참여의 자세를 요구한 것이다. 현실과 역사의 억압을 폭로하고 무지와 맞서며 그럼으로써 "사람들의 머리 위에서 나부끼는 정신의 기(旗)"40)가 되는 것이 작가의 임무였다. 이어령은 그의 글 곳곳에서 한국의 현실과 역사적인 상황이 얼마나 적극적인 저항을 필요로 하는가를 역설했다. 까뮈의 「페스트」에서처럼 작가는 이러한 상황에 대한 '행동'을 보여 주어야 한다는 것이다.41)

하지만 이어령은 한국문학과 작가들로부터 어떤 기수도 발견하지 못한다. "기의 의미를 알고 있는 작가는 아직 우리들 주변에 없다"42)는 것이다. 그는 작가들이 자신의 현실을 외면한 채 진공을 부유하지 않으면 스스로 밖의 현실로 나가는 문의 빗장을 건 '수인(囚人)'의 길을 택하고 있다고 지적한다. 황순원과 오영수 등은 '세기적 겨울을

---

39) 「은유법 논고」(문학예술, 1956. 1. 1-12.), 「카타르시스 문학론」(문학예술, 1957. 8.) 등은 그 대표적인 것이다.
40) 「유성군의 위치」, 문학예술, 1957. 2., 173-181쪽.
   「무엇에 대해 저항하는가」, 『저항의 문학』, 115쪽.
41) 「현대작가의 책임」, 위의 책, 85쪽.
42) 「작가의 현실참여」, 위의 책. 50쪽.

피해 아름다운 환상의 영토에 안주하려는' "동면족"이었으며 손창섭과 김성한은 수인들이었다.43)

이어령 자신의 진단대로 오늘날 한국이 사상적 카오스에 빠져 있고, 따라서 새로운 문학을 접목할 어떤 근거도 없고 현실과 역사에 대한 비판적인 통찰의 능력도 결여하고 있다면, 이러한 가운데서 문학적 모색이 '불협화음'을 낼 수밖에 없는 것은 당연했다. 기수의 출현은, 태워 없앤다 하더라도 '온갖 잡초와 불순물들'을 토양으로 하지 않을 수 없을진대, 새로운 모랄을 획득하는 비약이 쉽게 가능한 것은 아니다. 요컨대 이어령의 논리는 전통을 송두리째 부정한 데 따른 한계에 갇혀 있었던 것이다. 그러나 그가 기수를 발견할 수 없었던 이유는 좀더 다르게 설명되어야 했다.

이어령에게 전통은 '지방성(토속성)'을 탈각해야 하는 것이었다. 그가 보기에 많은 사람들은 전통의 의미를 오해하고 있었다. 그는 엘리어트(「전통과 개인적 재능」)에 기대 문학적 가치가 초공간적이고 초시간적인 것임을 말한다. 작가가 이러한 '객관적' 가치의식을 갖고 '자신의 문학정신을 편파적 지방색이나 시대감정으로부터 해방'시킬 때 그의 문학은 전통적인 것이 될 수 있다는 것이다. 이를 근거로 그는 김동리의 「무녀도」가 전통적인 소설이 아니라고 논박한다. 그것은 다만 '향토색'을 갖고 있을 뿐이라는 것이다.44) 이 향토색—지방성은 개간을 위한 불의 작업의 대상이었다. 화전민은 지방성을 불식하고 새롭게 전통을 창조해야 할 사람이었다. 새 시대를 여는 기수가 되기 위해선 무엇보다 '객관적' 가치의식에 입각해야 했다. 그렇다면 이 '객관적' 가치의식은 어떠한 방법으로, 무엇을 근거로 획득할 수 있는 것이었던가? 그는 우리가 서구문화에 관심을 갖고 서구의 고전을 접할 때 비로소 전통이 무엇인지 알게 되리라고 처방한다.

---

43) 「1956년의 작가 상황」(위의 책, 200쪽)과 「유성군의 위치」 등 여러 실제비평들의 이곳 저곳.
44) 「토인과 생맥주」, 위의 책, 58-59쪽.

그러고 보면 서구인이 동양에 관심을 갖듯이 동양인이 서구문화에 관심을 가지는 것이 진정한 전통주의의 종국적 방법이 될 것이다. 왜냐하면 서구인은 (자기네 고전과 아울러) 동양의 고전을 통해서만 서구의 지방색을 탈각시킬 수 있고, 다라서 동양인은 (동양의 고전과 아울러) 서구의 고전에 접했을 때 비로소 동양적인 로칼리즘에서 벗어날 수 있기 때문이다.

전통성은 그래서 범(汎)인간의 동일한 무리를 형성할 것이고 넓은 정신적 시야를 제공해 줄 것이다. 그러니 원시적인 무당춤이나 된장맛, 김치맛을 전통이라고 한다면 그야말로 그것은 비전통적인 의미가 되어 버리고 말 것이 아닌가?[45]

그의 전통론은 한국문학에 대한 그의 평가가 어디에 근거를 둔 것인지를 분명하게 밝혀 준다. 우리에겐 마땅한 전통이 부재했다거나 민족적 자아를 형성하지 못했다는 등의 단정은 우리가 '객관적' 가치의식을 결여하고 있다는 판단에서 나온 것이었다. 그가 기수들을 발견하지 못한 이유 역시 시공을 초월한 보편적 가치—서구의 고전과 문화를 접함으로써 획득할 수 있는—를 구현한 작가나 작품을 찾을 수 없었던 데 있었다. 이어령을 사로잡고 있었던 것은 보편적 문화가치의 미망이었다. 그가 서구의 문학과 문화에 일방적으로 가치중심을 두는 태도를 경계하려 한 흔적은 곳곳에서 발견되지만 우리 전통에 대한 무지로 인하여 그의 균형감각은 애당초 깨져 있었다.

그는 작가란 부정과 창조의 정신을 갖고 현실을 고발함으로써 모랄과 휴머니즘을 구현해야 한다고 주장했다. 그러기 위해서 작가는 보편적 가치의식을 가져야 했다. 상황에 대한 개별 주체의 결단을 강조한 실존주의와 달리 이어령은 실천의 보편적 근거를 제시했다고 말할 수 있다. 그러나 김붕구가 개별 주체들을 묶는 실천의 보편적 근거로 전제한 '의식의 필연성'이 그러했던 것처럼, 이어령의 가치의식 역시

---

45) 위의 글, 60쪽.

우리의 현실과 역사에 대한 구체적인 통찰로 나아가기 위한 근거가 되기엔 막연한 것이 아닐 수 없었다. 부정과 창조라는 현대의 슬로건에 기대 기왕의 모든 것을 부정하고, 보편적 문화가치를 앞세움으로써 현실에 대한 '행동'의 의미와 내용을 추상화시킨 이어령의 논법은 큰 범주로 보아 계몽적 문화주의의 한계를 벗어난 것이 아니었다.

전후의 문학논의는 휴머니즘이란 말을 맴돌며 전개되었다. 휴머니즘은 주로 실존주의와 관련하여 쓰였지만 그것이 오랜 인문주의적 전통을 배경으로 한 것이라는 점이 상기되기도 했다. 이어령은 일관성 없이 이 둘 사이를 넘나들고 있거니와,46) 이론적으로나 실천적으로 그에 대한 분명한 구도를 세우지 못한 논자들에게 휴머니즘은 오히려 혼돈을 불러 오는 용어일 수 있었다. 이철범은 서구의 휴머니즘이 인문주의적 교양과 양식에 토대를 두고 있음을 지적한다. 따라서 휴머니즘을 구현하기 위해서는 인문주의의 함양이 필요하다는 것이다. 그러나 또 모더니스트이고자 했던 그는 현대론의 반인문주의적 면모 사이에서 혼란에 빠지고 만다.47)

정창범의 주장은 보다 파격적이다. 일찍이 그는 전후의 정신풍토가 "뉴스에 시달려 기진맥진한 상태"임을 지적했다. 모든 사람이 휴머니즘을 입에 올리지만 그것이 옳은 중심을 갖지 못하고 풍문의 수준을 넘을 수 없는 것이라면, 휴머니즘을 해결책으로 여기는 견해 자체를 재고해야 한다고 그는 말한다. 그에 의하면 휴머니즘은 이미 '변질된' 것이었다. 인간중심의 르네상스 휴머니즘은 과학을 동반, '무시무시한 전체주의'로 변함으로써 '파경'에 이르고 말았다는 것이다. 이러한 합리성의 위기에 대한 대안으로 그가 제시한 것은 카톨리시즘이

---

46) 부정과 저항의 정신을 통해 휴머니즘이 구현될 수 있다고 보는 점에서는 실존주의적이었으며, 보편적인 문화가치를 휴머니즘의 근거로 보는 점에서는 인문주의적이었다.

47) 이철범, 「현대시의 배경과 상황」, 신태양, 1956. 6.
────, 「역사적 체험과 비평정신」, 자유문학, 1958. 2.

었다. 카톨리시즘은 "영원한 정신적 방패"[48]를 제공하리라는 기대였다. 풍문을 옮겨 내고 있는 문화수용의 태도를 지적한 그의 입장은 옳다. 합리성이라는 근거를 잃은 만큼 새로운 통합의 중심을 모색해야 한다는 그의 생각 역시 이해할 만한 것이다. 그러나 카톨리시즘으로부터 '영원한 정신적 방패'를 찾아야 한다는 주장은 매우 특별한 것이 아닐 수 없었다.

홍사중은 주체와 모랄, 휴머니즘의 문제를 우리 역사와 문학사의 특수성에 비추어 조망하려 한 경우 가운데 하나였다. 홍사중의 입장은 전후의 문학적 상황을 옳게 파악하기 위해서는 우리 근대와 그것의 특수성에 입각한 한국문학의 특수성이 충분히 고려되어야 한다는 것이었다. 그는 전후 상황에서 위기의식과 불안사조가 지적 유행의 형태로 번졌던 데에는 서구와 다른 배경이 있었던 것으로 진단한다. 오랫동안 '절대주의적 사회윤리'가 지배적으로 통용되었고 '자연성'의 지향만이 가능했던 조선사회에서는 서구와 같은 근대적 자아수립은 불가능했을 것이라고 그는 추측한다. 식민 강점기는 또 근대화와 민주적 발전을 막고 민족적 주체의 수립을 어렵게 한 때였다. 어떤 통합적 중심도 갖지 못한 우리 근대사는 끊임없이 혼란과 무질서를 재생산해 온 과정이었다는 것이다. 프로 문학 역시 근대적인 자아각성이 충실히 이행되지 않았기 때문에 빚어졌던 '집단주의'가 드러난 것에 불과했다. 해방은 새로운 출발점이었으나 역시 새 시대를 이끌어 갈 주체는 부재했고, 6·25의 시련을 겪은 이후로 방향을 잡지 못하는 혼미한 상황은 더욱 심화되었다고 그는 보았다. 홍사중은 이런 과거의 역사가 여전히 오늘을 강력하게 규정하고 있음을 강조한 것이다. 그가 볼 때 전후의 신세대 역시 이 혼돈의 맥락을 완전히 벗어나 있는 것은 아니었다.[49]

---

48) 정창범, 「현대정신과 카톨리시즘」, 현대문학, 1955. 5., 75-81쪽.
49) 홍사중, 「근대적인 것의 한국적 구조」, 현대문학, 1956. 3.

홍사중의 진단은 우리가 근대를 달성하지 않은 채 근대의 해체를 운위하고 있다는 것으로 간추려진다. 우리에겐 부정할 근대가 없었다는 것, 그것이야말로 우리가 불안해 해야 하는 이유라는 이야기다. 그러면 어떻게 주체를 재건하며 휴머니즘을 실천할 것인가. 정작 여기에 대해서 그는 별다른 처방을 내놓지 못한다. 자기 부정을 거듭하는 '전위정신'이 새로운 "질서 확립과 질서 옹호를 위한 최선의 모범"일 것50)이라는 식의 공소한 변설은 자신이 던진 물음—우리에게 근대가 무엇이었으며 그것은 어떻게 극복해야 할 것인가에 대해 답하는 데 그가 충실하지 못했음을 말해 준다. 역사가 문제라면 그의 모색은 역사 안에서 시작되어야 했다.51)

근대의 문제를 언어의 관점에서 접근한 드문 경우로 꼽을 수 있는 비평가는 유종호다. 이어령과 더불어 서구문학론 강의를 담당했던 유종호는 전후의 상황을 전근대적인 것과 근대적인 것이 대립하는 과도기로 보았다. 그것은 '토착어'가 '생경한 언어'에 의해 대치되는 양상으로 나타나고 있다는 것이다. 토착어에 향수와 매력을 느끼면서 그는 또 그에 함몰된 '전통적' 경향을 비판한다. 전근대적 요소에 집착하는 태도는 시대착오적인 것이었다. 근대로의 전진은 우리의 과제가 아닐 수 없다. 따라서 우리 문학의 가능성은 생경한 언어를 어떻게 예술적으로 형상화하는가에 달려 있다는 것이다.52) 유종호의 주장은 섬세한 실제비평의 감각에 근거를 둔 만큼 구체적이었다. 언어야말로

---

50) 위의 글, 189쪽.
51) 한국의 지성사에 대한 홍사중의 모색은 「지성인의 의상」(현대문학, 1962. 2-3.)과 「한국인의 초상」(세대, 1965. 3-9.)으로 이어진다. 「지성인의 의상」의 말미에서 그는 지식인이 "사회의 지성을 대변하며 사회의 양식과 자유의 수호자"임을 상기하며, 지식인은 "민중의 생활현실 속에 뛰어들어가 민중의 숨김없는 호흡을 지표로 하여 미래를 투시하고 민중과 더불어 아름다운 사회를 건설해 나가려는 자세"를 가져야 할 것이라는 결론을 내리고 있다. 홍사중, 『한국지성의 고향』(탐구당, 1966), 260쪽.
52) 유종호, 「토착어의 인간상」, 현대문학, 1959. 12., 201쪽.

사상 감정의 수준과 밀도를 가장 예민하게 드러내는 것이 아닐 수 없다. 유종호는 언어 문제에 대해 지속적인 관심을 보였다. 그러나 그가 우리 문학의 근대성에 대한 통찰을 자신의 과제로 여겼던 것은 아니다. 그리고 근대성을 획득하는 것이 언어의 조탁으로만 가능한 것도 물론 아니었다.

이 시기 논자들의 관심은 주체와 모랄, 휴머니즘의 문제로 수렴되었다. 그저 현대를 운위하는 차원을 넘어 주체 확립의 현실적이며 역사적인 기반을 찾고, 휴머니즘을 구현하는 구체적인 방도를 모색해야 하는 것은 그들의 과제가 아닐 수 없었다. 이같은 입장에서 관심의 대상이 되었던 것은 민족문학 논의다. 민족문학론은 민족의 결집으로 주체의 개별화를 극복하고 민족이 처한 현실 모순의 극복을 외침으로써 휴머니즘을 구체화하려 했다. 해방기와의 날카로운 단절에도 불구하고 민족문학론은 여러 형태의 '순수'론이나 막연한 계몽적 문화주의를 자신의 맞은편에 놓았다.

4. 민족문학론

전후 시기에서 일관되게 민족문학론을 펼친 중심 논자는 최일수다. 그에게 민족문학은 무엇보다 민족이 처한 역사적 현실을 실천적으로 인식하고 그 모순의 해결을 위해 노력해야 했다. 더불어 그는 고유한 문화전통의 바른 계승과 서구문학의 비판적 섭취를 통일적으로 도모함으로써 민족문학이 발전할 수 있음을 지적했다. 민족문학이 세계성을 획득할 수 있다면 이는 민족적 특수성을 잘 살릴 때 가능한 일이었다.

그는 작가들이 쉽게 허무나 절망에 빠지지 않는 강인함을 갖고, 이론을 앞세우기보다 '행동'할 것을 요구한다. 이러한 태도를 바탕으로

'민족정신을 창현(創現)'하는 것은 문학예술에 부과된 당면한 과제라는 주장이었다. '민족정신'은 민족주체를 묶어 세우는 통합적 거점이자 원리여야 했다. 민족정신이 민족적 과제로 의식하고 해결하려 노력해야 할 목표는 통일이었다. 통일이 목표가 되어야 하는 이유로 그는 분단이 우리의 의사와는 다른 미소의 냉전 대립의 결과임을 지적했다. 분단은 우리에게 예속과 불이익을 강요하는 것이었다.

그런데 여기서 우리 문학이 직면하고 있는 전환기의 역사적 특질을 근본적으로 인식하기 위해서는 우리가 현재 세계 양대 사조의 전쟁적인 대결의 가장 직접적인 첨단에 맞서 있다는 그러한 위치를 인식해야 할 것이다.
그리하여 이 대결의 첨단에서 우리의 문화 일반이나 또는 생활 경제 사회상 등이 주체적인 토대보다는 이 양대 사조의 대결이 주는 강도한 영향에 의거한 채, 객관적으로 보아 본의 아닌 민족분단이라는 역사인 강요에 대결하면서 이를 통일하기 위하여 진통하고 있다는 사실이다.53)

최일수는 분단을 민족이 처한 갖가지 현실문제의 근원으로 본 것이다. 그리고 그는 드디어 문학 논의를 현실과 구체적으로 접맥시킨 것이다. 분단이 우리의 삶과 의식을 묶고 있고, 따라서 분단의 극복이 모두의 과제가 아닐 수 없다면, 주관주의의 울 안에서 허무를 과장하거나 고립을 자초하는 것은 바람직한 일이 아니었다. 그는 '민족정신'이 주관적인 개별화나 이에 따르기 마련인 소극성 내지 니힐의 태도를 극복하는 중심으로서 기능을 할 것이라고 기대한다. 통일을 지향하는 민족정신에 입각한 문학이 민족문학이었다.
우리문학의 현대화를 위해서는 서구문학의 섭취가 필요하다는 점을

---

53) 최일수, 「우리 문학의 현대적 방향」, 자유문학, 1956. 12., 172쪽.

그는 부정하지 않았다. 최일수가 민족정신의 요건으로 든 적극적인 행동성은 서구의 '새로운 행동적 휴머니즘'에 대한 이해를 디디고 있는 것이었다. 그에 의하면 행동적 휴머니즘은 과거의 부르주아 휴머니즘과 구별되는 것으로, 단순히 인간을 옹호하고 해방하는 것이 아니라 새로운 인간성을 형성하고 새로운 사회를 건설하는 데 적극적으로 참여하는 것이었다. 그는 이러한 행동적 휴머니즘을 '세계적인 정신의 흐름'으로 파악한다. 행동적 휴머니즘의 발단적 토대랄 수 있는 저항정신은 현대문학을 이룬 바탕으로 설명되었다.54)

그러나 행동적 휴머니즘은 우리의 현실과 역사의 요구에 맞게 구현되어야 했다. 행동적 휴머니즘이 세계적인 정신의 흐름이라는 것은 어느 경우든 그것이 같은 경로와 양상을 보여야 함을 의미하는 것은 아니었다. 한국문학이 서구문학을 흡사하게 흉내내거나 그것의 경로를 그대로 좇아가는 것은 가능하지도 않고 그럴 필요도 없는 일이었다. 그는 이러한 입장에서 우리 문학의 역사적 논리를 찾아 읽는 일이 서구문학을 섭취하는 일 이상으로 중요한 것임을 지적한다.

그에 의하면 식민지 시대 이태 우리 문학은 '근대적인 것과 현대적인 것이 밀착된 특수한 상황'을 보여 왔으나, 해방 이후 현대적인 데로 '비약적인 이행'을 하고 있다는 것이다.55) 특히 6·25는, 마치 두 차례에 걸친 세계 대전이 서구문학에 결정적인 영향을 끼친 것처럼 현대로의 비약적인 이행을 가능케 한 역사적 모멘트였다. 그는 과거 식민지 시대의 문학을 지나치게 '정관(靜觀)적'이었던 것으로 비판했다. 그러나 전쟁의 참화와 비극을 이겨 내는 과정에서 행동적 휴머니즘은 수용되었다는 설명이다. 그는 서구문학의 수용에 따른 혼돈의

---

54) 최일수, 「현대문학의 근본 특질(상)」, 현대문학, 1956. 12., 194쪽.
　　최일수는 모더니즘의 근본정신 역시 저항정신으로 파악했다. 그러나 흔히 '모더니스트들이 "새로운 지각표현에만 젖어 감성과 통일된 지성과 질서있는 총화를 이루지 못하고 내면화로 흐르는" 경향을 그는 비판했다. 「모더니즘 백서」, 자유문학, 1959. 2., 278쪽.
55) 최일수, 「현대문학의 근본 특질(하)」, 현대문학, 1957. 1., 79쪽.

양상을 역시 비판했다. 그러나 그럼에도 불구하고 통일이라는 과제를 의식한 '현실적인 초극정신'이 싹트고 있다는 것이 전후문학에 대한 그의 평가였다. 그는 전후의 문학이 자각적이고 능동적으로 세계적인 정신의 흐름에 발맞춰 가고 있다고 보았던 것이다.

한편 민족문학을 수립하는 데 필수적인 조건의 하나로 그가 든 것은 전통의 올바른 계승이었다. 민족문학이 민족적 생활의식의 집적이며, 이를 바탕으로 형성된 전통을 배경으로 하지 않을 수 없다는 생각이었다. 그는 향가의 정신이나 춘향전 및 판소리 등의 평민문학에 관심을 표한다. 특히 그가 주목했던 것은 평민문학에 나타나는 '인간 평등과 자유의 정신', 혹은 '저항의 정신'이었다. 면면히 이어 내려온 이러한 정신적 전통은 새로운 건설의 거름이 될 것이었다. 평민문학에 나타난 '인간 평등과 자유의 정신'은 행동적 휴머니즘을 접목시킬 수 있는 토대였다. 전통을 바르게 계승하는 것과 주체적인 입장에서 행동적 휴머니즘을 펴나가는 것은 결국 동의어가 된다. 그는 자신의 이런 입장이 '향토성'에 함몰된 민족주의적 태도와는 구별해야 할 것임을 밝힌다.

최일수는 문학의 민족성과 세계성이 서로 배반되지 않는 개념임을 역설한다. 민족성에 충실할수록 세계성은 확보된다는 논리였다. 세계성이란 각각의 고유성을 초월해 있는 것이 아니라 고유성의 상호작용 안에서 구현되는 것이었다. 이는 질적 차이를 갖는 민족문학들의 총화가 세계문학인 것과 같은 이치였다. 따라서 민족성 내면에 흐르는 "세계적 일관성"을 구현하는 것이 세계성을 제고하는 길이 된다.56)

이러한 관점에서 그는 또 코스모폴리타니즘과 막연한 휴머니즘을 비판했다.57) 민족현실을 벗어난 인간이 추상적으로 그려질 것은 불가피했다. 인간을 인간 일반으로 환원하는 막연한 휴머니즘이나 민족 나름의 주체성과 특수성을 부정하는 코스모폴리타니즘은 모두 민족의

---

56) 최일수, 「문학의 세계성과 민족성(1)」, 현대문학, 1957. 12., 216쪽.
57) 「문학의 세계성과 민족성(2)」, 현대문학, 1958. 1.

전통을 바르게 살리고 민족현실에 천착하는 민족문학의 길과 어긋나 있는 것이었다. 전통의 우상화 경향 역시 비판되었다.58) 전통은 오늘과 실천적으로 교섭하는 것이어야 했다.

역사를 보는 그의 입장은 역사란 변해 간다는 것이었다. 그는 자신과 주변을 바꾸어 나가려는 의지와 노력을 마땅하고 필요한 것으로 본 것이다. 이러한 그에게 문단 '보수세력'은 비판의 대상이 아닐 수 없었다.59) 그들은 역사를 전진시키려는 노력을 하지 않는 반동세력이었다. 그들이 앞세운 '순수'론은 '케케묵은 휴머니즘을 농'하는 것에 불과했으며, 전통에 대한 그들의 입장 역시 정당한 것이 아니었다. 그는 다시금 저항정신의 계승을 강조한다. 그가 볼 때 부각시켜야 할 것은 이광수나 김동인이 아니라 이육사나 윤동주 같은 저항적 전통이었다. 그런데도 몇몇 문학사적 정리에서는 이광수나 김동인을 훨씬 비중있게 다루고 있었다. 그는 이를 "유사(類似) 전통"으로 단정한다.60) 특히 김동인 등이 우리 문학사의 '기원적' 존재로 간주된 것은 순수의 입장이 문학사적 시각에 영향을 끼친 결과였다. 그는 문협파에 의한 문학사 해석을 비판한 것이다.

최일수와 더불어 정태용이나 김양수 등도 민족문학을 언급한 논자들이었다. 정태용 역시 주체적인 입장에서 '구체적인 생활을 형상화'할 것을 요구했다.61) 세계적 보편성이라는 미명 아래 추상적인 불안의식을 되뇌는 것은 바른 문학적 자세일 수 없다는 것이었다. 최일수가 지적62)한 것처럼 불안의식은 단지 '세기적'인 것으로 간주해야 할 것이 아니라 우리 현실을 토대로 규명하고 또 극복해야 할 것이었다.

부정의 정신과 세계화의 감각으로 전통을 새롭게 재구성함으로써

---

58) 「문학의 세계성과 민족성(4)」, 현대문학, 1958. 4.
59) 최일수, 「문학의 현실-우리의 비원」, 지성, 1958. 12., 119쪽.
60) 위의 글, 123쪽.
61) 정태용, 「민족문학론」, 현대문학, 1956. 11., 47-49쪽.
62) 최일수, 「문학의 현실-우리의 비원」, 128쪽.

민족적이면서도 세계적인 주체를 확립하여야 할 것이라는 김양수의 주장63) 역시 최일수의 논의를 크게 벗어나는 것은 아니었다. 김양수에게 세계는 통합의 방향으로 가고 있는 것이었다. "지방인 근성"을 버릴 것과 주체의 세계화를 외치는64) 그에게선 그러나 추상적인 '세계'가 통합적인 중심을 형성하리라고 보는 코스모폴리타니즘의 오류를 읽는다. 그는 우리 근대문학을 '기형적'이라고 보았는데, 이 역시 그같은 오류와 무관한 것은 아니다.

분단이라는 민족문제를 의식하고 그 극복을 적극적으로 지향하는 입장에 섰다는 점, 이를 위한 통합적 주체 확립의 필요를 역설하고 그 근거를 다지기 위한 전통 계승의 문제를 지적한 점, 세계문학의 비판적 섭취를 강조하는 한편으로 민족적인 특수성과 세계적인 보편성을 결합하려 한 점 등은 민족문학 논의가 갖는 의의로 지적해야 할 것이다. 최일수는 냉전체제의 무비판적 수용을 거부하고 분단을 민족현실의 근원적인 모순으로 꼽았다. 이는 당시로선 흔치 않고 쉽지 않은 일이었다. 그의 현실주의적 관점은 전후의 서구문학 수용 풍조를 비판하는 입지를 마련했고, 그 가운데서도 주체의 분산적 개별화를 문제시할 수 있게 했다.
그러나 최일수의 논의는 여전히 문학의 발전을 정신의 생성과 발전으로 파악하려는 일종의 정신주의적 경향을 벗어나지 못한 것이었다. 행동적 휴머니즘을 세계적인 정신의 흐름으로 간주하고 이에 상응하는 움직임이 우리 전후문학에서 역시 일고 있다는 식의 설명은 결국 추상적인 것이 아닐 수 없었다. 그는 민족정신의 창현을 통해 민족문학의 건설이 이루어질 것이라고 역설했으나, 정신 자체를 통합의 구심점으로 본 점은 그가 문학적 주체의 개념에 구체적으로 접근하지 못했음을 드러낸 것이기도 했다. 그의 민족문학론은 원칙적 입장이나

---

63) 김양수, 「한국 현대문학의 지향점」, 현대문학, 1958. 1., 80쪽.
64) 김양수, 「민족문학 확립의 과제」, 현대문학, 1957. 12., 210쪽.

골격을 거론하는 데 그친 것이었지 세세한 데까지 나아간 것은 아니었다. 게다가 그 역시 당시 대부분의 논자들이 그러했던 것처럼 실제 작가나 작품에 대한 이해와 통찰을 근거로 생각을 펼치기보다 오히려 더 서구문학에 관한 번쇄한 지식에 기대고 있었다. 여타 비평가들에 비해 그는 우리의 문학전통에 대해 상대적으로 깊은 소양과 지식을 갖고 있었던 것으로 보인다. 하지만 전통의 올바른 계승 문제에 관한 논의가 진전되기 위해서는 더 깊고 넓은 이해가 필요했다.

최일수의 민족문학론이 드러내는 한계는 물론 그의 개인적 한계일 수만은 없다. 이 시기의 민족문학 논의는 문학적 전통 단절의 영향이라든가 반공 이데올로기의 제약, 서구 문학사상에의 관념적 구속을 전적으로 배제할 수 있었던 것은 아니다. 그러나 민족 현실에의 실천적 관심을 환기한 민족문학 논의는 이러한 시대적 한계와 문제를 인식하고 넘어서려는 돌파구를 여는 것이었음이 분명하다. 민족문학 논의의 문제의식은 1960년대 순수 참여 논쟁에서 참여론의 논거로 이어진다.

제 6 장

비극적 각성, 혹은 휴머니즘의 구체화

전쟁이라는 극단적 카오스의 경험은 개인의 꿈과 사회적 증진의 이상을 철저하게 파괴시킬 수 있는 것이었다. 세상이 근본적으로 무질서하다는 생각이나, 따라서 언제든 이유없이 예상치 못한 재난이 닥칠 수 있고 어떤 노력도 도로가 되기 십상이며 개선의 의지란 무용할 뿐이라는 자포자기적 열패감, 합리적 선(善)에 대한 냉소와 위악 및 반도덕에의 이끌림 등 근대적 아노미에 대한 반응의 여러 양상들은 전쟁의 경험을 통해 새삼 부각된다.

좌절과 환멸은 '현대'를 지배하는 정조다. 전후세대가 이른바 실존적 허무의식에 빠지고 극단적인 현실 부정을 한 배경에는 좌절과 환멸의 감정이 깔려 있었다고 보아야 옳다. 그런데 밖을 향한 좌절과 환멸은 종종 편협한 자기 연민을 북돋을 수 있는 것이었다. 좌절과 환멸에 따른 자기 연민의 수렁으로부터 헤어나오지 않는 한 현실 비판은 극단적인 부정에 그칠 것이었다. 자기 연민의 극복이란 자신과 자신에게 닥친 재앙에 대한 수준 높은 깨달음을 필요로 하는 과제였다. 비극적 각성이 전후문학의 과제였다고 말할 수 있는 이유는 여기에 있다.

비극적 각성은 세계가 거대한 운명적 질곡 속에 있으며 이는 쉽게 벗어날 수 있는 것이 아니라는 절망에서 시작되는 것이다. 동시에 밖의 운명적 조건들처럼 자신의 한계가 넘기 어려운 것임을 깨닫는 일은 실로 비극적 각성의 중요한 부분이었다. 재앙으로서의 전쟁의 경험이 비극적 각성으로 진작되어야 했다면 그것의 핵심은 무엇이었던가. 재앙이 그저 우연히 닥치는 것은 아니라는 인식, 재앙이란 어떤 '가지적(可知的)인 연쇄'[1]에 따른 것이라는 생각은 재앙의 경험을 비극적 각성으로 끌어 올리기 위한 요건이다. 한마디로 비극적 각성이란 자신을 그 가지적 연쇄 속에서 발견하는 것이다. 즉 자신이 이 비극에 연루되어 있으며, 따라서 그에 대한 책임을 나누어 갖는다는 깨달음이다. 이때 재앙은 단지 재앙이 아니고 자신은 일방적인 연민의 대상일 수 없다. 편협한 자기 연민에서 벗어날 때 비로소 '우리'의 운명에 대해서 생각할 수 있다. 비극적 각성은 재앙을 초래한 역사적 운명과 '우리'의 관계를 사색하는 데로 나아가야 할 것이었다. 비극의 극복은 이러한 비극적 각성을 통해서만 가능했다.

전쟁을 빚은 역사적 운명과 '우리'의 관계를 사색한다는 것은 결국 전쟁과 전후 현실에 대한 현실주의적 통찰을 요구하는 것이다. 이 운명을 빚은 과정을 돌이키고 자신이 그에 어떻게 연루되었는가를 들여다보아야 하기 때문이다. 물론 전쟁의 참상을 절대적인 조건으로 간주하는 태도를 현실주의적이라고 보기는 어렵다. 그것이 손쉽게 해결될 수 있는 것은 아니었지만, 단지 절망에 빠지는 것은 섣부른 희망을 갖는 것처럼 어리석은 일이었다. 낙관이 어려운 만큼 비관도 현실주의적인 것은 아니라고 말할 수 있다. 현실주의적 통찰로서의 비극적 각성이란 전쟁 현실의 한계와 가능성을 동시에 헤아리는 것이어야 했다. 그렇게 함으로써만 절망을 극복하려는 의지를 새길 수 있었고 다시금 변화를 바라볼 수 있었기 때문이다. 전후문학의 평가는 이 문제와 직결되어 있었다.

'현대'론과 그에 따른 휴머니즘의 주장은 전후의 현실을 이해하고

---

1) '가지적 연쇄'는 'Intellectual chain'의 번역어. 비극의 주인공에게 닥치는 운명은 불의의 재앙으로만 그려져서는 안 되며, 이 운명은 부분적으로 주인공이 불러오는 것이어야 한다는 것이다. 주인공과 운명 사이에 가지적 연쇄가 설정되어 있느냐 아니냐의 여부는 비극과 멜로드라마를 나누는 근거라는 주장도 있다.
Henry A. Myers, *Tragedy; A View of Life*(Cornell Univ. Press, 1956), p. 154.

그에 대응하려는 모색의 이론적 근거였다. 그러나 분단과 전쟁은 그저 '20세기'의 비극이 아니라 한국의 비극이었으며, 휴머니즘 역시 인류가 지향해야 할 바이기 전에 한국 상황에서 구체화되어야 할 것이었다. 휴머니즘의 구체화는 비극적 각성의 심도에 달린 문제이자 곧 현실주의적 통찰을 담보로 달성할 수 있는 과제였다. 인간의 의미를 구현한다는 것은 역사적 운명과 '우리'의 관계를 사색하고 진정한 변화를 모색함으로써 구체화될 수 있는 것이었기 때문이다. 전후소설들은 어떤 궤적을 그렸던가.

1. 이념 비판의 몇몇 양상

대부분의 전후작가들은 반공 이데올로기로부터 그다지 자유로울 수 없었지만, 또 그렇기 때문에 이념을 적대시한다. 흔히 이념은 계몽의 이름을 빌린 전체주의적 폭력으로 간주되었다. 역사는 끊임없이 우리의 바람을 저버린 가혹한 기만의 과정이었으며 이념은 이러한 역사의 속임수였다는 것이다. 이러한 이념 비판은 반공 이데올로기에 저항하는 방식일 수 있었지만, 한편으로는 이념적 분투로 나타났던 역사적 열망과 노력을 부정함으로써 도리어 편벽된 이념적 해석을 허용케 하는 것일 수 있었다. 이념의 의미를 부정할 때 역사에 대한 환멸은 극복될 수 없다. 역사에 대한 환멸은 자기 연민의 원인이자 결과다.

장용학은 「요한 시집」(1955)에서 외부로부터 절연된 굴 속에 홀로 살던 토끼가 바깥 세계로 나오자마자 밝은 빛에 눈이 멀어 버리고 말았다는 우화를 통해 우리에게 닥친 '현대'의 충격을 해석하려 했다. 이 재앙은 우리의 무지와 역사의 기만이 빚은 결과다. 이념은 바깥 세상으로 토끼를 유혹한 역사의 덫이자 그의 눈을 멀게 한 폭력이다. 이념의 폭력에 절망한 '누혜'는 결국 철조망 말뚝에 목을 매 죽고 만다. 역사는 기만과 폭력으로 가득 찬 무대가 되고 누혜는 무지하고 나약한 희생자일 뿐이다. 누혜의 자살은 그의 '의도된' 선택[2]이 아니며, 그런 만큼 인간은 자신의 간절한 열망과 이를 실현하려는 노력이 실패할 수밖에 없기 때문에 자유롭다[3]는 사르트르 식의 역설과도 위배된다. 누혜의 죽음은 자유로운 기투(企投)가 아니라 환멸에의 함몰이다. 작가의 탐구는 여기서 그칠 수밖에 없다. 왜냐하면 이 희생자들에게 재앙은 그저 재앙에 지나지 않기 때문이다. 그들은 운명과 마주설 자존의 근거를 결여하고 있다. 의연히 고통을 감내할 용기를 갖지 못할 때 더 이상의 모색은 불가능하다. 재앙이 그야말로 불의의 것이 되고 희생자가 무지하고 나약할 따름이라는 점에서 장용학이 그린 구도는 비극적이라기보다 멜로드라마틱하다. 「요한 시집」이 취한 사변적 우화의 형식은 역사적 구체성을 확보하기 힘든 것이다. 이러한 우화의 형식을 선택했다는 사실은 작가가 역사적 구체성에 다가서지 못했음을 말하는 것일 수 있다.

역사에 대한 저항은 선우휘 소설의 주제였다. 「불꽃」(1957)의 주인공 '고현'에게 역사의 경험은 기만과 폭력의 경험이며 절망과 환멸의 기록이다. 학병으로 끌려갔다가 탈출했고 중국 공산당의 '연안'을 또 버릴 수밖에 없었던 그에게 해방직후의 이념적 대립의 소용돌이 역시 '청부업자'들의 굿판에 지나지 않는 것이었다. '혁명'이란 사람들의 저

---

2) '의도된' 선택은 실존주의에서 말하는 '나'에 의한 세계 구성의 방식이다. 의도는 존재의 의도요, 존재의 의도는 바로 행동의 의도다. 즉 그것은 현재가 결여하고 있는 존재를 충족시키려는 미래의 현재화다. 인간은 자신을 투사하고 초월하며 또 창조함으로써 세계를 구성하며 이런 방식으로 세계를 개조한다는 것이다. 신오현, 『자유와 비극』(문학과 지성사, 1979), 192-194쪽.

3) 사르트르는 인간의 열정이 그것을 상실하기 위한 열정이라고 말한다. 인간의 열정은 자신의 근거인 신을 탄생시키기 위한 열정이다. 이를테면 그것은 신의 열정을 거꾸로 놓은 것이다. 그런데 신이라는 관념은 모순이다. 따라서 인간은 헛되이 자신을 상실할 수밖에 없다. 인간의 열정은 쓸모없는 열정이라는 것이다. 인간의 바람이 끊임없이 실패하게 되어 있는 상황, 때문에 인간이 자기로부터 달아나야 하는 상황에 사르트르가 말하는 자유의 개념이 놓인다.

Jean-Paul Sartre, *Being and Nothingness*, trans. Hazel E. Barnes(Methuen, 1958), pp. 615, 627-628.

열한 욕망과 파괴의 광기를 동력으로 하는 것일 뿐이다. 역사의 격랑으로부터 비껴서 나름의 길을 가려 한 현이지만 그는 어쩔 수 없이 그 소용돌이에 휘말리고 만다. 인민재판이 한낱 '살인극'임을 외치고 동굴로 숨어든 그는 절박한 상황 속에서 예기치 못한 삶의 의욕을 느낀다. 드디어 저항의 의미를 발견한 것이다. 그는 다음과 같이 다짐한다.

분명한 한 가지는 외면하거나 도피하지는 않을 것이다. 외면하지 않고 어떻든 정면으로 대하자. 도피할 수 없도록 절박된 이 처지. 정면으로 대하도록 기어이 상황은 바짝 내 앞으로 다가온 것이다. 이미 꽃밭의 시대는 끝난 것이다. 살아서 먼저 청부업자들을 거부하자. 떠들어 대어야 인생은 더욱 무의미할 뿐이라는 것을 뼈저리도록 알려 주자. 꺼리고 비웃는 데 그치지 말고 정면으로 알몸을 던져 거부하자.4)

고현으로 하여금 역사의 폭력에 저항하도록 한 힘의 근거는 무엇인가. 3·1만세운동에 나섰다가 희생된 아버지에 대한 자긍심은 소설 안에서 찾을 수 있는 저항의 지표다. 그렇다면 작가가 3·1운동의 저항성과 이념의 폭력성을 마주 놓았다는 해석은 불가피하다. 이러한 대비는 이념을 단지 외래의 것으로 간주한 결과며, 이념적 분투의 역사적 역동성을 간과한 결과다. 예를 들어 선우휘의 역사 해석은 3·1운동의 저항성이 반제 반봉건 투쟁을 구체화하는 데로 나아가기 위해 사회주의 이념을 필요로 했다는 사실을 설명할 수 없다. 이념적 분투의 역사적 의미를 제대로 되돌려주지 못할 때 역사에 대한 이해는 크게 제한되고 왜곡될 것이다. 이념을 청부업자들이 옮겨낸 구호쯤으로 치부하는 냉소주의는 새로운 이념의 주체적 생산을 역시 거부하게 마련이며, 결국 역사에 대한 냉소주의로 이어질 것이다. 청부업자들을 '알몸을 던져' 거부하겠다는 다짐이 한때의 결기로 그치지 않으려면

---

4) 선우휘, 「불꽃」, 『현대한국문학전집』 12 (신구문화사, 1965), 361쪽.

작가는 역사를 보다 섬세하게 통찰할 수 있어야 했다. 그러나 선우휘의 역사 탐구는 이 지점에서 더 이상 나아가지 못한다.5) 장편을 압축시킨 듯한 「불꽃」의 형식 역시 현실의 세부적 구체성을 담아내고 이를 확장시키기보다 인물이 처한 상황과 그의 내면을 관념적으로 단정하는 서술의 방식을 취하고 있다.

소박한 휴머니즘이나 양심론에 입각하여 이념운동을 비판하는 경향은 전후문학 이래 지속적으로 나타난다. 그러나 이러한 경향은 대부분 분단과 전쟁에 대한 통찰을 심화시키는 데 실패한다. 휴머니즘이 오히려 이 비극적 상황에 대한 탐색을 제약하는 것이다. 어리석은 열정 때문에 정치폭력의 하수인으로 이용당해 온 전문 암살자가 담담히 양심의 길을 선택한다는 「모반」(오상원, 1957)의 이야기가 자못 '행동적'인 소재와 극적인 묘사에도 불구하고 긴장을 잃고 진부한 인정극으로 떨어지고 마는 것은 그 한 예다. 손쉬운 해결로서의 휴머니즘은 다만 공허한 울림을 줄 뿐이다.

이렇게 볼 때 징용으로 끌려가 한 팔을 잃은 아버지와 6·25로 한 다리를 잃은 아들이 서로를 다독이며 영문없는 수난을 인고하는 모습을 그린 하근찬의 「수난 2대」(1957)는 휴머니즘이 무엇인가를 보다 구체적으로 제시했다고 말할 수 있다. 그들 부자는 이 비극을 이기는 힘이 거창한 행동이나 선언에서 나오는 것이 아님을 보여 주었다. 휴머니즘이 '평범한' 사람들의 세상을 꿈꾸는 것6)이라면 이 부자야말로 평범한 인간들이다. 그러나 그들은 자신과 역사의 운명을 결정하는 잔혹한 변화에 대해 무자각할 뿐이다. 이는 결국 그들 차신들의 책임

---

5) 선우휘는 '저항'과 적극적인 '행동'을 주장함으로써 전후문단의 주목을 받았던 작가다. 그러나 뒤에 쓰는 장편들에서도 그는 저항과 행동의 의미를 구체화하지 못한다. 추상적 휴머니즘으로 역사를 무화시키는 결함(「깃발없는 기수」, 1959)이나 통속적인 흥미 구조가 이야기의 심각성을 부식시켜 버린 예(「추적의 피날레」, 1961)가 그것이다.

6) 선우휘는 청부업자와 '조용한' 보통 사람들을 대비시켰고 오상원의 주인공도 이제 '평범한' 인간들을 사랑할 것이라고 선언한다.

이 아닌가? 그들은 다만 수동적으로 주어진 운명을 감내하는 선택밖에는 할 수 없다. 그들은 변화의 주인공들이 아니었고 그럴 의지도 갖지 못했기 때문이다.

　이념적으로 분단된 남북한의 두 체제를 이념의 배반이라는 시각에서 비판한 최인훈의 『광장』(1961)은 역사와 이념의 비극적 구도에 대한 전후소설들의 해석을 심화시킨다. 지식청년 '이명준'은 그 자신이 이념적 모색의 주체로 나섬으로써 이념 대립과 투쟁의 역사를 탐사한다. 그에게 이념은 영문없이 주어진 것도 아니며 빌어온 것도 아니다. 책의 '광채'로 찬 밀실 안에서 광장을 꿈꾸던 이 철학도에게 이념은 그를 광장으로 인도할 통로였다. 월북한 아버지가 대남방송에 나오고 그로 인해 경찰서에 불려가 모욕을 받음으로써 광장을 찾는 이명준의 여행은 시작된다. 작가에 의하면 광장으로 나서려는 것은 사람들의 보편적 열망이기도 하다. 이명준은 "사기(詐欺)의 안개 속에 애드벌룬이 떠돌고", '탐욕과 배신과 살인이' 일상사가 되며, "아편 꽃 재배가 한창인"7) 남한 현실에 이미 환멸을 느끼고 있었다. 남한 현실에서 광장을 찾을 수 없었던 그는 월북을 단행한다. 그것은 광장을 찾으려는 결단이자 그러한 의미의 이념적 선택이다. 그의 월북은 결코 우발적인 것이 아니다. 이명준은 비로소 이념 선택의 역사적 의미를 돌이켜낸다. 광장을 찾으려는 것이 우리의 운명이라면 그는 이 운명을 좇아 모색의 행로에 나선 것이다. 그러나 그가 북쪽에서 발견하는 것은 무기력한 '회색 공화국'이다. 교조적 폭력과 권위주의적 강제와 맞닥뜨린 그는 이내 절망하고 만다.

　이 소설은 4·19의 격앙 속에서 출간될 수 있었다.8) 반공 이데올로기의 주박이 이념적 제한을 통해 남한 현실에 대한 비판을 차단하는

---

7) 최인훈, 『광장』(정향사, 1961), 53쪽.
8) 『광장』 1961년판의 '작가의 말'은 이 소설이 "저 빛나는 4월이 가져온" 성과임을 우정 밝히고 있다.

기능을 했음을 생각할 때 남북한의 두 체제를 나란히 놓고 그것의 내면적 유사성을 규지할 수 있도록 했다는 점은 이 소설의 성과가 아닐 수 없다. 적어도 이 소설에서 북한 체제에 대한 비판은 남한 현실에 대한 비판과 맞물려 있다. 그러나 이 소설의 더 큰 성과는 이념적 선택이 역사적 과정이며 그런 만큼 운명적인 것이었다는 사실을 말한 점이다. 이명준은 남한과 북한 어느 곳에서도 진정한 광장을 찾을 수 없었다. 광장 찾기에 실패한 것이다. 그는 우리에게 묻는다. 이러한 실패는 누구의 책임인가? 이념의 선택을 역사적인 운명으로 그리고, 또 그에 대한 책임의 문제를 제기함으로써 이 소설은 역사와 이념의 비극적 구도를 완성한다.

이명준은 자신의 선택에 책임을 져야 했다. 하지만 이 문제는 소설 속에서처럼 그가 중립국행을 선택함으로써 해결되는 것은 아니다. 그는 보다 진지하게 이 운명과 대결했어야 옳았다. 이렇게 볼 때 이 소설의 문제점은 주인공이 순진한 열정의 젊은이에 불과하다는 데 있다. 열정이 뜨거웠던 만큼 절망도 지나치게 빠른 탓에 그는 자신에게 돌이킬 수 없는 아픈 상처를 남긴 이 역사의 배반이 어떤 원인을 갖는 것인가를 충분히 통찰하지 못한다. 그의 이상과 기대, 그리고 절망은 역사의 한 부분이면서 동시에 역사로부터 그를 격리시키는 원인으로 작용하는 것이다. 결과적으로 이명준의 모색은 전략적이지 않고 그만큼 현실적이지도 않은 것이 되고 만다. 그가 중립국을 선택할 수밖에 없었고, 자신의 두 사랑에 대한 인간적 책임을 지는 것으로 소설이 끝나고 마는 이유도 여기에 있다. 게다가 이 소설에서 역사를 상대로 한 주인공의 탐색은 실제적인 정황을 제시하지 못한 사념(思念)의 여행이라는 형식을 취하고 있다. 예를 들어 이명준의 월북은 이명준의 구체적인 행위로써가 아니라 작가의 생각 속에서 이루어지는 것으로 그려졌다. 이 점 역시 주인공이 과연 구체적인 역사와 만난 것인가 의심하게 하는 이유이다.

2. 병든 인물의 초상

'병든' 인물을 그리는 것은 근대에선 결코 특별한 일이 아니다. 근
대가 양산한 성격 타입들—교활한 개발자로부터 자본주의의 야수들을
비롯하여, 모진 노역과 생활화된 참극에 지친 무감동한 희생자와, 무
력하고 자조적인 방관자들은 정도의 차이가 있을 뿐 모두 병든 모습
을 보여 주었다. 작가는 자못 객관적인 관찰자를 자처하기도 했지만,
그 자신 병든 인물들 가운데 하나일 수 있었다. 병들지 않은 눈으로
병든 세계를 보는 데는 한계가 있는 법이다. 병든 자신을 들여다보는
것은 병든 세계를 그리기 위한 불가피한 조건일런지 모른다. 전쟁은
작가 자신의 삶을 역시 뒤흔들어 놓을 수 있는 것이었으므로 작가가
자신의 상처와 병증에 집착하는 현상이 빚어질 수 있었다. 병든 눈으
로 보는 병든 인물들과 병든 세계, 그것은 전후문학에서 두드러지게
나타나는 국면이다.

이 경우 작가는 자신이 다루는 인물들과 이야기에 대해서 뿐 아니
라 자신에 대해서도 아이러니한 거리를 유지해야 한다. 병든 자신을
들여다보아야 하기 때문이다. 작가의 존재는 이중적이 된다.[9] 자신이
라는 환부를 헤쳐 병든 세계를 비춰 본다는 것은 고통스러운 일이다.
손창섭의 소설은 이러한 방식으로 씌어졌다.

손창섭이 그려낸 허구적 자화상들은 비정상적이고 아니면 불구거
나, 석연치 않고 그렇기 때문에 쉽게 만회할 수 없는 상처[10]를 갖는

9) 최재서는 일찍이 이상(李箱)의 「날개」(1936)를 두고 이 점을 지적했다. 이상은 왜
   곡된 자신을 냉철하게 들여다보고 그려냄으로써 현대의 '분열'을 증언했고 리얼리
   즘의 심화를 이룰 수 있었다는 평가였다.(「<천변풍경>과 <날개>에 관하여」, 『문
   학과 지성』, 인문사, 1938, 107쪽)
10) 손창섭은 인물들에 대한 친절한 설명을 생략하고 있다. 그런 만큼 그 '상처'의 원
    인을 탐색하는 일에도 인색하다. 이 점은 한 연구자에 의해 비판되었다. 그의 인

뒤틀린 낙오자들이다. 그럼에도 불구하고 그들 대부분은 비상한 자존심을 갖는데, 이 점은 그들이 자신과 주변의 불행을 짐짓 무감동하게 받아들이는 것과 어떤 연관이 있는 듯하다.

그들이 보이는 공통된 특징은 인간관계의 견고함에 회의를 갖는다는 점이다. 뒷날 작가는 유곽 거리에서 자랐으며 어머니의 성교 장면을 목도하고 절망에 빠져야 했던 자신의 일그러진 성장과정을 스스로 밝힌 바 있거니와,(「신의 희작」, 1961) 혈연조차 그에게는 믿음이 가지 않는 것이어서 작가와는 달리 유족하고 따뜻한 가정을 가진 「공휴일」(1952)의 '도일' 역시 아들을 위할 뿐인 충실한 어머니에게 "어머니가 정말 저를 낳으셨수?"11)하고 묻는 것이다. 사람들의 관계란 단지 우연한 것에 지나지 않는다는 생각은 손창섭 소설에서 이야기를 설정하는 바탕이 된다. 그의 인물들은 더불어 어울리는 경우에도 생각을 같이하거나 서로를 배려하지 않으며(「혈서」, 1955), 가족 사이에도 아무런 애정이나 신뢰가 없음을 보여 준다.(「미해결의 장」, 1955) 간혹 그들이 상대에 대해 연민을 갖지 않은 것은 아니지만 정작 도움을 주는 경우는 드물며 대체로 남의 불행을 애써 무관심하게 지나친다.(「비오는 날」, 1953) 서로에 대해 기대를 하지 않는 그들에게 나름대로 분명한 판단과 지향이 있는 것도 아니다. 그들의 침체된 삶은 이미 자신을 유폐시킨 결과다.

바람직한 인간관계로부터의 소외란 사실 근대의 보편적 주제다. 흔

물들의 성격은 '미리 주어져' 있다는 것이다.(한수영, 「1950년대 한국소설 연구: 남한편」, 『1950년대 남북한 문학』, 평민사, 1991, 57쪽) 손창섭의 소설을 등장인물과 시간적 배경이 유기적 관련을 맺지 않는 '무시간성의 형식'으로 단정한 글(정호웅, 「손창섭 소설의 인물 성격과 형식」, 『작가연구』, 새미, 1996, 53쪽)도 이와 다르지 않은 문제를 지적한 것이다. 손창섭이 인물형상을 사회적이고 역사적인 현실과의 복합적이고 역동적인 관련 속에서 제시하지 못했다는 지적은 불가피하지만, 한편으로 필자는 그의 소설을 반드시 이 리얼리즘의 원칙에 입각해 읽을 필요가 있겠는가 하는 의문을 갖는다. 손창섭의 인물들은 경우에 따라 놀랍게 전형적이며 인상적인 상모를 드러낸다.

11) 「공휴일」, 『현대한국문학전집 · 3』(신구문화사, 1965), 124쪽.

히 자연주의 문학은 약탈적인, 그렇기 때문에 서로 절연된 인간관계의 황폐함을 그렸다. 손창섭은 전후 상황에서 이 소외 양상을 가장 인상깊게 그려낸 작가다. 그는 전쟁이라는 극단적인 폭력을 경험한 사람들의 내면에, 섣부른 열정이나 도덕적 명령을 행동으로 옮기는 것이 얼마나 부질없는 일인가 하는 인식이 깊게 새겨져 있음을 보여준다. 그들은 어떤 일에도 자신의 힘이 미치지 않고 어떤 노력도 절망을 확인케 할 뿐이라는 단호한 예단을 내리고 있는 것이다. 그들이 감당해야 했던 훼손 때문에 그들은 더 이상 훼손을 원치 않는다. 훼손의 위협으로부터 자신을 지키기 위해 그들이 흔히 선택하는 방식은 밖으로 향한 관심을 차단하고 자신과 남에 대해서 어떤 희망과 기대도 갖지 않는 것이다. 그러나 문제는 이러한 선택이 자신에 대한 최소한의 존엄을 확보하려는 욕구를 위배한다는 데 있다. 이 점에 대해서 그들은 마땅한 대책을 갖지 못한다. 훼손의 위협은 무의미, 혹은 무화의 위협으로 바뀐다. 그들이 정작 두려워하는 것은 바로 이것이다. 그것은 작가 손창섭을 사로잡은 주제였다. 그가 이 주제에 집착했다는 점은 그가 파괴의 과정을 탐색하는 데 관심을 두지 못한 이유의 하나였다. 무의미의 위협을 이기기 위하여 그는 무엇인가를 해야 했다. 그가 할 수 있는 것은 무엇이었던가.

주인공을 병들게 하는 현실 관계의 고발은 몇몇 작가들에 의해 이루어졌다. 박연희의 「증인」(1956)은 왜 병들지 않을 수 없는가를 예시하는 소설이다. '사사오입(四捨五入)' 개헌 파동을 비판하는 기사를 써서 신문사에서 권고사직을 당한 '준'은 우연히 자기 집에 하숙생으로 들게 된 청년 때문에 경찰서에 불려가 곤욕을 치른다. 준과 시국담을 나누기도 했던 이 청년은 경찰의 추적을 받는 사상불온자이자 '간첩'이었던 것이다. 권고사직을 당한 경위로 인하여 더욱 모욕과 협박을 당하는 취조 과정에서 준은 갑자기 각혈을 하고 정신을 잃는다. 야비한 폭력의 울 속에 갇히고 어떤 행동의 논리도 찾지 못하는 상황은 죽을 병에 걸리는 선택을 강요한 것이다. 그의 각혈은 절망의 표현이다.

　손창섭의 이야기를 대신해 준 또 하나의 단편은 이범선의 「오발탄」(1959)이다. 갈 수 없는 고향을 그리다 실성한 어머니와 영양실조로 누렇게 뜬 처자식을 거느린 지친 가장은, 상이군인이 되어 돌아온 동생이 강도질을 하다 잡혀 가고 아내까지 죽게 되면서 망연자실하는 것이다. 이 소설은 전쟁이 강요한 어이없는 전락(轉落)을 감당하지 못하는 모습을 그려내었다. 그런데 손창섭에게 이러한 전락은 새삼스러운 것이 아니었다. 그는 이미 부서져 있었다. 따라서 전락의 경과를 돌이킬 필요는 없었다. 그는 자신이 조물주의 '오발탄'임을 자탄하는 대신 '신의 희작(戱作)'으로서 자신을 낳은 신에게의 도전을 결의한다. '시시한' 소설가 S, 곧 손창섭 자신의 태도와 생각을 밝힌 「신의 희작」의 마지막 부분에서 그는 자못 진지하고 또 위악적인 목소리로, 도전의 방법은 '비극적 넌센스'를 연출하는 것이며 또 도전 자체가 넌센스라고 말한다.

　*이러한 그의 비현대성, 비문화성, 비일반성은 그의 정신과 육체의 기본 형성 요소인 기형성과 불구성에서 돋아난 가지(枝)로서, 그의 생활과 문학에 비극과 희극을 동시에 투영해 온 근원인 것이다. 그렇다면 그는 그러한 비극을 연출하기 위한 의미로만 존재하는 것일까. 신은 이 세상 만물 중 어느 것 하나 의미없이 만든 것이 없다고 하니 말이다. 여기서 S는 너무나 저주스럽고 짓궂은 신의 의도와 미소를 발견하고, 새로운 도전을 결의하지 않을 수 없는 것이다. 그 자체가 이미 하나의 완전한 넌센스인 도전을.12)

　그는 병든 세계의 현란한 치장을 비웃고 속화된 풍습을 거스르는 '야만인'으로 자신을 규정했다. 비극적 넌센스는 이 야만인의 행동양

---

12) 「신의 희작」, 위의 책, 443쪽.

식이다. 흔히 강간을 자행하는 것으로 표출되었던 그의 인물들의 엉뚱한 저항은 병든 인물이 병든 세계를 향해 행하는 자기 확인이었다. 이와 마찬가지로 비극적 넌센스는 자신이 불구의 희작임을 확인하는 것이며, 야만인으로서 신과 맞서고 신의 '짓궂은 의도'를 실천하는 것이다. 그의 도전은 넌센스이기 때문에 가능하며 넌센스로써 의미가 있는 것이다.

손창섭은 자신의 '불구성'을 객관화함으로써 자기 연민에 빠지지 않고, 결과적으로 그것에 역사적이며 일반적인 의미를 부여하는 데 어느 정도 성공한다. 사실 불구성은 우리의 시대적인 운명이었다. 그것은 가치의 급격한 절멸과 도덕적 훼손에 따른 결과였다. 불구성을 드러내는 것—비극적 넌센스로써—은 이 운명에 항거하는 방식이 된다. 그의 넌센스가 비극적인 이유는 여기에 있다. 손창섭은 이로써 무의미의 위협에 맞설 수 있었다. 그러나 그가 어떤 구체적 행동으로 나아갈 수 있었던 것은 아니었다. 손창섭은 항거의 태도를 표명하는 수준에 머물렀다. 운명에 대한 대결의식은 추상적 구도를 넘어서지 못했던 것이다. 이는 자신의 불구성을 드러내어 이를 일반화시키려는 작가의 기도가 자신을 소외시키는 데 머물러 새로운 지향을 향한 통합과 단결의 실마리를 제시하지 못한 사정과 대응된다.

3. 훼손과 구원

전쟁은 급격하고 극단적이며 전면적인 훼손의 경험이었다. 우리의 경우 근대의 폭력성은 끊임없이 재생산되었다. 그에 가담하는 것은 불가피하고 현실적인 선택으로 여겨져 왔다. 스스로 타락하는 것이 타락한 시대를 사는 방법이라는 깨달음이나 자신을 훼손함으로써 훼손에 대한 면역을 가질 수 있다는 생각은 이미 특별한 것이 아니었다. 그러나 전쟁의 경험은 그 어느 때보다 깊은 훼손의 상처를 남겼다. 이 엄청난 죄악의 시대는 그로 인한 상처를 돌이키고 속죄와 구원에 대해 사색하는 노력을 필요로 하고 있었다. 황순원의 『나무들 비탈에 서다』(1960)는 전쟁에 참여한 젊은이들을 통해 훼손의 상처를 돌이키고 이를 극복하는 문제를 조명한 장편소설이다.

1, 2부로 나뉘어진 이 소설에서 각각의 주인공이랄 수 있는 '동호'나 '현태'를 사로잡는 것은 훼손에 대한 두려움과 절망이다. 그들은 전쟁이라는 훼손의 경험이 또한 자기 훼손을 강요하는 것이었음을 보여 준다. 전쟁터에서 순수의 지향을 잃지 않으려는 동호의 집착은 훼손에 대한 두려움에서 비롯되는 것이다. 동호에게 애인 '장숙'은 순수의 표상이다. 그는 장숙을 그리며 훼손된 세계를 외면하고 그것의 위협으로부터 자신을 지키려 애쓴다. 그러나 그는 이러한 노력이 무용하거나 무의미하다는 사실을 알고 있다. 훼손된 세계로부터 자신을 격리시킨다는 것은 불가능한 일이기 때문이다. 그는 이미 극단적인 훼손을 경험했고 그 현장에 던져진 것이다. 술집 작부 '옥주'는 훼손의 아픈 상처를 일깨우는 역할을 한다. 동호는 옥주에게 연민을 느끼지만 옥주의 아픔에 무력할 따름이다. 옥주와의 관계를 맺음으로써 그는 서로가 훼손되었으며 그 상처를 만회할 수 없다는 절망에 빠진다. 그는 옥주를 쏘고 자살한다.

동호가 자살하는, 휴전이 되던 해 겨울로부터 3년이 흐른 뒤를 배경으로 한 2부는 살아남은 젊은이들의 행방을 뒤쫓는다. 짐짓 훼손에 익숙한 듯하던 현태는 이제 지리한 권태에 사로잡혀 하릴없이 술이나 먹는 생활을 하고 있다. 순수를 지향했던 동호와 달리 전쟁터에서 현태가 취한 방법은 스스로 타락하는 것이었다. 그것이 이 훼손의 시대를 사는 불가피한 방법이라고 여겼기 때문이었다. 그는 자신들이 훼손의 희생자일 뿐 아니라 가해자가 될 수밖에 없음을 깨달은 현실주의자였다.

안전과 위험이 항상 공존해 있는 싸움터. 그 예측할 길 없는 전쟁의 생리에 의해 죽고, 부상을 당하고, 그리고 생존했더라도 무언가 눈에 뵈지 않는 멍 자죽을 남겨 받아야만 했던 수많은 젊은이들. 현태는 새삼스럽게 지난 날 동호가 자살하기 바로 직전에 한 말을 되씹어 보았다. 대체 우린 피해잘까 가해잘까? 내가 보기엔 이번 동란에 나왔던 젊은이들은 죄다 피해자밖에 될 수 없다는 생각이 들어. 그러나 현태는 이 동호의 말에 대답이나 하듯이,

"정말 그럴까. 난 가해자두 될 수 있다고 보는데."13)

그를 사로잡은 권태는 무엇인가. 그것의 본질은 죄책감일 것이다. 그는 전쟁터에서 수색 중에 무고한 여인을 죽였고 동호의 타락을 유도함으로써 동호를 죽게 하는 데 일조했다. 현태를 짓누르는 것은 전쟁의 상황 속에서 자신이 동호를 죽이는 의도하지 않은 공모자가 되었다는 사실이며, 자신 역시 돌이킬 수 없이 훼손되었다는 절망감이다. 그는 아무것도 할 수 없는 무력감 속에서 '대체 언제, 어디서, 누구 땜에 이런 무능자가 되어야 하는가'14)고 외친다. 물론 이 물음에 대한 답은 준비되어 있지 않다. 그는 자신을 가해한 피해자다. 그는 자신을 책해야 하며 동시에 훼손의 역사에 맞서야 한다. 그러나 그가 이를 뚜렷이 자각하고 있는 것은 아니다. 따라서 그는 자신의 운명과 대결할 의지를 가질 수도 없다. 그는 혼돈에 빠져 있다. 다만 훼손의 아픈 기억을 떨치지 못한다는 점에서 그 역시 냉철한 현실주의자가 되기엔 미숙한 젊은이임을 드러낸다. 그가 자신을 방만한 무력감 속에 방치하는 행위는 그가 할 수 있는 속죄의 몸짓이기도 하다. 동호가 죽은 경위를 알려 하는 장숙의 출현으로 피해자로서의 상처와 가해자로서의 죄책감은 새삼 돌이켜진다. 현태는 이 순수의 표상을 겁탈함으로써 자기 구원을 포기한다.

동호와 현태는 수동적인 희생자도 명백한 가해자도 아니다. 가해자

---

13) 「나무들 비탈에 서다」(연재 6회), 사상계, 1960. 6., 421쪽.
14) 위의 책, 422쪽.

로서, 동시에 희생자로서 죄와 책임의 문제에 대해 고뇌해야 한다는 점은 그들을 비극적 주인공이게끔 하는 이유이다. 『나무들 비탈에 서다』는 전쟁이라는 구체적 상황을 배경으로 하지만, 그 주인공들이 제기하는 죄와 책임의 문제는 현대의 일반적 주제—훼손의 시대가 불가피하게 강요하는 훼손과 자기 분열, 혹은 정신적 황폐화를 어떻게 견디고 이겨내야 하는가 하는 윤리적 관심과 관련된—이기도 하다. 훼손의 경험으로서의 역사를 사색하고 그것을 과연 어떻게 감당해야 할 것인가 물음으로써 황순원은 장편을 쓰기 시작했다. 그는 건강한 자연적 생명력을 갖는 '곰녀'가 갖가지 훼손을 당하지만 그럼에도 불구하고 순수성을 잃지 않는 모습을 그렸으며,(『별과 같이 살다』, 1950[15]) 북한의 토지개혁을 배경으로 역사적 폭력에 대한 절망과 신비한 정신적 사랑을 통한 구원의 기대를 표현했다.(『카인의 후예』, 1954) 역사의 구체적 국면을 배경으로 할 때에도 황순원은 변화의 총체적 역동학을 밝히려는 데 관심을 두기보다 역사의 비극적 구도 자체에 천착했다.

그의 소설에서 작가나 주인공이 취하는 것은 응시의 자세다. 응시의 자세는 훼손의 경험으로 인한 환멸과 아픔을 내면화하는 것이며, 동시에 내성(內省)의 깊이에서 환멸이 요구하는 편협한 자기 연민을 벗어나 훼손의 상처를 관조하려는 것이다. 이러한 응시의 자세는 훼손의 운명을 인내해야 하는 인간에 대한 동정에 이를 수 있다. 하지만 그것이 현실의 부당함과 억압을 이겨 나갈 통찰의 의지를 항상 동반하는 것은 아니다. 오히려 응시의 자세는 변화를 위한 구체적 전략을 세우려 하기보다 숨죽인 탄식을 내려 깔거나, 반대로 주관적 이상이나 기대를 표현하려 할 수 있다.

황순원 소설의 일반적 측면으로 지적된 '서정성'은 응시의 자세와 관련이 있는 것으로 보인다. 예를 들어 『카인의 후예』에선 작가적 화

---

15) 『별과 같이 살다』는 해방직후 발표된 단편 「곰」(1947), 「암콤」(1947)의 연작에 잇달아 씌어진 장편이다.

자 '박훈'의 내면적 응시와 회상을 통해 이야기가 전개되고 있거니와, 화자의 의식과 정조가 투영됨으로써 비롯되는 서정적 공간화는 이 소설의 특징이다.16) 물론 이 서정성은 비극적 구도를 바탕으로 하고 있는 것이다. 비극적 서정성은 훼손된 상처에의 감각적 집착을 조건으로 한다. 박훈, 혹은 작가는 그를 아프게 하는 상처에 매몰되어 있는 만큼 비상을 꿈꾼다. 그를 사로잡고 있는 것은 안타까운 분노와 훼손을 이기는 꿈이다.17) 비극적 서정성은 이러한 주관적 정조의 운동이며 그 결과다. 그것은 비극적 구도를 공간화하며, 서사 내용에 대한 정조나 상징적 분위기의 지배를 초래한다. 『나무들 비탈에 서다』에서도 앞부분에 제시된, 동호를 내리누르는 절망적 가위눌림의 상태―'두

---

16) 황순원의 소설이 서정성을 갖는다는 지적은 대체로 그의 초기 단편들을 상대로 한 것이었지만 여러 논자들은 장편 『카인의 후예』 역시 토지개혁을 중심으로 한 지주와 소작인 간의 갈등이라는 서사적 내용을 가지면서 동시에 서정성을 두드러지게 드러낸 소설로 평가했다. 『카인의 후예』는 "서정성과 서사성이 미묘한 균형"을 이룬 소설이라는 것이다.(정희모, 「한국 전후 장편소설 연구」, 연세대학교 대학원 박사학위 논문, 1994, 70쪽) 『카인의 후예』의 서정성은 이 소설이 작가 분신적 주인공이자 화자인 '박훈'의 시점과 내면의식, 회상 등에 의해 진술되고 규정된 결과로 진단되었다.(조남현, 「황순원의 '카인의 후예'」, 『한국 현대소설의 해부』, 문예출판사, 1993, 65쪽) 이러한 진술의 제한은 현실 역사의 구체적 양상에 대한 다양한 해석을 제한하며, 결과적으로 그것들은 박훈의 의식과 정조의 투영으로서 나타나게 된다는 설명이었다. 정희모는 『나무들 비탈에 서다』에 오면 특별한 중심 화자가 등장하는 대신 여러 인물들의 행위를 그리는 객관적 묘사방식을 구사하고 있음을 지적하면서, 이를 황순원 소설이 리얼리즘의 성취라는 장편의 이상에 근접하고 역사인식을 확장해 가는 과정의 결과로 보았다.(정희모, 위의 논문, 192-193쪽) 물론 이러한 견해는 대체로 타당한 것이지만 필자가 보기에 비극적 서정성은 그러한 변모와 발전 과정에도 불구하고 초기 단편과 전후의 장편들에 이르기까지 황순원의 소설이 변함없이 디디고 있는 기반이다.

17) 이 구도를 뚜렷이 보여 주는 것은 해방직후 <10월인민항쟁>을 다룬 황순원의 단편 「황소들」(1947)이다. 어린아이의 시점을 통한 '발견'의 형식을 취하고 있는 이 소설은 자기 마을에 공출을 독려하러 나온 '사나이'가 총부리로 사람들의 어깨를 내려치는 장면과, 봉기한 마을 어른들이 성난 황소와 같이 내닫는 모습을 대비시킨다. 어린 화자는 '순하고 느리지만 성이 나면 호랑이도 뿔로 받아 죽일 수 있는' 황소들에 대한 꿈과 기대를 표현한다. 황순원의 해방기 소설에 대해선, 신형기, 『해방기 소설 연구』(태학사, 1992), 91-92, 154-158쪽.

껍고 밀도 짙은' 유리의 이미지는 소설 끝까지 관류하는 지배적 분위기의 암시로 작용한다. 중심인물들의 의식과 정조, 그리고 행동은 그 안에 장악되어 있는 것이다. 이 정조, 혹은 분위기의 지배는 인물들이 다르게 생각하고 행동할 가능성을 차단한다. 『카인의 후예』가 결과적으로 토지개혁과 북한의 변화에 대한 단순한 부정적 해석을 고착화하고 있듯,18) 『나무들 비탈에 서다』에서도 전쟁은 상처를 남긴 것일 뿐 이를 이길 노력은 이미 중단되어 있었던 것이다.

역사의 비극적 구도를 천착하려 했다면 작가의 탐구는 그것이 제기하는 윤리적 긴장의 최대치에 이르러야 한다. 윤리적 긴장의 최대치는 훼손의 운명에 맞서 자신과 주변을 통찰하고 새로운 모색의 의지를 굽히지 않는 데서 구현될 것이다. '비극적 황홀감'은 아마도 그 막바지에서 얻을 수 있는 것이리라. 『나무들 비탈에 서다』의 경우, 분위기에 의한 지배는 동호와 현태가 갈 길을 이미 결정하고 있다. 동호의 성급한 자살이나 현태의 어이없는 죽음19)이 그것이다. 과연 그들은 죽음을 선택할 수밖에 없었던가? 그들의 죽음은 치열한 모색의 어쩔 수 없는 결과가 아니라는 점에서 비극적 주인공으로서의 위엄과 의의를 손괴시킨다.

소설의 말미에서 현태의 강간으로 임신한 장숙은 그의 아이를 낳아 기르겠다는 결심을 피력한다. 동호에게 순수의 표상이었던, 그렇기 때문에 동호를 죽게 한 공모자 가운데 하나라고 할 수 있는 장숙은 전쟁의 훼손을 감당하고 또 그것을 극복하려는 의지의 표상으로 남는

---

18) 조남현은 『카인의 후예』가 지주계급을 옹호하는 이념적 경향성을 드러내고 있다고 보았다.(조남현, 위의 글, 69-71쪽) 지주의 아들인 박훈의 시선을 통해 이야기가 펼쳐지는 까닭에 역사적 사실에 대한 여러 다른 입장에서의 통찰이 배제되고 또 정조적 채색이 앞서는 상황에서 지주들은 피해자로, 토지개혁은 단지 폭력적인 것으로 부각될 뿐이다.

19) 『나무들 비탈에 서다』에서 동호와 현태가 죽게 되는 정황은 구체적으로 묘사되어 있지 않다. 특히 현태의 죽음은 암시적인 건너뛰기의 방법으로 처리되었다. 이들의 죽음은 한마디로 상징적이다. 즉 그들의 죽음은 현실적 필연성의 결과라기보다는 정조적 판단의 결과라고 말할 수 있다.

다. 그녀는 현태를 통해 동호가 훼손에 절망해 간 과정을 알게 되지만 그녀의 의지가 훼손의 절망 속에서 나오는 것은 아니다. 오히려 그녀는 순수하기 때문에 의지적일 수 있는 것이다. 동호와 현태가 자신의 상처를 감당하지 못하고 파괴되어야 했다면 장숙이 아무런 위협을 받지 않고 순수를 지킬 수 있었다는 것은 기이하다. 장숙은 훼손을 이기는 꿈의 형상이다. 동호와 현태가 비극적 구도를 심화시키지 못했듯이 장숙이 과연 이 훼손의 역사와 맞서는 의지를 구현할 만한 존재인가는 의심스럽다.

비극적 구도의 천착은 정조적인 이해를 통해 도모될 수 있는 것이 아닌 듯하다. 다시 말해 비극적 서정성에의 함몰이 비극적 구도의 심화된 파악에 이르는 데 장애가 될 수 있다는 뜻이다. 삶의 비극적 구도의 천착은 결국 구체적인 현실과 역사에 대한 통찰과 탐색을 요구하는 것이라고 보인다. 비극적 구도를 천착한다는 것은 이를 통해서만 가능한 일일지 모른다.

『나무들 비탈에 서다』의 주인공들이 훼손의 상처에 집착하는 것은 그들이 순수의 지향을 갖기 때문이다. 만약 애당초 순수에 대한 감각이 없다면 훼손의 상처란 으레 있는 통상적인 것으로 여겨질 수도 있다. 전쟁을 여름날의 소나기처럼 자못 요란하지만 지나쳐 갈 일과적 현상으로 보고 돈과 애정을 둘러싼 갈등이라는 일상성을 그린 염상섭의 『취우』(1953)는 이런 점에서 『나무들 비탈에 서다』와 마주 놓아 볼 만하다. 일상이야말로 그 어느 것보다 무서운 지속력을 갖는 것이다. 일상의 위대함은 여기에 있다. 그러나 작가의 시선이 세세하고 진부한 일상에 파묻혀 버릴 때 그것의 역사성을 살려내기는 어려워진다. 『취우』는 자연주의적 평판성과 정태성을 보이는 소설이다. 『취우』의 자연주의적 한계는 순수에 대한 감각의 부재로 인한 결과일 수 있다. 순수의 감각이란 무엇인가. 그것은 훼손되지 않은, 훼손을 이긴 상태를 상상하는 능력이 없이는 갖기 힘든 것이리라. 때문에 그것은

자신의 시대를 바라보고 변화의 가능성을 꿈꾸는 전망적 사고의 근거
일 수 있다. 그렇다면 순수의 감각은 역사적 감각으로 발전되어야 하
는 것이다. 『나무들 비탈에 서다』는 순수의 지향을 개인적인 것으로
그리는 데 그쳤다. 순수의 지향은 순진한 젊은이들의 특권이었고 그
런 만큼 그들은 자신 안에 갇힌 모습을 보여줄 뿐이다. 이 점은 『나
무들 비탈에 서다』가 역사적 구체성을 풍부하게 살려 내지 못한 이유
이다.

4. '혁명적 비극' ; 비극은 극복될 수 있는가

비극은 극복될 수 있는가. 비극적인 갈등이 잘못된 정치제도나 허
위의식과 같은 역사적 원인에 의해 비롯된다고 한다면 비극적 상황은
그 원인을 제거함으로써 극복될 수 있다는 논리가 가능하다.[20] 혁명
론은 이를 꿈꾸는 것이다. 즉 역사의 발전을 통해 비극적 부조화를
해결하려는 생각이다. 혁명의 과정에서 실패와 희생은 피할 수 없는
것이다. 그러나 혁명이 종내 승리하리라는 믿음을 가질 때 실패와 희
생은 승리를 위한 것이고 따라서 오히려 투쟁의 의지를 북돋는 것일
수 있다. 북한의 경우, '조국해방전쟁'이라는 간고한 시련의 시기를 그
리는 방식의 하나로 제시되었던 것은 '혁명적 비극'[21]이다. '혁명적 비
극'에서 주인공은 희생된다. 그러나 주인공은 죽음에 당면해서도 승리

---

20) 이 부분에 대해선, Raymond Williams, *Modern Tragedy*(Stanford Univ. Press,
   1966)의 4장 <Tragedy and Revolution> 참조.
21) 북한에서 혁명적 비극이라는 용어가 쓰이기 시작하는 것은 1960년대부터다. 그에
   대한 관심은 80년대 들어 영화 「월미도」가 제작되면서 새삼 부각되었다. 영화 「
   월미도」는 일개 중대가 인천에 상륙하려는 UN군을 저지하려다 모두 영웅적으로
   전사한다는 내용으로, 1952년에 씌어진 황건의 단편소설 「불타는 섬」을 원 텍스
   트로 한 것이다. 「불타는 섬」은 혁명적 비극의 형식적 틀을 앞서 보여준 것이었
   다고 말할 수 있다.

에 대한 믿음을 잃지 않으며 기꺼이 자신을 던지는 고상함을 구현한
다. '혁명적 비극'은 주인공의 희생에도 불구하고 슬픔을 주지 않는
비극, 비애가 아니라 신심과 용기를 주는 비극이라는 것이다.22)

북한문학 역시 전쟁의 참상을 그렸다. 그러나 전쟁의 참상은 오직
잔혹한 적들이 저지른 결과로 묘사되었으며, 따라서 적에 대한 분노
와 적개심을 다져야 할 것이 강조되었다. 격추시킨 미국 조종사들을
학살당한 '애국자'들의 시체가 그대로 쌓여 있는 창고에 가두며 이 창
고가 바로 '피비린내 나는' 미국 대사관이 아니냐고 말하는 이태준의
단편 「미국 대사관」(1951)이라든가, "젖먹이 어린것을 가슴에 안은 채
/ 허무러진 논두렁에 쓰러진/ 젊은 어머니의 원한!"23)을 갚아야 할 것
이라고 외친 이용악의 「원쑤의 가슴팍에 땅크를 굴리자」(1950)는 그
예들이다.

조국해방전쟁은 세계를 장악하려는 미국 제국주의의 침략에 맞서
민족을 해방하고 조국을 지키려는 약소국의 영웅적 투쟁이라는 세계
사적인 의미를 갖는 것으로 해석되었다.24) 제국주의의 야수성이 강조

---

22) 박영태, 「혁명적 비극의 참다운 본보기—예술영화 <월미도>에 대하여」, 조선문
학, 1983. 8., 33쪽.
혁명적 비극과 같은 형식적 범주는 소련의 혁명소설에서도 찾아볼 수 있다. 예를
들어 오스트로프스키의 「강철은 어떻게 단련되었는가」(1934)에서 주인공 '빠벨 콜
차킨'은 간고하고 비극적인 삶을 살지만 그럼에도 불구하고 새로운 인간으로 태
어나며 그럼으로써 이념적인 의지와 용기를 북돋는다. 이는 '낙관적인 비극
(Optimistic Tragedy)'이라고 할 만하다.
cf. Richard Freeborn, *The Russian Revolutionary Novel*(Cambridge Univ.
Press, 1982), p. 201.
23) 이용악, 「원쑤의 가슴팍에 땅크를 굴리자」, 『시집』(조선인민군 전선문화훈련국,
1950), 45쪽.
24) 조기천의 「조선은 싸운다」(1951)는 전쟁을 미제의 야수적인 폭력에 맞선 도덕적
힘의 싸움으로 그린 대표적 시편이다. 그에 의하면 조선은 반제 반미 투쟁의 선
봉에 선 것이며 이로써 세계혁명에 이바지하고 있다는 것이다. 조기천의 시는 조
국해방전쟁의 세계사적 의의에 대한 높은 긍지와 자부심에 기초하고 있으며, 서
정의 세계를 시공간적으로 확대하여 서정세계의 입체성을 보장했다는 문학사적
평가를 받았다. 『조선문학사』(11)(과학백과종합출판사, 1994), 68-69쪽.

되었던 한편으로 조선과 조선인민의 아름다움과 순수함은 부각되었다. 이 전쟁은 제국주의의 야수들이 아름다움과 순수함을 해치고 지배하려는 전쟁이었고, 그에 맞선 도덕적 힘의 진정성을 구현해 보이는 전쟁이었다. 야수들을 물리쳐 아름다움과 순수함을 지키는 것은 마땅하고 필연적인 역사의 행로를 확인하는 거룩한 사업이었다. 인민군과 함께 서울에 온 임화는 다음과 같이 읊었다.

> (전략)
> 악독한 원쑤들이 비록
> 아름다운 산하를 더럽혀
> 그림 같던 락산(洛山) 마루 위에는
> 나무 하나이 없고
>
> 골짝마다 물소리 맑던
> 삼각산 인왕산 기슭에는
> 흙이 붉어 황량하나
>
> 종남산 넘어가면
> 한강수 용용하고
> 바다 같은 창공엔 언제나
> 북한연산 장엄한
> 여기는
> 슬기로운 우리 조상들이
> 죽엄으로 외적을 물리쳐
> 자랑스러운 도시
> 용감한 우리 선진자와 전우들이
> 조국의 자유를 위하여
> 피흘려 싸운 영광의 거리[25]
> (후략)

---

25) 임화, 「서울」, 『너 어디에 있느냐』(문화전선사, 1951), 3-5쪽.

야수적 폭력의 훼손에 맞서 아름다움과 순수함을 지킨다는 구도의 제시는 시련의 시기를 형상화하는 기본원칙이었다. 혁명윤리를 승리자의 관점에서 제시해야 한다는 것은 전쟁의 상황을 그리는 데서도 예외없이 적용되었다.26) '혁명적 비극'은 이러한 원칙을 벗어나지 않는다. 훼손에 대한 분노와 적개심, 양적으로 우세한 적을 몰아내려는 비상한 용기며 헌신의 의지는 이 비극의 주인공이 갖추고 보여 주어야 할 바였다. 아름답고 순수하기 때문에 그들은 이를 훼손하려는 적들에 맞서는 힘을 발휘한다. 그들은 희생될 수도 있다. 그러나 그들은 희생을 통해 오히려 비장한 결의를 새기는 형상이다.

「불타는 섬」(1952)은 일개 중대가 포 4문으로 인천에 상륙하려는 '5만의 적군과 수백 척의 함정'을 상대해 싸워냈다는 이른바 '월미도 방어 전투'를 그린 단편이다. 소설은 해군 통신수 '안정희'가 월미도의 해안포 중대에 배속되는 것으로 시작한다. 이미 월미도뿐 아니라 인천 시가지 전체가 적의 계속된 함포사격과 폭격으로 불더미와 잿더미가 된 상황이다. 타는 연기와 먼지로 하늘조차 어두운 속에서 포중대원들은 하나둘씩 부상을 당하고 죽어가지만, 누구 하나 지휘부를 탓하거나 두려움에 떨지 않는다. 대원들은 밤낮을 잊고 땀과 먼지투성이가 되어 포탄을 나르고 몰려드는 적함을 향해 쏜다. 중대장 '리대훈'을 위시하여 그들 모두는 한결같이 충직하며, 전투가 가열해질수록 오히려 맹렬한 투지를 발휘한다. 그들은 서로를 고무함으로써 도덕적인 경건함과 고상함을 구현한다. 누구도 자신이 살 수 있을 것이라고

---

26) 전쟁을 그린 성과작의 하나로 평가된 석윤기의 중편 「전사들」(1960)은 이를 잘 보여 주는 소설이다. 전선이 교착된 1951년의 중부전선을 배경으로 한 이 소설의 주인공들은 간고한 속에서도 소박하고 풋풋한 애정을 나누며 서로를 끊임없이 감동시킴으로써 자신들의 임무를 수행한다. 희생이 없는 것은 아니지만 누구도 궁극적 승리에 대한 신념을 잃지 않는다. 전쟁은 이런 점에서 '사람을 벼려 내는' 배움과 단련의 대장간이다. 이 소설은 많은 북한소설들이 취하고 있는 성장소설의 형식을 취하고 있다.

생각하지 않지만, 그런 만큼 그들은 더욱 서로를 배려하는 것이다. 정희에게는 후퇴하라는 명령이 주어지는데도 그녀는 포대에 남기를 선택한다. 죽는 것이 무섭지 않냐는 중대장 리대훈의 질문에 정희는 이렇게 답한다.

> "그보다두 저는 중대장 동무며 중대 동무들과 알게 된 시일이 짧은 게 안타깝다는 생각을 하고 있어요…그렇지만 저는 두렵거나 슬픈 생각은 없이…어떻게 말루 표현할 수는 없어두 기쁘구 행복한 마음이에요. 참말 저는 중대장 동무며 중대 동무들 때문에 지금은 제 일생의 그중 귀중한 시간에 있다는 생각이 들어요. 저를 철없다고 꾸짖지는 마세요."[27]

그들은 서로가 자랑스럽고 그렇기 때문에 죽음을 눈앞에 두고도 기쁠 수 있는 것이다. 포탄을 모두 쏜 뒤 몇 안 남은 대원들은 따바리와 수류탄을 들고 '개무리처럼 까맣게 밀려드는' 적을 향해 돌진한다. 정희는 영웅적으로 싸우다 하나 둘 스러져 가는 전사들의 모습을 타전한다. 정희의 무전 역시 곧 끊기고 만다.

'혁명적 비극'은 비극을 빚는 불가항력의 장애란 있을 수 없다는 생각을 전제로 한다. 과거의 전통 비극은 계급사회의 유물로 간주되었다. 즉 그것은 계급 간의 대립과 갈등을 반영한 것으로, 그 주인공이 지배세력에 의해 희생되는 형식이라는 것이다. 주인공의 희생은 그가 당대 사회의 필연적 요구를 체현하나 이를 실현할 실제적인 힘과 가능성을 갖지 못한 결과다. 따라서 그의 희생은 다만 동정과 슬픔을 자아낼 뿐이다. 반면 계급적 착취가 사라진 사회주의 사회에서는 이런 비극이나 비극적 주인공이 있을 수 없다. 대신 사회주의를 지키고 발전시키려는 투쟁이 계속되어야 하는 한 이를 위한 희생은 불가피하다. 사회주의를 위한 투쟁이 요구하는 것은 '새로운' 비극 형식이다.

---

27) 황건, 「불타는 섬」, 『조선단편집(2)』(문예출판사, 1978), 181쪽.

새로운 비극의 주인공은 계급사회의 안타까운 희생자가 아니라 단결된 인민의 의지를 대변하는 형상이며 그들의 신심과 용기를 북돋는 영웅이다. 그의 희생은 필연적 승리를 예견케 하는 것이다.

'혁명적 비극'은 운명에 맞서는 비극적 의지를 강조한 것이라고 말할 수 있다. 그러나 '혁명적 비극'의 주인공이 보이는 의지는 그가 시련을 통해 획득하는 것만은 아니다. 그가 어떤 길을 가야 할 것인지는 이미 주어져 있다. 그가 다른 방향을 모색하고 추구할 가능성은 열려 있지 않다. 여기서 모든 것은 너무나 명확하다. 선과 악은 뚜렷이 대별되며 선의 승리는 운명적으로 결정되어 있다. 의지와 용기를 갖고 '바른'길을 가는 한 그의 승리는 약속된 것이다. 주인공의 희생은 종국의 승리에 대한 믿음을 굳게 하는 것이어야 한다. 승리는 연기될 수는 있어도 회의의 대상일 수는 없다. 과연 모든 것이 이토록 분명할 수 있는가?

그는 운명에 맞선다기보다 또 다른 운명을 따르는 형상이다. 분투의 결말이 정해져 있기 때문이다.[28] 그는 고양된 동지애와 헌신의 열정, 그리고 적을 향한 격렬한 증오를 보여줌으로써 바른길로 가야 함을 감정적으로 정당화한다. 그러나 이러한 감정적 정당화나 영웅적 분투가 강요하는 동감은 그의 운명이 고정되어 있음을 말한다는 점에서 도리어 현실을 왜곡하는 수단일 수 있다. '혁명적 비극'의 주인공이 스스로 의미를 찾고 구현할 여지를 갖지 못한다는 점은 그 자신의 내면적 탐색을 역시 제한하는 요인이다. '혁명적 비극'이 비극적 긴장을 제시할 수 없다면 그 이유는 무엇보다 여기에 있을 것이다.

혁명적 비극이 어떻게 씌어져야 하는가는 막스와 엥겔스, 그리고 라살레 간에 벌어졌던 지킹엔 논쟁의 부수적 주제였거니와, 해방직후

---

28) 유물사관에 입각한 혁명의 필연적 승리를 말하는 연극들은 정해진 운명적 종결을 향해 간다는 점에서 19세기 서구의 멜로드라마와 다르지 않다는 지적이 있다.(Wylie Sypher, "Aesthetics of Revolution; The Marxist Melodrama", Robert W. Corrigan, *Tragedy; Vision ard Form*(Harper&Row, 1981), p. 223) 이런 지적을 따르면 혁명적 비극 역시 멜로드라마틱한 성격을 갖는다고 말할 수 있다.

김남천은 이를 논거로 작가들이 어떻게 인민항쟁을 형상화해야 할 것인가를 말한 바 있다.(「대중투쟁과 창조적 실천의 문제」, 1947)[29] 막스와 엥겔스, 그리고 김남천을 따르면 진정한 혁명적 비극이란 당대사회의 본질적 갈등을 배경으로 해야 하며, 상승하는 계급의 참된 모습과 분투의 의미를 살려내어야 하는 것이었다. 주인공은 역사적으로 정당한, 진보적인 움직임을 대변해야 한다는 것이다. 과연 무엇이 역사적으로 정당한 것이며 진보적인 것인가.

북한의 입장에서 볼 때 제국주의 침략자나 이를 따른 괴뢰들의 희생은 결코 비극으로 성립될 수 없는 것이었다. 실제로 무엇을 긍정적으로 보는가는 '혁명적 비극'의 의의를 규정하는 관건이다. 그에 답하는 것은 간단한 일이 아니다. 하지만 쉼없는 성찰과 반성을 통한 모색의 입장과, 미래를 약속하고 그를 위한 '옳은' 생각과 행동을 강요하는 입장을 구분하는 것은 그렇게 어려운 일이 아니다. 「불타는 섬」은 후자의 입장에서 씌어진 것이다. 이 경우 무엇이 본질적 갈등이고 주인공이 어떻게 분투해야 하는가는 이미 규정되어 있게 마련이다. 이 '혁명적 비극'의 주인공에게 허용된 것은 '옳은' 길을 충실히 좇는 것이었다. 그가 주어진 길을 그대로 따라가야 한다면 그는 비극의 주인공이 아니다.

---

29) 이에 대해선 앞의 4장 「역사 재현의 세 방향」 중의 '인민항쟁; 역사의 방향' 부분을 참조할 것.

제 7 장

운명의 모습; 민족사 서술의 양상

 남북한 쌍방에 엄청난 피해를 입힌 6·25의 뼈아픈 경험은 민족사의 도정을 되돌아보게 하는 것이었다. 왜, 그리고 어떻게 이런 재앙이 닥쳐야 했는가를 묻지 않을 수 없었기 때문이다. 전후의 이념 혐오 풍조에 수반된 외세에 대한 막연한 저항감은 민족적 정체성의 확보를 요구하는 것이기도 했다. 이윽고 4·19를 통해 분출되었던 통일의 열의는 심정적 수준에 머문 것이었다 할지라도, 민족적 자기 인식이 절실했음을 드러내었다. 이러한 분위기는 민족사에 대한 관심으로 이어졌던 것이다. 전쟁의 폐허를 딛고 새로운 시작을 해야 했던 상황에서 민족사를 쓰는 것은 당면한 과제가 아닐 수 없었다.

 북한의 경우 전후시기는 이른바 '주체시대'를 준비하기 시작한 시기였다. 전후복구는 모든 방면에서 사회주의적 개조를 이룬다는 목표 아래 진행되었고, 천리마의 기세로 달리기 위한 사상교양사업의 강화가 사회적 과제로 요구되었다. 항일혁명투쟁은 주체의 기치를 드높인 교양적 의의를 갖는 것이었다. 다라서 그 전통을 계승하는 것은 사회주의적 개조와 공산주의 건설을 주체화하는 담보였다. 이내 정책적으로 '발굴'[1]되는 항일혁명역사는 당역사의 뿌리이자 곧 민족투쟁사의

---

[1] 1950년대 말 당 중앙위원회 직속으로 <당 력사 연구소>가 설치된 후 빨치산 참가 자들의 회상기를 비롯한 여러 종류의 '혁명전통 연구 자료'들이 출간된다. 혁명 전 적지를 성역화하는 사업도 당적 수준에서 추진되었다. 회상기란 '보천보' 전투의 전말을 서술한 오백룡의 『보천보』(1959)라든가 스스로 화약을 제조하여 폭탄을 만들어 일제와 싸웠다는 간고한 역정을 극적으로 서술한 박영순의 『연길폭탄』(1962)

근간으로 간주되었다. 북한은 이미 새로운 민족사를 쓰고 있었던 것이다. 안수길의 『북간도』와 이기영의 『두만강』은 이런 상황을 배경으로 씌어진 소설들이었다.

1. 민족사 서술로서의 두 소설

안수길이 1950년대 말부터 발표하여 67년에 마쳐 내놓은 장편소설 『북간도』와 1954년부터 61년에 걸쳐 나온[2] 이기영의 대하장편 『두만강』은 몇 가지 공통점을 갖는다. 우선 함경도 종성에서 북간도로 이주한 이주민의 이야기인 『북간도』와, 이야기의 무대가 충청도의 송월동에서 함경도의 무산을 거쳐 북간도로 옮겨 가는 『두만강』의 배경은 겹치는 부분이 적지 않다. 두 소설은 모두 두만강을 넘어 용정 등 북간도로 공간을 넓히고 있는 것이다. 역사적 배경이라고 하는 점에서도, 쇄국정책과 척양(斥洋)의 시기인 1870년대에서 시작하는 『북간도』나 자본주의가 본격적으로 침투해 들어오는 1900년대 초기를 출발점으로 하는 『두만강』은 모두 조선사회가 붕괴하면서 민중들의 삶이 놀랍고 빠른 변화를 맞게 되는 근대라는 전환기를 그리고 있다. 두 소설은 모두 북방을 배경으로 근대와 이주(移住)라는 테마를 다룬 것이다. 근대와 이주, 그리고 북방은 어떤 관련이 있으며 무슨 의미를 갖는가?

'이한복'(『북간도』)이 목숨을 걸고 '사잇섬'에 건너가 감자 농사를 짓는 현실적인 이유는 가족을 굶기지 않으려는 것이다. '어떻게든 부지런히 수족을 놀려 남과 같이 살아 보려는' 근면한 농민 '박곰손'(『두

등을 가리킨다. 이들은 개인적인 회상기였지만 역사 서술의 한 형태로 간주되었다.
2) 『북간도』의 1부는 59년, 2부는 61년, 3부는 63년에 사상계를 통해 발표되었고 67년에 전작이 출간되면서 4, 5부가 보태졌다. 『두만강』의 1부는 1954년, 2부는 57년, 3부는 61년에 나왔다.

만강』)이 고향을 등져야 했던 것도 자본주의의 침탈 때문이었다. 이주는 안주할 터전을 갖지 못했거나 빼앗긴 결과다. 그리고 근대의 변화는 이주의 원인이 아니면 동기로 작용했다. 두만강 너머는 그들이 살길을 찾아 갈 수 있는 곳이었다. 하지만 기름진 옥토만이 그들을 기다리고 있었던 것은 아니다. 이주민들은 청인들의 착취와 간섭에 시달려야 했으며 일본 제국주의의 보호 아닌 보호를 받아야 했다. 간도란 중국과 러시아, 일본 세력이 서로 맞서고 충돌한 곳이었다. 그곳이 이주민들의 삶의 무대였다. 그들의 운명은 민족의 운명이었다. 『북간도』와 『두만강』의 근본적인 공통점은 이를 그렸다는 데 있다.

두 소설은 또 작가의 생애와 시대를 되돌아본 규모가 큰 역작이라는 점에서 같다. 『북간도』 쓰기를 마쳤을 때 안수길은 환갑을 바라보는 나이였고 이기영은 『두만강』을 쓰면서 환갑을 넘겼다.[3] 환갑이라는 데 특별한 의미를 부여할 필요는 없겠지만, 이 장편들은 자기 삶의 역정을 역사화하려는 의도와 관련된 것일 수 있다.

안수길은 용정에서 작가로서의 활동을 시작했다. 그의 초기 작품들은 대부분 북간도 땅에 정착하려는 이주민들의 모습을 그린 것이었다. 해방이 될 때까지 용정과 함흥을 중심으로 살았던 그가 간도 이주민의 이야기를 쓴 것은 자연스럽고 당연하달 수 있다. 그러나 1940년 이후 그가 발표한 몇몇 작품들은 여러 민족이 협화(協和)하여 '왕도낙토(王道樂土)'를 이루자는 만주국의 이념을 수용하는 가운데 씌어진 것이었다. 예를 들어 장편 『북향보』(1944-1945)에서 그는 그곳을 '새로운 고향으로 생각하고 백년대계를 꾸며야 할 것'[4]이라고 외쳤는데, 만주땅을 고향으로 만들자는 이른바 이 '북향정신'이란 만주국의 이념, 곧 일제의 만주 진출 방침과 배치되지 않았던 것이다. 1945년의

---

3) 안수길은 1911년 생이고 이기영은 1895년 생이다.
4) 「북향보」의 '작자의 말'. 이에 관한 자세한 내용은, 김윤식, 『안수길 연구』(정음사, 1986), 114-115쪽을 참조할 것.

해방과 더불어 북향정신의 허구성을 확인하게 되었을 때, 그는 북간도 이주민의 생활과 그 역사를 다시 써야 할 책임을 느꼈을 것이다. 『북간도』는 이런 '숙원'5)의 소산이었다.

이기영에게 역시 『두만강』은 그가 월북이라는 선택을 통해 새롭게 '발견'한 북방의 투쟁사를 수용한 것이었다. 일찍이 그는 『고향』(1933-1934) 등에서 자신의 고향, 충청도의 농촌을 무대로 근대적인 변화와 민중적 저항의 모습을 그렸다. 그러나 송월동을 떠나 함경도 무산에 이른 곰손은 북방이야말로 민족의 투쟁이 본격적으로 일었고 일고 있는 곳임을 알게 된다. 그곳은 항일무장투쟁이 전개되었던 '민족의 성지(聖地)'였다. 『두만강』은 혁명역사의 복원이 당적 수준에서 정책적 과제로 제기된 시기에 씌어지기 시작한 것이었다.6) 무산과 북간도로 공간을 확대함으로써 작가는 식민지 시대의 민중투쟁사를 김일성이 이끌었다는 혁명역사에 연결한 것이다.

자신이 걸었던 행로를 정리하는 입장에서 두 소설은 민족사를 조명했다. 근대와 북간도를 배경으로 한 이주민의 이야기는 고난의 이야기가 아닐 수 없다. 이주가 흔히 가족을 단위로 이루어졌던 만큼 두 소설은 가족사의 형태를 취하며 특히 부계(父系)를 줄기로 한다.

고난의 이야기는 투쟁의 이야기가 아니면 생존의 이야기일 것이다. 『북간도』의 경우 이야기는 1945년의 해방을 맞아 끝난다. 『두만강』은 박곰손의 아들 '씨동'이 항일무장투쟁에 나서는 것으로 마무리된다. 두 소설은 결국 민족해방에 이르는, 혹은 민족해방의 길을 찾는 이야기를 하고 있는 셈이다. 『북간도』와 『두만강』이 보여 주는 이러한 서술의 구조는 결국 그것이 씌어진 시기의 공통성과 관련이 있을 것으로 생각된다.

---

5) 단행본 『북간도』(삼중당, 1967)의 <후기>에서 작가가 쓴 표현.
6) 예를 들어 김일성의 항일무장투쟁 전적지 조사단이 백두산 일대로 파견되었던 것은 이미 1953년 8월이다. 조사단의 활동은 그해 12월까지 계속되었다.

전쟁후 남북한이 어떤 내용으로든 민족사 서술의 필요를 느끼고 있었다고 할 때 두 소설은 그러한 요구에 부응한 것이라고 볼 수 있다. 두 소설이 모두 근대의 물결을 맞는 데서 시작하고 있음은 민족사 서술이 우리가 근대의 충격에 어떻게 맞서며 변화해 왔는가를 묻는 데서 시작되지 않을 수 없었기 때문이다. 해방의 비전을 제시하는 것은 그것의 궁극적 과제였다. 그러나 이러한 공통점은 두 소설의 다름을 오히려 더 부각하는 것일 수 있다. 1945년의 '해방'에서 이야기를 맺은 『북간도』와 1930년대 김일성이 이끈 무장투쟁 노선을 민족해방의 길로 본 『두만강』의 비전은 대우 다른 것이다.7) 민족사 서술로서 두 소설이 그린 민족적 운명의 모습은 어떤 것이었던가.

2. 완고한 역사와 살아남기

『북간도』는 5부로 된 장편이다. 이야기는 1870년 초여름에서 시작하여 1945년의 해방을 맞는 데 이르며 간도로 이주하는 농민 이한복으로부터 '장손', '창윤', '정수'에 이르는 4대의 가족사를 뼈대로 한다.

이한복은 두만강 연변의 농민에 불과하지만 이야기를 여는 인물답게 대담한 신념의 인물로 나타난다. 그의 신념이란 간도가 우리 땅이며 따라서 두만강을 건너가 농사를 지을 권리와 의무가 있다는 것이다. 조선 정부에 의해 월경(越境)이 금지된 상황에서 그가 강을 건너 농사를 짓는 모험을 해야 했던 이유는 무엇보다 오랜 가뭄으로 흉년이 든 때문이지만, 간도가 우리 땅이란 그의 믿음은 이런 이유에 앞

---

7) 『북간도』에서 1945년의 해방은 뜻밖의 것으로 그려진다. 이런 점에서 이 이야기의 결말은 사실 형식적인 것이다. 반면 『두만강』의 이야기는 이미 정해진 결말을 향해 가는 목적론적인 성격을 갖는다. 그것은 김일성의 무장투쟁만이 해방의 길이라고 말하고 있는 것이다.

서는 것처럼 그려져 있다. 그러나 그가 갖는 믿음의 근거는 충분치 않아 보인다. 훈장을 하던 할아버지에게 들었고 이한복 자신도 우연히 직접 보기까지 한 '빗돌', 곧 1712년 청의 강희제가 사절을 파견해 조선과의 국경을 확정하고 그 증표로 세웠다는 백두산 정계비(定界碑)는 이 믿음의 유일한 근거다.

믿음이 꼭 확실한 근거를 가져야 할 필요는 없지만 국경의 문제란 그렇게 간단치 않은 것이다. 이한복의 믿음은 개인적인 것일 뿐이다. 대신 그는 기개가 넘치기에 월강죄로 종성(鍾城)부사의 문초를 받는 자리에서도 "강건너는 우리 땅입메다. 우리 땅에 건너가는 기 무시기 월강쬠메까?"[8]라고 당당하게 외친다. 말하자면 그는 꿈을 갖는 인물이다.

그런데 소설을 들여다보면 이한복만이 간도를 우리 땅으로 하는 꿈을 갖는 것은 아니다. '어윤중'의 지시에 따라 정계비를 탐사하는 종성부사 '이정래' 역시 정계비가 서있는 위치와 관련된 의문을 '좋도록' 해석해 버린다.[9] 서쪽으로 압록강과 동쪽으로 토문강(土們江)을 청과 조선의 경계로 삼는다는 것이 이 비의 내용인데, 이정래는 동행한 이한복과 포수에게 물어 토문강이 두만강이 아닌 송화강의 상류임을 확인하고 '결론'을 내리고 있다.[10] 물론 그 결론이란 개인적인 탐사의 결론에 불과하지만 너무 성급한 것이 아닐 수 없다. 토문강이 송화강의 상류라 할 때 송화강 이남의 방대한 간도 땅은 우리의 영토가 된다. 그러나 앞서 말한 것처럼 그것은 하나의 가정이고 희망일 따름이다. 토문강이 두만강이냐 송화강의 상류냐 하는 점도 문제지만 정계비 하나로 갑자기 국경이 달라질 수 있는 것은 아니기 때문이다. 작가는 프랑스 군함을 격퇴하고 셔먼 호를 격침해 자신의 힘을 그릇 과신한 조선 정부가 방침을 바꿔 변경민들의 이주를 허용하려 했고,

---

8) 『북간도』(상)(삼중당, 1967), 28쪽.
9) 이 부분에 대한 자세한 분석과 설명은, 김윤식, 『안수길 연구』, 162-167쪽 참조.
10) 『북간도』(상), 51쪽.

또 이런 방법으로 영토를 넓히려는 마음이 아주 없지 않았음을 설명하고 있다. 이정래의 아전인수격인 태도는 이런 입장의 표현이었던 셈이다.

어쨌든 이한복의 꿈과 조선 정부의 기대는 일치한 것이다. 이한복의 꿈은 매우 심정적인 수준에서지만 민족주의적인 동감을 유도하고 상기케 하는 것이다. 작가는 이한복을 통해 만주가 아득한 시절, 우리 민족의 발상지이자 고구려와 발해의 영토였음을 주지시킨다.11) 이한복을 사로잡고 있는 것은 간도땅이 우리의 고토(故土)라는 생각이다. 대담하고 기개 넘치는 그의 형상은 고토를 회복하는 것이 마땅한 일임을 은연중에 말하고 있다. 소설에 의하면 이 과제에 대한 지배층과 일반 백성의 태도는 다르지 않았다. 이한복의 꿈은 민족 구성원 모두의 꿈으로 그려진 것이다.

하지만 이한복은 물론 조선 조정 역시 이 꿈을 구체화할 어떤 구상도 갖고 있지 못하다. 월강을 비공식적으로 허용하는 것이 조선 정부가 취한 정책이었고 두만강 건너로 이주하는 것이 이한복이 할 수 있는 모두였다. 그러나 이한복의 월강이 과연 그의 꿈을 실현하는 행동이었던가. 식구들을 굶기지 않기 위해 위험을 무릅쓴 가장이 이한복의 실제 모습이 아니었던가. 기름진 옥토를 일구어 가족을 배불리 먹여 보는 것이 그의 현실적인 바람이었다면, 고토 회복의 꿈은 어떻게 보아야 하는 것일까? 그 꿈은 억압과 궁핍으로부터 벗어나려 했던 많은 사람들의 바람을 대변하는 것일 수 있지만, 너무 막연해서 이를 실현하기 위한 노력을 오히려 제약하는 쪽으로 작용할 수도 있는 것이었다.

원대한 꿈을 안고 간도로 이주한 이민 일세대인 이한복은 마치 위대한 족장(族長)과 같이 소설 전체를 통해 존경과 회고의 대상이 된

---

11) 위의 책, 27쪽.

다. 그의 아들인 장손이나 손자 창윤, 그리고 증손이 되는 정수에게 이한복의 존재와 행적은 숭엄한 표식과 같은 것이다. 그들 역시 이한복의 후손다운 면모를 갖는다. 하지만 그들은 적어도 꿈을 꾸는 점에서 이한복에 못미치는, 미칠 수 없는 인물들이다. 왜냐하면 그들은 격동하는 근대의 삶을 살아가야 하는 인물들인 탓이다. 그들의 삶이란 끊임없이 그들이 처한 정황과 그들에게 허용된 운명의 인식을 요구하는 것이었다. 꿈에만 집착할 때 그들은 돈키호테가 될 것이다. 반면 운명에 매일 때 꿈은 꿈으로만 남을 수밖에 없다.

그런데 문제는 그 꿈이란 것이 시종 막연한 것이었다는 점이다. 따라서 그의 후손들이 이한복의 꿈을 실천하는 데 적극적이지 못한 점은 오히려 불가피해 보인다. 간도의 조선인을 지키려는 사포대(私砲隊)에 의연히 입대했던 창윤이 결국 국수집 주인으로 살게 되는 것이나, 청산리 전투에 참여하기까지 한 정수가 '조용한 삶'을 위해 자수를 하고 출감한 뒤 교사가 되는 것 역시 그러하다. 그들에게 생활이란 그저 살아남기나 대책없이 기다리기를 뜻할 뿐이다. 그들은 구체적인 비전을 가지려는 노력을 쉽게 포기하고 마는 것이다. 따라서 그들의 모험은 좀처럼 시작될 수 없다. 이한복의 꿈이 실제 역사와 과연 어떤 방식으로 교섭할 수 있었는가는 이 소설을 읽기 위해 계속 던져야 하는 물음이다.

이한복에서 창윤과 정수에 이르는 계보의 입장은 이한복의 처남 '장치덕'의 손자로 용정에서 장사꾼으로 성공해 이른바 유지가 되는 현실주의자 '현도'나, 상업학교를 졸업하고 동척 지점에 취직하는 그의 아들 '만석'이 보여 주는 태도와 대비해 볼 만하다. 현도와 만석의 존재는 이 근대에 적응한 다른 양상을 보여 준다. 현도의 길이 생활의 길이었다고 할 때 작가가 현도와 같은 인물을 그려내어야 했던 이유는 어렵지 않게 짐작된다. 생활인은 꿈이 무엇인가를 비춰 주는 거울이다. 그는 꿈이 얼마나 허황한 것인가를, 그리고 꿈을 잃는 것이 얼마나 두려운 일인가를 보여 준다.

간도로 이주한 이한복을 기다리고 있었던 것은 '시꺼먼 기름진 옥토'만이 아니다. 이한복 일가가 정착한 비봉촌(飛鳳村)에서부터 시작되는 청인과 조선인 간의 반목과 갈등은 소설의 전편을 꿰는 이야기 거리다. 청인의 입장에서 보면 조선인들은 불청객일 따름이고 또 일제가 만주를 넘보기 시작한 이후로는 일제와 맞서기 위해 힘을 합쳐야 할 대상일 수도 있었지만, 일제의 앞잡이로 의심할 수도 있는 대상이었다. 그러나 간도가 우리 땅이라고 믿는 이한복에게 자신들은 그저 이주민일 수 없다. 이윽고 청나라 정부는 조선인들이 청인으로 입적(入籍)을 하지 않으면 토지를 소유할 수 없도록 하는데, 그에 대응하는 방법을 두고 이한복은 드디어 현실과 부딪는다. 이주민들이 궁리 끝에 내놓은 대책은 조선인 대표를 뽑아 입적케 하고 그 밑에 모든 조선인이 소작인으로 들어가 농사를 지으면 되지 않겠느냐는 것이지만, 이한복은 그에 반대한다. 그렇게 하면 간도가 청국의 영토임을 인정하는 꼴이 되지 않느냐는 것이 그 이유다. "우리 땅인 걸 알면서 어떻게 그럴 수 있을 것인가?"가 이한복과 그의 편에 선 사람들의 말이다.

다른 방법을 제시하지 못하고 그저 입적에 응해서는 안 된다고 하는 것은 현실적인 대응이 못 된다. 결국 일은 대표를 뽑아 입적케 하자는 주장을 폈던 마을의 또 다른 원로 '최칠성'의 아들 '최삼봉' 등이 '얼되놈'이 되는 것으로 풀린다. 선택의 여지가 없는 일이었다. 이 지점에서 이한복은 숨을 거두는데, 그의 퇴장은 꿈과 기개를 펼칠 구체적인 방도를 찾을 수 없었던 결과이기도 하다. 반면 타협적이고 반지빠른 최삼봉은 개인적으로 득세를 하게 된다. 처음에는 '얼되놈'이 되는 것을 탐탁하게 여기지 않았던 그지만 차츰 권세가 올라가자 청인 노릇을 즐기기에 이르는 것이다. 아버지를 본뜬 이한복의 아들 장손과 '얼되놈'에서 '최통사(通事)'가 되는 최삼봉은 여러 면에서 서로 다른 모습을 보인다. 그러나 장손 역시 아버지의 꿈과 기개를 펼칠 길을 발견하는 것은 아니다.

최삼봉이 조선인들의 돈을 걷어 만든 청인 지주의 송덕비를 불태우고 비봉촌을 떠나 현도가 있는 용정으로 간 이한복의 손자 창윤이가, 청의 관헌으로부터 조선인을 지키려 한 사포대(私砲隊)에 입대하는 것은 비로소 할아버지의 꿈을 작은 실천으로 옮겨낸 경우일 것이다. 그러나 아버지 장손이 불러 비봉촌으로 돌아간 창윤은 장손이 죽자 다시 농사꾼이 된다. 사포대의 활동 역시 계속될 수 있었던 것은 아니었다.

20세기 초의 북간도는 열강들의 세력이 부딪는 지점이었다. 노일전쟁 전후의 국제정세를 설명하며 시작되는 2부에 오면 이제 열강들이 각축하는 역사는 창윤 등이 살아가는 이야기의 완고한 배경으로 제시된다. 생활이란 역사의 지배를 피하기 힘든 것이다. 그런데 이 역사의 전개가 오직 남에 의해 이루어질 때 그에 수반된 변화는 그저 수동적으로 따르지 않을 수 없는 것이 된다. 이 경우 생활이란 기껏해야 역사의 전횡 속에서 살아남는 것을 뜻하게 마련이다. 이런 생활을 영위해야 하는 것은 이 소설의 인물들 대부분의 처지다. 고토를 회복하는 꿈이 그저 아득한 꿈이 되어 버린 지는 오래다.

일본을 막기 위해 아라사를 도와야 한다고, 곡식을 거두어 쫓기는 아라사 병정들에게 전하려 했던 창윤 등이, 그런 곡식마저 청인 도둑 떼에게 빼앗기는 장면은 꿈과 현실이 얼마나 동떨어진 것인가를 다시 한번 확인케 한다. 역사의 전횡에 다만 부대끼는 인물들이 이야기를 이끌어 갈 수는 없다. 창윤과 같이 비봉촌에서도 사포대를 만들려 했던 그의 외삼촌, 팔팔한 성미의 '정세룡'은 노령(露領)을 향해 떠나고 창윤은 처음으로 고국땅을 밟는 여행을 하지만, 이야기는 여전히 구태의연하다. 소설 속에서 그들의 모색은 다만 지지부진할 뿐이고 그들이 어떻게 하건 역사는 자신의 갈 바를 가고 있다. 역사와 괴리된, 단지 그 결과를 받아들여야 하는 주인공들의 생활은 산만하고 주변적인 것이 된다. 그들이 선택하고 행동하는 필연성이 역사의 필연성에 일방적으로 종속되는 상황에서 그들과 그들의 이야기는 빛을 잃는다.

러시아 세력이 물러가면서 다시 비봉촌에 돌아온 '얼되놈' 최삼봉이 향장(鄕長)으로 임명되는가 하면, 중국 지주와 관헌의 횡포를 견제해 줄지 모른다는 어리석은 기대를 품게 했던 통감부의 임시 간도파출소 는 일본의 외교적 계산 때문에 용정에서 철수하고 만다. 북간도의 조 선인들은 남의 나라를 떠도는 유랑민임이 확인된 것이다. 이런 상황 에서 살아남는 것은 절대적 과제가 된다. 작가는 이제 현실이 허용하 는 범위에 적응하고 그 안에서 가능성을 찾는 경우를 보여 준다. 용 정에서 장삿길로 나선 현도의 현실주의가 그것이다.

3부의 앞부분, 동생 '창덕'의 결혼 때문에 현도를 찾은 창윤에게 현 도는 일본 영사관이 들어선 용정이 크게 '발전'하리라고 점치며, 청국 의 법을 따르기보다 이제 일본의 법을 따르는 것이 현실적인 선택이 아니겠느냐는 주장을 펼친다.

"……난들 좋아서 일본법으 따르자구 하겠능가? 국권이 절반 이상이나 일본에 넘어가구 있는 이 마당에서 말이네, 그러나 그래두 숨으 쉴 수 있 는 데가 여기네. 일본 아들이 영사관이라구 해서 저어 나라 깃발으 높 이 달구 있지마는 그기 무슨 상관이 있능가? 가아들이 우리르 보호해 준 다문, 그러라구 해두잔 말이네. 그거르 되비(도리어) 이용해 보자능길세"
"되비 이용으 해?"
"자네 옹졸하게 생각할 기 없네. 여기 사람들으 생각이 태반이 그러하 네. 그래두 여기가 숨으 쉴 수 있다구 요지음 얼매나 내지(內地)에서 넘 어 오는 사람이 많은 줄으 아능가?"12)

현도는 창윤에게 생활인으로서 살기와 용정으로 옮겨올 것을 권한 다. 용정이 생활인의 무대일 수 있는 이유는 무엇인가. 용정은 중국과 일본 세력이 대치한 일종의 완충지대라는 것, 따라서 국내어 비하면

---

12) 『북간도』(상), 304쪽.

조선인들의 굴신이 오히려 자유로운 곳이라는 점이 현도가 주장하는 바다. 그런 만큼 이 곳에서는 무엇인가를 도모할 수 있다는 것인데, 그는 아이들에게 새로운 학문을 가르쳐야 한다는 점을 강조한다. 일종의 준비론, 혹은 실력배양론인 셈이다. 게다가 이미 '번듯한' 잡화점을 열고 있는 그로서는 돈을 버는 실업의 길이 또한 삶의 목표가 아닐 수 없었을 것이다. 일본의 '보호'를 도리어 이용하자는 것은 이렇듯 교육도 시키고 돈도 버는 기회를 가질 수 있지 않냐는 의미였다.

현도는 중국과 일본 사이에서 등이 터지는 간도 이주민의 처지를 오히려 긍정적인 여지를 갖는 것으로 읽고 있다. 게다가 그는 생활을 일구는 일이 얼마나 중요한가를 역설한 것이다. 이미 생활의 힘을 잃은 창윤에 비해 주어진 현실에 적응하고 발 뻗을 곳을 찾아 뿌리를 내린 현도는 여유만만하고 당차다. 창윤이 현도의 말에 감히 반박을 못하는 이유는 현도가 자신에 대한 성실성을 보여 주었던 데 있다. 그러나 창윤은 이한복의 손자다. 창윤에게 현도의 길은 타협의 길이 아닐 수 없다. 현도의 타협 노선은 그것이 아무리 현실이 허용하는 가능성의 최대치를 도모하는 것이라 하더라도, 꿈과 기개를 버려야 한다고 말하는 것이었다. 창윤은 자신에게 낙인과 같이 남아 있는 할아버지 이한복의 기억을 돌이킨다. 그가 할아버지의 꿈을 부정하지 못하는 한 창윤은 지지부진한 삶을 살지 않을 수 없다. 왜냐하면 이제 그것은 이룰 수 없는 꿈을 역설적으로 내면화하는 방법이었기 때문이다. 기와 굽는 일을 하던 창윤은 뚜렷한 계획도 없이 정세룡이 있는 해삼위로 가려다 그마저 러시아 혁명 때문에 불가능해지자 훈춘에 눌러 앉아 국수집 주인이 된다.

일제가 한반도를 강점한 후 중국에서 혁명이 일고 반일감정이 고조되는 시기를 배경으로 시작하는 4부에 오면 역사의 서술은 더욱 큰 비중을 차지하게 된다. 창윤과 그의 아들 정수를 둘러싼 이야기는 중광단(重光團)과 같은 독립투쟁단체의 활동이나 이른바 '무오독립선언서'의 발표, 그리고 3·1운동의 과정에 대한 서술과 연결되는데, 그러나 그들의 존재나 역할은 지엽적인 수준을 넘지 않는다. 국수집 주인일 뿐인 창윤과 어린 중학생인 정수가 이런 역사적 사건의 중심에 설수 있었던 것도 아닌 데다가, 그들의 이야기가 역사 서술에 부속되었기 때문에 그들의 꿈과 역사와의 긴장이 충분히 살려지지 못한 것이다.

작가는 역사를 객관적으로 서술하려 했다. 그것은 불가항력적으로 모습을 드러내는 운명의 흐름이거나 기념비적인 사건들이었다. 여기엔 창윤이나 정수의 꿈이 틈입톨 여지가 없다. 요컨대 창윤과 정수의 이야기를 통해 역사의 내포적인 총체성이 풍성하게 상관되는 것이 아니라 창윤과 정수의 이야기가 역사 서술에 곁들여지고 있는 것이다. 그들은 마치 격동의 역사라는 무대에 초대된 손님들과 같다. 그들이 활약을 벌일 때에도 역사는 그들의 것이 아니다.13)

이런 점은 5부에서 더욱 두드러진다. 5부는 독립군의 전투—봉오동과 청산리의 싸움을 상세하게 기록하고, 토벌이란 이름으로 양민을 죽이는 일본군의 만행을 보고하는 데 상당한 부분을 할애한다. 정수가 홍범도의 전령으로 봉오동 전투에 참여하고 그의 삼촌이 되는 창덕이 북로군정서의 기관총 사수로 청산리 싸움에서 공을 세운 뒤 전사하지만, 이 객관적 서술 속에서 그들의 이야기는 하나의 에피소드에 불과하다.

홍범도와 김좌진의 독립군이 해산된 이후 1945년의 해방을 맞기까지 20년이 넘는 시기는 그 분량 면에서나 이야기의 밀도로나 소홀하달 수밖에 없이 처리되었다.14) 그 이유는 여러 가지일 수 있지만 무

13) 이주형은 중심인물들의 이야기가 역사를 드러내 보이는 것이 아니라 역사를 말하기 위한 수단으로 이용되었다고 지적했다. 이런 점에서 이 소설의 화자는 역사 강담사(講談師)적인 성격을 갖는다는 것이다. 이주형, 「『북간도』와 북간도 민족사의 인식」, 작가연구 2호, 새미 1997, 78-85쪽.
14) 1930년대로부터 해방을 맞기까지는 안수길이 간도에서 교사로, 또 간도일보와 만선일보의 기자로 활동한 시기다. 요컨대 구체적인 생활의 경험을 한 시기인 것이

엇보다 창윤이나 현도는 물론 정수에게도 더 이상의 다른 모색이 불가능했기 때문이다. 막연히 상해로 가려는 생각을 갖고 그러기 전에 간도에 들러 식구들을 만난 정수는 큰 갈등 없이 상해행을 포기하고 가족들 곁에서 사는 '조용한 생활'을 택한다. 그는 애당초 상해로 갈 마음이 없었던 것이다. 현도의 주선으로 자수를 하고 5년의 징역을 살고 나온 그에겐 어떤 형태의 투쟁도 이젠 남의 일이거나 요란한 소동에 불과하다. 일본과 싸우는 공산유격대는 그의 눈에 폭력적이고 또 교조적인 것으로 비칠 뿐이다. 공산주의자가 된 정세룡의 아들 '수돌'을 우연히 만난 장면에서도 투쟁을 권유하는 수돌을 향해 정수는 더 이상 피를 흘리고 싶지 않다고 말한다. 그런 정수에게 일제의 만주 침략과 2차 대전의 발발, 창씨개명과 황민화 운동 등은 수면의 파도와 같은 것일 따름이다. 조용히 침잠하여 파도의 흔들림에 몸을 내맡기는 것이 그가 선택한 삶의 방식이었다.

이런 정수의 삶은 애당초 역사가 그의 과제일 수 없었음을 말해 주는 것이기도 하다. 일제의 패망을 확실히 예견할 수 있게 된 시점에서 그는 해방을 앞당길 한 모의에 참여하지만 그것이 구체적으로 무엇을 어떻게 하려 한 것이었는지는 모호하게 서술되어 있다. 해방을 감옥에서 맞고 출옥하는 그는 감격하지도 회한에 빠지지도 않는다. 해방은 그가 알 수 없고 참여하지 못한 역사의 결과였기 때문이다.

이한복의 꿈은 민족의 꿈을 대변하는 것이었다. 그러나 근대사의

다. 왜 이런 시기가 소홀히 다루어졌는가에 대해서 여러 논자들은 이른바 '북향정신'의 허구성을 이유로 지적한다.(이상경, 「간도 체험의 정신사」, 작가연구 2호, 11쪽) 북향정신의 허구성이 명백히 드러났기 때문에 이 시기를 '대충 건너뛰어야 했다'는 설명이다. 그러나 안수길이 북향정신의 허구성을 자각하였다면 이 시기를 소홀히 다루는 방법은 그 해결책일 수 없다. 김윤식은 북향정신을 외칠 당시에도 안수길에게 그것은 하나의 수사학에 불과한 것이 아니었을까 하는 추측을 하고 있다.(『안수길 연구』, 115쪽) 북향정신이 하나의 방편에 불과했다면 이 시기를 굳이 외면한 이유는 좀더 복합적인 것일 수 있다. 필자는 그 이유를 일단 소설 안에서 찾아야 한다는 생각을 갖는다.

과정을 통해서 그 꿈은 철저하게 외면되었다. 『북간도』는 이런 좌절의 경험을 말하고 있다. 역사에 대한 어떤 노력과 호소도 헛수고이기 쉽다는 무력감과 역사를 이디 객관화된, 그래서 틈입을 허용하지 않는 완고한 흐름으로 보는 태도는 이 소설의 근저에서 읽을 수 있었던 것이다.

이한복의 꿈이 민족의 꿈이었다면 이한복과 그의 후손들이 과연 이를 대변할 만한 인물들이었나에 대해서는 의문을 갖지 않을 수 없다. 무엇보다 그들은 나름의 구체적 비전을 갖지 못하고 따라서 이를 실천하기 위한 모험의 길을 떠나지 못한다. 그저 살아 가고 살아남는 것이 그들에게 허용된 것이고 그들이 할 수 있는 일이었다. 역사를 다루는 작가들은 어느 정도 결과로서의 역사에 구속되기 마련이지만 『북간도』의 경우, 드러난 역사의 지배력이 상대적으로 크게 작용하게 된 것은 이 때문으로 보인다. 역사에 대한 도전과 모색으로서 주인공들의 길찾기는 초입에서 끝나거나 애당초 포기되고 만 것이다. 그들은 역사의 들러리이고 그들의 이야기는 주변적인 것이었다.

그렇다면 작가는 왜 그같은 인물들을 내세운 것인가. 그것은 바로 안수길의 만주 체험의 본질과 관련된 것이리라. 북간도에 새로운 고향을 건설하자는 북향정신이란 결국 그 땅에 정착해 살아남기가 많은 사람들의 절실한 과제였음을 말해 주는 것이기도 하다. 오직 살아남기를 목표로 할 수밖에 없는 상황이라면 꿈이라든지 명분, 혹은 이데올로기란 막연하고 허황된 것으로 비칠 수밖에 없다. 살아남기를 목표로 하는 사람들은 꿈을 꿀 수 없는 사람들이다. 그러나 동시에 그렇기 때문에 그들은 꿈을 바란다. 『북간도』에서 작가와 인물들이 그리는 의식 구조란 결국 이렇게 설명되어야 할 것이 아닐까? 그들의 꿈이 막연하고 허황할 수밖에 없는 이유는 그들이 실제로는 꿈을 꿀 수 없고 진지하게 그 꿈을 펼칠 수 없는 사람들이었기 때문이다.

당연히 그들은 해방의 길을 가리킬 수 없었다. 소설의 형식적인 결말인 1945년의 해방은 갑자기 주어진 것에 불과했다. 그것은 이 소설의 끝이 아니다. 일제가 사라진 간도에서 조선 이주민의 앞날은 어떨 것인가를 생각도 않고 맞는 해방은 다시 영문없는 재난들을 예고하는 하나의 사건일 따름이었기 때문이다.

그러나 이한복의 꿈이 우리 모두의 꿈이었다면 그것은 해방의 꿈이 아닐 수 없다. 억압과 굴종으로부터, 수탈과 착취, 궁핍으로부터의 해방은 우리 모두의 깊은 꿈이 아니었던가. 『북간도』는 그런 꿈을 품고 살아남으려 힘겨운 노력을 했던 많은 보통 사람들의 이야기를 바탕으로 한 것이다. 그의 주인공들이 전형적이지 않다고 단언하기를 주저하게 만드는 이유는 여기에 있다.

3. 민족해방의 도식

『두만강』[15]은 박곰손이 혁명적 민중으로 활약하고 그의 아들 씨동이 혁명투사가 되어 김일성이 이끄는 무장투쟁의 길에 들어서는 이야기를 중심 줄거리로 한다. 1900년대 초에서 일제의 강점에 이르는 시기를 그린 1부의 무대는 충청도의 송월동이지만 2부에 오면 이야기는 곰손이 이주한 함경도의 무산이나 씨동이 활약하는 간도로 옮겨 가며, 또 국내로 잠입해 송월동 등에서 투쟁을 벌이는 씨동을 따라 긴 동선을 그리게 되는 것이다. 3·1만세를 겪고 곰손이 유치장에서 분사한 뒤 씨동이 공산주의자로 성장하는 과정을 조명한 3부에서 역시 소설은 두만강 너머로부터 서울과 송월동에 이르는 공간을 엮어 낸다. 소설은 1930년대 초 씨동 남매가 김일성의 무장유격대에 들어가는 데서 마무리된다.

1부는 봉건적인 억압 구조가 온존하는 위에 식민자본의 수탈이 겹

---

15) 여기서는 논장출판사 판(1989)을 텍스트로 했음.

치는 식민지적 근대화 과정을 총체적으로 그려내고 있다. 빈농 박곰손의 가계와 그의 의식형상을 제시하며 시작되는 이야기는 송월동이란 무대 위에 이 변화에 따른 갖가지 양상들을 차근차근 얽어 낸다. 즉 낙향한 봉건 관료 '한길주'가 악랄한 매판지주로 나서는 과정과 양심적인 양반 '이진경'의 고뇌가 대비되고, 경부선 철도가 놓이면서 자못 번화하게 바뀌어 가는 읍내의 정경에 철도공사장에 부역을 나온 농민들이 억울하게 매질을 당하는 장면이 이어지는가 하면, 오직 질탕하게 돈을 쓰고 노는 데 삶의 의미를 두는 퇴폐적인 유한층과 썩은 보리밥 한 그릇에 종일토록 노동을 해야 하는 제사공장의 수인아닌 수인들이 더불어 묘사되고 있는 것이다. 사금(砂金)광이 터지면서 송월동에도 황금만능주의 풍조가 만연되는데, 그러한 현실은 또 농민들이 고향을 등져야 하는 현실이었다. 이렇듯 다양한 삽화들의 파노라마는 근대적인 변화의 진폭을 넓게 떠올려 주는 것이었다.

식민지적 근대화 과정의 탐구란 작가 이기영이 오랫동안 붙들어 온 주제였다. 그는 다양한 삽화들을 엮는 방식으로 이 변화 과정의 총체성을 재현하려 했다. 이미 『고향』에서 읽을 수 있었던 것처럼 마을 앞으로 지나가는 철도라든가 '대도회(大都會)'가 된 읍내의 정경, 그리고 제사공장 등은 근대적인 변화의 내용을 매개하는 것으로, 이 삽화들의 중요한 장치들이었다. 『고향』의 무대였던 충청도의 '원터'는 이를 모아 보여 주는 일종의 구성적 공간이었던 것이다. 이기영은 『신개지』(1938)에서도 원터와 흡사한 '달래골'을 그려 내었거니와, 『두만강』의 송월동이 원터나 달래골에 이어지는 것임을 짐작하기는 어렵지 않다.

송월동은 원터나 달래골에 비해 세부적으로 더 풍성하게 그려진 편이지만 그 사이에 본질적인 차이가 있는 것은 아니다. 이 무대 위에서 펼쳐지는 이야기들 역시 기본적인 부분에서는 다를 수 없다. 식민자본이 침투하면서 매판지주나 부르주아가 등장하고 농민들의 처지는 갈수록 어려워진다는 줄거리다. 『고향』에서 그는 '김희준'이라는 한 양심적인 지식인의 계몽적 노력을 통해 농민들이 각성하고 뭉치는 과정을 서술했고, 『신개지』에서는 장돌뱅이 출신의 '하감역'이 식민지 부르주아로 성장하는 모습을 비춰 주었다. 『두만강』 1부에서 여러 삽화들의 파노라마를 꿰는 중심 이야기는 주인공 박곰손이 혁명적 민중으로 발전해 가는 것이다.

박곰손은 도박판에서 얻은 개평을 돈 잃은 사람에게 돌려주는 정직한 인물로 제시되었다. 혼자 힘으로 논을 개간할 정도로 자기 땅에 대한 집착이 강하고 무슨 일이든 '제 삭신을 놀려서' 해야 한다는 신조를 갖는 그지만, 그가 농민의 한계로 흔히 지적되었던 자족적인 분산성을 보이는 것은 아니다. 그는 같은 처지의 농민들을 동정하고 부당한 강제나 착취에 항거하는 강한 윤리감정의 소유자다. 항상 올곧고 사리판단이 분명하기 때문에 그는 언제나 당당하고 대담할 수 있다. 철도공사장에 부역을 나간 그는 십장의 매질에 분연히 일어서 그에 항의하는 시위를 주도하는가 하면, 자신과 마을 사람들이 개간한 땅마저 뺏으려는 한길주에게 정면으로 맞선다. 이런 박곰손의 행동은 정당한 것이지만 과연 그것이 당시의 보통 농민이 할 수 있는 일이었는가는 의심스럽다. 의연히 다른 농민들에게 본보기가 되고 그들이 하지 못할 일을 하는 박곰손의 형상은 예외적이라 아니할 수 없다.

그런데도 그가 이같은 선진성을 보일 수 있었던 특별한 이유는 제시되어 있지 않다. 소설은 의병 운동에 내응했다는 이유로 일본군에게 학살당한 이진사의 아들 이진경을 양심적인 선각자로 그려 내었다. 이진경은 곰손에게 의병투쟁의 소식을 전하는 등 그를 깨우치는 매개적 역할을 한다. 그러나 곰손이 혁명적 민중으로 발전해 가는 데서 이진경의 역할은 『고향』의 김희준과 비교해 볼 때 주변적이다. 일찍이 곰손의 할아버지가 민란에 '두목'으로 참여했다는 단편적인 지적역시 곰손이 갖는 당찬 기백의 내력을 충분히 설명해 주는 것은 아니다. 곰손은 자신이 무엇을 어떻게 해야 할 것인가를 잘 알고 있는 인물로 그려졌다. 그는 식민지적 근대화에 따른 변화의 방향을 이미 예감하고 있으며, 직심과 적극성을 갖고 자신이 할 수 있는 저항을 벌이는 것이다. 그의 이런 혁명적 자질은 결국 품성의 결과로 설명될 수밖에 없다.

언제든 도덕적인 결곡함을 잃지 않는 곰손의 품성은 1947년 무렵 제기된 '고상한 사실주의'론의 요강을 떠올리게 한다. 고상한 사실주의는 '고상한 조선 사람의 전형'을 그리라고 주문했는데, 이 요구는 인물의 긍정성, 곧 혁명적 선진성이 도덕적인 품성에서 비롯된다는 생각에 바탕을 둔 것이었다.16) 긍정성을 인간성의 문제로 간주한 것이며, 인간성을 도덕적 품성으로 본 것이다. 이후 50년대의 민족적 성격에 관한 논의나 그에 잇따른, 공산주의자의 전형이 어떤 내용으로 그려져야 할 것인가에 대한 논의 역시 품성에 관한 관심을 보인 것들이었다. 전형 논의는 긍정성을 발휘하기에 이르는 주인공의 성장과정이 충분한 '생활논리'에 의해 뒷받침되어야 한다는 점을 강조했다. 그러나 긍정성을 품성의 문제로 보는 북한문학의 시각은 워낙 완고한 것이어서, 이른바 생활논리성은 주인공의 의식적 상모가 형성되는 현실적 교섭 과정을 제시하는 것이 되기보다는, 주인공의 고상한 도덕적 품성이 현실적 장애 속에서 탈휘되는 과정을 그리는 것이 되기 쉬웠다. 도덕적으로 고상한 품성을 중시하는 일종의 인간중심주의는 북

---

16) '고상한 사실주의'론은 현실 반영적인 입장에서보다 미래를 선취해 보인다는 혁명적 낭만주의의 발상법에서 나온 것이었다. 즉 새 시대가 인민들의 도덕적 품성을 고양시킬 것이고 또 마땅히 그렇게 되어야 한다는 생각이다. 고상한 사실주의를 공식적으로 요구한 문건의 하나인 노동당 중앙위원회 29차 상무위원회 결정서 (1947. 3.)는 작가와 예술인이 "공장, 농촌, 광산, 어촌 등에 찾아가 조선적 주제를 찾고 조선 사람의 고상한 민족적 품성을 형성하는 사업의 헌신적인 즈력자가 되어야 한다"는 것을 명시했다. 고상한 품성의 인물을 만들어 보여 주는 것은 그 방법이 되지 않을 수 없었다. 고상한 사실주의론의 배경에 대해서는, 김재용, 『북한문학의 역사적 전개』(문학과 지성사, 1994)의 '건국사상총동원 운동과 고상한 사실주의' 항목을 참조.

한문학에 일관되게 관철되었던 특징이라고 말할 수 있다. 박곰손은 이런 입장에서 그려진 '고상한 조선 사람의 전형'이었던 것이다.

긍정성의 문제를 현실의 역동학 속에서 보려 하기보다 도덕적인 품성과 관련해 보는 태도는 긍정성을 관념화한 결과거나 그런 결과를 빚게 할 수 있다. 이 경우 흔히 주인공은 객관적인 현실성을 초과하는 '영웅'으로 그려지게 마련이다. 이런 영웅의 활약은 활극(活劇)이 되기 쉽다. 박곰손의 이야기에서도 한길주의 무고로 옥에 갇혔던 곰손이 파옥을 하고 나와, 군수를 들것에 매고 장거리에서 조리를 돌리는 장면은 다분히 활극적인 것으로 읽힌다. 영웅답게 그는 한길주의 소작인으로 살기보다는 차라리 모든 땅을 빼앗기는 쪽을 택한다. 그런 그에게 의병에 입대한 한길주의 비부(婢夫) '덕만'이 찾아오고, 흔쾌히 덕만의 부탁을 받아들인 곰손이 폭발탄으로 제사공장을 불사른 뒤 '자신의 힘'을 깨닫는 모습 역시 그 과정의 구체적인 묘사에도 불구하고 일면적이고 과장되었다는 느낌을 떨칠 수 없게 한다.

다양하고 수많은 인물들과 정경들을 통해 변화의 여러 모습들을 보여 주는 삽화들의 파노라마는 박곰손 이야기의 충실하고 풍성한 배경을 제시했다. 그것은 구체적인 형상들과 장면들로 서술된 식민지적 근대화의 역사다. 봉건적인 약탈과 일제의 침략에 맞서는 곰손의 분투는 이 역사적 과정 속에서 일었던 의기있는 애국적 민중들의 투쟁사를 예고하고 있는 것이다. 그의 이야기는 민중을 중심으로 한 민족해방투쟁사를 여는 서두였다. 민족해방투쟁사라는 관점에서 볼 때 곰손의 형상은 전형적이며 그가 걷는 행로는 필연적이다. 그러나 그가 투쟁에 나서고 고난의 길을 걷는 것은 과연 곰손의 선택인가. 그에게 부여된 고상하고 강의한 품성은 그가 어떤 길을 가야 할 것인가를 가리키고 있었다. 곰손의 갈 길은 이미 정해져 있는 셈이다. 이렇게 볼 때 곰손은 민족해방투쟁사를 써가는 형상이 아니라 민족해방투쟁사에 의해 인도되는 형상이다. 역사 서술의 의도와 관점이 앞서, 인물이 그 안에 장악되어 버리고 만 것이다.

2부는 일제의 강점과 더불어 곰손 일가가 함경도의 무산으로 이주한 데서 시작한다. 곰손 일가의 이주는 농토를 잃은 농민의 어쩔 수 없는 선택이었지만 또 이야기를 두만강 연변의 이른바 동북지방으로 옮겨 가기 위한 포석이기도 하다. 민족해방투쟁사가 그를 두만강 연변으로 이끈 것이다. 무산과 동북지방은 송월동과는 다른 혁명적 공간으로 그려진다. 그곳은 영웅들의 무대다. 곰손이 만나게 되는 당당한 체구의 선이 굵은 '장포수'나 의기 넘치는 독립운동가 '안무'는 민중들의 잠재한 투쟁 역량이 꿈틀거리는 새 세계의 인물들이다. 곰손은 여기서도 송월동에서 이주해 온 이웃들과 함께 논을 개간하는데, 이로써 또 그가 일구어 내는 것은 서로 돕고 나누며 마음으로 하나가 되는 민중적 공동체다. 물론 그의 도덕적 이상이 구현될 수 있는 조건이 마련되었던 것은 아니다. 그럼에도 불구하고 그는 도덕적 자발성이 넘치는 공동체의 모습을 예견케 하고 있다. 혁명활동은 이를 바탕으로 이루어질 것이었다. 간도의 명동중학에 입학한 씨동은 안무의 지도 아래 혁명가로 활약하게 되거니와, 씨동과 곰손 부자는 혁명가와 이를 뒷받침하는 민중의 내포적인 구도를 보여 준다.

이 영웅들의 무대는 도처에서 투쟁이 이는 곳이다. 소설은 이제 씨동의 활동을 그려 나간다. 그러나 그 많은 부분은 당시의 투쟁 수준에서 과연 그럴 수 있었던가 하는 의문을 불가피하게 한다. 예를 들어 아무리 씨동이 아버지 이상으로 당돌하고 야무지게 제시되었다 하더라도, 중학생인 소년이 간도의 일본 영사를 저격해 말에서 떨어져 죽게 하는 부분 등이 그것이다. 개연성이 부족할 때 앞서 곰손의 경우와 같이 영웅적인 분투는 활극이 되고 만다. 명동의 동네 아낙들이 씨동을 잡아가려던 일본 순사를 방망이로 때려 죽이는 장면이라든가, 씨동의 지휘 아래 명동중학 학생들이 친일단체인 민회의 장을 납치해 응징하는 장면, 씨동이 군중들과 함께 일본 영사관을 습격, 파괴하고 그 일로 일경에 잡히지만 이송되는 과정에서 동지들이 나타나 간수들을 덮쳐 누르고 씨동을 구하는 장면 등도 다분히 활극적이다.

  씨동은 홍범도와 안무 등이 창설한 민족주의 무장단체인 '국민회의'
의 일원이지만 그의 활약상은 객관적인 정세라든가 사실(史實)과 충
분히 연결되어 있지 않다. 따라서 투쟁의 역사적인 특수성 내지 제한
성 역시 그다지 부각되지 않는다. 씨동을 비롯한 혁명가들은 한결같
이 기백이 넘치고 애국심과 항일의 의지로 불타는 모습을 보인다. 그
들은 고난을 당하고 희생되기도 하지만 이는 오히려 승리에 대한 신
심을 북돋는 계기가 될 뿐이다.

  씨동이 대담하고 침착하며 임무에 적극적인 혁명가의 전형으로 제
시된 점이나, 그와 그의 동료들이 영웅적으로 장애를 극복해 나가는
모습은 1910년대의 의병 활동을 다룬 것으로 보기 어렵게 한다. 오히
려 여기서 읽게 되는 것은 혁명가와 혁명활동을 그리는 이야기의 틀
이다. 긍정인물을 영웅으로 부각하고 승리의 전망을 제시하라는 것은
사회주의 리얼리즘의 원칙이었거니와, 특히 항일혁명전통의 형상화하
는 데서 이런 방법적 원칙들은 사실에 앞서거나 사실을 더 잘 해석한
것으로 간주되었던 것이다. 그러나 이런 틀이 역사를 탐색하려는 기
도에 앞설 때 소설은 설화가 되게 마련이다. 역사 서술이 설화적인
틀에 의해 지배되는 상황은 역사에 대한 더 이상의 탐색을 제한하는
것이 아닐 수 없다.

  소설은 새롭게 부상한 매판자산가 '김진해'가 판을 치는 송월동을
비추고 한길주의 아들 '경식'이 땅을 판 돈으로 서울에 올라가 난봉을
부리는 모습을 묘사하고 있다. 하지만 이제 송월동도 두만강으로부터
멀리 떨어진 곳은 아니다. 씨동의 활동은 송월동에까지 미친다. 송월
동에 잠입한 씨동은 김진해의 집을 불사르고 군청을 폭파하는 거사를
지휘하는 것이다. 씨동의 국내활동은 항일투쟁이 동북지방을 중심으
로 서울 등 국내에까지 확산되었음을 말하는 것이기도 하다. 이윽고
3·1만세운동이 일자 씨동과 덕만 등은 헌병 분소를 습격하고 광산

노동자들의 폭동을 이끈다. 적어도 이 소설에서 3·1운동은 민중과 무장세력이 연대한 민족적 투쟁으로 그려져 있다. 헌병 분소 습격전의 내막을 캐려는 일경에 의해 곰손은 감옥에서 분사하며 이진경에게는 사형이 언도된다.

3·1운동은 민족해방투쟁이 새로운 단계로 나아가야 함을 알린 이정표였다. 이제 무장투쟁은 불가피하고 절실한 것이었다. 3부에서 소설은 씨동이 안무의 지휘 아래 봉오동 전투와 청산리 전투에 참여했음을 간단히 적고 있다. 그러나 이들 전투의 성과는 또 일제의 대대적인 토벌을 불러온 것이었다. 게다가 여러 독립단체들은 한마음으로 합쳐도 부족할 때에 무익한 파쟁을 일삼고 있었다. 씨동의 눈을 통해 그려지는 것은 독립운동이 쇠퇴해 가는 현실과 희망을 갖기 어렵게 된 간도 이주민들의 힘겨운 삶이다. 장포수는 서로 총부리를 들이대기까지 하는 독립단을 뛰쳐 나오며 안무는 변절자에 의해 허망하게 죽는다.

영웅적으로 활약해 온 씨동이고 한결같이 투쟁의 의지를 갖지만 그는 자신이 가야 할 길을 찾지 못한다. 씨동은 갑자기 역사적인 한계에 부딪힌 것이다. 이미 혁명가의 길을 가고 있었던 씨동이 아니었던가? 씨동은 혁명가의 전형으로 그려졌다. 그러나 민족해방투쟁사에서 씨동은 궁극적인 주인공일 수 없다. 그는 결국 바른 영도를 필요로 하는 인물이었다. 씨동은 새로운 투쟁의 길을 찾아야 했다. 모연(募緣)공작을 하다 피체되어 감옥에 간 그는 '최현'이라는 매개적 인물을 통해 계급적인 각성을 하기에 이른다. 그는 공산주의자가 되는 것이다. 탈옥을 한 씨동은 탄광노동자로 파업을 주도하는가 하면 농민들의 추수폭동을 이끈다. 씨동과 그의 동지들은 이제 이념의 힘과 전망을 갖는다. 여전히 매우 도덕적이고 자신에게 엄격하며 임무에 투철한 씨동은 또 보다 기민하고 은밀하며 단호한 모습을 보이기도 한다. 그러나 공산주의자 씨동과 민족주의자 씨동의 형상이 근본적인 차이를 갖는 것은 아니다.

3부에서도 작가는 송월동 농민들이 품팔이 노동자로 분해되어 가는 정경, 부화한 유학생들의 삶과 동경 대진재의 모습, 고학을 하는 분이가 비밀결사를 꾸리고 6.10만세운동에 참여하는 서울, 공산당 조직을 둘러싼 분파 양상들을 그려 낸다. 당대의 여러 면모가 총체적으로 망라되고 있는 것이다. 그러나 이런 사회역사적 운동의 양상들과 그 내면의 역동학은 하나의 이야기─민족해방투쟁사로 귀결된다. 그 민족해방투쟁사는 김일성에 의해 영도되는 것이었다. 김일성의 유격대원이 된 씨동은 토벌대와의 첫 전투에서 '대승'을 거둔다. 그는 승리를 보장하는 '새 길'에 들어선 것이다. 소설은 새 희망으로 투쟁의 각오를 다지는 씨동을 비추며 마무리된다.

씨동이 김일성의 무장유격대원으로 들어가는 데서 이야기를 맺은 구조는 함흥 주변 농촌 농민들의 투쟁을 그린 한설야의 『설봉산』(1956)에서도 발견되는 바거니와, 민중들의 혁명적 앙양이 김일성의 항일무장투쟁에 합류되게 그리는 것은 이미 하나의 방법적 원칙이었던 듯하다. 이런 이야기 구조에 의하면 김일성의 항일무장투쟁은 그 이전의 모든 민족해방투쟁을 수렴하여 새로운 단계로 올려 놓은 것이 된다. 즉 이들 소설들은 김일성의 무장투쟁이 민족해방투쟁사의 진정한 출발점을 마련한 것이라 말하고 있는 것이다. 『두만강』은 그에 이르는 민족사의 흐름을 서사적 화폭으로 그려 내었다. 그 화폭은 혁명가들과 혁명적 민중들의 투쟁을 담고 있는 것이었다. 그러나 그것은 김일성의 항일무장투쟁의 전개를 알리는 민족해방투쟁사의 전주(前奏)에 불과한 것이었다. 이렇게 볼 때 『두만강』이 그려낸 화폭은 김일성의 항일무장투쟁에 이르기 위한 밑그림이 되고 만다. 곰손과 씨동은 이 구조로 수렴되는, 이런 민족해방투쟁사의 틀에 의해 유도된 형상들이다.17) 이 민족해방투쟁사는 해방의 길을 권위적으로 규정하는 것이었다. 진정한 민족해방의 길은 오직 김일성의 무장투쟁에 의해 열린다는 것이 그 내용이었다. 역사에 대한 씨동의 모색은 그가 김일성의 유격대에 들어감으로써 사실상 끝나 버린 것이다.

4. 운명의 모습

『북간도』의 이한복이나 『두만강』의 박곰손과 씨동 부자는 흉흉한 근대사에 맞서는 기개를 보여준 인물들이었다. 그들의 꿈과 기대는 민족적 이상을 대변하는 것이기도 했다. 그들이 살고 투쟁해 온 역정을 그린 두 소설은 민족사 쓰기의 한 형식일 수 있었다. 두 민족사의 차이와 공통점은 무엇인가?

이한복의 꿈은 해방의 꿈이었다. 그러나 정수에 이르기까지 『북간도』의 중심인물들은 이를 위한 구체적 전망을 갖지 못한다. 결과적으로 그들은 역사로부터 소외된다. 역사가 불가항력적이며 완고한 운명으로 그려진 한편, 중심인물들의 삶은 이 운명을 '객관적인' 것으로 받아들이는 데 그치는 현상이 초래되었던 것이다. 그리고 때문에 역사를 향한 그들의 길찾기 모험은 진지하게 이루어질 수 없었다. 그저 살아남는 것은 그들의 실제적 과제였다. 소설의 뒷부분으로 갈수록 객관적인 역사 서술의 비중이 커짐으로써 그들의 이야기가 이에 곁들여지는 양상을 보이는 것은 이런 점에서 필연적이었다.

작가 안수길의 간도 체험이 그러했거니와 살아남는 것을 목표로 할 수밖에 없었던 것은 여러 북간도 이주민의 실제 모습이었을 것이다. 오직 살아남는 것이 과제가 되는 상황에서 꿈이란 막연하거나 허황한 것일 따름이다. 이 소설의 주인공들에게 혁명적 투쟁이나 이념운동이

---

17) 한 연구자는 『두만강』이 후반부로 올수록 역사 서술의 비중이 커짐을 지적하면서 이 소설이 '역사적 사건을 기술하기 위해 영웅적 인물들이 그 안에 배치되는 형국'을 보인다고 지적했다.(이상경, 『이기영, 시대와 문학』, 풀빛, 1994, 394쪽) 이런 지적은 이주형이 『북간도』를 비판하며 역사를 서술하기 위해 인물들이 수단으로 이용되었다고 한 점과 다르지 않은 것이다.

결국 남의 일이었던 이유도 그들이 이런 생활에 묶여 있었던 데 있다. 이한복의 꿈은 그들에게 각인되었다. 그러나 그것은 이룰 수 없는 꿈, 생활에 묶인 자들의 꿈이었다. 꿈은 그야말로 꿈이 되고 말며 그들은 역사에 무력할 뿐임을 보여 준다.

당연히 그들은 해방의 길을 가리킬 수 없었다. 소설은 1945년의 해방을 맞는 지점에서 끝나지만 그것은 특별한 의미를 갖지 못한다. 해방은 그들이 알 수 없었고 참여하지 못한 역사의 결과였기 때문이다.

『두만강』이 그려낸 민족사는 『북간도』의 경우와 사뭇 다르다. 그것은 혁명가와 혁명적 민중들이 펼친 민족해방투쟁사다. 곰손은 분명한 도덕감정을 갖기에 언제든 당당하고 대담하며 또 자신이 무엇을 어떻게 해야 할 것인지를 이미 잘 알고 있는 긍정적 영웅으로 그려졌다. 그와 아들 씨동은 민족해방의 길을 적극적으로 실천해 가는 인물들이었다. 씨동이 김일성의 항일유격대에 합류하는 결말은 적어도 이 소설 안에서는 그들의 투쟁이 확고한 전망을 획득하는 것을 의미했다. 그들에게 역사는 단지 불가항력적이고 완고한 운명이 아니다. 그들은 민족해방의 길을 쟁취하는 투쟁을 벌인 것이다.

그러나 곰손과 씨동은 예외적인 형상이었다. 고상하고 강의한 품성에 적극적으로 투쟁에 나서는 그들의 면모는 또한 매우 기능적인 것이었으니, 그들은 민족해방투쟁사에 복무한 것이다. 결국 그들은 스스로 민족해방투쟁사를 써낸 것이 아니라 민족해방투쟁사의 요구에 부응하고 그에 의해 인도되었던 것이라 보아야 옳다. 그 민족해방투쟁사는 김일성에 의해 수렴되며 또 새롭게 열릴 것이었다. 이런 민족해방투쟁사의 시각은 이미 확정된 것이었으므로 『두만강』의 주인공들이 다른 길을 걸을 가능성은 없었다.

이 민족해방투쟁사에 의하면 민족해방의 길은 오직 김일성이 영도하는 무장투쟁에 의해 열릴 것이었다. 소설은 이를 말하며 끝난다. 이제 해방의 길은 모색해야 할 것이 아니었다. 해방은 김일성을 믿고 따름으로써 주어질 것이었다.

  해방의 길은 과연 주어질 수 있는 것인가? 주어진 길에 충실하는 것이 과연 해방의 길일 수 있는가? 해방의 길을 제시하지 못한『북간도』와 그 길을 확정해 보인『두만강』은 모두 운명으로서의 역사에 압도된 모습을 보인다.『북간도』에서 결과로 나타난 역사의 서술은 완고한 지배력을 행사하는 것이어서, 인물들과 그들의 이야기는 그에 복속되거나 지리멸렬한 것이 되고 만다. 이는 결국 그것이 씌어지는 시기의 무방향성과 대응되는 것으로 보아야 옳을 것이다. 4·19가 '실패'로 끝나고 5·16과 더불어 거친 개발의 시대가 시작되던 상황에서 역사는 여전히 알 수 없는 혼돈이며 완고한 운명으로밖에 보일 수 없었으리라.

  『두만강』에서 이야기와 인물들은 이미 서술된 민족해방투쟁사에 의해 장악된 것이었다. 이는 역사로 다가서는 하나의 길만이 허용되고 있었음을 말한다. 두 소설은 해방의 길을 가리키려 했지만 또한 우리 근대사의 가위눌림이 여전히 계속되고 있음을 보여준 것이다.

제 8 장

개발의 시대

1. 개발의 신화와 혼란의 활력(活力)

1960년대는 이승만 정권의 독재와 만연된 사회적 부조리에 대한 민중들의 항거로 시작되었다. 그러나 동시에 이 시기는 대담하고 횡포한 개발의 신화가 정책적 구상과 대중적 캠페인으로 구체화되는 지점이다. 근대적인 개발이 시작된 지는 이미 오래다. 일제에 의해 강점된 기간 동안 수탈을 목적으로 하는 개발은 폭넓게 진행되었다. 따라서 개발은 누구에게든 결코 낯선 것은 아니었다. 그러나 개발의 시대는 모두가 개발의 수익자가 되리라는 약속을 하며, 그런 만큼 모두가 자발적이자 적극적으로 나서 개발의 주체가 될 것을 요구했다. 전후의 궁핍상은 개발의 필연성을 말하는 증거였다. 풍족하고 밝은 미래를 향해 가야 한다는 데 반대란 있을 수 없었다. 개발을 모두에게 절실하고 불가피한 과제로 여기는 시대가 시작된 것이다. 이를 실현할 개발자들은 영웅이 아닐 수 없었다. 개발의 시대는 이 영웅들이 신화를 만들어 내는 시대였다.

이 시대를 사로잡은 개발의 신화는 4·19혁명의 이상이 5·16군사 쿠데타에 의해 '배반'되는 아이러니를 설명해 주는 하나의 결과론적 요인이다. 변혁을 향한 대중적 앙양은 개발의 신화에 의해 희석되고 오도되었던 것이다.[1) 궁핍한 처지를 벗어나는 것은 대중들이 열망하

---

1) 1957년의 원조 삭감으로 인한 경제적 위기가 4·19를 야기한 직접적 토대였다는

는 바가 아닐 수 없었다. 누대의 가난을 면하는 것은 마치 거족적 과제인 듯 여겨졌다. 개발의 신화가 갖는 매력은 그것이 궁핍을 해결하는 분명한 길로 보였다는 데 있다. 군사쿠데타의 주역들은 힘있는 개발자를 자처함으로써 자신들이 이러한 대중의 의지를 대신하고 있다고 스스로를 정당화했다. 경제 재건을 외치는 개발의 신화는 또한 그간의 정치적 부패와 무능을 척결하려는 바람을 동반하지 않을 수 없는 것이었는데, 물론 그들은 이를 실현할 개혁의 주체가 될 것임을 장담했다. 이후 박정희 정권이 과감하고 의지적이며 또 열성적인 개발자로서의 자기 이미지를 거스르려 했던 적은 없다.

박정희 정권의 출범과 더불어 개발자는 영웅으로서의 현실적인 힘과 위세를 발휘할 수 있게 된다. 영웅들은 원대한 포부와 불굴의 의지를 갖고 단호하게 움직여야 했다. 그러나 그들의 원대한 포부는 과대망상과 구별되지 않는 것일 수 있었고 불굴의 의지는 교활한 집념의, 단호한 결단 역시 무지한 잔인성의 다른 표현이기 쉬웠다. 개발의 시대는 여전히 여러 많은 사람들의 희생을 강요하는 시대였다. 개발은 많은 경우 파괴였으며 개발에 따른 이익을 챙기는 것은 영웅들의 권한이었다. 이 거친 개발의 약진에 앞장선 영웅들이 희생자들에게 배려한 것은 곧 그들도 개발의 수익자가 되리라는 분명치 않은 약속을 남발하는 일이었다.

개발의 시대는 모든 것을 빠르게 바꾸어 놓는 시대다. 개발의 범위와 대상은 한정될 수 없으며 변화는 그 자체가 목적이 된다. 개발의

지적(김성환, 「4・19혁명의 구조와 종합적 평가」, 『1960년대』, 거름, 1984, 19쪽)이 있거니와, 경제적 낙후성을 극복하는 문제는 4・19혁명 이후의 최대 과제였다. 이를 모르지 않았던 장면 내각은 '경제 재건 제일주의'를 내걸었다. 그러나 여러 조건이 열악한 상황에서 장면 내각의 기도는 성과를 보지 못한다. 5・16군사쿠데타의 주역들은 자신들이야말로 경제 재건을 비롯한 '개혁'을 책임질 주체라고 선전했다. 그들은 자신들의 구상을 과감하게 정책화하는 모습을 보였다. '제1차 경제 개발 5개년 계획'이 발표되는 1962년은 이른바 정부 주도의 경제 개발이 본격화되는 해다. 그러나 정치권력과 독점재벌의 유착을 통한 개발은 경제적 민주주의와는 거리가 먼 것이었다.

논리에 회의를 품거나 변화에 어리둥절해 이를 따라잡지 못하는 경우는 불가피하게 도태되어야 했다. 도태의 불안 속에서 변화를 따라잡으려는 안간힘은 이 시대의 거대한 잠재력을 형성한다. 개발의 시대는 그런 점에서 앞서의 어느 때보다 한층더 혼란스럽고 가혹한 시대였다.

우리의 근대화 과정에서 큰 동력의 하나로 작용했던 것은 혼란의 활력이라고 할 수 있다. 혼란의 활력은 혼란과 무질서 속에서 분비된 활력이었다. 특히 폭력의 경험—부당한 강요가 자행되고 또 그러한 방법이 사회적으로 묵인되는—은 이 활력의 근거였던 것이다. 혼란의 활력은 이러한 폭력적인 사회관계의 모순을 극복하려는 것이 아니었다. 부당한 강요로부터 헤어나려는 비상한 열의는 오히려 이를 방법적 기반으로 삼음으로써 혼란과 무질서를 재생산해 왔다. 요컨대 혼란의 활력은 혼란과 무질서에 대한 비판적 감각이 마비된 데서 나오는 것이며 결과적으로 이를 마비시켰다. 그것을 혼란의 활력이라고 부를 수밖에 없는 이유는 여기에 있다.

개발의 신화는 이 혼란의 활력을 동력으로 하거나 그로부터 배태된 것이었다. 그런 만큼 개혁과 재건을 외쳤지만 개발의 신화는 그 방법에 대한 비판적 논의를 허용하고 이를 통한 합의의 과정을 밟으려 한 것이 아니었다. 그것은 신화였다. 개발의 신화를 생산하는 영웅들의 관심사는 자신의 거대한 계획을 달성하는 것뿐이었다. 그러기 위해서는 안 되는 것도 되게 하기 위한 방법적 일탈이 얼마든지 허용될 수 있었다. 그것이 개발의 시대가 혼란과 무질서의 시대가 아닐 수 없었던 일차적 이유다. 개발의 시대의 영웅들과 열성자들은 혼란과 무질서를 방법적 기반으로 삼고 이를 재생산한 주체들이었다. 그들에겐 수단을 가리지 않을 권리와 무리를 한 데 대한 보상이 주어졌다.

개발의 신화가 혼란의 활력을 동력으로 하는 것이었다고 할 때 개발의 시대가 분단을 수용하고 전쟁을 겪으면서 가중되어 온 정치적이며 사회적인 혼란과 모순 구조를 근본적으로 해결할 수 있는 것이 아니었다는 추론은 불가피해진다. 개발의 시대가 철저한 반공의 시대였음은 이를 말하는 한 증거다. 반공 이데올로기는 분단체제와 냉전구도를 그대로 받아들이는 것이기도 했지만, 더 근본적으로는 이념적이거나 비판적이 되는 것이 이 시대의 터부였음을 말하는 것이었다. 반면 세속화는 이 시대의 지침이었다. 가난을 면하고 '출세'하는 것은 모두의 이상으로 간주되었으며, 이를 위한 무자비한 경쟁은 피해서는 안 되는 것이었다.

서로가 서로에 대해 '늑대'일 것이 강요되는 가운데 '우리'를 발견한다는 것은 어려운 일이 된다. 이러한 상황에서 개발의 시대의 영웅들은 자신들이 곧 '우리'를 이끌고 있다고 강변하며, 자신들을 따르는 것이 '우리'에 참여하는 것임을 외쳤다. 그들에 의하면 그들의 구상은 자신만의 구상이 아니었다. 따라서 일각의 비판과 부분적인 반대에 발걸음을 멈추고 귀기울일 필요는 없었다. 개발의 대의(大義)를 실현하는 것은 심각하고 엄숙한 사업이 된다. 천박한 개발의 시대는 또 한편 권위주의적 엄숙성을 그 특징으로 드러냈던 것이다. 개발의 대의를 앞세운 영웅들은 굳은 얼굴로 모든 부조리와 부정을 덮어 버릴 수 있었다. 빠른 세속화와 권위주의적 억압은 개발의 시대의 특징적 면모였다.

1960년대의 대표적 작가 가운데 한 사람인 이호철은 전시(戰時) 부산과 피난살이를 그린 장편소설 『소시민』(1964)을 통해 이미 혼란의 활력이 빠르고 거센 변화의 흐름을 일구어 내고 있음을 그렸다. 완월동의 국수공장을 무대로 등장하는 여러 인물들은 세속적 시류를 좇아 과감하게 변신하는 몇을 빼고는 모두 급속하게 무너져 내리며 맥없이 스러져 간다. 과거 좌익운동을 한 이념적 지식인이지만, 이제 국수공장의 자전거 배달꾼으로 전락한 '정씨'는 이념적 열정을 비웃고 도덕적 관념을 깨뜨리며 사람들을 낱낱으로 흩뿌리는 이 변화의 놀라운 속도에 전율한다. 반면 정씨를 따라 좌익운동에 참여했던 '김씨'는 적극적인 변신을 통해 이 흐름을 자신의 것으로 하려는 대표적 인물이다. 그에겐 이미 모든 것이 자신의 영달과 세속적 성공을 위한 수단일 뿐이다. 그는 이승만의 청년단 체육부장으로 '감투'를 쓰는 등 정치판에 나선다. 정치적으로 위치를 군혀 이를 기반으로 돈을 벌겠다는 것이 그의 포부다. 작가는 뒷날 정부의 납품업자가 되어 있는 그의 모습을 비춘다.

김씨는 '번들번들한' 얼굴에 건장한 몸집을 한 파렴치하고 교활하며 동물적 후각을 가진 현실주의자다. 그는 무지하지만 당당하고 도전적이어서 주변 사람들을 위압하는 것이다. 자신의 선택을 자신으로선 불가피한 것으로 여기는 그는 또 자신이 이내 성공하리라는 자신감에 차 있다. 그는 정씨와 달리 이미 실현의 가능성이 사라졌다고 믿는 과거의 '이념'에 더 이상 연연해 하지 않는다. 자존심이나 도덕감정 따위는 그의 길을 가는 데 거추장스런 장애물일 뿐이다.

김씨의 상모(相貌)는 혼란의 흡력을 체현해 내고 있다. 그는 개발의 시대를 예고하는 작은 영웅이기도 하다. 순박한 시골 출신으로 남편이 전선에 가 있는 국수공장의 식모, '천안색시'를 반강제로 차지하고, 그녀의 남편이 전사하자 그녀를 미군 상대 댄스홀에 보낸 이유를 그는 다음과 같이 설명한다.

"봐라, 이제부터 어떤 세상이 시작되는지 니 아나? 이걸 똑바로 알아야 하능기라. 물론 난 그년하구 평생 살지는 않을 기다. 허지만 조 모르지, 평생 살게 될지도. 그런 건 그때그때 보아서 결정을 하능 기고. 잘게생긴 자석들이 대개 계집의 일을 많이 생각하능기라. 그까짓거야 기면 기고 아니면 아니고 그때그때 제꺽제꺽 판정을 내려야지. 옛날의 영웅호걸들이 이랬닥하지 않나. 허지만 그년도 이젠 자기 혼자 살아갈 힘을 길러야 하능기라. 촌구석의 새색시가 별안간 부산바닥에서 제 남편 전사한 소식을 듣고 어짜겠노. 어짤기여, 제가. 나 같은 놈이라도 얻어 걸린 것이 다행이제. 암 다행이라. 지조(志操)라는 게 뭐꼬, 제까짓게 알량하게 지킬

게 뭐 있노? 원래가 발바닥밖에 없었지만 새로 발바닥에서부터 단련을
해야 하능기라. 발바닥에서부터 시굴 바닥이 아니라 도회지 발바닥으로.
세상 살아가는 일 이것 저것 피하다가 보면 남아 나는 일이 뭐 있겠노?
숫제 골방에 틀어 박혀서 굶구 있지. 우선 그런 속에서부터 말이다. 빠아
같은 속에 뛰어들어서 말이다. 견뎌 가는 법을 단련을 해야 하능기라. 날
구 뛰는 세상의 도적놈들을 다루면서 기력(氣力)을 길러야 하능기라. 그
렇지 않능교, 형씨"2)

정씨는 김씨가 '뿌르조아'가 될 것이라고 예견했다. 그러나 정씨에
게 '뿌르조아'가 되는 것은 살아남기 위한 불가피한 선택이었다. 그리
고 그것은 '날구 뛰는 세상의 도적놈들을 다루는 기력'을 길러야 하는
길이었다. 소시민이란 이 거친 흐름을 무력하게 뒤따르는 군상이었다.
자신의 의지가 무엇이었는지조차 잊고 무방비로 이 흐름에 휩쓸려 쇠
락의 길을 걸어야 하는 소시민들의 운명은 개발의 시대를 살아 가야
할 대다수 사람들의 운명이었다. 작가는 부르주아로 상승하는 김씨와
정씨의 소시민적 쇠락을 대비시켰다. 회의와 좌절, 환멸 속에서 우스
꽝스럽게 스러져 가는 정씨의 모습으로부터 울려 나오는 것은 이념의
시대에 대한 조사(弔辭)다. 반면 김씨는 아직 시작되지 않은 새 시대
의 광적 춤사위를 연출해낸 것이다.
　김씨는 개발의 시대의 횡포함과 잔인함을 예고하는 형상이다. 김씨
가 단언하듯 엄청난 세속화의 흐름이 필연적이고 불가피한 것이라면
과연 누가 이 흐름에 제동을 걸 수 있을 것인가? 정씨는 덧없이 지나
간 민중적 앙양기(昂揚期)를 그리워하며 이 길고 지리한 퇴조기(退潮
期)를 넘기고 다시 앙양기로 접어들려면 20년은 더 걸릴 것이라고 예
상하고 있다.3) 그러나 그의 예상은 막연할 따름이다. 앙양기는 다시

---

2) 「소시민」, 『현대한국문학전집(8)』(신구문화사, 1965), 108쪽
3) "(전략) 앙양기는 너무나 덧없이 지나갔능기라. 앙양기는 짧고 급하지만 퇴조기는
　길고 지리하고 지그자그가 많지. 퇴조기로 접어들고, 모든 사람은 개인으로 뿔뿔이
　흩어지고, 모든 개인은 곪아 터져서 고름을 흘리기 시작하였고, 난 원래가 약한 자
　라. 퇴조기에 접어들어서 패배주의의 손길에 휘어잡히게 태여났능기라. 강철 같은

어떻게 올 수 있을 것인가?

2. 혼란 속의 모색 ; '순수' 대 '참여'

우리는 아직도
우리들의 깃발을 내린 것이 아니다.
그 붉은 선혈(鮮血)로 나부끼는
우리들의 깃발을 내릴 수가 없다.

우리는 아직도
우리들의 절규를 멈춘 것이 아니다.
그렇다. 그 피불로 외쳐 뿜는
우리들의 피외침을 멈출 수가 없다.

불길이여! 우리들의 더열이여!
그 피에 젖은 주검을 밟고 넘는
불의 노도(怒濤), 불의 태풍, 혁명에의 전진이여!
우리들 아직도
스스로도 못 막는
우리들의 피 대열을 흘을 수가 없다.
혁명에의 전진을 멈출 수가 없다.

민족. 내가 사는 조국이여.

정신은 못 되지. 허나 패배의 수렁에 빠져서도 내 길을 돌아보면 일관하기는 하지.
적어도 마차를 바꾸어 타지는 않거든. 이제 앙양기로 접어들려면 이십 년은 더 걸
릴기라. 그러나 그땐 푸석푸석한 재로 돌아가거나, 아니면 다행히 목숨이 부지된다
고 해도, 재나 다름이 없게 되겠지. 그때 새로운 앙양기로 접어들어 그 길을 가는
애들은 내 곁을 지나면서 지껄일 기라. 여기 다만 볼 것은 <일관했다>는 것뿐인
한 정신이 누워 있다고. 내가 이 약한 소린가, 아니지 약한 소리가 아니라, 사실이
그렇기라."
위의 책, 209쪽.

우리들의 젊음들.
불이여! 피여!
그 오오래 우리에게 썩어 내린
악으로 불순으로 죄악으로 숨어 내린
그 면면한
우리들의 핏줄 속에 썩은 것을 씻쳐 내는,
그 면면한
우리들의 핏줄 속에 맑은 것을 솟쳐 내는,
아, 피를 피로 씻고,
불을 불로 사뤄,
젊음이여! 정(淨)한 피여! 새 세대여!

너희들 이미 일어선게 아니냐?
분노한게 아니냐?
내달린게 아니냐?
절규한게 아니냐?
피흘린게 아니냐?
죽어 간게 아니냐?4)
(하략)

모든 혁명이 그렇듯 4·19혁명은 그것으로서 완료된 것이 아니다. 이승만 정권은 무너뜨렸지만 단지 그것이 혁명의 목표일 수 없다면 혁명은 다시 시작되어야 했다. 4·19를 경험함으로써 자유당 정권에 억눌려 살아온 대중들은 자신들의 존재를 새롭게 인식하였을 것이다. 그들은 혁명의 열정과 복받친 감정을 나눔으로 해서 막연하나마 새로운 세상의 모습을 그려 보았을 것이다. 혁명이 새로운 출발점이 되어야 할 것이라는 바람은 매우 일반적인 것이었다. 특히 혁명을 이끈 젊은 새 세대가 새로운 변화를 일구어 나가리라는 기대는 위의 시에서처럼 자연스럽고 마땅한 것으로 받아들여졌다. 그러나 혁명 이후의

---

4) 박두진, 「우리들의 깃발을 내린 것이 아니다」, 사상계, 1960. 6., 344-346쪽.

상황은 그간의 혼돈과 무질서가 여전히 낱낱 사람들의 생각과 행동을 빨아들이는 가공할 흡인력을 발휘하고 있었음을 보여 준다. 이내 5·16군사쿠데타를 수용하는 역사적 결과는 4·19가 변화를 향한 바람을 구체화시키지 못한 선에서 그치고 말았다는 지적을 불가피하게 한다. 혁명의 전진을 위한 노력과 투쟁이 이어지지 않을 때 혁명은 이내 과거의 사건이 된다. 박두진은 혁명이 계속되어야 하고 계속되지 않을 수 없음을 외쳤다. 하지만 혁명의 열정은 역사의 주문(呪文)에 묶여 급속하게 빛을 잃어 갔다. 이런 사정은 다시금 현실의 완고한 제약을 살펴야 할 것을 요구하고 있었다.

4·19가 일고 난 몇 년 뒤 홍사중은 이 정치적 앙양에 대한 이른바 문단의 반응이 대체로 상반된 두 양상으로 나타났다고 진단했다. 열광과 침묵이 그것이었다.5) 열광은 식기 쉬운 것이며 침묵은 무관심으로 흘러 버릴 수 있는 것이다. 열광이 피상적일 수 있는 것이라면 침묵은 '불감증'6)의 표현일 수 있다. 열광이 혁명에 자신을 주관적으로 (단지 정감적 수준에서) 접합시키려 한 어설픈 몸짓일 수 있는 것처럼, 혁명적 현실의 실재성을 짐짓 외면하려 하는 입장에서 침묵이 선택되었을 가능성이 크다. 그리고 열광이건 침묵이건 이는 모두 작가들이 현실을 제대로 읽지 못한 결과일 수 있다. 작가들 대부분이 새 현실을 설명할 수 없었다면 이는 그들이 낡은 인식의 지도를 다시 그릴 생각과 능력을 갖지 않았거나 혹은 그럴 필요를 느끼지 못했기 때문일 수 있다. 4·19가 진지하고 깊이있게 다루어지지 않은 이유는 과연 어떻게 설명되어야 할까?

최일수는 지난 50년대의 문학 경향에서 그 이유를 찾으려 했다. 그

---

5) 홍사중, 「한국문학의 오늘의 과제」, 한양, 1963. 11., 141쪽.
6) 4·19혁명을 열광 속에서 받아들인 백철에게 4·19는 문인들의 뒤떨어진 현실감각에 충격을 준 역사적 대사건이었다. 그런데도 많은 문인들이 '불감증'에 걸려 이를 외면하고 있음을 그는 개탄했다. 그가 볼 때 이 불감증은 의사표현을 꺼리는 처세의 방법이거나 도피의 습벽을 드러낸 것이었다. 백철, 「혁명 뒤에 오는 문학 과제들」, 새벽, 1960. 9., 207쪽.

는 전후에 유행한 실존주의를 배경으로 흔히 작가들이 말하고 그려낸 '상황'이 지나치게 추상적인 것이었음을 비판한다. 상황을 추상적으로 설정함으로써, 의식적으로든 아니든, 독재권력에 억눌린 현실에 대한 구체적인 분석과 통찰을 회피하거나 소홀히 하는 결과가 빚어질 수 있었다는 것이다. 나아가 실존주의 작가들은 상황을 막연히 '극한지대(極限地帶)'로 그렸는데, 이는 독재에 시달리는 우리의 현실을 오히려 일반적이고 숙명적인 것으로 여기게 했을 뿐더러, 오직 고매한 정신을 통해서만 이 상황이 극복될 수 있는 것처럼 선전하여 현실주의적 실천의 기도 자체를 봉쇄하는 기능을 했다는 지적이었다. 그들은 휴머니즘을 주장했지만 휴머니즘도 현실과 동떨어진 막연한 인간 일반의 구원을 말하는 한 공허한 외침이 되기 십상이라는 점을 최일수는 덧붙였다.

최일수는 소개된 주의와 사조가 현실의 왜곡을 은폐하는 수단으로 이용되었음을 지적한 것이다. 실존주의가 이렇게 수용되었던 바탕에는, 그 수용자들이 미처 깨닫지 못했다 하더라도, 순수론이 도사리고 있다고 그는 보았다. 한편 그는 청록파와, 모더니즘을 표방한 후반기 동인들도 순수의 울 속에 숨고 감각적 감상주의에 함몰된 경우로 단정했다.7) 주의나 사조에서 출발할 것이 아니라 현실에서 출발해야 한다는 것이 그의 주장이었다.

전후의 실존주의 소개는 휴머니즘을 앞세워 순수 주장을 벗어나는 입지를 마련했다. 실존주의는 이후 60년대에 들어 전개되는 '참여'론의 발단적 근거가 된다. 그러나 전후 실존주의가 수용된 양상과 결과에 대한 최일수의 비판이 전혀 엉뚱한 것은 아니었다. 예를 들어 실존주의의 대표적 소개자 가운데 하나였던 김붕구는 현대적 억압에 맞서는 '반항의 정신'을 강조했지만, 그가 반항의 구체적인 거점과 방법

---

7) 최일수, 「4 · 19 이후의 문학적 전망」, 자유문학, 1960. 9., 194-198쪽.

을 모색했던 것은 아니다. 반항은 단지 고절(孤絶)한 개인이 홀로 위의(威儀)를 발휘함으로써 이루어질 것이었다. 그가 반항해야 할 대상으로 꼽은 것은 사이비 계몽으로서의 '정치적 신화'였는데, 분단체제 속에서 반공 이데올로기에 묶여 있는 우리의 현실에 대한 통찰을 동반하지 못함으로써 정치적 신화에 대한 거부는 반공의 논리로 흡수되고 만다. 이승만 정권의 독재엔 눈감고 공산주의만을 배격해야 할 신화로 간주하는 입장은 정치적 실천의 의미를 제한하는 것이 아닐 수 없었다.

한편 실존주의를 말했다고 알려진 장용학의 「요한 시집」(1955)은 이념의 기만과 폭력을 비판함으로써 스스로 역사에 대한 환멸에 빠져버린 예로 들 만한 것이다. 이 사변적 우화(寓話) 속에서 상황의 질곡은 운명적이며 우리는 영문없는 재앙을 감수해야 하는 나약하고 무지한 희생자에 불과하다. 용기를 갖지 못하는 희생자들에게 더 이상의 모색은 불가능하다.

반항을 추상화하거나 상황을 절대적인 것으로 고착시킨 이 두 경우는 홍사중의 진단과 최일수의 비판적 지적이 갖는 타당성을 입증해 주고 있다. 여러 작가들이 우리의 현실에 다가서지 못했기 때문에 4·19를 역시 제대로 보고 그릴 수 없었다는 설명은 불가피한 듯하다. 그런데 최일수의 비판은 1950년대의 전후문학을 비판한 것이었지만 또한 이를 통해 '순수'의 문제점을 지적한 것이라고 말할 수 있다. 해방기의 좌익 문인들이 내건 '정치'에 맞서 문학의 본령(本領)을 지킨다는 주장을 앞세운 이래, 분단체제와 반공 이데올로기의 속박을 배경으로 지배적 담론을 형성한 순수론은 정치적이고 사회적인 문제를 철저하게 외면하는 입장을 견지함으로써 기존의 현실이 재생산되는 데 기여했다. 김동리도 휴머니즘을 외쳤지만 그의 휴머니즘은 불가해한 운명에 대한 거시적인 통찰로 나타나야 할 것이었다. 김동리는 이를 주장함으로써 오히려 역사적 실천의 의미를 부정했다. 실존주의가 제시한 상황 개념이나 그에 입각한 휴머니즘 주장이 전후 현실에 대한 문제의식의 집점을 형성하지 못했다면 이는 자신의 현실을 멀리 떼어 놓는 순수론의 메카니즘이 오랫동안 지배적으로 작용해 왔다는 사실에 비추어 볼 필요가 있다. 나아가 실존주의나 모더니즘론이 안고 있는 근본적 문제로서 주체의 개별화가 수용 과정에서 진지하게 다루어지지 못했다는 점도, 문학이란 개인에 의해 '창작'되는 것이라는 순수론의 금과옥조가 문학 이데올로기를 장악하고 있었다는 사실과 무관치 않은 것일 수 있다. 최일수는 이를 비판한 것이다. 4·19를 계기로 '순수'론에 대한 비판은 하나의 과제로 제기된다.

문학이란 삶에 대한 본질적인 물음의 방식이어야 하고, 그로부터 시작해서 그리로 돌아가야 한다는 순수의 입장에서 볼 때 4·19혁명은 일시적이고 또 피상적인 현상일 수도 있었을 것이다. 4·19와 5·16을 '침묵'으로 보낸 김동리는 한국문학이란 한국의 특별한 정신적 전통과 그 기반인 풍토(風土)의 특산물임을 말한다.[8] 토착적인 것에의 집착은 김동리와 서정주 등이 줄곧 보여온 바다. 김동리가 일찍이 외친 생의 구경론과 제3기 휴머니즘론이 주역(周易)이나 개벽(開闢)사상에 대한 이해에 근거한 것이었음을 생각하더라도 풍토론은 특별히 새로운 주장이라고 볼 수 없다. 그는 풍토론을 제기함으로써 문학이란 소란한 역사의 유동을 넘어서 있는 본질적인 문제를 다루어야 한다는 주장을 반복한 것이다.

풍토론과 더불어 김동리를 위시한 몇몇은 '한국적'인 것을 살려야 한다는 묵은 주장을 거듭한다. 그에 대해 유종호는 한국적인 것의 지향이란 우리의 경우 '토착적 엑소티시즘'일 뿐이라고 단언한다.[9] 한국적인 것이 그야말로 한국적인 것이 되려면 지방주의적 특성을 강조하는 수준을 넘어서야 하는데, 아직은 그렇지 못하다는 진단이었다. 이런 지방주의는 특별한 소재나 수법, 혹은 정신적 태도를 부각함으로

---

8) 김동리, 「한국소설의 고민과 반성과 희망」, 사상계, 1962. 5., 284쪽.
9) 유종호, 「한국적이라는 것」, 사상계, 1962. 11., 277쪽.

써 본질적인 것과 주변적인 것을 혼돈케 하는 데 이를 수 있는 것이 었다. 즉 유종호에 의하면 풍토적 특성은 지방주의적 특성일 뿐이고 이는 주변적인 것에 불과한데, 김동리는 풍토적 특성을 본질로 본 것이다.

정태용은 전통이란 단지 과거의 것이 아니라 오늘을 통찰하고 앞날을 내다보려 함으로써 파악되는 것이라고 말한다. 전통 세우기는 한국의 현실과 미래에 대한 주체적 성찰로 나타나야 한다는 것이다. 그는 한국적인 것의 지향이 이런 실천적인 입장을 갖는다고 주장한다. 모든 전통이 특별하고 개성적임을 강조하며 그는 풍토적인 특성이란 것도 매우 중요한 요인이 아닐 수 없음을 지적했다. 정태용은 유종호가 서구 문학의 전통을 보편적인 것으로 간주했기 때문에 한국적인 것의 지향을 지방주의로 보았다고 비판했다.10) 전통 세우기가 곧 오늘에 대한 주체적 해석이라는 정태용의 주장은 원칙적으로 옳다. 그러나 유종호가 전통의 현재적 의미라든가 또 풍토적인 특성의 의의 자체를 부정한 것은 아니다. 유종호가 말한 것은 지방주의를 벗어나야 한다는 것이었다. 그가 말한 보편성은 서구적 보편성이 아니라 지방주의를 벗어나는 보편성이었다. 그는 한국적인 것과 토착적인 것을 구분한 것이다. 풍토론은 가장 한국적인 것이 세계적인 것이 될 수 있다는 주장을 폈다. 문제는 가장 한국적인 것이 어떤 것이냐였다. 한국의 현실과 역사, 그 문화적 특성을 통찰하는 일은 한국적이기 위한 기본적 조건이었다. 과연 풍토론은 이 조건을 충족시키는 것이었던가? 이 조건을 충족시키지 않는 풍토론은 토착적 엑소티시즘으로 나타날 수밖에 없을 것이다.

참여를 비판하고 순수를 옹호한 이형기의 글들은 그러나 순수론의 문제점을 스스로 드러낸 예로 읽힌다. 그는 문학이 '무력한 장난감'일

---

10) 정태용, 「한국적인 것과 문학」, 현대문학, 1963. 2., 197-200쪽.

뿐이라고 선언했다. 문학은 '인생 도로(徒勞)의 허망함을 달래 주는' 수단에 불과하다는 것이다.11) 이런 시각에서 그는 참여론을 하나의 과대망상으로 일축한다. 문학이 어떤 목적을 갖고 그 목적을 수행해야 한다고 주장하는 참여론은 문학의 기능에 대한 오해에서 비롯된 것이라는 설명이다. 그는 주저않고 비관론자를 자칭하며 작가란 오늘에 대해 절망하는 것처럼 내일도 절망뿐임을 잘 알고 있는 부류라고 말한다. 문학은 이 절망 속에서 '어쩔 수 없이 살아가지 않을 수 없게끔 하는 그 무엇'을 불어넣어 주어야 한다는 것이다. 그가 김동리를 빌어 말한 '그 무엇'은 '생명감'으로, 문학은 오직 이를 이야기함으로써만 효용을 발휘할 수 있는 것이었다.

이형기에 의하면 대중은 기대할 만한 대상이 아니었다. 왜냐하면 '그 무엇'에 대한 관심을 결여하고 있기 때문이었다. 나아가 그는 발표지면이 턱없이 부족한 등 객관적인 조건이 열악하다는 점뿐 아니라, 문학을 '공급'해야 하는 사람들 사이에서도 '그 무엇'에 대한 이해가 여전히 깊지 못하다는 점을 문제로 꼽았다. 이러한 입장에서 그가 비평가들의 태만을 질책하기도 했다. 그렇다면 '그 무엇'을 다룬 문학은 '무력한 장난감' 이상이 될 수 있는가? 그의 방자한 수사는 문학이 현실에 어떤 소용도 닿지 않는다는 점을 강조하려 한 것으로 보인다. 그에게 현실이란 본질적으로 바뀔 수 없는 것이었다. 현실을 고착된 것으로밖에 보지 못했기 때문에, 더 구체적으로 말해 절망이라는 예단을 절대적인 것으로 간주함으로 해서, 그는 비관론자를 자처했던 것이다. 애당초 변화의 가능성이 부정되는 상황에서는 문학이 아니라도 무엇을 할 수 있는 것은 없다. 적어도 이런 점에서는 '그 무엇'을 다룬 문학도 무력한 장난감에 불과할 수밖에 없다.

김동리의 경우 구경의 형식이란 결국 현실과 삶에 대한 일종의 관념적 도식화로 나타났다. 그것은 흔히 자의적이고, 따라서 추상적이지

---

11) 이형기, 「문학의 기능에 대한 반성」, 현대문학, 1964. 2., 254쪽.

않으면 모호한 모순을 제시하고 그에 빠지는 양상을 보였다. 결과적으로 현실은 그저 따르지 않을 수 없는 것이었다. 이형기 역시 변화에 대한 절망을 전파하고 있다. 4·19는 무의미했다. 대중이란 믿을 수 없는 대상에 불과했다. 그의 소론은 결국 이 어지러운 개발의 시대에 대한 무력한 추수를 허용하는 데 기여한 것이었다.

4·19 이후 지식인의 존재와 역할이 관심거리가 되면서[12] 참여 주장은 하나의 목소리를 이룬다. 그것이 '쁘띠 인테리'의 무책임하고 위선적인 제스츄어[13]에 불과하다는 지적도 없지 않았지만 참여론은 어쨌든 자신들이 더 이상 현실에 대해 막연히 눈감고 있어서는 안되는 절박한 시점에 서 있음을 자각한 소산이었다. 의심스러운 개발의 환상이 제시되던 가운데 막연히나마 예상하고 감지할 수 있었던 것은 그 내용이 어떠하든 거칠고 무자비한 변화가 진행되리라는 점이었다. 참여 주장은 이러한 변화를 앞둔, 이러한 변화에 대한 대응이자 모색이었다고 보아야 할 것이다. 참여 주장의 이론적 근거가 되었던 것은 실존주의다. 실존주의는 참여의 논리를 이끌어 낸 이론적 배경이었지만, 앞서 최일수도 지적했듯 참여의 주장은 이식적인 논의의 수준을 벗어나야 하는 것이었다. 참여론의 구체화는 바로 참여론자들의 과제가 아닐 수 없었다.

참여론은 전후문학의 잠재적 논제였지만 그에 대한 공개적 주장은

---

12) 4·19 이후 한국의 지식인은 누구이며 그들이 무엇을 해야 할 것인가는 사회적 관심거리로 제기된다. 4·19가 '학생혁명'의 성격을 띠었던 탓도 있지만 이제 새로운 사회건설의 방향을 제시해야 하는데, 그것이 바로 지식인의 임무가 아니겠느냐는 생각 때문이었다. 그러나 지식인 문제에 대한 탐색이 우리의 현실과 관련하여 심도 있게 이루어졌던 것은 아니다. 사상계 1961년 9월의 '한국의 지식층' 특집은 지식인의 자기 진단 양상을 보여 주는 한 경우다. 홍사중은 이 논의가 우리의 역사적 특성을 통찰하고 이를 통해 지식인 문제에 실천적으로 다가서는 대신, 서구의 예를 무작정 끌어 들였고 대책없는 비판과 회의를 드러냈다고 비판했다. 홍사중, 「지식인의 위상」, 현대문학, 1962. 2.
13) 김붕구가 「한국 지식인의 생태」(사상계, 1961. 9.)에서 쓴 표현.

김병걸의 「순수와의 결별」(1963)로부터 시작된다고 보아도 좋을 듯하다. 먼저 김병걸은 실존주의에 기대어 '현대'를 진단한다. 현대는 합리성에 대한 기대를 갖기 어려운 시대다. 현대는 종잡을 수 없는 변화의 시대이며 또 사회구조적으로 획일성을 강요하는 시대다. 인간을 어둠 속에서 건져 내었던 문명이 도리어 인간을 억압하는 상황에서, 현대인은 변화의 속도에 '둔감'해지지 않으면 불안과 초조로 인해 '히스테릭'해지게 마련이라는 것이다. 그러나 이는 인간으로서의 주체적 자각을 포기한 결과다. 김병걸은 인간의식의 지향성과 초월성에 주목한다. 인간은 끊임없이 한계에 맞서며 자신을 극복해 가야 하는 존재다. 그는 김붕구가 그랬듯 인간존재의 의미를 구현한 '현대의 증인'으로 말로를 꼽음으로써 자신의 운명을 개척하기 위해 각성의 노력을 멈추지 않고 피의 항거를 해야 함을 주장한다. 그러나 김붕구와 달리 김병걸은 각성해야 할 것이 '우리의' 구체적인 현실이며 물리쳐야 할 것이 현실의 '독소(毒素)'임을 지적한다. 그는 상황을 일반화하는 것을 비판한다. 참여란 우리의 구체적 삶과 직결된 구체적 상황에 대한 참여여야 했다. 순수와 결별해야 하는 이유는 그것이 우리의 구체적 현실에 눈을 감고 따라서 현실의 독소를 방임하기 때문이었다.[14]

김병걸은 막연한 휴머니즘을 말하는 대신 구체적인 상황에 대한 각성과 실천으로 참여를 규정한 것이다. 그러나 실존주의 논의를 끌어들인 번쇄한 내용에 비해 그의 주장은 지나치게 단편적이다. 그 역시 추상적인 담론의 울을 크게 벗어나지 못했기 때문이다. 또 그는 '우리의' 상황을 이야기했지만 우리의 상황이 어떤 상황이며 실존주의에서 말하는 개별적인 인간의 각성과 실천을 어떻게 우리의 상황에 대한 각성과 실천으로 이끌 것인가 하는 실제적인 문제에 대해서는 논의를 진전시키지 않았다.

---

14) 김병걸, 「순수와의 결별」, 현대문학, 1963. 10., 202-203쪽.

상황은 구체적인 우리의 상황이어야 하고 개별적인 인간은 '우리'로 묶여야 한다는 데 대해 이후 참여 주장자들은 입을 모았다.15) 그렇다면 어떤 상황이 우리의 상황이며 어떻게 개별적인 인간이 '우리'로 묶여질 것인가. 이에 대해 이야기할 때 논의는 앞으로 나아갈 수 있었다. 김우종은 우리의 상황을 '천형수(天刑囚)의 유적지(流謫地)'—인간이 멸종되고 대신 괴물, 혹은 야수들이 횡행하는 '빈궁의 극한지대'로 묘사했다. 이 현실을 어떻게 외면할 수 있겠는가 하고 그는 외친다. 그는 답변은 사뭇 적극적이다. 문학은 마치 혁명이 그러하듯 이 현실을 해결할 방법으로서 '구체적인 도표(道標)'를 제시해야 한다는 것이다. 문학이 제시할 수 있는 도표의 하나로 그는 위대한 인간형의 창조를 든다.16) 인물로써 본보기를 보인다는 생각이었다.

빈궁의 극한지대는 양심과 도덕이 무의미한 곳이다. 따라서 이런 상황에서는 윤리적 호소로서의 문학 역시 무력할 수밖에 없다. 위대한 인간형의 창조는 이런 상황에 대한 처방이었던 셈이다. 빈궁의 극한지대는 인간이 야수가 되기를 강요한다. 이런 상황에 제시해야 할 도표적 형상으로서의 위대한 영웅이란 도대체 어떤 인물인가? 김우종은 그에 대한 답을 마련하고 있지 않았다. 그는 마땅히 야수는 누구이고 영웅은 누구인가를 묻는 데로 나아갔어야 했다. 인간을 야수이게끔 하는 우리의 상황에서 어떻게, 그리고 어떤 위대한 영웅이 나올 수 있을 것인가에 답하려 할 때 그의 논의는 진전될 수 있었다.

인간을 야수이게끔 하는 궁핍의 역학을 배경으로 개발의 시대는 시작되었다. 그런 만큼 개발의 시대는 여전히 야수들의 시대였다. 일찍이 이북명과 김영석 등은 인간을 야수이게끔 하는 상황에서 더 이상

---

15) 이는 참여를 주장한 이들이 순수론을 비판한 근거였다. 예를 들어 홍사중은 오늘날의 인간은 보편적인 인간 일반으로 환원될 수 있는 것이 아니라 특별한 조건 속에 있는 인간임을 역설함으로써 순수론을 일종의 관념적 사기로 공박한다. 홍사중, 「작가와 현실」, 한양, 1964. 4., 145, 153쪽.
16) 김우종의 「유적지의 인간과 그 문학」(현대문학, 1963. 11.)과 「저 땅 위에 도표를 세우라」(현대문학, 1964. 5.)의 이곳 저곳.

그렇게 살 수 없음을 깨닫는 계급적 영웅들의 출생과정을 그렸다. 개발의 시대가 필요로 하는 새 영웅들은 과연 어떤 인물들일 것인가. 이는 개발의 시대에 대한 통찰 없이는 답할 수 없는 물음이었다.

순수론자들에게 참여의 주장은 계급문학이라는 '망령'을 불러일으키는 것이었다. 문학이 사회적으로나 정치적으로 어떤 역할을 해야 한다는 생각을 앞세울 때 문학은 타율에 휘둘리기 마련이며, 결과적으로 선전을 일삼는 공식적 문학을 빚게 된다는 것이 순수론자들이 참여론을 비판한 요지였다. 참여와 순수의 대립은 또 세대적 갈등의 모습을 보이지 않은 것도 아니어서, 원숙한 대가(大家)를 자처한 한 시인은 참여 주장을 물정 모르는 젊은이들의 객기쯤으로 여기기도 했다.17) 그러나 참여론을 향한 비판이 관대했던 것은 아니다. 현실에 대한 각성과 실천을 요구하는 참여론을 언제든 좌경화할 수 있는 것으로 여기는 '위협'은 참여론을 비판하는 일반적 방식이었다.

이데올로기 비판의 관점에서 참여론을 몰아부친 예로 들 수 있는 것은 김붕구의 글이다. 김붕구는 창조적 자아와 사회적 자아를 구분한 뒤, 창조적 자아가 보장되는 가운데서만 참된 문학이 씌어질 수 있음을 강조했다. 그 역시 사회적 자아의 역할을 무시하지 않았다. 그러나 사회적 자아의 각성은 반드시 창조적 자아를 거쳐 문학으로 나타날 수 있는 것이었다. 그런데 참여 주장은 사회적 자아만을 앞세워, 창조적 자아에 대한 사회적 자아의 '군림'을 초래한다는 것이다. 여기에 그는 새로운 설명을 덧붙인다. 창조적 자아란 논리화되지 않은 '표징적(表徵的)' 언어로 드러나는 것인 반면 사회적 자아는 '논리화된' 언어에 의해 규정된다는 구분이다. 표징적 언어는 '인간'으로부터 나오는 것이며 논리화된 언어는 인간으로부터 멀어진, 언어의 독주에 따른 결과였다. 그는 이데올로기를 논리화된 언어로, 막시즘을 또한

---

17) 서정주, 「사회참여와 순수 개념」, 세대, 1963. 10., 195쪽.

그 동의어로 간주한다. 그의 글은 이데올로기, 곧 막시즘이 '인간 부재'에서 나온 언어의 기만임을 단정하는 데 이른다. 참여론은 결국 이이데올로기에 포획될 수밖에 없는 것이라는 점이 그가 최종적으로 말하려 한 바였다.[18]

김붕구의 이 글은 지난 시대의 합리주의가 억압적인 유물—그가 일찍이 비판한 '정치적 신화'와 같은—을 만들어 내었다고 보고, 이른바 '현대적'인 입장에서 그에 맞선 인간의 길을 열어 가야 한다는, 실존주의적인 현대 해석을 반복한 것이다. 그러나 여기서 합리주의는 그대로 막스주의가 되었으며 합리주의의 기만은 창조적 자아의 표징적 언어로 대결해야 할 것이 된다. 그의 말대로라면 표징적 언어에 의한, 가장 본질적인 문학형식은 상징적 시일 것이다. 그는 사회가 '논리화된' 언어, 곧 이데올로기를 통해 규정되는 것임을 지적했다. '인간'의 관점에서 보았을 때 이데올로기란 기만이었다. 물론 이데올로기는 불가피하게 오인(誤認)이다. 그렇지만 이데올로기를 통해서 사회를 볼 수밖에 없다면 오히려 필요한 일은 이데올로기에 대해 비판적이고 반성적인 자각을 갖는 것이 아닌가? 이데올로기를 주체적으로 다시 세우는 것은 이로써 가능한 일일 것이다. 현실을 구체적으로 재현하려는 문학은 이런 점에서 이데올로기에 맞선 이데올로기의 형식이라고 말할 수 있다. 김붕구는 이데올로기를 비판하기 위해 이데올로기를 부정하는 오류의 예를 보인 셈이다. 그리고 결과적으로 그는 문학의 의미와 기능에 대한 좁은 독단어 빠진 것이다. 그는 참여론을 이념적으로 재단하려 했지만 그가 스스로 드러낸 것은 편협한 반공주의자의 모습이었다.

김붕구의 글은 순수와 참여에 관한 작은 논쟁을 다시 일으킨다. 김붕구의 글에 동조한 선우휘는 "문학은 써먹는 것이 아니다"는 묵은 주장을 경박하게 거듭했다.[19] 김붕구, 선우휘에 대해선 또 임중빈,[20]

---

18) 김붕구, 「작가와 사회」, 세대, 1967. 11., 76, 79쪽.
19) 선우휘, 「문학은 써먹는 것이 아니다」, 조선일보, 1967. 10. 19.

임헌영21) 등이 반론을 폈다.

순수냐 참여냐를 둘러싼 논박은 이념적 색깔을 묻고 위협하는 지경에 이르렀지만 어쨌든 이는 현실의 변화와 문학적 의미나 의의를 어떻게 보아야 할 것인가 하는 문제를 던진 것이었다. 순수론은 이미 김동리에게서 뚜렷이 드러났듯 변화에 대해 관심을 갖지 않으며 그 가능성 자체를 부정하는 것이었다. 변화가 일어난다 하더라도 거기엔 인간이 개입할 여지가 없다는 것이 그의 운명론이었다. 이런 운명론의 세계가 바로 구경의 세계였던 것이다. 여기서 문학은 극단적인 두 가지 모습—'무력한 장난감'으로 치부되거나 심오한 본질을 추구하는 형식으로 보일 수 있었다.

역사적으로 순수론은 격동적 현실에 대한 하나의 대응 방법이었다. 강점 말기의 상황에서, 해방기의 와류 속에서, 그리고 전후의 혼란 속에서 그것은 역사적 격동에 대한 거리 두기를 가능케 했다. 그렇다면 60년대의 순수론은 무엇에 대한 순수론이었을까. 개발의 시대의 둔중하고 위협적인 망치소리를 느끼지 못하고 있었던 사람은 없었을 것이다. 외세에의 의존이 높아가는 만큼 분단의 울이 높아 가고 군사정권의 전횡이 사회 곳곳에까지 미치는 상황이었지만, 또 한편 모든 것을 새롭게 건설해 나가자는 것은 이 시대의 역설적인 표어였다. 자못 열성적이며 위압적인 개발자들이 오랜 궁핍으로부터의 탈출을 외치던 이 시대는 비상한 열광과 두려움의 시대였으며, 고통스런 희망의 시대였다. 누구도 이 시대의 앞날을 명확하게 예견할 수는 없었겠지만 결과적으로 이 시대가 강요하고 이룬 변화는 모두의 변화가 될 것이었다. 순수론은 이 변화를 외면하려는 것이었고, 결과적으로 그에 대한 무자각한 추수를 용인한 것이다.

---

20) 임중빈, 「반사회참여의 모순」, 대한일보, 1967. 10. 17.
   ──── , 「한국문학의 현황과 그 장래」, 현대문학, 1968. 1.
21) 임헌영, 「현실동면족」, 현대문학, 1968. 1.

참여론은 기본적으로 변화를 자각하고 그에 대응하려는 입장을 갖는 것이었다. 그 바탕에는 변화가 필연적이며 누구도 이 변화로부터 자유로울 수 없으며, 그렇기 때문에 또 변화를 필요로 한다는 깨달음이 깔려 있었다고 보인다. 참여론을 펼치는 과정에서 몇몇 논자들은 단편적으로나마 개발의 신화에 대한 회의를 드러내기도 했고 '우리'는 민중적인 연대를 이루어 그에 맞서야 할 것을 촉구하기도 했다.22) 참여 주장자들은 대체로 시대의 흐름을 따라잡으려는 열뜬 진지함과 윤리적인 성실성을 보였다. 그러나 참여 논의는 원론적이고 그런 만큼 막연한 수준을 넘지 못했다. 참여론이 실존주의를 이론적 근거로 했다는 점은 그 이유의 하나였다. 상황에 대한 각성을 부르짖으면서도 그에 대한 논의를 구체화하지 못했고, 주체의 문제에 대해서도 '우리'를 묶기 위한 물적이며 의식적인 토대와 도정에 대한 논의를 발전시키지 못한 점은 참여론의 한계였다.

순수, 참여 논쟁은 많은 부분이 동어반복으로 흘렀고 공전된 감이 없지 않다. 그러나 참여론은 개발의 시대를 통찰하고 '우리'를 묶는 길을 찾는 것이 이후의 과제임을 깨닫게 했다. 우리 근대사와 근대문학의 흐름을 정리한다든가 개별 작가나 작품적 성과에 대한 실제 비평에 충실하고 문학적 실천의 방법, 예를 들어 리얼리즘 논의를 심화시키는 것 등은 이를 위해 필요한 작업들이었다. 60년대 말에 이르러 제출되는 백낙청의 「시민문학론」(1969)은 참여론의 과제를 구체화하는 하나의 출발점을 마련한 것이었다. 서구의 근대와 시민문학에 대한 이해에 기댔지만 백낙청은 우리 근대를 이른바 '한국적 시민의식'의 발전 과정으로 헤아려 보려 했고, 이를 배경으로 우리 근대문학의 흐름을 드러내는 예외적 작가와 작품들을 나름의 일관한 안목으로 평가하려 했다. 백낙청의 관점이 얼마나 타당한가를 묻는 것은 또 다른

---

22) 한 예로 임중빈의 「반사회참여의 모순」을 참조.

일이겠지만 그의 글은 더 이상의 순수 참여 논쟁이란 소모적인 것일 뿐임을 알리는 것이었다.

3. 표류(漂流)하는 삶

60년대의 대표적인 단편들에서 두드러지게 나타나는 감각은 자신과 자신 주변의 모든 것들이 어떤 방향을 향해 가고 있는지 모르면서 어지럽고 불안정하게 유동하고 있다는 감각이다. 소설 속에 등장하는 인물들은 발붙일 곳을 찾지 못하고 끊임없이 흔들리는 모습을 보인다. 그들은 충동적으로 행동하기도 하고 엉뚱한 망상과 집착을 갖기도 하지만 또 이내 좌절하고 만다. 그들은 표류하고 있는 것이다. 흔들리는 내면에 비친 흔들리는 세계는 마치 계속 모습을 허물면서 다르게 나타나는 꿈이나 환상과 같다. 그 세계 안에서는 어떤 것도 굳건한 것은 없다. 모든 것이 불투명한 대기 중으로 녹아들고 있음을 보는 용해적(溶解的) 비전은 일반적인 것이 된다. 그것은 현란하거나 가혹하고 덧없음과 환멸을 느끼게 하는 것이다. 때문에 그들은 종종 모든 것이 분명하고 붙박혀 있던 안정된 지난날을 향한 향수에 젖기도 한다. 하지만 그들은 자신들이 과거를 버린 지 이미 오래임을 깨닫고 있다. 어떤 곳으로도 돌아갈 수 없으며 자신들을 감싸고 흐르는 이 세계로부터 내려설 수 없다. 그들의 앞날 역시 불투명하다. 그러나 어쨌든, 그리고 누구든 앞을 향해 발을 내디뎌야 하고 길을 찾아가야 하는 것이다. 그들은 끊임없이 자신들을 기다리고 있는 것이 절망임을 예감한다. 하지만 그렇다 하더라도 그들은 멈출 수 없다. 움직여 나가는 것은 그들의 운명이다.

이러한 흔들림은 이들 소설에서 또한 감각적인 섬세함과 치밀함, 혹은 발랄함으로 나타난다. 진폭이 큰 내면의 파장과 그에 조응하는 세계의 산만한 유동을 그린다는 것은 그 움직임을 잡아내는 예민한 감수성과 새로운 조합의 능력을 필요로 하는 일이다. 어떤 것도 굳건하지 않다면 작가가 그려야 할 것은 마치 몰려 흩어지는 안개나 연기와 같은 것들일 수 있다. 그는 자신도 알 수 없는 감정의 파동을 타고 미끄러져야 한다. 그것은 비약적이면서도 입체감이 있는 묘사로 나타날 것이다. 인물들과 상황은 과장되거나 환상적일 수 있다. 구성은 변화의 리듬을 재현하는 것이어야 한다. 흔들림을 살리려는 여러 방법은 시도된다. 이야기는 흩어지고 사라지며 엉뚱하게 조합된다. 극적인 배치와 놀라운 반전, 수수께끼를 던지고 풀기 등 역시 이를 인상적으로 부각하기 위한 방법으로 구사된다.

흔들림에 대한 감각은 젊은 감각이다. 흔들림은 어쨌든 변화의 리듬이었으며 흔들림에 대한 감각은 변화의 진행에 민감하게 반응하며 이를 따라잡으려는 것이었기 때문이다. 그것이 새롭고 신선할 수 있었던 이유는 여기에 있다. 그러나 그가 흔들림에 휘둘리지 않으려면 나름의 균형을 찾아야 했다. 그것은 결국 역사적 감각을 요구하는 일이다. 작가들은 이 흔들림이 어디로부터 비롯되었는가 하는 물음을 묻지 않을 수 없었던 것이다. 이 흔들림은 바로 개발의 시대의 리듬이었다. 그렇다면 그들은 개발의 시대를 드러내어야 했다. 흔들림을 느끼지 못할 때 개발의 시대를 그린다는 것은 불가능하다. 하지만 흔들림에 빠질 때 개발의 시대는 미처 보이지 않을 수 있다. 작가들은 개발의 시대를 얼마나 어떻게 그렸던가.

김승옥에게 도시는 표류의 공간이다. 분주한 서울살이를 하는 제약회사 간부인 '나'가 고향을 찾는 「무진기행(霧津紀行)」(1964)의 주조를 이루는 것은 표류하는 삶의 막각한 절망감이다. 그의 고향인 무진은 안개의 고장이다. 안개에 휩싸인 듯 정체된 그 곳에서 그는 '하면 된다'라는 집요함으로 세무서장까지 출세한 비속한 동창생과 속물들에 대한 혐오를 숨기고 있는 소심한 후배 '박 선생', 그리고 무진의 생활에 갑갑해 하며 서울로 돌아가기를 바란다는 박 선생의 동료 음악교

사 '하 선생'을 만난다. '나'는 어머니의 산소에서 돌아오다가 바다로
향한 방죽가에 자살해 누워 있는 술집여자의 시체를 보며 그것이 자
신의 일부분 같다고 느낀다. 서울로 데려가 달라고 부탁하며 유혹에
스스로 몸을 내던지려는 하 선생의 조바심을 빼앗아 준 그는 혼자 무
진을 떠난다.

'숨막힐 듯한' 이 무진은 결코 아늑하고 고즈넉한 고향은 아니다.
무진에서 그가 다시금 확인하는 것은 욕망의 집요함과 무상함이다.
자신이 무엇을 꿈꾸며 달려 왔는가라는 물음에 그는 답할 수 없다.
세속적 성취라는 목적에 회의를 갖지 않는, 그래서 큰 제약회사 사장
의 사위가 된 '나'를 공범자로 대하는 동창생과 세속성에 대한 혐오로
스스로를 가두고 있는 박 선생, 그리고 자신도 알 수 없는 막연한 유
혹과 열망에 스스로 몸을 던지려 하는 하 선생을 통해 그는 자신의
모습을 비춰 본다. 그가 다만 분명히 말할 수 있는 것은 자신이 소진
(消盡)을 위해 달려 왔다는 점이다. 술집여자의 시체나 하 선생이 부
르는 유행가의 '무자비한 청승맞음'은 소진의 열망과 동시에 그것의
절망적 무의미를 일깨우는 것이다. 무진도 흔들리고 있다. 무진을 덮
는 안개는 표류하는 삶의 대응적 상징이다. 그것은 표류의 공간으로
서 도시가 그러하듯 불투명한 깊이와 가늠할 수 없는 부피를 갖는다.

무진에 명산물이 없는 게 아니다. 나는 그것이 무엇인지 알고 있다. 그
것은 안개다. 아침에 잠자리에서 일어나서 밖으로 나오면, 밤사이에 진주
해 온 적군들처럼 안개가 무진을 삥 둘러싸고 있는 것이었다. 무진을 둘
러싸고 있던 산들도 안개에 의하여 보이지 않는 먼 곳으로 유배당해 버
리고 없었다. 안개는 마치 이승에 한(恨)이 있어서 매일 밤 찾아 오는 여
귀(女鬼)가 뿜어내 놓은 입김과 같았다. 해가 떠오르고, 바람이 바다 쪽에
서 방향을 바꾸어 불어오기 전에는 사람들의 힘으로써는 그것을 헤쳐 버
릴 수가 없었다. 손으로 잡을 수 없으면서도 그것은 뚜렷이 존재했고 사
람들을 둘러싸왔고 먼 곳에 있는 것으로부터 사람들을 떼어 놓았다. 안
개, 무진의 안개, 무진의 아침에 사람들이 만나는 안개, 사람들로 하여금

해를, 바람을 간절히 부르게 하는 무진의 안개, 그것이 무진의 명산물이
아닐 수 있을까!23)

이 '사람의 힘으로는 헤쳐 버릴 수 없는' 안개는 도시의 삶을 감싸
고 있는 불투명한 유동의 공간을 연상케 하는 것이다. 안개는 사람들
의 시야를 가리며 사람들을 서로 떼어 놓고, 그럼으로써 가두어 버린
다. 그것은 또한 모든 것을 녹이고 삼키는 것이기도 하다. 사람들은
안개 속에 빠진 것처럼 어디서 시작되었는지 알 수 없는 어지러운 유
동에 몸을 맡기고 흘러가야 하는 것이다.

표류하는 사람들에게 어떤 것도 확정적인 것은 없다. 남달리 매진
하고 노력할 때 꿈이 실현되리라는 순진한 믿음이 좌절감으로 바뀌
지는 이미 오래다. 그들은 목표를 잃었으며 막연한 욕망과 유혹에 지
쳐 있다. 「서울 1964년 겨울」(1965)은 길거리의 선술집―포장마차에서
시작된다. 떠도는 사람들이 잠시 팔을 걸치고 헐떡이는 이 곳에서 어
울린 구청의 말단 공무원인 '나'와 대학원생 '안'은 그들을 사로잡고
있는 이 도시의 욕망들과 그것의 '꿈틀거림'에 대해 이야기를 나누기
시작한다. 하지만 그에 관한 그들의 이해는 막연하고 개인적인 것일
뿐이다. 그들이 확인하는 것은 꿈틀거림 속에 있으면서 그로부터 소
외된 자신들의 모습이다. 그들은 또 '자신만이 소유할 수 있는 사실'
을 꾸며대며 짐짓 흥겨워하지만 이내 자신들이 어떤 것도 확실히 붙
잡고 있지 못함을 시인하며 풀죽고 만다. 헤어지려던 그들은 병들어
죽은 아내의 시신을 방금 병원에 팔고 나왔다는 초라한 사내의 부탁
을 받는다. 부탁이란 병원에서 받은 돈을 다 써버릴 때까지 같이 있
어 달라는 것이었다. 그들 셋은 취해서 불난 곳을 찾아 불구경을 하
는 등 정처없이 헤맨다. 시간이 흐르면서 그들이 확인하는 것은 모든
것이 어지럽게 유동하고 있고 바쁘게 사라지며 어느 누구도 서로를

---

23) 「무진기행」, 『서울 1964년 겨울』(창우사, 1966), 66-67쪽.

배려하지 못한다는 사실이다. 다음날 아침 '나'는 같이 여관에 든 사내가 밤사이 자살을 하고 말았음을 '안'으로부터 듣는다.

유일하게 의지할 수 있었던 아내를 잃은 사내의 슬픔은 '나'나 '안'이 나눌 수 있는 것이 아니다. 사내 역시 아내의 시신을 병원에 팔 수밖에 없었다. 그들은 다만 사내의 돈을 뜻없이 써버리는 일을 같이 했을 뿐이다. 사내가 자살하고 말 것을 예감한 '안'이 겨우 생각한 최선의 방법은 그를 혼자 놓아 두는 것이었다. 자신이 혼자임을 깨닫는 것이 자신에 대한 애착을 갖게 하는 방법이라고 생각했기 때문이다. '나'와 '안'은 자살한 사내를 여관방에 뉘어 놓고 헤어진다.

절제된 감각적인 묘사와 균형잡힌 속도감을 보인 단편소설들에서 작가는 표류하는 삶과 음울한 사회상을 인상깊게 그려 내었다. 그의 인물들은 어지러운 흔들림을 경험하고 보여줌으로써 자신들이 무자비한 변화의 흐름 속에 있음을 일깨운다. 이 흐름은 어떤 약속도 하지 않고 전망도 불허하는 것이다. 앞날을 가늠하기 어렵고 어떤 길도 찾지 못할 때 정처없는 흔들림 속에 자신을 내맡기는 것은 불가피하다. 그들은 무력한 자신을 비웃거나, 막연하지만 집요한 자괴감에 시달리기도 한다. 그들은 스스로 자신을 학대하고 혹은 그런 만큼 도발적일 수도 있다. 그러나 물론 이러한 행동이 그들 자신을 바꾸어 놓을 수 있는 것은 아니다.

그들이 스스로 발걸음을 떼어 놓기 위해서는 자신의 고립으로부터 벗어나야 했고 또 그러기 위해선 안개를 헤쳐야 했다. 과연 그것이 그들에게 가능한 일이었던가? 자신과 자신의 시대를 의혹과 불안에 찬 눈으로 바라보는 그의 인물들에게는 일단 자기 밖으로 나서는 것부터 매우 조심스러운 일이 아닐 수 없다. 그들은 다만 소망하고 꿈꾸며 상상할 뿐이다. 그런 점에서 작가 역시 그들과 다르지 않다. 여러 경우에서 김승옥에게 인물들이 벌이는 이야기는 일종의 상상적 일탈이다. 작가가 몇 차례 시도한 자못 환상적인 액자소설들은 김승옥

소설의 근본적 성격을 드러내는 것일 수 있다. 예를 들어 「환상수첩」(1962)이나 「역사(力士)」(1963)의 틀 안 이야기로 제시된 일탈로서의 모험은 진정한 모험이 불가능한 시대의 모험일 것이다.

이런 상상적 일탈은 자신의 시대를 진단하는 나름의 방식으로 보아야 한다. 하지만 그것이 그야말로 상상적인 일탈이 될 때 그것은 현실과의 긴장을 잃은 꾸민 이야기로 떨어질 것이다. 의혹의 눈을 갖는 인물들이 무력감과 절망 속에서 고립되어 있었다는 점은 그들이 진정한 모험을 벌일 수 없는 이유이다. 그런데 그들이 자기 밖으로 발을 내딛지 못하는 데에는 작가와 작가적 인물들이 지나치게 자기 중심적이었다는 점도 하나의 원인으로 작용했다고 보지 않을 수 없다. 그들은 오직 자신을 통해서만 밖을 보고 남들과의 교류란 근본적으로 불가능하다고 예단하고 있기 때문에 남에게 다가갈 수 없다. 자기 중심적 고립성은 개발의 시대가 양산했던 소시민의 한계였다. 이호철이 그렸던 것처럼 소시민이란 낱낱으로 흩어져 무방비로 변화의 흐름에 휩쓸리고 쇠락의 길을 걸어야 하는 군상이었다. 그들은 의혹을 갖지만 자신을 흔들고 있는 이 유동의 정체를 파악할 수 없고 따라서 그에 맞서지 못한다. 과연 그들은 어떻게 자기 밖으로 나올 수 있을 것인가.

이청준은 사연이 깊은 질곡에 붙들려 있는 인물들을 그렸다. 그의 소설은 그 질곡이 무엇인가를 찾아 나선 여정(旅程)이다. 그 인물들이 대부분 예사롭지 않은 인물들이고 그들의 삶도 비일상적이어서 이 여정은 마치 낯선 미로(迷路) 속에 빠진 듯 엉키거나 수수께끼에 부딪힌다. 그의 소설은 종종 추리를 펼치기도 한다. 인물들이 예사롭지 않은 만큼 추리의 과정이나 결과는 뜻밖이다. 그러나 단지 추리를 즐기는 데 작가의 목적이 있는 것은 아닌 듯하다. 그것은 인물들을 사로잡고 있는 질곡에 다가서는 작가 나름의 방식일 것이다. 특히 질곡의 정체가 분명치 않다면 그것이 무엇인가를 찾아 나선 여정은 미로에 빠지고 수수께끼에 부딪게 마련이다. 소설은 계속해서 물음을 던지는 것이다.

작가가 이야기 안에 끌어들인 인물들은 제가끔 깊은 상처를 갖고 있다. 그들이 갖는 상처는 대개 특별하기도 하지만, 상처에 대한 그들의 태도도 유난스럽다. 무엇보다 그들은 상처에 집착한다. 6·25 때 낙오되어 탈출한 경험을 갖고 있는 「병신과 머저리」(1966)의 '형'은 그 과정에서 자신이 비겁하게 행동한 데 대한 아픈 기억을 오랫동안 품어 온 인물이다. 실제로는 부상병을 쏘고 남하할 수 있었던 그는 자신이 직접 소설을 쓰는 방식으로 사실과 다른 이야기를 꾸미고 위로를 받으려 한다. 이러한 이야기는 동생인 '나'에 의해 밝혀지고 서술되는데, '나'는 또 형의 상처를 통해 자신을 비추어 본다. 사랑했던 여자 '혜인'의 청첩장을 받고도 무덤덤할 뿐인 그는 자신의 아픔이 어디서 비롯된 것인지 알고 어쨌든 이를 극복하는 형과 달리 자신의 아픔에 '명료한 얼굴이 없음'을 자탄한다.

나는 멍하니 드러누워 생각을 모으려고 애를 썼다.
나의 아픔은 어디서 온 것인가. 혜인의 말처럼 형은 6·25의 전상자이지만, 아픔만이 있고 그 아픔이 오는 곳이 없는 나의 환부는 어디인가. 혜인은 아픔이 오는 곳이 없으면 아픔도 없어야 할 것처럼 말했지만 그렇다면 지금 나는 엄살을 부리고 있다는 것인가. (중략)
어쩌면 그것은 나의 힘으로는 영영 찾아내지 못하고 말 얼굴일른지도 모를 일이었다. 나의 아픔 가운데에는 형에게서처럼 명료한 얼굴이 없었다.24)

전쟁이나 이데올로기 싸움으로 인한 상처란 60년대 상황에서는 매우 보편적인 것일 수밖에 없었거니와, 이청준에게 역시 그것은 중요한 소설적 모티브다.(「개백정」, 1969; 「소문의 벽」, 1971) 그러나 그의 관심이 역사적인 질곡을 탐색하는 데 집중되었던 것은 아니다. 다시

---

24) 「병신과 머저리」, 『별을 보여 드립니다』(일지사, 1971), 117쪽.

말해 이청준의 인물들의 아픔에는 '명료한 얼굴이 없는' 만큼 그들을 가두고 있는 질곡의 정체는 많은 경우 분명치 않다. 그것은 불투명한 무기력(「퇴원」, 1965)이기도 하고 모든 추구의 절실함을 잃어 버린 절망감(「별을 보여 드립니다」, 1967)이 아니면 쉽게 다다를 수 없는 것을 추구하는 운명(「줄」, 1966; 「매잡이」, 1968)일 수 있다. 그들을 묶고 있는 질곡을 찾아나서는 것이 수수께끼의 미로가 되는 일차적 이유는 여기에 있다. 그리고 이렇게 볼 때 이청준의 인물들은 역사적 성격을 구체적으로 담지함으로써 이야기를 이끌어 가는 인물들이기보다 이러한 수수께끼를 가능하게 하는, 수수께끼를 위한 인물들이지 않나 하는 생각을 하게 된다.

작가가 예사롭지 않은 인물들을 통해 수수께끼를 고안하였다면 그들은 어느 정도 은유적인 형상이다. 사실 작가가 그린 줄광대라든지 궁수나 매잡이는 사라져 가지 않으면, 그 자체가 신비한 느낌을 주는 존재들이기도 하다. 그들은 일상의 이탈자들이며 일상을 벗어난 특별한 이야기를 기대하게끔 한다. 하지만 그들이 은유적 형상이라고 할 때 그들을 둘러싼 수수께끼를 풀어 가는 여정은 구조적인 은유, 곧 알레고리로 읽어야 할 것이 된다.

작가의 의장(意匠)이 섬세하고 정교한 정도로 그들의 이야기는 실제적이기보다 가공적일 수밖에 없다. 이청준의 단편들이 기본적으로 액자소설의 형식을 취하고 있는 점은 그 불가피한 결과다. 즉 이야기 자체가 작가가 다루어야 할 대상이기 때문이다. 작가는 이야기가 어떻게 끝날 수 있는가를 시험하는 입장을 취한다.[25] 말하자면 통상적인 이야기의 논리에 의문을 던지고 그것을 대상화하는 것이다. 이러한 방식으로 작가는 실재와 허구 간의 긴장을 조성한다. 그것이 자신의 인물들을 사로잡고 있는 질곡에 다가서는 작가의 방법일진대 작가

---

25) 그 한 예로 읽을 수 있는 단편은 「매잡이」다. 이 소설은 매잡이 '곽 서방'의 이야기에 대해 '민형'이 쓴 소설과 '나'의 소설을 전하는 형식을 취하고 있다. 소설 속에 두 소설이 씌어지고 있는 것이다.

는 결국 무엇을 드러내고 있는가?

먼저 생각해야 할 점은 작가가 왜 일상의 이탈자들을 선택했는가이
다. 일상이란 누구에게든 익숙한 것이지만 동시에 빠른 변화가 진행
되는 공간이기도 하다. 일상에 익숙하다는 것은 이 변화를 무자각하
게 따르는 것을 의미할 수 있다. 반대로 일상으로부터의 이탈이란 일
상에 익숙할 수 없는, 곧 일상의 무자비한 변화를 수용할 수 없는 결
과일 것이다. 그의 인물들은 한결같이 이러한 변화의 낙오자가 아니
면 국외자들이다. 일상으로 진입할 수 없고 따라서 변화의 유동을 벗
어날 때, 그들이 안아야 하는 것은 자신이 누구인가라는 물음이다. 그
는 자신의 의미를 찾거나 지켜야 한다. 그에 답할 수 있는 준거를 발
견하지 못하는 한 그들은 혼란과 불안 속에 있을 수밖에 없다. 이러
한 자기 동일성의 위기 속에서 존재는 공포가 된다. 그런데 그것은
바로 개발의 시대의 보편적 상황이 아니었던가. 개발의 시대가 강요
한 무자비하고 가속적인 변화는 모든 존재하는 것의 부재함을 일깨우
는 것이었다. 끊임없는 자기 동일성의 위기는 일상에 잠복된 것이 아
닐 수 없다. 이청준의 비일상적인 인물들은 바로 일상의 위기를 적시
하고 있었던 것이다.
자신의 의미를 찾기 위해 노력하지만 그들은 소외되어 있고 좌절한
다. 무질서하고 폭력적인 일상으로 진입할 수 없는 그들은 흔히 죽음
에 이르고 만다. 이로써 그들은 일상인이야말로 미로에 갇혀 있음을
알린다. 이청준 소설의 수수께끼는 폭력적 일상의 세계를 향해 던지
는 것이다. 수수께끼가 어떻게 풀리느냐는 사실 별로 중요하지 않다.
이청준의 소설이 말하고 있는 것은 일상이라고 부르는 현실에 다가서
기 위해서는 끊임없이 수수께끼와 부딪지 않을 수 없다는 사실이다.
이렇게 볼 때 그의 인물들을 사로잡고 있는 질곡은 결국 일상 현실의
질곡이다. 이 불투명한 유동을 어떻게 감당하고 어떻게 그와 맞서야
하는가는 그들이 던지는 물음이다.

액자소설의 형식이 조성한 허구와 실재의 긴장은 현실이라는 불투명한 유동에 상응하는 것이었다. 그러나 이 액자 안의 이야기들은 김승옥의 소설들이 그러한 것처럼 진정한 모험이 불가능한 시대의 모험들이다. 이 모험들은 현실의 질곡을 드러내고 있지만 어떻게 이를 헤쳐 나갈 것인가를 보여 주고 있지는 않다. 그의 인물들 역시 대체로 매우 진지하지만 이미 스스로 고립되어 있는 것이다. 그들이 흔히 선택하는 죽음은 결국 표류의 끝일 뿐이다. 작가가 「마기의 죽음」(1967)에서 말했던 것처럼 자유란 그것을 위한 역동적인 분투를 통해 바라볼 수 있는 것이다. 그러나 그러기엔 그의 인물들과 소설들은 지나치게 관조적이다.

단편 「강」(1968) 이후 서정인은 지방 소도시의 이런 저런 사람들의 모습과 그들의 별스럽지 않은 사건들을 그렸다. 꼼꼼히 관찰하는 눈으로 인물들의 생활적 상모(相貌)를 대별해 내고 일상의 유동을 세밀하고도 인상적으로 잡아냄으로써 극적이지 않은 극적 효과를 살린 그의 소설들은 일단 훌륭한 풍속 스케치로 읽을 수 있다. 현실을 풍속화하기 위해서 작가는 대상으로부터 일정한 거리를 두어야 한다. 서정인은 주로 전지적인 시점을 취해 정황을 묘사하고 인물들의 의식을 넘나들지만, 차분하고 모두에 대해 잔잔한 연민을 깔고 있는 그의 목소리는 대상을 객관화하는 효과를 낸다.

그의 전지적 시점은 특히 인물들 간의 상대성이 부각되는 경우, 그들의 다성적(多聲的)인 어울림을 살려 내기에 오히려 적합한 것인 듯해 보인다. 그러나 서정인 소설에서 인물들이 내는 다성적인 어울림은 그들이 각각 독특한 개성을 갖는 데서 비롯되는 것이라기보다는 반대로 그들이 일상의 무게에 짓눌린, 그래서 매우 일상적인 군상(群像)들이라는 점으로부터 비롯되는 것이다. 일상적인 만큼 그들은 이 풍속 속에 갇힌 존재들이다. 그들은 무자각하게, 그리고 자연스럽게 그것을 드러낸다. 깨어질 꿈에 대한 안쓰러운 기대를 버리지 못하면서 결국 인생이란 그저 주어지는 대로 살아갈 수밖에 없다고 여기는 지친 낙오자들과 자신이 속물인지조차 모르는, 때문에 그의 비열함이 오히려 우스꽝스럽게 보이는 속물들은 이 군상을 대표하는 성격들이다. 이들을 담담히 내려다본 서정인의 풍속화는 그들을 싸고 있는 일상의 무게가 쉽게 덜어질 것이 아니라는 점, 따라서 일상의 삶이란 실제로 그 무게를 고통스럽게 견뎌야 하는 일이라는 점을 일깨우고 있다. 풍속에 갇힌, 그에 무자각 인물들에게서 작가가 찾을 수 있는 실마리는 없다. 작가의 시선이 일껏 차분하고 담담한 것은 이 사실을 인정한 결과인 듯하다.

이런 점에서 이 군상들의 이야기에 대한 작가의 입장은 비극적 아이러니의 구도를 그린다. 일상의 무게와 파괴성은 이 군상들이 져야 하는 운명이다. 그들은 특별한 잘못 없이도 일상 속에서 부서져 가야 한다. 일상의 불투명한 깊이가 강요하는 것은 절망이다. 일상의 군상들은 그들이 깨닫지 못한다 하더라도 헤쳐 나올 수 없는 미로에 갇혀 있는 것이다. 일상이 곧 미로라는 인식, 그것의 불투명하고 불안정한 유동에 대한 감각은 「강」 앞에 씌어진 소설들에서도 이미 읽어볼 수 있는 것들이다.

그가 처음으로 발표한 「후송(後送)」(1962)은 알레고리적이고 그만큼 추상적인 소설이다. 빈 깡통을 향해 발작적으로 권총 150발을 쏘아 버린 이후 생긴 이명(耳鳴) 때문에 후송을 바라는 '성 중위'는 후방 병원으로 가기 위한 복잡한 과정을 거치느라, 그를 믿지 않고 그의 말을 받아들이지 않는 군의관들에게 몇 번이고 자신의 증상을 입증하려 애쓴다. 이명은 드러나지 않는 내상(內傷)이다. 그의 내상은 거대한 조직의 중압을 이기지 못한 결과다. 그는 이 세계를 벗어나려 하지만 겹겹의 미로에 갇혀 있는 것이다. 마침내 그는 바라던 대로 후송 열차를 탄다. 그러나 미로를 벗어나려는 그의 모험은 과연 성공한 것일까.

환몽적인 여행의 형식을 취하고 있는 「미로」(1967)에서 일상의 미로는 끊임없이 모습을 바꾸며 모든 것을 빨아들이고 용해(溶解)시키는 '끈적끈적한' 공간으로 그려진다. 미로 속의 삶이란 이 불투명한 유동 속으로 녹아드는 것이다. 그 속에는 갖가지 왜곡과 기만도 녹아들어 있다. 이 연옥(煉獄)의 여행자인 '나'가 보게 되는 학교의 경사진 복도는 교육책이 '고육책(苦肉策)'이 되는 현실을, '박제 돼지'와 '북소리'는 기만적인 정치 선전과 착취 구조를 상징한다. '나'는 '박사'를 찾고자 하지만 결국 누구도 이러한 문제를 대신 해결해줄 수 있는 사람은 없다는 깨달음에 이른다.

「강」에 이르면 작가는 일상을 꼼꼼히 새겨 보기 시작한다. 이로써 불투명한 유동에 대한 용해적 비전은 환몽의 수준에서가 아니라 구체적인 풍속화를 통해 제시된다. 하숙집 동료들과 시골의 결혼식을 보러 간 '늙은 대학생'은 늦은 밤 여관에서 마주친 가난한 어린 수재를 보며 고단한 자신의 모습을 떠올린다.

허옇게 색이 바랜 짧은 바지를 입고 읍내까지 몇십 리를 걸어서 통학하는 중학생. 많은 동정과 약간의 찬탄. 이모 집이나 고모 집이 아니면 삼촌이나 사촌네 집을 전전하면서 고픈 배를 졸라 매고 낡고 구식의 커다란 가죽가방을 옆구리에다 끼고 다가오는 학기의 등록금을 골똘히 생각하며 밤늦게 도서관으로부터 돌아오는 핏기 없는 대학생. 그러다보면 천재는 간 곳이 없고, 비굴하고 피곤하고 오만한 낙오자가 남는다. 그는 출세할 일이라면 무엇이든지 할 준비가 되어 있다. 어떠한 것도 주임교수의 인정을 받는 일보다 더 중요하지 않다. 외국에 가는 기회는 단 하나도 그의 시도를 받지 않고 지나치는 법이 없다. 따라서 그가 성공할 확률은 대단히 높다. 많은 것들 중에서 어느 하나만 적중하면 된다. 그런데 문제는 적중하느냐 않느냐가 아니라 적중하건 안하건 간에 아무런 차이가 없다는 데에 있다. 적중하건 안하건 간에 그는 그가 처음 출발할 때에 도달하게 되리라고 생각했던 것으로부터 사뭇 멀리 떨어져 있는 곳에 와 있음을 깨닫는다. 아―, 되찾을 수 없는 것의 상실함이여![26]

---

26) 서정인, 「강」, 『강』(문학과 지성사, 1976), 140쪽.

삶은 꿈을 녹여 버리는 미로다. 시골 수재의 입지전적 출세, 갖은 역경을 헤치고 남다른 노력 끝에 성공을 거머쥐는 이야기는 바로 개발의 시대의 로망스였다. 이 로망스는 성공을 위한 노력이 마땅하고 절실한 것임을 가르쳤다. 성공은 모두의 꿈이었다. 그러나 두루 아다시피 이 로망스는 입지전 뒤에 가려진 수없는 낙오자들을 외면하는 것이며 또 성공이란 흔히 일상에 녹아드는 세속화를 조건으로 한다는 사실을 감추고 있는 것이기도 했다. 그들은 낙오자가 아니면 속물이 되어야 하는 것이다. 낙오자와 속물은 개발의 시대가 양산한 군상의 모습이었다.

서정인의 풍속화는 이 성공의 로망스를 거꾸로 읽고 있는 것이라고 말할 수 있다. 그의 소설에서 일상의 공간은 특별한 꿈을 갖기 어려운 그렇고 그런 곳이다. 일상의 삶이란 어느 결에 묵인된, 그래서 서로 익숙하게 여기는 그물 속을 맴도는 것이기도 하다. 교장의 치졸한 전횡이나 나주댁의 매음(「나주댁」, 1968)은 새삼스레 놀랄 것 없는 일인 것이다. 일상의 군상이란 감히 이 그물을 벗어날 생각을 하지 못하는 존재들이다. 그들은 서로 묶여 있다. 그들에게 성공의 로망스는 그야말로 로망스일 뿐이다. 성공의 로망스는 오히려 그들로 하여금 자신들의 꿈을 포기하도록 종용하는 것이다. 그들은 희미하게나마 자신들의 운명을 느끼고 있다. 의사와의 행복한 결합을 꿈꾸는 간호사가 다리미 행상이 되어 나타난 옛 애인을 매정하게 물리치지 못하는(「가을 비」, 1970) 것은 그 때문이다.

일상의 미로가 꿈과 이상을 삼켜 버리는 것이고 결국 삶이란 그 불투명한 유동 속으로 녹아드는 과정이라면 그에 대한 환멸은 불가피하다. 작가는 물론 이 미로를 벗어나는 놀라운 계획을 알고 있지 못하다. 이런 점에서는 그 역시 이 군상 중의 하나이다. 풍속화의 방법은 이러한 환멸의 상태로부터 거리를 두기 위한 것일 수 있다. 그러나 서정인이 그린 풍속은 단지 환멸스러운 것만은 아니다. 작가의 잔잔한 연민의 시선이 비쳐낸 풍속은 한편으로 정겨운 것이기도 하다. 낙오자건 속물이건 그들은 어쨌든 그들의 삶을 살고 있는 것이다. 그들 각각의 삶을 상대주의적 입장에서 바라봄으로써 작가는 은연중에 이 현실을 부정하는 것이 능사가 아니며 그렇기 때문에 그에 대해 낙담해서도 안 된다고 말하고 있다. 이러한 상대주의란 바로 풍속화를 가능하게 하는 작가적 균형감각의 소산일진대, 결과적으로 풍속화는 현실에 대한 섣부른 속단을 소거하는 방법이 된다. 풍속이 풍속으로 살아나는 것이다. 풍속은 결국 삶의 공간이다. 삶이 어떤 식으로든 온전히 설명되고 규정될 수 있는 것이 아니라면 풍속을 풍속으로 드러내려는 작가의 입장은 삶의 모습에 충실하려는 것으로 볼 수 있다. 이 풍속 속의 군상들이 더없이 고단한 처지에 있다 하더라도 오히려 그렇기 때문에 그들은 역설적으로 희망을 버릴 수 없다. 흰 눈이 정결하고 소담하게 쌓여가는 가운데 그날 결혼한 신부의 행복한 꿈을 마음으로 나누어 갖는 작부의 모습(「강」)은 누구의 어떤 삶도 소중한 것임을 일깨운다.

서정인이 도모한 풍속화는 불안정하고 가속적인 변화에 대응하는 방식이었다. 작가의 상대주의적 균형감각은 현실에 대한 해석을 유보하고 이를 움직임으로 드러나게끔 한다. 풍속화를 통해 오히려 현실의 파동을 살려낸 것이다. 그의 소설 세계는 그 몇몇 제목들이 그렇듯 동적이다. 그의 인물들 역시 김승옥이나 이청준의 경우와 비교해 보면 가장 생활적이고 그런 만큼 구체적이며 자연스럽다. 그러나 그들은 일상의 흐름을 무자각하게 따라가는 군상이다. 그들은 어떻게 자신들의 공통의 운명을 깨달을 수 있을 것인가? 아마도 그러기 위해선 그들 자신이 자신의 일상을 돌아볼 수 있어야 할 것이다. 작가는 그들 각자의 삶이 나름대로 소중하고 절실한 것임을 일깨웠다. 그렇기 때문에 그들은 결국 이 풍속을 바꾸어 갈 수 있는 존재가 아닐까? 하지만 이 점에 대한 작가의 입장은 분명치 않다.

현실이 불투명하고 어지럽게 흔들리며 흘러가고 있다는 감각, 일상
이 곧 미로이고 삶은 표류를 거듭하는 것이라는 인식, 변화의 가속성
을 감지한 데 따른 용해적 비전 등은 60년대 소설들이 일정하게 드러
내고 있는 바다. 그것은 그들이 그릴 수 있었던 개발의 시대의 모습
이었다. 그러나 개발의 시대의 전모를 드러내기엔 대체로 그들의 시
각이 좁았고, 또 대부분 개발의 시대가 어떻게 변화할 수 있을 것인
가를 찾아 읽고 제시하지 못했다는 평가는 어느 정도 불가피한 듯하
다. 작가들 역시 소시민 의식의 턱을 넘기 어려웠던 것이다. 소시민
의식에 갇혀 있는 이상 개발의 시대를 그리는 데는 일정한 한계가 있
을 수밖에 없었다.

　　이렇게 볼 때 '똥예'의 유전(流轉)하는 삶을 통해 해체되어 가는 농
촌의 운명을 그려 내면서도 자연적인 생명력에 대한 기대를 잃지 않
은 방영웅의 「분례기」(1967)라든가, 공동묘지를 파헤치는 개발의 현장
을 무대로 변두리 인생들의 골깊은 과거사와 질긴 삶의 모습을 엮어
낸 이문구의 「장한몽」(1971), 그리고 간척공사장의 노동자들이 부당한
착취와 노동조건에 맞서 투쟁을 벌이는 황석영의 「객지」(1971)는 새
로운 문학의 출현을 알리는 것들이었다. 「분례기」가 개발의 시대를
거꾸로 비춰 보게 한 소설이라면, 「장한몽」이나 「객지」는 개발의 현
장을 찾아든 소설들이었다. 개발의 시대에 보다 구체적으로 다가선
것이다. 민중의 발견은 이로써 가능해진다.

4. 끊임없는 반성, 머물지 않는 정신

　　김수영의 시가 일관하게 보여 주는 것은 자신이 머물러 있을 수 없
다는 경각의 자세다. 끊임없이 자신을 되돌아보고 당연하게 여기도록
강요되는 것에 대해 의문을 던짐으로써 그는 생활 속의 허위와 기만
을 물리치려 했다. 섬세한 양심과 정직성을 바탕으로 하는 분별의 노

력은 비판의 근거였다. 그의 비판은 주로 자신 역시 부정적 현실의 부분이라는 사실, 자신이 익숙함을 가장한 일상에 갇혀 있고 그런 점에서 적(敵)은 먼저 자신 안에 있다는 사실을 일깨우는 것이었다. 그는 자신을 바꾸어 가지 않고는 세상을 바꿀 수 없다는 실천의 법칙을 제시한 것이다. 그의 시와 그것들의 흐름은 머물지 않으려는 긴장된 정신의 변증적인 역동성을 드러내는 과정으로 나타난다. 안주를 거부하는 그의 입장에서 볼 때 시 또한 틀을 가질 수 없는 것이었다. 특별한 형식적 고안을 거부하는 개방적인 입장에서 일상적인 언어를 자연스럽고 거침없이 구사하는 것은 그의 방법이었다. 이는 그가 이른바 참여파로 지목되면서 뜨 모더니스트로 간주되었던 이유다.

> 우리들의 적(敵)은 늠름하지 않다
> 우리들의 적은 카크 다글라스나 리챠드 위드마크 모양으로 사나웁지도
> 않다
> 그들은 조금도 사나운 악한이 아니다
> 그들은 선량하기까지도 하다
> 그들은 민주주의자를 가장하고
> 자기들이 양민(良民)이라고도 하고
> 자기들이 선량(選良)이라고도 하고
> 자기들이 회사원이라고도 하고
> 전차를 타고 자동차를 타고
> 요리집에 들어가고
> 술을 마시고 웃고 잡담하고
> 동정하고 진지한 얼굴을 하고
> 바쁘다고 서두르면서 일도 하고
> 원고도 쓰고 치부도 하고
> 시골에도 있고 해변가에도 있고
> 서울에도 있고 산보도 하고
> 영화관에도 가고
> 애교도 있다
> 그들은 말하자면 우리들의 곁에 있다[27]
> > (「하······ 그림자가 없다」의 부분, 1960)

4·19 직전에 씌어진 이 「하…… 그림자가 없다」는 적이 우리들 곁에 있으며 곧 나 자신 안에 있음을 일깨운 시다. '모든 것을 제압하는 생활'(「생활」, 1959)의 거센 힘은 알게 모르게 부정적 현실의 재생산을 강요하는 것이다. 이러한 생활 속의 우리들이란 서로 가해자이자 피해자가 되는 사이일 수밖에 없다. 적은 떼어 놓고 볼 수 있는 대상이라기보다는 정체를 갖지 않는 안개와 같다. 그것은 '해면(海綿)처럼 양심과 독기(毒氣)를 빨아 먹는'(「적」, 1962)다. 적은 곳곳에 녹아들어 있다. 적은 끊임없이 모양을 바꾸어 나타난다. 적이 우리들 곁에 있고 자신 안에 있다는 인식은 왜 현실이 불투명한가를 설명하는 것이기도 하다. 이런 적과의 싸움이란 전선이 없고, 따라서 어디나 전장이 되며 언제나 싸워야 하는 것이다. 현실의 불투명한 유동에 맞서려 하는 한 그는 머무를 수 없다. 깨어 있기 위해서는 부단한 반성을 통해 움직여 가야 한다.

　김수영이 잃지 않으려 한 반성의 입장은 절망의 위협과 자유를 향한 비상의 꿈 사이에 놓인 것이었다. 끝이 보이지 않는 현실의 불투명한 유동이 강요하는 것은 절망이다. 이 절망을 떨치는 것이 쉽지 않은 만큼 그것을 벗어나 자유를 향해 날아오르려는 것은 슬픈 꿈이다. "사람이란 사람이 모두 고민하고 있는/ 어두운 대지를 차고 이륙하는"(「헬리콥터」, 1955) 헬리콥터는 결국 땅으로 내려서야 할 것이었기에 '설운 동물'인 것이다. 그러나 자유를 향한 비상은 아름답다. 그는 자유를 꿈꾸지 않을 수 없다. 때문에 모든 슬픔을 넘어선 무심한 '공허의 말단에서 마음껏 찬란하게 피어 오르는 견고한 꽃'(「꽃·2」, 1956)의 심상은 아득하면서도 강렬한 매혹으로 나타난다. 절망적 현실이 자유의 꿈을 꾸게 한 것처럼 자유의 꿈은 현실의 한계를 일깨운다. 자유의 꿈을 버릴 수 없다면 그는 절망의 위협과도 맞닥뜨려야

---

27) 「하…… 그림자가 없다」, 『김수영 전집 1』(민음사, 1981), 136-137쪽.(이후 인용은 쪽수만 적음)

했다. 자유의 꿈 때문에 괴로워하지 않을 수 없는 비극적 상황은 김수영으로 하여금 반성의 긴장을 늦추지 못하게 한 조건이었다. 즉 반성이란 절망에 굴복하지 않고 끊임없이 자신과 현실의 한계를 적시함으로써 자유의 이상을 내면화하는 것이었다. 반성은 자유의 이상을 현실과 결부시킴으로써 현실을 바꾸어 가려는 실천적 입장으로 나아가는 통로일 수도 있었다.

자유의 이상을 내면화하는 반성의 변증법 안에서 슬픔은 '결의'가 된다.(「비」, 1958) 그는 자기 혐오나 자기 연민에 빠지는 대신 '곧은 절벽을 무서운 기색도 없이 떨어지는'(「폭포」, 1957) 폭포의 고매함을 배우려 한다. 반성은 '하나의 명령'(「서시」, 1957)으로 받아들여진다. 그는 불행한 열망으로 허덕이는 삶을 따듯이 굽어보며(「봄밤」, 1957) 대지의 생명의 소리를 듣는다.(「채소밭 가에서」, 1957) 자신을 정직하게 드러낼 수 있었기 때문에 현실을 향한 비판은 또 거침없을 수 있었다. 그러나 자유의 이상이 어떻게 구체화되어야 하고 이를 위한 실천의 방향을 어떻게 잡아야 할지는 여전히 막연했다. 구체적인 생활에 다가서면 설수록 그는 피로감을 느낀다.

이러한 김수영에게 4·19는 자유의 이상을 향한 혁명적 정화(淨化)를 기대하게끔 한 사건이었다. 그것은 변화를 향한 집단적 의지의 존재를 확인케 했던 것이다. 집단의 의지는 자유의 이상을 그 어느 때보다 구체화했다. 「우선 그놈의 사진을 떼어서 밑씻개로 하자」(1960)는 격앙된 외침은 이내 혁명이 '방만 바꾸어 버렸'다는 탄식으로 바뀌지만, 혁명을 통해 그는 자유의 이상의 구체적 모습을 본 것이다. 혁명이 계속되지 못한 현실의 한계를 짚는 한편으로, 그가 "이제 나는 무엇인지 모르게 기쁘고/ 나의 가슴은 이유없이 풍성하다"(「그 방을 생각하며」, 1960)고 말할 수 있었던 것은 이 때문이다. 이 기쁨과 풍성함은 자신이 변화를 향한 집단적 의지의 한 부분임을 자각한 결과일 수도 있다. 자신이 혼자가 아니라는 깨달음은 현실을 견디려는 속

깊은 인고의 자세와 야단스럽지 않은 통찰의 눈을 다지게 하는 것이었다. 그는 '인제 정말 진짜 시인이 될 수 있'(「격문」, 1961)다는 조용한 각오를 드러낸다.

'진짜 시인'에게 생활과 역사는 다른 것일 수 없다. 생활의 공간이란 역사의 억압적인 힘만이 일방적으로 관철되는 곳이 아니라 또한 역사를 바꾸어 가는 힘을 일구어 내는 곳이었다. 그는 고단하고 지리멸렬하지만, 모든 가난과 구속과 고통을 견디는 삶에 대한 외경과 애정을 표현한다.

> 두 줄기로 뻗어 올라가던 놈이
> 한 줄기가 더 생긴 것이 며칠 전이었나
> 난간 아래 등나무
> 넝쿨장미 위의 등나무
> 우물 옆의 등나무
> 우물 옆의 등꽃과 활련
> 그리고 철자법을 틀린 시(詩)
> 철자법을 틀린 인생
> 이슬, 이슬의 합창이다[28]
>
> (「등나무」의 부분, 1961)

> 저이는 나보다 여유가 있다
> 저이는 나보다도 가난하게 보이는데
> 저이는 우리 집을 찾아와서 산보를 청한다
> 강가에 가서 돌아갈 차비만 남겨 놓고 술을 사준다
> 아니 돌아갈 차비까지 다 마셨나 보다
> 식구가 나보다도 일곱 식구나 더 많다는데
> 일요일이면 빼지 않고 강으로 투망을 하러 나온다고 한다
> 그리고 반드시 4킬로 가량을 걷는다고 한다[29]
>
> (「강가에서」의 부분, 1964)

---

28) 「등나무」, 177쪽.
29) 「강가에서」, 229쪽.

좁은 뜰을 헤치고 오르는 등나무의 질긴 생명력처럼, '나보다 가난해 보이는' 주변 사람들의 자못 여유로운 삶은 경이로운 것이다. 그것은 시인으로 하여금 두려움을 느끼게 하고 반성토록 하며, 또 기쁘게 하는 것이기도 하다. 이러한 내면적 성찰은 동시에 역사에 대한 통찰을 확대하는 쪽으로 작용한다.

모든 가난과 구속과 고통을 견뎌온 생활의 긍정을 통해 그는 '이 땅에 발을 붙인다'는 의미를 새삼 깨닫는다. 그는 '요강과 망건, 장죽' 등이 좋다고 말함으로써 '썩어빠진 대한민국'일망정 자신이 이 땅에 깊게 뿌리박고 있음을 선언한다.(「거대한 뿌리」, 1964) 그의 목소리는 뜨거워지면서 당당하고 또 가라앉는다. 주체적으로 역사를 획득하려 한 그의 의지적 태도는 그 자신이 살아온 식민압제와 분단, 전쟁과 독재, 그리고 1960년대라는 저 개발의 시대를 어떻게 서술해 가야 할 것인가 하는 과제를 의식한 것일 수 있다. 이 간고한 도정을 긍정할 때 반 외세와 반 서구적 입장은 마땅하고 필연적인 것이 된다. "잿님이 할아버지가 상추씨, 아욱씨, 근대씨를 뿌린 다음에/ 호박씨, 배추씨, 무씨를 또 뿌"릴 것처럼 혁명의 밭갈이는 계속될 것이었다. 분단은 극복되어야 했다. 그는 미국과 소련은 이 땅에서 나가라고 외친다. "서 푼어치 값도 안 되는 미·소인은/ 초콜렛, 커피, 페치코오트, 군복, 수류탄……을 가지고/ 적막이 오듯이/ 적막이 오듯이/ 소리없이 가다오 나가다오/ 다녀오는 사람처럼 아주 가다오!"(「가다오 나가다오」, 1960)

우리에게 근대가 무엇이며 그에 어떻게 대응해야 할 것인가 하는 물음은 실상 김수영의 오랜 잠재적 주제 가운데 하나였다. 이 물음은 또 우리가 머물러 있을 수 없다면 근본적으로 어떤 지향을 가져야 할 것인가를 묻는 것이기도 했다. 그에게 근대적인 변화란 물론 서구화를 뜻하는 것이 아니었으며, '요강과 망건, 장죽' 등이 좋다고 말했지만 그가 근대화를 부정하는 복고주의자였던 것은 더 아니었다. 그는 두루 알려진 바와 같이 모더니스트였다. 모더니스트답게 그는 "문명에 대항하는 비결은/ 당신 자신이 문명이 되는 것이다"(「미스터 리에게」, 1959)고 말한다. 문명의 '피로함'이란 회피할 수 없는 것이라는 점을 그는 잘 알고 있었다. 그렇기 때문에 '자신이 문명이 되는 것'은 문명에 대항하는 유일한 길이었다. 그것은 문명을 주체화하는 길이기도 했다. 문명은 언제든 반성적인 자각의 대상이어야 했고, 우리들의 삶의 입장에서 비판되고 도모되어야 할 것이었다. 그는 '아이스크림'(「거대한 뿌리」)이라든지 '제임스 땅'(「제임스 땅」, 1965), 혹은 'VOGUE' 잡지(「VOGUE야」, 1967)가 문명의 최면제거나 화려한 기만임을 지적한다. 그것들은 생활 속에 은밀히 침투해 어느덧 '문명의 혈세(血稅)를 강요'하지 않으면(「제임스 땅」), '빈곤에 마비된 눈에는' 따라갈 수 없는 선망(羨望)의 대상이 됨으로써 군림을 꾀하는 것들이었다.(「VOGUE야」) 이제 그것들이 '신성을 지키는 시인의 자리 위에' 올라 있는 것이 현실임을 그는 부인하지 않는다. '자신이 문명이 되는' 길은 어떻게 모색되어야 할 것인가.

이 지점에서 김수영은 다시금 시인의 입장으로 돌아선다. 그것은 사랑의 눈을 갖는 것이다. 그는 가난과 문명의 기만이 엉클어지고 불행한 열망들이 소진을 향해 달리는 '도시의 피로'를 견딤으로써 사랑을 배우게 될 것이라고 말한다. 사랑은 절망의 위협과 소진의 유혹을 넘어선 '단단한 고요함'에 이르는 것이다. 그것은 자유의 이상을 직관적으로 획득한 상태며 그렇기 때문에 머물러 있도록 하는 것이 아니라 다시금 움직이게 하는 것이다. 복사씨와 살구씨를 움터 오르게 할 사랑의 역동성은 '단단한 고요함'의 속모습이다.

아들아 너에게 광신(狂信)을 가르치기 위한 것이 아니다
사랑을 알 때까지 자라라
인류의 종언의 날에

너의 술을 다 마시고 난 날에
미대륙(美大陸)에서 석유가 고갈되는 날에
그렇게 먼 날까지 가기 전에 너의 가슴에
새겨둘 말을 너는 도시(都市)의 피로(疲勞)에서
배울 거다
이 단단한 고요함을 배울 거다
복사씨가 사랑으로 만들어진 것이 아닌가 하고
의심할 거다!
복사씨와 살구씨가
한번은 이렇게
사랑에 미쳐 날뛸 날이 올 거다![30]

(「사랑의 변주곡」의 부분, 1967)

사랑의 역동성은 빠르고 혼란스런 변화가 강요하는 의식과 경험의
분절을 통합하고 초월하는 것이다. 그것은 머물지 않으려는 부단한
반성의 노력이 감지해낸 생명의 리듬이기도 하다. 이 리듬은 유연하
고 탄력적이며 그렇기 때문에 꺾일 수 없는 것이다. 그것은 바로 변
화에 대응하는, 변화의 원리였다. 「풀」(1968)은 사랑의 역동성—생명
의 리듬을 섬세하게 추상화된 형상으로 살려낸 시다.

풀이 눕는다
비를 몰아오는 동풍에 나부껴
풀은 눕고 드디어 울었다
날이 흐려서 더 울다가
다시 누웠다

풀이 눕는다
바람보다도 더 빨리 눕는다
바람보다도 더 빨리 울고
바람보다 먼저 일어난다

---

30) 「사랑의 변주곡」, 272쪽.

날이 흐리고 풀이 눕는다
발목까지
발밑까지 눕는다
바람보다 늦게 누워도
바람보다 먼저 일어나고
바람보다 늦게 울어도
바람보다 먼저 웃는다
날이 흐리고 풀뿌리가 눕는다[31]

(「풀」의 전문)

'풀'은 절망의 위협에 꺾이지 않고 자유의 이상을 향해 다시금 일어
서는 정신적인 탄력성의 표상이다. 이 탄력성은 머물지 않으려는 반
성의 자세에서 나올 수 있었던 것이다. 그것은 불투명한 변화에 맞서
변화를 이루어 가는 힘이기도 했다. 그는 사랑의 눈을 가짐으로써 이
를 읽어낼 수 있었다.

'나'와 '우리'가 어떻게 묶여 있고 묶여야 할 것인가에 답하는 것은
개발의 시대에 맞서기 위한 눈앞의 과제였다. 「하…… 그림자가 없다
」 이래 「어느날 고궁을 나오면서」(1965)에 이르기까지 김수영은 이른
바 소시민성을 비판했다. 그는 자신 안에서 변화를 향한 집단적 의지
를 발견하려 했고 주체적인 역사 쓰기로 나아가려는 산문적 추구의
과정을 보여 주었다. 집단적 의지가 어떤 역사적 구체성을 갖는 것인
지, 변화에 대응하는 길이 우리가 '문명이 되는 것'이었다면 그것이
어떻게 모색되어야 할 것인지 등은 이를 통해 제기된 물음들이었다.
그는 「풀」에서 변화에 맞서 변화를 이루어 가는 생명의 리듬을 절제
되고 선명한 형상으로 잡아 냈다. 하지만 이러한 시인의 통찰이 위의
물음들에 대한 충분한 답이 되었던 것은 아니다. 결과적으로 그는 자

---

31) 「풀」, 297쪽.

신의 산문적 추구를 더 진전시키지 못했다고 말할 수 있다.

그러나 자신의 소시민성을 적시함으로써 줄기차게 도모된 소시민성 비판이라든가 당당한 반 외세의 입장, 나아가 변화의 원리로서 생명의 리듬을 읽은 그의 통찰은 개발의 시대에 맞서는 정신적 대응의 자세를 보인 것이다. 끊임없는 반성을 통해 머물지 않으려는 정신의 유연함은 이윽고 '사랑'에 이르렀다. 우리가 우리 자신과 우리의 현실을 우리의 바람대로 바꾸어 갈 수 있는 힘은 이러한 깨달음에서 나오는 것이라고 그는 가르친 것이다.

제 9 장

민중의 발견

    1970년대에 들어 개발은 보다 전면적이고 또 집중적으로 전개된다. 유신헌법의 확정(1972. 10)은 이러한 개발의 결과이자 또 그것을 확대하는 조건으로 작용한다. 그간의 횡포한 개발에 따라 경제적으로나 사회적으로 많은 문제들이 날카롭게 드러난 상황이었지만, 과감하고 의지적인 개발자를 자처한 군사정권은 오히려 유신체제라는 국가적 폭압 장치를 마련함으로써 자신들과 독점자본에 대한 저항을 억눌렀던 것이다. 약탈적인 개발에 따른 위기를 더 강력한 정책적 통제를 통해 해결하려는 것은 관료적 독점자본에 대한 특혜를 지속적으로 보장하려는 것이기도 했다. 군사정권에게 그 자신은 독점자본과 함께 국가의 운명을 등에 진 개발의 주체였으니, 자신들의 계획을 위해서는 어떤 희생도 아껴서는 안 되었다. 그들은 또 '난국'을 이겨 나가려면 '위대한' 개발자가 모든 권한을 갖는 것이 불가피하다는 점을 주장했다. 어떤 비판도 사회적 결속을 헤치는 것이었다. 냉전구조의 완화에 따른 남북관계의 변화에도 불구하고 군사정권은 북한의 침략 가능성을 번번이 과장하여, 정치적 비판을 봉쇄하고 자신들의 요구를 정당화하는 수단으로 이용하였다.

    유신체제는 고삐 풀린 개발을 예고하는 것이 아닐 수 없었다. 그것이 '위대한' 개발자와 관료적 독점자본을 무소불위의 힘을 갖고 군림하게끔 했기 때문이다. 개발자와 독점자본의 구상은 모든 장애를 헤치고 어떤 방법으로라도 실현되어야 할 것이었다. 모든 것은 이를 위해 집중되고 통합되어야 했다. 그들의 구상을 실현하는 것은 곧 국가적 과제였다.

  개발자가 국가의 미래를 건설해 가는 책임자임을 스스로 주장하고 이런 입장에서 모두가 자신을 일사불란하게 따라야 할 것을 요구했던 유신시대는 전체주의적인 것이었다. 그것이 내건 개발의 이상—미래의 청사진은 사회 내부로부터 바람직한 변화를 향한 자율적이고 자발적인 움직임이 일 것을 기대하고 그것들의 자연스런 결속을 유도하려는 것이 물론 아니었다. 이들 개발자들에게 변화란 정책적 강제와 관료적 조작을 통해 이루어질 것이었다. 정책적 강제와 관료적 조작이 전체적 폭력으로 행사될 때 여러 사회나 집단, 혹은 개인의 자율적인 영역은 파괴될 수밖에 없다. 전체적 폭력의 이러한 인공성(人工性)1) 은 또 전통적인 것의 자연스런 수용과 발전을 차단하고 이를 왜곡하게 된다. 급조된 인공적인 것이 자연스런 낡은 것 위에 부식되는 과정은 사회 전반의 무질서와 혼돈을 초래하게 마련이다. 전체적 폭력은 흔히 그것이 지향하는 목표의 실현이 절실하다는 이유를 들어 스스로를 정당화한다. 그것은 윤리적 명분을 앞세우기도 한다. 그러나 전체적 폭력은 그 자체가 이미 반윤리적인 것이다.
  유신시대2)에서 정치적인 선과 악은 자의적으로 규정되었으며 정치

---

1) 어떤 이념적 틀을 갖고 사회를 빠른 시간 안에 인공적으로 만들어 간다는 사회 조작(Social Engineering)의 입장은 전체주의 체제가 일반적으로 갖는 바다. 인공적인 '새 것'은 자연스런 '낡은 것' 위에 불안정하고 기이하게 부식되는 경우 새 것은 새 것일 수 없으며 낡은 것 역시 변질되게 마련이다. 사회구성원이 자발적으로 참여한 필연적인 변화가 일어나지 않은 탓이다. 그렇다면 다음과 같은 물음은 불가피하다. 과연 사회 조작은 진정한 변화를 이루어낼 수 있는가?
2) 유신시대라면 유신헌법이 공포되는 1972년 말부터 박정희가 살해되는 1979년 말까지를 가리킬 것이다. 그러나 이 유신시대가 우리 근대사의 도정 안에서 특별하게 구분되어야 할 시대라고 생각되지는 않는다. 유신시대는 1960년대로부터 시작되는 개발의 시대의 한 단계이며 여전히 군사독재로 이어졌기 때문이다. 물론 유신시대의 특징은 있다. 이는 한 논자의 표현대로 군사독재 기간의 '절정기'라고 할 만하다.(이동하, 「유신시대의 소설과 비판적 지성」, 『1970년대 문학 연구』, 예하, 1994, 14쪽)

적인 반대세력에 대한 탄압은 무자비하게 이루어졌다. 반대세력은 흔히 이념적 적대자로 간주되었다. 이 시대를 통해 관료적 독점자본은 성장을 거듭할 수 있었다. 그것은 정책적으로 도모된 '국가의 성장'이었다. 이를 위한 군사정권의 노동통제는 사회의 모든 면에서 '약탈의 논리'를 관철시키는 데 이른다. 유신시대에서도 일찍이 군사정권이 내세운 근면정신의 고취나 국민도의의 앙양은 하나의 사회적 과제로 인식되었다. 그러나 약탈의 논리는 이를 비웃는 것이었다.

　도시의 팽창과 도시로의 집중은 농촌의 황폐화를 초래했다. 새로운 사회규범이 형성될 수 없었던 가운데, 물질만능주의라든가 각박한 이기심은 불가피하고 마땅한 것으로 받아들여졌다. 전통의 왜곡과 더불어 부화한 상업문화의 지배력은 늘랍게 확대되어 갔다. 독점자본의 성장은 그것이 애당초 갖는 종속성을 극복하는 방향으로 나아간 것이 아니었다. 경제적 종속화는 사회, 문화 전반의 종속화를 수반했다. 전면적인 개발로 인하여 환경은 빠르게 파괴되었다.

　이 어지럽고 격한 유동은 현실이 가늠하기 어렵고 복잡하며 다라서 불투명한 것이라는 점을 강변하고 있었다. 대신 개발자들은 자신들의 약속이 실현될 밝은 미래상을 제시했고 상업문화는 줄기차게 윤택하고 황홀한 소비의 환상을 생산했다. 실재는 서로 위배하고 부정하며 또 왜곡하는 분열된 파편으로 드러날 뿐이었다.

　문학이 유신시대에 맞서기 위해서는 무엇보다 먼저 이 현실의 모습을 전체적으로 파악하고 잡아 내어야 했다. 민중의 발견은 이를 향해 가기 위한 중요한 전제 가운데 하나였다. 왜냐하면 민중은 유신체제라는 국가적 억압과 독점자본에 의한 착취의 대상이었기 때문에, 민중의 입장에 서고 민중의 눈을 가짐으로써 이 현실의 억압성과 착취구조를 제대로 드러낼 수 있었기 때문이다. 민중의 구성내용은 다양하고 광범할 수 있지만, 그러나 민중이란 구체적인 존재였다. 민중의 발견은 그들이 낱낱의 개인으로서가 아니라 서로를 묶은 '우리'로서 존재한다는 점을 깨닫는 것이기도 했다. 이같은 민중적 각성, 곧 '우리'의 구체화는 70년대의 역사적 과제가 된다.

1. 새로운 인물 형상

황석영의 「객지」(1971)는 서해안의 한 간척공사장을 무대로 한다. 그곳은 거친 개발의 현장이다. 그런 만큼 그곳은 권력의 억압과 독점 관료자본의 착취가 이루어지는 현장이기도 하다. 그에 맞선 노동자들의 저항을 그린 이 소설은 층층으로 드리워진 억압장치와 교활한 착취구조의 축도(縮圖)를 제시할 수 있었다.

간척공사를 낙찰받은 회사는 노동자들의 관리와 합숙소 운영을 십장들에게 맡겨, 십장이 서기들을 통해 작업량과 노임문제를 결정하는 '애매한 계급구조'로 공사판이 움직이도록 한다. 노동자들 앞에 나타날 필요 없이 십장들만 상대하려는 것이 회사의 입장이어서, 노동자들은 회사의 정체와 의도를 파악하기 어렵다. 대신 그들이 직접 겪는 것은 십장이나 서기들의 전횡과 중간착취다. 노동자들의 일당은 전표로 지급되는데, 사무실의 서기들은 이 전표를 높은 이자를 떼고 현금으로 바꾸어 주는 장사를 한다. 전표를 팔더라도 임금은 애당초 십장이 운영하는 합숙소의 숙박비와 식비를 빼면 남는 것이 없는 정도여서, 결국 노동자는 빚을 지지 않을 수 없게 된다. 회사는 또 노동자들의 저항을 억누르기 위해 깡패들로 이루어진 '감독조'를 운영토록 한다. 그들은 노동자의 봉급을 받으면서 직접적으로 폭력을 휘둘러 노동자들을 위협하는 역할을 한다. 노동자들이 잔업을 할 경우, 작업량을 속여 노임을 빼먹는 것도 서기나 감독조들의 일이다. 그러나 이 공사판의 누구도 '까마득히 높은 분들'의 거래에 대해선 자세히 알고 있지 못하다. 그들은 회사가 다른 이권을 얻는 대신 이 공사를 엄청나게 싼 가격으로 맡았다는 풍문을 전해들을 따름이다.

억압과 착취의 사슬은 거대한 피라미드와 같다. 그 안에서 노동자는 물론 십장과 서기들 역시 한낱 도구에 불과하다. 억압장치와 착취구조는 다른 것일 수 없다. 그것들은 서로 안과 밖을 이룬다. 관료적 폭력의 말단인 서기조차 전표장사를 하는 방법으로 착취구조의 한 고리가 되는 것이다. 노동자들은 대부분 빚에 발목을 잡힌 상태다. 게다가 회사측은 '떡밥'을 이용해 일부러 파업을 선동한 다음 '불평꾼'들을 제거하는 수법을 쓰기도 한다. 노동자들로 하여금 저항은 어림없고 섣부른 짓이라는 생각을 갖도록 하는 것이 회사의 의도다. 그러나 노예가 될 것을 강요하고 아무리 일을 해도 빚을 져야 하는 노동자들의 상황에서 저항은 필연적이다. 그들은 어느 누구보다 개발의 시대의 폭력성을 직접적이고도 구체적으로 경험하는 계층이다. 때문에 그들은 그에 맞서지 않을 수 없는 것이다.

소설에서 노동자들은 서로 '믿을 만한' 동료들을 규합하여 노임을 인상하라는 건의서에 서명을 받는 방법으로 쟁의를 준비한다. 당차고 사려깊은 신참 노동자 '동혁'과 거세고 열정적이지만 성급한 '대위' 등은 저항에 앞장선 인물들이다. 감독조의 무자비한 폭행은 오히려 노동자들을 분노의 힘으로 뭉치게 한다. 회사측이 쟁의가 위법이며 '빨갱이 새끼들이나 할 짓'이라고 몰아세우는 가운데서도 쟁의는 확산된다. 출동한 경찰에 밀려 공사장 뒷산에 오른 노동자들은 그곳에서 농성을 한다. 하지만 쟁의 노동자들의 요구조건을 받아들이겠다는 회사측의 거짓 수락에 노동자들은 동요하고, 이윽고 대부분 산을 내려가고 만다. 동혁은 자신들의 쟁의가 실패했음을 안다. 그러나 동혁은 혼자 산에 남아 시위를 계속한다. 자신이 당장 상황을 바꾸어 놓을 수 없으리라는 점을 모르지 않을 동혁이지만 그럼에도 불구하고 그는 '알 수 없는 강렬한 희망'을 느낀다.

동혁은 그에게 대답하지 않고 바위가 우뚝 선, 보다 높은 곳으로 올라갔다. 그는 앞으로 어떻게 될지는 알 수 없었으나, 이젠 이미 마음을 내일로 활짝 열고 있었으므로 자기에게 맞서올 어떠한 조건에 대해서도 자유로이 응할 수가 있을 것 같았다. (중략)

그는 자신의 결의가 헛되지 않으리라는 것을 믿었으며, 거의 텅 비어 버린 듯한 마음에 대해 스스로 놀랐다. 알 수 없는 강렬한 희망이 어디선가 솟아올라 그를 가득 채우는 것 같았다. 동혁은 상대편 사람들과 동료 인부들 모두에게 알려 주고 싶었다.

「꼭 내일이 아니라도 좋다.」

그는 혼자서 다짐했다.3)

혁명적 노동계급의 형상화는 식민지 시대 이래 여러 진보적 작가들이 과제로 삼았던 바다. 그들은 노동자가 자신의 가혹한 상황을 떨치고 일어서 서로를 묶는 과정을 그리려 했다. 그 과정은 자신들을 옥죄는 현실에 맞서 변혁의 의지를 일구어 모아 내는 역동학으로 나타날 것이었다.

「객지」의 동혁은 이러한 역동학의 중심이며 그것을 이끌어 가는 긍정적 주인공이다. 그는 흔들리지 않는 자신감을 갖는 인물로 그려졌다. 그는 자신의 처지를 벗어나려는 어리석은 기대를 버리며, 또 그런 만큼 불필요한 자기 연민에도 빠지지 않는다. "어느 곳에서든 낯설고 두려운 느낌을 가져본 적이 없는 듯"4)해 보이는 그의 의식적 상모는 그가 갖는 긍정적 자질이 어떤 것인가를 암시한다. 쟁의를 벌여 나가는 과정에서 그의 역할은 결정적이다. 그는 동료인 '벙어리 오가'가 감독조에게 몰매를 맞아 반죽음이 되도록 내버려둠으로써 노동자들의 분노에 불을 붙이는 기폭제가 되도록 한다. 그는 동료를 희생물로 이용하는 냉정한 계산도 할 수 있는 인물인 것이다. 그러나 작가는 그가 노동 경험도 없고 노동 현장에 대한 지식도 달리 없는 상태에서 이 공사판을 찾아들었다고 적고 있다. 그런 그가 '애매한 계급구조'의 본질을 사려깊게 헤아려 쟁의를 이끌고 자신을 던져 저항의 의지를

---

3) 황석영, 「객지」, 『객지』(창작과 비평사, 1974), 89쪽.
4) 위의 책, 10쪽.

표명하는 데 이르는 과정의 필연성은 미약하다. 그가 어떻게 그럴 수 있는가가 충분히 그려지지 않은 탓이다. 홀로 산에 남는 그의 행동은 이렇게 볼 때 지나치게 비약적인 것이 아닐 수 없다.

노동 현장의 거칠고 황량한 공기와 노동자들의 체취를 현장감 있게 옮겨 내고 있음에도 불구하고 동혁을 전체적으로 구체성을 갖는 형상이라고 말하기는 힘들다. 우선 그의 행동은 일관되지 못한 면이 있다. 예를 들어 그가 노동자들을 설득하려는 노력을 더 기울이지 않고 고민의 과정 없이 홀로 산에 남는 결정을 하는 것은 동료를 희생시켜 가면서 노동자들을 규합하려고 했던 앞서의 행동과 어긋난다. 그의 선택은 영웅적이고 그런 만큼 흩어진 노동자들에게 본보기가 될 수도 있겠지만, 개별적인 것이다.5) 물론 산에 남는 그의 결정은 룸펜의 면모를 더 짙게 가질 수 있는 날품팔이 노동자의 몽매한 감정주의와 분산성을 일깨우기 위해 불가피한 것일 수 있고, 또 그 선택 자체가 날품팔이 노동자의 한계를 드러내는 것일 수 있다. 하지만 어쨌든 즉흥적이거나 감정적인 선택은 전망을 막연하게 하는 법이다. 이 소설에서 확인하게 되는 점은 노동자들의 쟁의가 굳은 동지적 연대를 획득하는 데로 발전하지 못한 상황이다.

이 소설이 보이는 '떠돌이' 노동자의 한계는 60년대의 노동상황과 노동자 의식의 한 수준을 반영하는 것일 수 있다. 그러나 이와 같은 한계에도 불구하고 동혁은 억압과 착취에 맞서 일어선 것이다. 그는

---

5) 동혁의 선택에 대해서는 그것이 다만 개인적인 결단이어서 전망은 주관적인 것에 그친다는 점이 이미 지적되었고(황광수, 「노동문제의 소설적 표현」, 『한국문학의 현단계 4』, 창작과 비평사, 1985), 한 평자는 동혁이 구현하는 비장한 영웅주의를 '낭만적 허위'로 보았다(성민엽, 「작가적 신념과 현실」, 『한국문학의 현단계 3』, 창작과 비평사, 1984). 그러나 이 소설은 기본적으로 그것이 씌어지던 당시의 노동자 의식의 수준을 염두에 두고 읽어야 할 필요가 있다. 이 소설의 노동쟁의가 노동자로서의 연대와 단결로 발전하지 못한 이유를 떠돌이 노동자들의 '떠돌이 의식'에서 찾고, 그것을 60년대 노동자 의식의 한 지배적 면모로 본 김선건의 지적은 참고할 만하다. 김선건, 「1970년대 이후 노동소설에 나타난 계급의식에 관한 연구」, 연세대학교 대학원 사회학과 박사학위 논문, 1992, 58-59쪽.

자신을 내던짐으로써 자신을 싸고 있는 질곡을 깨치려는 혁명적 태도를 보여 주었다. 그의 출현은 실로 오랫동안 고대되었던 것이다. 그의 등장은 선언적인 의미를 갖는다.

　동혁은 개발의 시대가 낳은, 개발의 시대를 극복하려는 존재다. 황석영은 「한씨 연대기」(1972)에서 주변머리 없고 고지식한, 그래서 항상 세상을 불리하게 살 수밖에 없는 소박한 한 양심적 인물이 역사적 폭력에 참혹하게 희생되는 모습을 그렸다. 분단과 전쟁이 빚은 급속한 파괴의 과정은 자신의 이익을 위해서라면 어떤 짓도 서슴치 않는 '승냥이'들을 날뛰게 했던 것이다. 동혁은 이러한 시대를 돌이켜보게끔 한다. 그가 '새로운' 인물이기 때문이다. 그의 시대는 횡포한 개발의 시대지만 그는 더 이상 애매한 희생자도 자조적 방관자도 아니다. 부당함에 항거한다는 점에서 그는 도덕적 연대감을 형성하는, 그것의 중심이다. 떠돌이 의식의 한계에도 불구하고 그의 적극적 자질이나 그가 보여준 전략적 사고의 능력은 개발의 시대와 맞서는 긴 싸움을 예견케 하는 것이었다.
　민중이란 자신들의 손으로 억압과 착취를 물리쳐야 한다는 점을 깨닫고 자신들의 생존과 인간적 존엄을 지키려 노력하는 존재였다. 민중은 이러한 입장에서 서로를 묶어야 하는, 묶지 않을 수 없는 존재이기도 했다. 역시 떠돌이 노동자를 그렸지만 「삼포 가는 길」(1973)에 오면 작가의 시선은 차분히 가라앉고 그런 만큼 섬세해진다. 두 노동자와 도망친 작부가 서로의 따뜻한 속내를 확인하고 포용적인 연대감을 나누는 장면은 개발의 시대에 맞서는 민중의 힘이 어디에 바탕을 둔 것인가를 말하고 있다. 한적하고 푸근한 고향으로 남아 있으리라는 기대를 갖고 삼포로 향하던 두 사람은 그곳으로 신작로가 뚫리고 관광호텔을 짓는 공사가 한창이라는 소식을 듣는다. 개발의 거센 바람을 피할 수 있는 곳은 없었던 것이다. 한적하고 푸근한 고향으로서의 삼포는 더 이상 존재하지 않는다. 이제 삼포는 그들이 다시 찾아

내어야 하는 곳이었다.

2. 시민문학과 민중문학, 그리고 민족문학

이호철은 그의 장편 『소시민』(1965)에서 소시민을 무엇을 해서든 연명하는 것 이외에는 목표를 갖지 않는 부류로 그렸다. 그에 의하면 소시민 의식이란 분단과 전쟁에 따른 갖가지 폭력과 극도의 궁핍 속에서 어쨌든 살아남으려는 생존의식을 가리키는 것이 된다. 그같은 소시민 의식이 1960년대에 들어 더욱 팽배하고, 폭넓게 수용되었던 이유는 무엇보다 개발의 시대의 성격에서 찾아야 할 것이다. 군사정권과 관료자본에 의한 이른바 근대화가 빈부의 차를 크게 벌려 놓는 가운데 대중사회는 확대되거니와, 권력적 부정과 부패가 만연되고 그것이 오히려 공포를 주는 사회 분위기는 대중들로 하여금 부당한 권력에 조금이라도 맞서려 하다가는 '언제 봉변을 당할지 모른다는 두려움'6)과 자포자기적인 무력감에 사로잡히게 했다. 소시민이란 구체적으로 어떤 대상과 속성을 한정해 이르는 용어이기 전에, 그 목적이 자기 비하건 혹은 합리화건, 비판적 판단의 능력을 거세당한 채 개발의 시대를 무자각하게 뒤따르는 대중들 자신을 스스로 가리키는 말일 수 있었다.

개발의 시대를 무자각하게 뒤따르는 군상으로서 소시민의 모습이 60년대가 투영한 자기상의 하나였던 만큼 그것을 적발하고 또 극복하는 것은 이 시기의 문학적 과제였다. 여러 소설들은 현실이 다만 불투명하고 일상이 곧 미로이며 삶은 표류를 거듭하는 것이라는 인식을 드러냈다. 작가들은 자신들을 사로잡는 자조적인 무력감과 막연한 위기 의식의 근원과 정체가 무엇인가를 잡아 내려 했다. 김수영이 '왕궁

---

6) 홍사중, 「자유와 폭력」, 사상계, 1965. 10.

(王宮)의 음탕 대신에 조그마한 일에만 분개하는' 자신을 꾸짖었듯, 소시민 의식의 껍질을 깨고 나오는 것은 중요한 내면적 과제가 아닐 수 없었던 것이다.

소시민 의식의 대중화가 시민적 이상의 배반에 따른 결과라면 시민 의식을 가져야 한다는 생각은 소시민 의식의 극복을 위한 처방으로 보일 수 있었다. 그러나 이 처방은 시민적 각성의 내용이 어떤 것이여야 하고, 그것이 어떻게 획득될 수 있으며, 또 어떻게 발휘되어야 할 것인가에 대한 논의를 수반해야 했다. 소시민 의식의 팽배가 개발의 시대를 수동적으로 추수함으로써 비롯된 것인 이상, 소시민 의식의 극복은 무엇보다 개발의 시대의 진정한 모습을 드러내고 그에 맞서려는 데서 시작될 수 있었다. 그것은 먼저 억압과 착취를 받는 입장에 섬으로써 가능한 일이었다. 민중의 발견이 갖는 의의는 일차적으로 여기에 있었다. 민중적 자각이란 억압과 착취에 맞서지 않을 수 없음을 깨우치고, 이런 입장에서 서로를 묶는 일이었다. 과연 소시민 의식을 극복할 시민적 각성의 내용은 어떤 것이어야 했던가? 시민적 각성과 민중적 자각은 구체적으로 어떻게 다른 것이며 또 어떤 공통된 기반을 가질 수 있는 것인가?

백낙청은 「시민문학론」(1969)에서 우리 근대사와 근대문학의 흐름으로부터 시민의식이 발생하고 발전하여 온 맥락을 잡아내려 했다. 시민이 누구이며 시민문학이 어떤 것인가를 이야기하기 위해 그는 먼저 서구의 경우를 소개했다. 그의 서구 소개는 우리 역사의 '정체성'을 강조함으로써, 서구와 달리 시민적 토대를 결여한 우리 상황에서는 시민의식을 논할 수 없다고 말하기 위한 것이 아니었다. 그가 볼 때 시민의 모습이란 역사적으로 한정하거나 고정할 수 없는 것이었다. 그는 데이야르 드 샤르댕에 기대 인류적 진화를 말한다. 시민의식은 인류 전체의 진화를 바라보는 "대국적 역사의식"을 통해 접근해야할 것이라는 주장이었다. 인류적 진화의 목표는 "인간 각자가 더 인격화되며 인류 모두가 하나의 사회로 전체화되는 단계"였다. 이런 점에서 인류는 '미완의 종(種)'이었다.

백낙청은 인류가 수행해야 할 이러한 미완의 기획을 이성의 기획으로 파악한다. '플라톤적 설득의 원칙'으로서 이성과, 이런 이성의 움직임을 추진하는 에로스는 완성의 길을 밝히는 횃불이었다. 그는 자신이 말하는 시민의식이 이같은 "이성과 사랑의 역사적 구체화"를 뜻한다고 밝혔다. 시민의식은 근대의 특별한 산물에 그치는 것이 아니라 인류가 이성적으로 전진하는 과정에서 구현되며 계속 추구해야 할 바였다. 그는 시민을 "우리가 쟁취하고 창조하여야 할 미지·미완의 인간상"으로 간주하였으니, 어떠한 시민의식도 미완에 머문 것일 수밖에 없었다.

어떤 역사적 시민과 시민의식도 진화의 목표를 달성하지 못했다고 할 때 서구는 절대적인 기준일 수 없다. 그는 합리성을 확장한 서구의 근대가 시민의식을 발전케 하는 중요한 계기로 작용했음을 인정한다. 그러나 진정한 이성의 빛은 천박한 도구적인 합리성과 구별되어야 할 것이었다. 이성은 고정된 원리라기보다는 오히려 그에 대한 끝없는 도전이며, 스스로를 돌이켜보는 반성적 성찰의 힘이었다. 이러한 이성의 힘을 갖는 시민은 자신의 삶의 근거를 정직하고 온전하게 파악하며 자신이 포함된 공동체의 유기적 성격을 이해하고 그 운명을 비판적으로 자각함으로써, 그에 대한 책임을 지려는 존재여야 했다. 이런 입장에서 그는 서구 제국주의 시대를 시민의식이 퇴조를 보인 시기로 설명했다. 자신들의 삶이 식민지 약탈에 근거를 두고 있음을 반성 없이 받아들이는 가운데 시민의식의 성장은 기대하기 어려운 것이었기 때문이다. 기계문명과 산업화를 바탕으로 한 서구 제국의 약탈적 팽창을 비판적으로 자각하지 못하는 상황에서 시민다운 시민은 사라질 수밖에 없다는 것이다.

시민의식의 발전, 진정한 시민사회의 건설이란 그에겐 애당초 '세계사적 과제'였다. 그는 그것이 서양의 테두리 안에서 이해될 수 있는 것이 아님을 지적했다. 서구제국의 식민침탈을 반성하지 못한 식민지 모국의 시민이 시민일 수 없다면, 누가 시민의식의 발전이란 과제를 수행할 것인가. 이 세계사적 과제는 오히려 더 피식민지의 경험을 통해서 추구될 수 있는 것이 된다. 그는 이로써 역사적 시민의식의 발전 과정을 제국주의와 피식민지, 서양과 동양 간의 상대적이고 변증적인 관련 속에서 바라보는 관점을 제공했다.

백낙청은 전통단절론이 극복되어야 할 것임을 지적한다. 그것은 우리 근대사 안에서 시민의식이 발생하고 발전해온 유기적 맥락을 살려냄으로써 가능한 일이었다. 그는 실학의 근대성에 주목하면서, 근대와 전근대에 대한 기계적인 양분법, 혹은 근대성을 외래적인 것으로 보려는 습벽을 경계해야 한다고 말한다.

동학은 당시 '농민층의 몽매함'으로 인해 많은 반시민적 요소들을 노정했지만, 봉건적 질곡을 물리치려 하고 민족적 주체성을 지키려한 점에서 시민의식의 성장을 보여준 운동으로 평가되었다. 이 흐름이 의병들의 투쟁과 3·1운동으로 이어지니, 3·1운동은 "지식층의 근대의식과 민중의 저항정신에다가 새로운 국제정치적 요인인 반식민지주의가 일단 한데 모이는 데 성공했던" 민족사의 대사건이었다. 3·1운동이 식민통치를 종식시킬 수 없었고 따라서 성숙한 시민사회로 다가가기 위한 근본적인 조건 자체를 마련하지는 못했지만, 그것은 "한국적 시민의식을 처음으로 이룩한" 의의를 갖는다는 것이다. 백낙청은 한용운의 사상과 문학을 집중적으로 조명함으로써 이러한 주장을 확인하고자 한다.

"혁명가와 선승(禪僧)과 시인을 일체화"해 보인 한용운은 "한국 전통 내부에서 자라온 시민의식을 새로운 비약의 단계로 끌어 올린" 기념비적 인물로 간주되었다. 대승불교의 현세지향적이고 혁명적인 정신은 한용운이 이룩한 시민적 자각의 기반이었다. 한용운은 이를 바탕으로 사랑과 자유를 향한 깨달음에 이를 수 있었다는 설명이다. 그 깨달음으로 인하여 「님의 침묵」의 '님'은 "가장 이성적인 사고방식이며 존재의 참모습에 대한 온당한 일컬음"을 뜻할 수 있었다는 것이다. 님의 인식은 곧 님의 부재에 대한 인식이다. 존재의 참모습은 여전히 이룩되지 않았기 때문이다. 백낙청은 "3·1운동이 드높은 시민의식과 동시에 시민의식의 기막힌 빈곤"을 보여 주었다고 했거니와, 한용운이 자신의 시대를 님이 침묵하는 시대로 읊은 것은 또한 이를 꿰뚫어 읽은 결과였다.

한용운의, 님과 님의 부재에 대한 인식은 그대로 다른 작가들을 평가하는 시금석이 된다. 염상섭의 『삼대』는 한국 지식층의 소시민화에 따라 "님을 망각해 가는 과정을 반영"한 것이었다. 이태준과 정지용은 님을 좇으려는 대신 "<쓸데없는> 눈물을 너무 많이 흘렸고 님을 향한 <기다림>의 의무를 태만히 한" 경우였다. 반면 그는 만해의 후계자로 이상을 꼽았는데, 그 이유는 이상이 "쓸데없는 눈물이나 헛된 믿음에 빠지지 않고" 님이 부재한 시대를 "참을 수 없는 시대로, 그러나 우리가 살아야 하는 시대로 파악했다"는 점이었다.

4·19는 3·1운동 이후의 대사건이었다. 그러나 백낙청은 4·19 역시 3·1운동과 같이 시민의식과 그것의 빈곤을 보여주었다고 설명한다. 그는 60년대를 4·19 정신의 위축과 변질의 시기로 보았다. 시민의식이 퇴조하는 대신 소시민 의식이 팽배하는 현상이 초래되었다는 것이다. 손창섭이 구사한 '생생한 리얼리즘'의 단면성과, 소시민의 한계를 비판하고 넘어서려 한 최인훈의 『광장』이라든가 이호철의 『소시민』이 '사랑'의 결핍으로 진정한 시민문학에 이르지 못한 점, 소시민 의식의 한계를 '정직하게' 제시했지만 이를 넘지 못한 김승옥의 여러 소설들은 이를 말해 주는 증거들이었다. 이 한계는 진정한 시민의식의 발전을 통해서만 넘을 수 있었다.

「강」에서 보인 서정인의 풍자가 자조와 자기 연민을 완전히 벗지 못한 이유를 역시 소시민적 자기 중심주의의 한계 때문으로 본 그는, 그러나 이를 놀랄 만큼 벗어난 성과로 방영웅의 「분례기」를 든다.

"소시민적 도시현실의 어둠이 이미 우리의 전통적 촌민사회까지 감싸고 있음을 보여 주었다는" 점에서 「분례기」는 적지 않은 시민문학적 의의를 갖는다는 것이다.

그가 60년대 한국 시민문학의 가장 뛰어난 성과로 꼽은 것은 김수영의 작업이다. 김수영은 "4·19의 위대성뿐 아니라 그 빈곤을 깨달았고 그러면서도 4·19의 위대한 꿈을 버리지 않는 원숙한 시민의식의 경지"를 보여주었다는 평가다. 김수영이 자신의 시대에 대한 진정한 증언을 할 수 있었던 것은 그가 "뜨거운 열정과 매서운 비판이 하나가 된 태도로" 자신의 삶과 전통과 현실을 긍정했기 때문이었다. 이 "순수한 사랑과 기다림의 경지"를 통해 그는 "현대의 많은 사람들이 이미 잃어 버린" 님의 기억을 되찾을 수 있었다는 것이다. 님의 기억은 시민적 각성의 지표가 되는 것이자 이를 향한 지향의 근거였다. 반면 이 기억을 잃을 때 소시민으로 떨어지게 된다는 것이다.

> 바로 그 기억의 상실이 소시민을 만들고 노예를 만들고 노예소유주를 만든다. 그리고 소시민과 노예와 노예소유주가 가장 정상적인 인간으로 행세하게 된 시대에 그 기억을 지키는 일, <머리> 속에만 담는 것도 <가슴>에만 담는 것도 아니고 바로 <온몸>이 그 기억 자체가 되어 온몸이 된 그 기억을 온몸으로 밀고 나가는 것—이것이 시민의 할 일이요 시인의 할 일이며 자유와 해탈의 길인 것이다. 김수영이 <온몸으로 바로 온몸으로 밀고 나가는 것>이 시이고 <나무아미타불의 기적>이 곧 <시의 기적>이라고 한 말의 참뜻도 거기 있다.[7]

백낙청에게 시민의식, 시민 혹은 시민사회란 역사적인 모습으로 나타날 수 있지만 역사적으로 한정될 수 있는 개념이 아니다. 애당초 그가 밝혔듯 그것은 인류적 진화의 방향을 가리키는, 유토피아적 사고에 입각한 것이었다. 따라서 그의 시민의식은 부르주아의 계급의식과는 뚜렷이 구별되어야 하는 것이다. 그는 물적 토대의 성숙이 시민

---

7) 백낙청, 「시민문학론」, 『민족문학과 세계문학』(창작과 비평사, 1978), 75쪽.

의식의 성숙을 위해 필요한 조건임을 인정했다. 그러나 그가 말하는 시민의식의 성숙이란 문화적인 전통의 깊이를 바탕으로 하는 인문주의적 정신의 운동이라든가 자신과 세계에 대한 끊임없는 비판적 성찰의 노력, 혹은 인류적 동감에 바탕한 박애주의적 추구 없이는 불가능한 것인 듯하다. '가장 높은 의미의' 시민의식을 구현한다는 것은 진정한 가치를 묻고 찾음으로써 스스로 그와 일체화되는 '바른 깨달음'의 경지에 이르는 것이었다. 요컨대 그것은 정신적이며 도덕적인 성숙을 뜻했다. 그가 특별히 작가나 지식인들의 '선도적' 역할을 강조했던 이유도 이와 무관치 않을 것이다.

'바른 깨달음'의 경지란 물론 현실을 초월한 것이 아니다. 그가 강조한 점은 현실을 외면하거나 또 현실에 매몰되지 않음으로써 현실을 바르게 보는 것이다. 현실의 한계에 무자각하고 이를 부인하는 태도는 말할 나위 없고, 현실의 한계를 절대적인 것으로 여기는 태도 역시 옳은 것일 수 없었다. 현실은 바뀌어 가고 바꾸어 내어야 할 것이었기 때문이다. 3·1운동과 4·19혁명은 '시민의식을 이룩한' 사건이었지만 동시에 시민의식이 완성될 기반이 없음을 보여준 사건이었다. 그러나 시민적 각성에 이른다는 것은 이같은 현실의 한계를 넘어서려는 꿈을 갖는 것이며, 이를 통해 자신의 현실을 긍정하는 것이었다. 냉소적 풍자는 물론, 자기 연민과 페이소스에 빠지는 태도도 훌륭한 것이 못되었다. 비판은 열정을 동반해야 했다. 현실을 비판하면서 긍정하는 균형감각이란 진정한 변화에 대한 믿음 없이는 획득될 수 있는 것이 아니다. 그는 '님의 기억'을 되찾아야 할 것을 외쳤으니, 님이 일깨우는 완성에의 향수(鄕愁)는 이 믿음의 힘이 되는 것이었다.

시민적 각성은 현실을 적극적으로 바꾸어 가려는 노력으로 나타나야 했다. 작가나 지식인이 그러한 각성을 이끄는 존재여야 한다면 이 각성은 어떻게 사회적 실천으로 구체화될 수 있는가? 백낙청이 말한 '가장 높은 의미의' 시민의식과 역사적인, 미완의 시민의식은 현격한 차이를 갖는 것으로 보인다. 인류가 시민사회의 완성을 향해 진화해

가야 한다면 이 기획의 주체는 누구인가? 그는 시민의식이 역사적 연속성을 갖고 발전해 왔고 또 앞으로 발전해야 한다고 말했다. 그렇다면 여지껏 작가와 지식인들이 보여준 깨달음은 미흡한 것이었던가? 백낙청의 시민문학론은 이러한 질문을 던지게 한다. 사회적 역동학에 대한 충분한 고려 없이 선도자로서 작가, 지식인의 역할만을 강조할 경우, 그의 논의는 바른 깨달음의 힘이 다른 이들을 널리 감화시켜 사회적 변성을 가져올 것을 기대하는 소박한 수준으로 떨어질 수 있다. 이 경우 진화의 주체는 궁극적으로 시민의식 자체가 될 것이다. 또 시민의식의 역사성이 충분히 지적되지 않을 때 시민의식의 성숙이라는 지표는 막연해지거나 신비화되게 마련이다. 이 경우 실천의 구체적 방략은 제시되기 어렵다.

백낙청은 이내 위의 물음에 대해 부분적으로나마 답한다. 먼저 그는 시민의 적극적이고 전투적인 자세를 강조했다. 그런데 그것은 고매한 이상의 추구로서보다는 '참된 양심'에서 우러나올 것이었다. 그는 고매한 이상, 고매한 정신적 가치란 것이 흔히 물질적이며 동시에 지적인 독점의 산물이었음을 상기한다.(「문학적인 것과 인간적인 것」, 1973) 고매한 이상이 오히려 '반인간적 폭력'의 한 양상이라면 참된 양심이란 그것의 지배로부터 해방되려는 것이었다. 따라서 '가장 높은 의미의' 시민의식은 이와 같은 고매한 이상을 전파하는 것이어서는 안되었다.

시민의 적극성이 참된 양심을 원동력으로 한다고 할 때 이 참된 양심이 어떤 것인가를 찾는 것은 진정한 역사발전의 원동력을 찾는 일이 된다. 그는 양심이란 "벌거벗은 본마음 그대로의 상태에서 민중과 한 몸이 되고 만인과 형제처럼 결합되는 경지"[8]가 아니겠느냐고 말한다. 민중과 한 몸이 되는 '새로운 친민(親民)의 사명'은 모든 반인간적

---

8) 백낙청, 「문학적인 것과 인간적인 것」, 위의 책, 103쪽.

폭력의 지배에 맞서려는 것이다. '민중의식'은 이 경지에 이른 마음을 뜻했다. 역사의 발전은 진정한 민중의식으로 추구되어야 한다는 것이다. 이런 민중의식에 입각한 문학이 민중문학이었다. 그는 민중의식을 '막연한 인정주의'와 구별하며, "참다운 민중의식의 전투성과 포용성이 일체를 이룬"9) 예로 신경림과 김정한의 경우를 들었다.

그가 말하는 민중의식은 계급적 적대감이나 분노를 바탕으로 하는 것이 아니었다. 민중의식은 억압과 수탈을 당해온 민중의 편에 서는 것이 참된 양심을 구현하는 길이라는 유서깊은 생각과 관련되어 있다. 즉 민중과의 결속을 통해 도덕적으로 고양된 의식인 것이다. 민중과 하나가 되는 것을 도덕적 자발성에 의해 지배되는 공동체를 이룩하는 것으로 본 그의 생각은 다분히 인민주의(人民主義)적이다. 그리고 그런 만큼 그의 논의는 민중이 어떻게 참된 양심을 담보할 수 있는가에 대한 역사적이고 구체적인 통찰을 결여하고 있다. 민중의식이 민중을 주체로 하는 것이어야 한다면 우리 근대사에서 누가 민중이었고 그들이 무엇을 지향했는가를 고구해야 했다. 민중의 존재와 민중의식을 역사적으로 구체화하는 일은 곧 민중문학의 개념을 역사화하고 구체화하는 일이었다. 그는 이 단계에서 민중문학과 그가 앞서 말한 시민문학을 분명히 구별하지 않았는데, 예를 들어 민중문학의 주체가 누구여야 할 것인가에 따라 둘의 구별은 불가피할 수 있었다.

비로소 그는 민족문학에 대해 이야기한다.(「민족문학 개념의 정립을 위하여」, 1974) 민족문학은 "민족의 주체적 생존과 인간적 발전이 요구하는 문학"10)이라는 것이다. 우리의 경우 '외세에 항거한 근대의식'은 민족문학을 싹틔운 기반이었다. 예를 들어 식민지 시대에서 민족문학이란 반제 반봉건의 역사적 과제를 인식하고 수행하려는 근대의식의 발로여야 했다. 그는 민중이 이런 근대적 과제를 '떠맡을 수밖

---

9) 위의 글, 118쪽.
10) 백낙청, 「민족문학 개념의 정립을 위하여」, 위의 책, 125쪽.

에 없었음'을 지적한다. 우리 시민층의 형성이 부진했고, 따라서 자신들의 역사적 임무를 제대로 수행하지 못했기 때문이었다. 이런 시민층을 터전으로 하는 시민문학 역시 명백한 한계를 갖지 않을 수 없는 것이었다. 결과적으로 "이러한 역사적 사명이 안겨진 민중의식을 표현하고 일깨우는 문학만이 참다운 민족문학이 될 수 있다는 논리가 한국의 근대문학을 지배"[11]하게 되었다는 것이다.

> 조선왕조의 주권국가적 조건에서 시민계급 주도하에 반봉건혁명이 이루어지지 못한 마당에, 일제 식민지가 되고 나서 그러한 사태가 가능하리라는 생각 자체가 터무니없는 일이다. 제국주의의 침략 이전에도 시민혁명을 이룩하기에 너무나 미약했던 민족자본은 식민지 통치자들에 의해 정면으로 억압되거나 매판자본으로의 변질을 강요당하게 마련이다.
> (중략)
> 시민혁명의 짐은 국내외 시민계급의 변질로 더욱 고립무원해진 민중의 어깨에 거의 전적으로 지워지게 된다. 그러나 그것은 또한 민족의 생존 자체와 직결된 문제인 만큼 민중의식을 이러한 역사적 사명에 부응하는 시민의식으로 발전시키는 과업이 곧 민족문학의 본질을 이룬다고 말할 수 있는 것이다.[12]

그의 주장은 민중의식을 표현하는 민중문학이 곧 민족문학인데, 그 민중의식은 시민의식으로 발전되어야 한다는 내용으로 간추려진다. 우리 시민계급의 형성이 역사적으로 취약했고 그들이 식민통치의 '협력층'으로 변질되면서 반제 반봉건의 근대적 과제는 민중층이 담당하게 된다는 생각, 시민계급의 이른 반동화로 인해 시민문학이 발전할 수 있는 길은 막혔고, 민중의 삶과 의식을 바탕으로 한 민중문학의 진보성이 민족문학을 이끌지 않을 수 없게 된다는 논리는 해방직후 임화 등이 내세운 민족문학 논의의 골격과 다르지 않다. 임화는 여전

---

11) 위의 글, 130쪽.
12) 위의 글, 132쪽.

히 부르주아민주주의 혁명의 과제가 눈앞에 있다고 규정한 <8월 테제>를 좇아, 시민층의 반동화에 과라 이 혁명은 노동자와 빈농층을 주축으로 하는 인민들에 의해 수행되지 않을 수 없다고 설명했다. 인민을 곧 민족으로 여기는 것은 당시 진보적 입장의 보편적 견해였으니, 임화는 '인민을 바탕으로 한 인민의 문학'이 곧 민족문학임을 주장했다. 백낙청의 논의가 임화의 논지를 반복하고 있는 점은 민족문학 논의구도의 연속성을 확인해 주는 것이다.

그러나 임화의 인민은 이념적으로 선진한 노동계급을 '영도자'로 해야 했다. 영도 계급이 혁명의 주도권을 쥐어야 한다고 할 때 인민은 계급 간의 배제와 설득에 의한 계급 연합을 가리키는 개념이 된다. 반면 백낙청의 민중 안에서 특별히 헤게모니를 가져야 하는 계급은 없다. 애당초 그는 민중의 구성 내용을 계급적으로 나누지 않았다. 그가 말한 '참된 양심'은 계급적 구분과 이에 따른 이념적 차별화에 앞서는 것이었다. 결과적으로 민중과 하나가 된다는 것은 이념적 일체화를 뜻하기 전에 도덕적으로 고양된 바른 깨달음에 이르는 것을 뜻했다. 그가 민중의식이 시민의식으로 발전해야 한다고 한 이유는 여기에 있었던 것이다. 민중의식의 '포용성'은 그가 시민의식의 핵심으로 꼽은 '사랑'의 사회적 확대를 가능케 하는 자질, 혹은 태도였다. 나아가 이러한 포용성이야말로 모든 폭력과 싸우려는 민중의식의 전투성을 담보한다는 것이 백낙청의 생각이었다.

인류적 진화를 바라보아야 한다는 입장에서 그는 또 민중문학의 세계사적 선진성을 강조했다. '제국주의 침략을 몸소 당한' 후진국 민중은 제국주의와 식민주의를 매섭게 비판하고 그에 저항했다는 것이고, 그렇기 때문에 후진국의 민중문학, 곧 민족문학은 세계문학 안에서 선진성을 갖는다는 주장이었다. 그는 이로써 민족문학 논의가 제3 세계 민족해방운동의 관점에 설 필요를 제시한 것이다.

백낙청은 민중문학이 민족문학일 수밖에 없고 민족문학이어야 함을 밝혔다. 이는 이론적으로 공전해온 그간의 민족문학 논의를 매듭지은 의의를 갖는다. 해방기 논의의 구도를 이은 점 역시 성과였다. 이로써 그는 분단체제가 강요해온 시각을 넘어서는 길을 연 것이다. 그러나 그의 민족문학론은 특히 민중 주체에 관한 격렬한 논의를 예고하고 있었다. 개발의 시대를 통해 농촌은 빠르게 붕괴되었으며 노동계급은 성장했다. 계급 대립은 갈수록 첨예화되어 갔다. 민중과의 결합을 '참된 양심'의 문제로 본 그의 소론은 매우 뜻이 높은 것이지만 이런 상황에서는 막연하고 소박한 것으로 비칠 수 있었다. 민중의식이 시민의식으로 발전해야 한다는 주장도 오히려 민중과 민중의식의 구체적 모습을 흐리는 쪽으로 작용할 수 있었다. 민중의식의 전투성이란 포용성만큼 이념적 선진성과 견뢰한 조직화를 요구하는 것이었다. 따라서 민중의 계급적 성격을 이해하고 강조하는 것은 불가피했다. 누가 어떻게 민중의 주체가 되어야 하는가 하는 구체적 문제와 당면했을 때 노동계급이 영도적 역할을 해야 한다는 주장은 다시 제기될 수밖에 없었다.

3. 항거의 열정

김지하의 시집 「황토」(1970)는 민중의 슬픔과 분노, 저항을 역사화한다. 그것은 봉건 폭정과 제국주의 침략에 맞선 동학 봉기가 일제의 총칼을 두려워 않고 일어선 3·1운동으로, 새 세상을 이루려 했던 해방기의 민중적 앙양이 자유의 이상을 드높인 4월의 내달음으로 이어지는 거대하고 면면한 흐름을 돌이키는 일이다. 이 흐름 안에서 민중은 매를 맞고 혀가 잘리며 죽음을 당하지만 그럴수록 항거의 열정을 불태워 왔다. 민중의 역사는 슬픔과 분노를 저항의 힘으로 바꿔 온 역사였다. 그는 이러한 민중의 역사에 뿌리를 댐으로써 폭압적인 개발의 시대를 거부한다. 그의 시는 저항의 힘을 되살려 내려는 주문(呪

文)이 된다.

> 황톳길에 선연한
> 핏자욱 핏자욱 따라
> 나는 간다 애비야
> 네가 죽었고
> 지금은 검고 해만 타는 곳
> 두 손엔 철삿줄
> 뜨거운 해가
> 땀과 눈물과 모밀밭을 태우는
> 총부리 칼날 아래 더위 속으로
> 나는 간다 애비야
> 네가 죽은 곳
> 부줏머리 갯가에 숭어가 뛸 때
> 가마니 속에서 네가 죽은 곳[13]

　　　　　　　　　　　　　　　　　　　　　(「황톳길」의 부분)

　'애비'의 핏자욱을 따라 그가 죽은 곳을 향해 간다는 비장한 선언은
민중의 역사 속에 자신을 세우려는 의지의 표현일 것이다. 역사적 탐
색으로서 아버지 찾기는 부성(父性)[14]의 계보, 이른바 뿌리 찾기이니
흔히 자기 정립의 지표를 마련키 위한 조건이다. 시적 화자는 '애비'
의 길을 좇으려 함으로써 자신이 누구이고 무엇을 해야 할 것인가를
분명히 한다.
　민중의 역사는 수난의 역사이고 저항의 역사다. 그들이 흘린 피와
그들의 한 깊은 곡성(哭聲)은 항거의 불로 타올랐다. 스스로를 불태움

---

13) 김지하, 「황톳길」, 『황토』(한얼문고, 1970), 10-11쪽.
14) 한 평자는 부성의 추구를 김지하 시의 핵심 모티브로 간주했다.(남진우, 「생명의
　　불 영원한 빛」, 세계의 문학, 1993년 가을, 413쪽) 김지하의 저항의식이 남성적인
　　힘의 추구와 관련되어 있다고 여기는 점에 필자는 동의한다. 그러나 그의 경우,
　　부성의 추구는 단지 원형적 패턴이라는 관점에서 충분히 설명될 수 있는 것이 아
　　니다. 그것은 먼저 역사를 되살리고 이어가려는 의식적 노력에 따른 것이다.

으로써 잔혹한 폭압에 맞선 민중의 역사는 꿈틀거리는 불의 역사인 것이다. '애비'란 누구인가. 그는 핍박 속의 민중이자 스스로를 불태운 순교자(殉敎者)다. 애비가 간 황톳길은 그들의 '피와 살과 뼈의 더미'15)로 이루어진 길이며 그들의 순교로 정화된 길이다. 애비의 길을 좇겠다는 것은 순교의 길을 따르겠다는 뜻일 수 있다. 시적 화자는 애비가 죽은 작열(灼熱)의 지점을 향해 이끌린다. 역시 '철사줄'에 묶일 것이지만 그는 이를 통해 항거의 열정—불의 힘을 물려받을 수 있음을 말하고 있다.

서사적 자아의 획득은 이로써 가능했다. 민중의 역사를 서사적 화폭으로 떠올리고 민중이라는 서사적 주체와 하나로 됨을 선언함으로써 김지하는 70년대를 꿰어 흐르는 '거대한 이야기'를 시작한다. 이 이야기는 봉건적인 속박과 제국주의의 침탈, 분단과 개발의 시대로 이어지는 폭압의 과정에 맞서 흘러온 민중적 항거의 물줄기를 찾아 읽고 되살려 내려는 것이었다. 이 흐름 속에 자신을 세울 때 더 이상의 표류는 허용될 수 없었다. 현실 역시 불투명한 것만은 아니었다.

역사 돌이키기는 오늘의 현실을 파악하고 앞날을 바라보기 위해 불가결한 절차다. 오늘에 닿는 민중의 수난과 항거의 역사이야기 쓰기는 이미 신동엽의 서사시 「금강」(1967)에서 시도된 바 있다. 일제와 봉건 지배층에 맞선 동학 봉기의 구체적 과정은 미국 자본과 매판세력에 짓눌린 개발의 시대의 직접적 전사(前史)로 비춰진다. 민중의 수난은 계속되고 있었다. 그러나 시인은 '찬란한 혁명의 날'이 이제 다시 오리라고 믿는다. 전봉준이 의연히 죽고 극적 인물 '신하늬'가 담담하게 순교의 길을 택했듯(26장) 항거의 불은 꺼지지 않을 것이었다.

신동엽에게 민중은 정결한 존재였다. 그의 인민주의적 상상력은 이 정결함이 훼손되지 않았던 과거의 아름다운 한때를 그리고 있다. 그

---

15) 김승옥이 『황토』의 감상문에서 쓴 표현.(김승옥, 「그것은 울음이다」, 『황토』, 100쪽)

에게 삼국시대는 '평등한 노동과 평등한 분배'가 이루어지고 오직 도덕적 자발성에 의해 지배돼는, 무정부적 공동체의 이상이 실현되었던 아름다운 과거였다.(6장) 역사는 이 정결함이 훼손되어 온 과정이 된다. 그는 훼손의 역사를 '하늘'이 가려진 세월로 보았다. 아름다운 과거를 낭만적으로 동경하는 만큼, 암암한 세월의 고통을 견뎌온 민중들에 대한 연민과 하늘을 가린 세력에 대한 분노는 마땅하고 불가피한 것이었다. 민중은 자신의 정결함을 통해 하늘을 회복할 존재였다. 때문에 민중과 하나가 되는 것, 고양된 도덕적 일체화는 역사의 숭고한 명령이 된다. 반민중적인 일체의 것은 거부되어야 했다. 하늘을 되찾는 일은 정결함의 힘으르 이룩될 것이었다.

순교의 열정을 잇고자 하는 점에서 신동엽과 김지하는 다르지 않다. 그러나 신동엽에게 순교가 '아름답고 빛나는'(24장) 것이라면 김지하에게 그것은 고통과 격정으로 타오르는 것이었다. 신동엽이 정결함에 대한 그리움에서 시작하고 있다면 김지하를 끝내 휘감고 있는 것은 불의 이미지다. 불은 현실의 척박함과 불모성, 그것이 강요하는 좌절과 공포를 뜨겁고 힘차게 태워 버리는 힘이다. 그는 모든 반생명적인 것에 대하여 생명의 격렬한 연소로서 맞서려 한다. 이 점은 김지하가 신동엽에게서 드러나지 못한 구체적 주체로서의 '나'를 앞세울 수 있었던 이유일 것이다. 뒷날 김지하는 자신이 '반역의 핏줄'을 물려받았다고 적고 있다. 기골 억세고 피 뜨거운 '우투리'16)는 그가 역사 속에서 발견한 민중―아버지의 모습이었다. 우투리는 피를 머금고 그것을 불로 살려 내는 황토의 아들이었던 것이다.

'피와 살과 뼈의 더미'로서의 황토를 또한 꿈틀거리는 생명의 터전으로 보고, 저항을 이 생명의 격렬한 연소로 파악한 그의 시각은 매

---

16) '우투리'란 전라남도 연안 섬지방의 사투리로 '기골장대하고 성정 억세고 머리 좋고 피 뜨겁고 일 잘하며 기운 세고 유사시에 반항적인 종자'를 가리킨다는 것이다.김지하, 「모로 누운 돌부처」, 『모로 누운 돌부처』(나남, 1992), 21쪽.

우 역동적이다. 그의 시의 가쁘면서도 긴 호흡의 속도감 역시 이러한 역동성을 리듬으로 수용한 결과일 것이다. 뒷날 그가 말하게 되는 생명론은 이러한 역동적 시각에서 출발한 것일 터이거니와, 생명의 불사름—황토를 터전으로 하는 저항과 정화라는 역동성은 또 개발의 시대의 광적 리듬에 대응하는 것으로 보인다. 그는 곳곳에서 역사의 혹독함에 대한 치열한 맞섬의 감각을 날카롭게 드러냈다. 「오적(五賊)」(1970)의 과장되고 잡스럽고 날카롭게 풍자적인 형상들과 숨차고 거친 리듬은 개발의 시대의 기만적인 구호라든가 어지러운 내달음을 떠올리는 것이었다.17) 우리 근대사는 '폭정의 뜨거운 여름'이었다. 개발의 시대 역시 좌절과 공포의 시대였으며 원한과 분노의 시대였다. 『황토』의 시들이 그 자신이 말했듯 "억제 당한 격동의 필사적인 자기표현"18)으로 읽어야 할 것이라면, 이 격동의 연원은 역사, 특별하게는 개발의 시대가 아닐 수 없다. 이 시대는 관조를 허용하는 시대가 아니었다. 이 시대는 머물러 있을 수 없는 시대였다. 개발의 시대의 광적 리듬을 생명을 불사르는 거센 항거의 열정을 통해 극복하려 했던 것이 김지하의 시였다.

개발의 시대는 격동의 시대였다. 모든 면에서 변화는 급속하게 이루어졌다. 개발의 환상과 그에 따른 거대한 환멸, 개발의 시대가 강요

17) 다음과 같은 「오적」의 한 부분에서 읽게 되는 것은 개발의 시대의 거친 맥박이다.
　"국회의원(狗獪狾猿) 나온다.
　곱사같이 굽은 허리, 조조같이 가는 실눈,
　가래 끓는 목소리로 응승거리며 나온다
　털투성이 몽둥이에 혁명공약 휘휘 감고
　혁명공약 모자 쓰고 혁명공약 배지 차고
　가래를 퇴퇴, 골프채 번쩍, 깃발같이 높이 들고 대갈일성,
　쪽 째진 배암 샛바닥에 구호가 와그르르
　혁명이닷, 구악(舊惡)은 신악으로! 개조닷, 부정축재는 축재부정으로!
　근대화닷, 부정선거는 선거부정으로! 중농(重農)이닷, 빈농은 이농으로!
　건설이닷, 모든 집은 와우식(臥牛式)으로!"
18) 「후기」, 『황토』, 101쪽.

한 엄청난 공포와 그것이 발휘한 놀라운 매혹의 힘은 변화를 촉진한 동력이었다. 개발의 시대는 그것이 전 시대와의 차별성을 부각하려 했던 만큼 동학 봉기 이래의 혹독한 우리 근대사를 돌이키게 했다. 그러나 개발의 시대는 그것이 보인 잔인성과 기만성으로 말미암아 또한 이 역사적 과정의 지속을 확인케 했다. 그것은 개발의 시대가 과거에 대한 역사적 감각을 일깨운 방법이었다.

개발의 시대에 저항한다는 것은 한편으로 변화의 방향을 가늠잡으려는 것이었다. 전면적이고 집중적인 개발은 폭력의 논리가 모든 면에서 거칠 것 없이 관철되어야 하고 관철될 것임을 말하고 있었다. 민중의 역사를 돌이키고 그 저항의 흐름을 이으려는 노력이 경주되었던 근본적 이유는 앞서 말했듯 민중이 개발의 대상이었다는 데 있었다. 때문에 개발의 시대에 대한 저항은 민중의 저항으로 나타날 수밖에 없었다. 민중의 저항은 개발의 논리 자체에 대한 저항으로 나아가야 할 것이었다. 민중은 스스로 이룰 변화를 끊임없이 상상할 수 있는 존재여야 했다. 그리고 이런 점에서 민중은 발견되어야 할 존재가 아니라 스스로 발견해야 할 존재였다.

제 1 0 장

'주체의 인간학'

1. 주체시대의 문학

1970년대는 북한문학에서 이른바 '주체'의 관점이 틀을 잡는 시기다. 유일사상체계의 수립을 결의한 1967년 5월의 당중앙위원회 제4기 15차 전원회의와 주체사상을 당의 유일한 지도이념으로 규정한 1970년 11월의 제5차 당대회는 결과적으로 문학이 '온 사회를 주체사상화'하는 데 충실한 도구가 되어야 하며 그러한 요구에 맞게 개조, 발전되어야 한다는 것을 명령하는 것이었다. 주체사상에 입각한 문학, 이른바 주체문학이 따라야 할 방침은 다음과 같은 것들이었다.

수령[1]은 모든 인민의 최고 '뇌수(腦髓)'로 그려져야 했다. 수령의 '지도'가 역사발전과 혁명투쟁의 과정에서 절대적이고 결정적 역할을 해왔다는 '혁명적 수령관', 수령은 햇살과 같이 인민들에게 가르침을 주고 인민들을 이끄는 통일단결의 중심이므로 모든 인민이 수령을 어버이로 받들고 그를 향해 충성과 효성을 바치는 '대가정(大家庭)'을 이루어야 한다는 생각, 인간은 육체적 생명만으로 살 수 있는 것이 아니고 수령으로부터 '정치적 생명'을 받고 그것을 지킴으로써 보람있는 삶을 살 수 있다는 주체의 정치도덕적 원리는 주체문학이 구체화

---

[1] 김일성에 대한 호칭은 시기에 따라 변모되어 왔다. 예를 들어 무장투쟁시기에는 '장군님'이나 '사령관 동지'로, 이른바 민족해방전쟁 시기에는 또 '최고 사령관 동지'로 불리웠다. 1970년을 전후한 무렵부터는 '수령'과 '주석'이란 용어가 일반화된다. 여기서는 필요에 따라 적절하게 이 호칭들을 사용하고자 한다.

해야 할 바였다. 혁명적 수령관에 의하면 수령은 인민대중의 의사를 조직적으로 체현할 수 있는 유일한 존재였다. 인민은 수령이 베푸는 은혜와 사랑에 보답해야 하며, 수령을 따르는 데 마땅히 진심을 다해야 한다는 것이 대가정론의 핵심이었다. 정치적 생명은 이렇듯 진심과 정성을 다해 수령을 받들 때 획득될 수 있었다.

문학이 공산주의를 건설하기 위해 투쟁하는 인간들과 그들이 공산주의적 인간으로 커나가는 과정을 그리는 '공산주의 인간학'이어야 한다는 주장은 이미 60년대에 제기되었다.2) 아직은 사회주의를 건설하고 있지만, 공산주의 단계에서 꽃필 고상한 품성을 갖춘 공산주의적 인간의 모습은 이미 현실로 나타나고 있다는 것이었다. '천리마 기수'들이 바로 그들이었는데, 집단을 위한 자발적 헌신의 의지로 불타는 그들의 높은 정신세계는 공산주의적 품격에 이른 것으로 설명되었다. 70년대 이후 공산주의 인간학은 '주체의 인간학'이 되어야 했다. 주체의 인간학이 그려야 할 새로운 공산주의적 인간은 수령의 가르침과 고상한 도덕성의 감화를 받아 성장한 '주체형의' 공산주의자였다.3) 주체형의 공산주의자는 수령으로부터 받은 정치적 생명을 지키고 그 힘을 과시하는 인물들이어야 했다. 수령을 좇아 항일혁명투쟁에 참여했던 혁명투사들은 새 인간학의 훌륭한 전거로 간주되었다.4)

70년대는 또 주체문학의 발전을 제도적으로 보장한다는 명분 아래 수령과 당, 작가를 연결하는 창작사업의 체계가 보완 및 수정되었던 시기다. 이 '우리식' 문학예술사업 체계의 특징은 당중앙의 유일관리제를 철저히 실현하려는 데 있었다. 그것은 당과 정무원의 문화예술

---

2) 강능수, 「우리 시대 주인공들에 대한 생각」, 조선문학, 1961. 6., 94쪽.
3) 동근훈, 「창조과정을 혁명화 과정으로 만들 데 대한 당의 방침의 정당성과 그 거대한 생활력」, 조선문학, 1974. 2., 12쪽.
4) 항일혁명문예의 전통과 혁명가들의 형상은 공산주의자의 정신적 높이와 위대성을 과시한 훌륭한 보기이므로 이로부터 공산주의적 인간의 전형을 발견해야 한다는 주장이 제시된 것은 이미 1960년대 초다. 이를 확인하게 하는 평문 가운데 하나는, 김재하, 「공산주의자의 정신적 높이와 그의 내면세계의 추구」(조선문학, 1961. 7.) 이다.

부, 그리고 문학예술총동맹이 맡아 하던 창작사업을 당중앙, 곧 김정일의 관리 아래 둔다는 것을 의미했다.5) 김정일은 주체문학을 키워낼 지도자였다.6) 심의사업에서 역시 도입된 '집체적 유일 심의'란 심의원의 관료성과 자의성을 배제하는 한편, 김정일의 직접적인 영향력을 확대하는 것이었다. 새로운 사업체계는 당과 작가예술인의 거리를 좁힌 것으로 설명되었다. 이로써 작가들은 당의 요구를 적극적으로, 또 무조건적으로 수행하고자 하는 주체적 태도를 가질 수 있게 되었다는 것이다.

주체문학의 원리와 방침들은 1950년대와 60년대를 통해 준비되어온 것이다. 50년대 말부터 산발적으로 진행된 공산주의자의 전형 창조 문제를 둘러싼 논의가 항일혁명투사들을 공산주의자의 훌륭한 전형으로 지목하면서 항일혁명역사의 형상화는 새로운 시대적 요구로 제기되었다. 사실 항일혁명역사가 당적 수준에서 '발굴'되기 시작한 것은 이미 전쟁 직후다.7) 그것이 같은 시기에 있은 박헌영 등의 남로당 숙

---

5) 해방후 문학예술사업은 중앙당의 선전 담당 비서 아래 당과 정무원의 문화예술부, 그리고 문예총과 그 예하 분야별 동맹으로 이어지는 조직적 위계에 의해 수행되었다. 새 사업체계는 김정일이 당과 행정(정무원), 사회단체(문예총)의 삼위일체를 꾀하는 중심에 서는 것이었다. '우리식' 사업체계가 확립되는 기점은 대개 1970년대 초로 보인다.(『우리식 문학예술사업 체계의 확립과 작가, 예술인 대오 육성』, 문예출판사, 1990, 34-53쪽, 『북괴 문예정책 및 현황』, 중앙정보부, 1974, 23-24쪽)

6) 김정일의 정치적 후계자로서의 위치가 공식적으로 확인되는 것은 1980년 10월의 6차 당대회다. 그러나 70년대 이미 '당중앙'으로 불리던 그는 주체사상을 체계화하고 주체문예를 지도, 육성하는 사업을 이끈 존재였다. 특히 문학예술에 관한 그의 능력과 관심은 예외적인 것으로 간주되었다. 1968년에 그는 '수령형상문학 창작의 전문 기지'가 될 <4·15 창작단>을 결성하여 수령의 혁명역사를 형상화할 길을 열었고, 김일성이 친히 창작했다는 「피바다」 등을 위시한 불후의 고전적 명작들을 영화와 가극, 소설로 옮길 것을 지시함으로써 주체문학의 '생명선'을 찾아주었을 뿐 아니라, 종자론이나 속도전의 개념을 밝혀 문예학 발전의 전기를 마련했다는 것이 오늘까지 김정일의 업적들 가운데 하나로 칭송되는 내용들이다. 사상혁명의 필연성과 필요성을 강조하고 이를 위한 선전교양사업을 주도한 것은 김정일이 정치적 계승자로서 자신의 위치를 알리는 방법의 하나였을 것이다.

청과 무관치 않다면, 이 발굴작업은 김일성 집권의 정통성과 정당성을 확보하려 한 것이었다는 짐작이 가능하다. 또 김일성은 연안파와 소련파에 대한 '반종파투쟁'을 벌였던 1958년 3월의 조선노동당 대표자회의 이후, 모든 생산관계의 사회주의적 개조가 완성되었다고 선언하면서 근로대중을 공산주의 사상으로 무장시켜야 할 필요를 지적했고,[8] 이러한 맥락에서 혁명전통교양의 중요성을 강조한 바 있다. 당 중앙위원회의 직속으로 <당 력사 연구소>가 설치되었고 수령이 이끈 혁명역사를 돌이키는 회고의 글들이 출간되기 시작한 것은 이 무렵의 일이었다. '혁명전통 연구 자료'로 나온 <항일 빨치산 참가자들의 회상기>[9]들은 단지 개인적인 수기가 아니라 혁명역사를 되살려낸 구체적인 사실의 기록으로 간주되었다. 그것들은 모두 수령을 믿고 따르며 그에게 무한히 충실하는 것만이 혁명적인 태도라는 사상이념적 전언을 충실히 수용하고 있었다. 또 그것들은 이야기의 흥미와 극적인 생동감이 있게 서술된 것이어서 혁명역사의 형상화를 위한 일종의 수범 텍스트로서의 역할을 하게 된다.

혁명역사는 우선 그 규모가 방대하고 갈피갈피 혁명투사들의 영웅적 활약상을 담고 있는 것이기 때문에 이를 그리기 위해서는 영웅서사시적 화폭을 필요로 하는 것이었다. 이런 입장에서 60년대 중반부터는 '혁명적 대작' 논의가 시작된다. 수령은 혁명역사의 창시자이며 이를 주도해온 존재였다. 혁명적 대작은 수령의 혁명역사를 형상화하

---

7) 항일무장투쟁 전적지 조사단이 파견되어 혁명역사의 자료를 수집했던 것은 1953년 8월 26일부터 그해 12월 21일까지다. 여기에 참여한 작가 송영은 『백두산은 어디서나 보인다』는 보고문을 썼다.

8) 김일성의 연설문, <공산주의 교양에 대하여>(1958. 11. 20.)

9) 대표적인 것은 당 역사연구소의 이름으로 출간되는 항일 빨치산 참가자들의 회상기다. 회상기가 나오기 시작하는 것은 1960년을 전후한 무렵이다. '보천보' 전투의 전말을 서술한 오백룡의 『보천보』(1959)와 스스로 화약을 제조하고 폭탄을 만들어 일제와 싸웠다는 간고한 역정을 극적으로 서술한 박영순의 『연길폭탄』(1962)을 비롯하여 최현의 『혁명의 길에서』(1963), 리봉수의 『밀림 속의 병원』(1966) 등이 그것이다. 임춘추, 『항일무장투쟁 시기를 회상하여』(1960) 역시 이와 다르지 않다.

는 데 바쳐져야 했다.

60년대에선 또 항일무장투쟁 시기에 김일성이 창안했다는 혁명적 문예사상이 집중적으로 조명되었다. 혁명적 문예사상을 관철하는 것은 당의 문예정책을 실현하는 것을 의미했다. 이미 50년대 말부터 몇몇 평론가들이 1930년대에 혁명가들의 손에 의해 창작, 공연되었다는 연극 「피바다」의 내용을 소개하기 시작하는데 이내 그것은 김일성이 직접 지은, 그의 혁명적 문예사상을 구현한 본보기로 간주되었다.

1970년대에 들어 주체문학의 윤곽은 분명해진다. 당의 문예정책은 철저히 김일성의 문예사상에 의거한 것임이 천명되었다. 김일성의 혁명역사와 '혁명적 가정'을 형상화하는 것은 주체문학의 첫째 과업이었다. 혁명적 대작 창작의 원칙에 의거해 김일성의 혁명역사를 그린 <불멸의 력사> 총서의 첫소설 『1932년』(권정웅, 1972)이 나온 이후로, 김형직과 강반석의 우상화도 도모되었다. 「피바다」와 「한 자위단원의 운명」, 「꽃 파는 처녀」 등의 '불후의 고전적 명작'들은 영화나 가극으로 만들어졌으며 이내 장편 규모의 소설로 옮겨졌다. 평론가들은 불후의 고전적 명작들을 되살려낸 일이 문학예술의 혁명적 앙양을 일으킨 '사회주의 문예부흥'으로서의 의의를 갖는다고 자평했다.[10] 김일성의 혁명역사와 그것이 담고 있는 이야기들은 새 공산주의 인간학, 주체의 인간학의 전범이었다. 그것은 주체의 인간학이 혁명을 이끄는 수령과 그를 따르는 전사(戰士)의 관계를 구성의 중심으로 해야 함을 말하고 있었다. 문학예술 부문에서 김정일의 영향력은 이미 절대적이었다. 그가 창안했다는 종자론은 당정책에 부합되는 '사상적 알맹이'를 잡고 그에 세부를 집중시킨다는 주체문예의 창작원리를 규정한 것이었다. 한편 혁명적 사업 전개의 원칙으로서 속도전의 개념이 문학예술 창작 사업에도 적용되었다.

---

10) 동근훈, 「창조과정을 혁명화 과정으로 만들 데 대한 당의 방침의 정당성과 그 거대한 생활력」, 조선문학, 1974. 2, 14쪽.

2. '불멸의 력사'

해방직후 김일성이 정치적 지도자로 등장한 이래 끊임없이 강조되었던 것은 그의 항일투쟁 전력이다. 그가 이끌어 왔다는 빨치산 투쟁의 역정은 그가 민족과 인민의 영도자여야 함을 말하는 근거였다. 이를 형상화해 보이는 것은 일찍부터 의미가 심장한 문학적 과제였으니, 1948년에 씌어진 조기천의 장편 서사시 「백두산」(1948)은 김일성을 민족사의 새로운 기원을 마련한 영웅으로 그렸다. 이른바 항일혁명역사의 발굴이 본격적으로 시작되는 것은 전쟁 직후다. 혁명역사는 당역사의 뿌리이자 북한 건국사의 출발점으로 간주되었다.

김일성을 어떻게 그려야 하는가가 좀더 구체화되는 것은 빨치산 참가자들의 수기가 씌어지는 등 혁명역사가 '구체화'되면서라고 보인다. 물론 혁명역사의 발굴은 혁명적 수령관에 입각하여 이루어져야 했다. 수령은 투쟁을 이끌고 끊임없이 혁명투사들을 키워내는 태양과 같은 존재였다. 따라서 수령을 그리는 일은 여타 혁명투사들을 그리는 일과 본질적으로 다르다는 점이 강조되었다. 수령은 어느 누구와도 비교할 수 없는 놀라운 능력과 고매한 덕성을 발휘함으로써 인민들로 하여금 그를 향해 끝없는 경모와 충성의 마음을 바치도록 했고, 또한 그들의 가슴속에 긍지와 자부심을 심어 그들이 투쟁에 떨쳐 나서도록 했다는 것이다. 그는 혁명투사들을 이끈 '장군'이었을 뿐 아니라 압박받는 모든 인민들의 정신적 지주였다. 그는 비범한 예지와 통찰력을 가진 탁월한 전략가였고, 모든 슬기와 지혜의 원천을 마련한 위대한 사상가였으며, 혁명적 군중노선의 관점에서 독창적인 영도예술을 구현해 보인 인민의 수령이었다. 김일성을 이런 존재로 부각하는 방법은 수사(修史)였다. <불멸의 력사>는 이런 관점에서 씌어졌다.

<불멸의 력사>는 애당초 여러 작가들이 수령의 혁명역사의 한 부분씩을 나누어 맡아 쓰는 장편소설 총서로 계획되었다. 수령의 형상과 행적은 아무리 재능있는 작가라도 다 그려낼 수 없는 심오하고 풍부한 정치성과 인간성을 갖는 것이고, 그의 혁명역사는 그대로 시대의 본질과 역사의 합법칙성을 체현한 것이기 때문에 장편소설 한두 권으로 다룰 수 있는 것이 아니라는 이유였다. 게다가 수령의 혁명역사는 곧 혁명역사 그 자체이자 당역사의 뿌리인 만큼 그 역정의 모든 세부는 '영생불멸'의 의의를 가지며, 따라서 함부로 골라내어 형상할 수 있는 그런 대상이 아니라 빠짐없이 체계적으로 그려내야 할 혁명의 '재보(財寶)'였다.

<불멸의 력사>를 계획하고 그것이 이런 총서의 형식으로 씌어지도록 지도한 인물은 김정일로 알려져 있다. 그는 1968년 김일성의 생일 날짜에서 따온 <4·15 창작단>을 결성함으로써 <불멸의 력사>가 나올 조직적 터전을 마련했을 뿐 아니라, 원고를 직접 심의하는 등 집필과 출판 과정을 역시 세심하게 관리했다는 것이다.11) <불멸의 력사>가 직접적으로 김정일의 계획과 구상에 의한 것이라면 이 작업은 또 김일성을 중심으로 하는 이른바 '혁명가정'의 계통을 밝히려는 의도를 갖는 것일 수 있었다. 실제로 <불멸의 력사> 총서가 씌어지던 가운데 <4·15 창작단>에 의해 김일성의 아버지 김형직을 주인공으로 하는 『력사의 새벽길』(1972)이 나왔고, 김일성의 처이자 김정일의 생모인 김정숙의 투쟁과정을 그린 『충성의 한길에서』5부작12)이 출간

---

11) 한 기록에 의하면 작가들은 1972년 말 『혁명의 려명』과 『1932년』 등의 심의본을 "친애하는 지도자 동지께 올릴 수 있었다"는 것이다. 윤기덕, 『수령형상문학』(문예출판사, 1991), 155쪽.

12) 『충성의 한길에서』는 1부 「유격구의 기수」(천세봉, 1976)에서 5부 <진달래>(리종렬, 1985)에 이르는 장편 총서로서, 혁명적 가정에서 태어난 김정숙이 김 장군을 만나 항일투쟁을 벌이다 국내에 진공하는 1939년까지의 이야기를 닫고 있다. 김정숙은 여기서 위대한 성품의 견결한 혁명가이자 능력이 미치지 않는 곳이 없는 만능인간으로 그려졌다. 이야기의 골격이 되는 사건들은 <불멸의 력사>의 그것과 다르지 않다.

되었던 점은 이를 확인시켜 준다. 주체문학의 중흥자를 자임한 김정일로선 <불멸의 력사>를 통해 주체문학의 성과를 입증하려는 마음도 없지 않았을 것이다.

<불멸의 력사>가 계획되고 씌어지던 과정에서 강조되었던 원칙의 하나는 역사적 사실에의 충실성이었다. 여느 작품 창작에서는 생활의 본질을 밝히기 위하여 역사적 사실을 비롯한 생활소재를 선별하고 가공할 수 있지만, 수령을 그리는 경우에는 역사적 사실을 사실 그대로 받아들이고 형상화해야 한다는 것이었다. 수령을 형상화하는 작품은 자료 없이 쓸 수 있는 것이 아니며, 자료에 기초하더라도 자기 마음대로 꾸며서는 안될 것이었다.[13]

수령형상 작품은 수령의 혁명역사와 불멸의 업적을 그대로 생생하게 보여줌으로써 인민들로 하여금 수령의 위대성과 고매한 풍모를 깊이 인식하게 하고, 수령을 따라 배우도록 하려는 데 그 목적이 있었다. 그러기 위해서 수령을 그릴 때 작가들은 그 형상이 갖는 높은 감화력과 견인력을 왜곡하지 않고 옮겨 놓으려는 성실성은 물론, 그의 방대한 혁명역사의 한 부분을 온전히 '발굴'하려는 진지함을 가져야 했다. 요컨대 <불멸의 력사>는 허구적으로 꾸며진 문학작품이 아니라 문학적으로 서술된 역사가 되어야 한다는 것이었다.

김일성은 간고한 혁명의 과정이란 그 자체가 서사적 화폭을 제공하는 것이기 때문에 실제의 역사적 사건과 줄거리를 충실히 좇아 영웅적 혁명투쟁을 담아 내는 작품은 높은 교양적 의의를 가질 수 있으리라고 직접 교시[14]한 바 있다. 이에 따라 촉발된 혁명적 대작 논의는 <불멸의 력사>를 쓰는 기술적 원칙들을 마련했다. 즉 이 논의는 혁명역사의 형상화라는 과제를 의식하며 이루어졌고, 결과적으로 수령

---

13) 『수령형상문학』, 224-233쪽.
14) 김일성의 교시 <혁명적 대작을 더 많이 창작하자>(1963. 11. 5.)
   <머릿글>, 「혁명적 대작의 창작은 시대의 요구이다」, 조선문학, 1964. 4. 참조.

을 형상화하는 방법들을 세우는 데 기여했다.15) 몇몇 예외적인 경우16)가 없지 않지만 1960년대 초까지 혁명역사의 형상화는 흔히 단편적인 규모에 그쳤는데, 대작 논의는 이제 그것이 대하소설의 규모로 씌어져야 한다는 것을 말하고 있었다. 그것은 숭엄한 '역사'를 복원하는 불가피한 방법으로 여겨졌다.

혁명적 대작 논의가 시작되기 전부터 혁명역사를 형상화하는 방법이 전혀 논의되지 않았던 것은 아니다. 적지 않은 작품들이 혁명투사들의 회상기 한 부분을 옮겨 놓는 '에피소드의 나열' 방법을 넘어서지 못하고 있다는 점이 지적되기도 했고,17) 역사적 사실에 충실해야 한다는 원칙을 둘러싸고 세부적 사실까지를 그대로 옮겨야 하느냐, 사건의 전모와 의의를 심오하게 구현하는 데 치중해야 하느냐를 따지는 작은 논쟁이 벌어지기도 했다.18) 그러나 대작 논의가 일깨웠던 것은 개별이란 전체와의 통일적 관련과 그 발전의 과정 안에서 그려져야 한다는 점이었다. 이같은 관점에서 기록주의적 단편성은 비판되었다. 대작은 형상적 화폭을 크게 잡아 역사적 사변들과 생활을 폭넓게 담아낼 수 있어야 하며, 그것의 변화 발전과 유기적으로 연계된 성격 발전의 양상을 보여 주어야 했다.19) 사건들을 평면적으로 늘어놓는

---

15) 엄호석, 「혁명적 대작의 사상미학적 요구」, 조선문학, 1968. 5., 71쪽.
16) 이 시기 이전에 김일성을 중심으로 한 항일 빨치산 운동을 형상화한 기왕의 '대작'으로 꼽을 수 있는 것은 조기천의 장편 서사시 「백두산」(1948)과 한설야의 장편 『력사』(1953), 그리고 송영의 희곡 「밀림아 이야기하라」(1958) 등이다. 그 가운데 『력사』는 풍부한 사실 자료와 전기, 일화 등을 동원하여 김일성의 위대한 풍모를 부각해낸 것으로, 한설야가 숙청되기 전까지 수령과 혁명역사를 심도있게 그린 본보기격의 작품이라는 평가를 받았다. 이와 더불어 혁명전통주제를 형상화한 성과작으로 꼽혔던 것은 장편 『서광』(박달, 1959)과 『청년전위』(림춘추, 1962) 등이다.
17) 김재하, 「혁명전통의 심오한 형상화를 위하여」, 『공산주의 교양과 문학창작』(조선작가동맹출판사, 1959), 58쪽.
18) 엄호석, 「공산주의자의 전형 창조를 위하여」(조선문학, 1959. 11.)
    장형준, 「혁명전통 형상화에서의 사실과 허구, 원형과 전형」(조선문학, 1960. 1.)
19) 안함광, 「혁명적 성격 창조와 정황의 문제」(조선문학, 1965. 4.)
    박영근, 「혁명적 대작의 구성 문제 몇 가지」(조선문학, 1965. 5.)

나열주의는 '슈제트'가 분명하지 못한 데 따른 결과였다.[20] 대작은 부분들을 얽어 매는 구성적 통합성을 가져야 하며 전일한 전개를 보장하는 핵심을 가져야 했다. 입체성과 집중화는 대작의 구성 원리였다.[21]

대작은 시대정신의 높이를 반영하는 이상적 주인공을 보여 주거나, 영웅적이고 높은 정신세계에 닿는 '성격 장성(長成)의 역사'로 나타나야 했다.[22] 혁명역사를 그릴 경우 그것은 어린 김일성이 혁명을 이끌며 수령으로 나서는 과정, 곧 그의 구상과 정치노선 및 전략전술적 방침이 실현되어 가는 과정일 터이며, 김일성의 가르침과 감화에 의해 무수히 많은 혁명가들이 자라나는 과정일 것이었다.[23] 그 안에서 모든 인물들과 사건들은 김일성을 중심으로 엮이며, 그를 핵으로 하여 유기적 변화와 발전을 이루어 가야 했다. 수령의 형상은 이야기의 전체와 세부를 꿰는 통합적 구심점이 되어야 했던 것이다. 그는 절대적으로 무류(無謬)하고 그가 가는 길에 운명적인 장애란 있을 수 없었다. 그가 인도할 궁극적 승리에 대한 신심은 이야기를 펼치는 바탕이 되어야 했다.

<불멸의 력사> 총서 가운데 70년대 초반에 출간된 것은 『혁명의 려명』(천세봉, 1973)과 『1932년』(권정웅, 1972)이다. 김일성의 혁명역사라는 전체 이야기 상으로 볼 때 전자는 1925년 만경대를 떠나 압록강을 넘은 10대의 소년 '김성주'(김일성의 본명)가 아버지 김형직이 있던 무송현에서 '최초의 참다운 공산주의 혁명조직'이라는 <타도제국주의동맹>을 결성(1926. 10.)한 후 길림을 무대로 활동을 벌였다는 1927년과 1928년 사이를 시간적 배경으로 한 것이고, 후자는 그가 청

---

20) 엄호석, 「혁명적 대작과 슈제트의 문제(1)」, 조선문학, 1965. 8.
21) 엄호석, 「혁명적 대작과 구성의 기교(2)」, 조선문학, 1965. 12.
22) 엄호석, 「혁명적 대작의 성과와 제기되는 몇 가지 문제」, 조선문학, 1966. 12.
23) 장형준, 「혁명전통주제의 대작 창작에서 제기되는 중요한 사상미학적 요구」, 조선문학, 1967. 9.

년조직의 간부들을 소집한 이른바 '카륜 회의'(1930. 6.)에서 대중투쟁을 조직적인 무장투쟁으로 발전시켜야 한다는 점을 천명한 데 따라 인민혁명군을 창건(1932. 4.)한 뒤 1년간의 시기를 다루고 있다.

『혁명의 려명』에선 '학생도시'라는 길림에 온 김성주가 청년조직을 넓히는 한편 '고루한 민족주의자들과 온갖 종파분자들'을 물리쳐 바른 혁명의 길을 닦아 가는 모습이 제시된다. 육문중학을 다니는 10대의 어린 학생이지만 그는 이미 풍부한 지혜와 지식을 갖고 주변에 애정과 성심을 베푸는 인물로 그려진다. 그는 교사를 놀라게 하고 자신을 존경하게 만든다. 학교는 그가 배우는 곳이 아니라 가르치는 곳이다. 언제나 그리고 누구에게든 앎의 우위를 확보함으로써 그는 이르는 곳마다 가르침을 준다. 청년들은 그를 '만나 뵙고' 싶어 한다. 그는 기왕의 학생조직을 제압, '품안에 휘어 안고' 노동자들을 규합함으로써 <타도제국주의동맹>의 조직을 확대한다.

민족주의자들이 서로 노선의 차이를 두고 싸움을 벌이고, '대단한' 공산주의 이론가들이 그저 자신의 지식을 뽐내거나 자기 파벌의 득세에만 관심을 갖는 모습이 그려지는 가운데, <타도제국주의동맹>은 여지껏의 어떤 계보에도 들지 않는 조직임이 부각된다. 김성주는 남의 생각을 빌어 오는 자가 아니라 스스로 마련하여 창도하는 자다. 그의 이론적 근거는 막스레닌주의지만 그는 이를 '창조적'으로 적용한다. 그의 노선은 '자기의' 노선이다. 그의 혜안은 이름난 논객들의 오류와 허점을 여지없이 드러낸다. 그는 길림에 온 안창호의 연설을 듣고 민족개량주의의 한계를 지적하여 안창호의 말문을 닫게 한다. 안창호 역시 그 앞에서는 '이쁘장한 나비수염'을 한, '화려하지만 내용없는 웅변가'에 지나지 않는다. 반면 김성주의 연설은 알기 쉽고 설득력을 가지며 힘차다. 그는 언제나 당당하고 위압적이지만 거만하지 않으며, '추상 같은 기품'에도 불구하고 소박하다. 혁명의 원대한 구상을 갖는 그이지만 세세한 생활에서도 무슨 일이든 못하는 것이 없다. 동지 집의 아궁이를 손수 고쳐줘 "어쩜 그런 것까지 다 환하실까!"라는 찬탄을 받기도 하는 것이다. '대단한 이론가'로 그려진 공산주의자 '권심'은 자신의 모자람을 인정하면서 자청해 김성주의 수하에 들게 된다.

사람들을 압도하고 끄는 그의 인품 가운데 특별히 부각되는 것은 폭넓은 아량이다. 그는 일본 영사의 사주를 받은 군벌 헌병에 의해 안창호가 잡혀 가자 그를 구하는 운동을 펴 석방되도록 한다. 의식적 적대분자가 아니라면 누구든 바른길에 들 수 있도록 해야 한다는 것이 그의 입장이다. 따르는 이들에게 그가 주는 것은 동지적 신뢰다. 인민들을 대할 때 그는 몸소 그들의 고역을 함께하며 언제나 온후하게 은정(恩情)을 베푼다. 반면 혁명의 적에 대한 그의 태도는 엄하고 혹독하다. '탐욕과 자리다툼으로 눈이 뒤집힌', 한낱 '무뢰한의 집단'에 불과한 임정(臨政) 일파라든지 종파분자들은 '무자비하게 도려 내어야' 하는 대상이다.

김성주에게는 벌써 '차광수'나 '김혁'과 같은 열렬한 추종자들이 있다. 그들에게 김성주는 자신들의 '모든 것'이다. 김성주와 그들 사이에는 어떠한 부분적 불일치도 있을 수 없다. 목숨을 다해 그를 받들고 찬양하리라 그들은 스스로 다짐한다. 「조선의 별」(1928)을 지어 김성주에게 바쳤다는 청년 시인 '김혁'은 다음과 같이 부르짖는다.

"김성주 그대는 내가 찾던 별이다. 온 민족이 일구월심으로 찾고 그리던 해방의 구성이다. 나는 아직 그대처럼 민중을 사랑하고 민중을 중시하는 지도자를 보지 못하였다. 그대는 민중 속에서 나와 민중에게 빛을 주고 덕을 주는 민중의 별이다. 나는 이 별을 받들고 지키는 하나의 전사다. 장차 주옥 같은 시어들을 골라 이 별을 찬양하고 자랑할 사명을 지닌 조선의 시인이다.
이 별빛 밑에서 조국이여, 그대는 반드시 광명을 보게 되리라.
그대의 앞길에 행복은 무궁하리라."[24]

---

24) 『혁명의 려명』(문예출판사, 1987), 294쪽.

김성주는 청년조직들을 기반으로 공산주의청년동맹을 조직하는 한편 농촌에도 관심을 기울여 소작료 철폐 운동을 주도하기도 한다. 어머니 강반석은 부녀회를 조직한다. 육문중학의 동맹휴학을 성공으로 이끈 그는 또 길림에서 회령에 이르는 철도 부설을 반대하고 일본 상품을 배척하는 운동을 벌여 광범한 대중투쟁을 이끌어 낸다. 그러나 시위와 같은 방법의 한계를 목도하면서 그는 무장투쟁으로 나아갈 자신의 구상을 새삼 다진다.

『1932년』은 조선인 마을에 불시에 들이닥친 일제의 토벌대가 집을 불태우고 인민들을 무차별하게 학살하는 장면을 비추며 시작된다. 인민들은 총에 맞아 죽고 불에 타 죽으면서 원수를 갚아 달라고 외친다. 유격대원들은 하나같이 이 야수적인 토벌에 분노한다. 모진 시련과 상실의 고통을 겪은 김일성이기에 그는 인민들의 아픔에 절실히 공감하지만, 복수의 감정에 휩쓸릴 때 유격대 활동을 그르치게 된다는 점을 또 일깨운다. 유격대의 역량을 충분히 키우지 않은 지금 정면대결을 벌인다는 것은 오히려 일제가 원하고 바란다는 것이 그의 분석이다. 그에 의하면 유격대 활동은 대륙 침략으로 내달아 가던 일제의 목에 '올가미를 걸어 채는' 효과를 갖는 것이었다. 유격대 활동은 확대되고 강화되어야 했다. 이를 위한 당면의 과제로 그는, 유격활동을 지원할 수 있는 근거지를 창설해야 한다는 점과 반제의 입장에서는 모든 세력들을 한데 묶는 공동전선을 수립해야 한다는 점을 지적한다. 이제 모든 활동과 공작은 그의 '원대한 구상'을 따라야 했다.

유격대가 벌이는 기습과 작은 전투의 소식이 인민들 사이에 퍼지자 토벌에 쫓기고 가족과 삶의 터전을 빼앗긴 인민들은 속속 유격대를 찾아 모여든다. 인민들은 유격대를 자랑스럽게 생각하며, 유격대로 인해 자신을 해방하는 길에 나설 수 있는 자신감을 얻는다. 유격대는 바로 인민을 묶어 세운 인민의 군대였다. 유격대는 인민과 함께 호흡하고 그들을 위하며 보살핀다. 소설은 유격대가 토벌군에 의해 잿무지가 된 마을의 집들을 다시 짓고 굶주린 사람을 위해 비상식량을 푸는 모습을 그려 보인다. 유격대와 인민은 서로 믿음과 공경의 마음을 나눈다. 인민의 원통하고 애절한 사연을 접할 때엔 장군도 가슴이 뛰는 것을 진정하지 못한다. 마을 사람들이 굶고 있다는 소식을 들은 그는 식사를 거른다.

유격대가 인민들과 갖는 친화력은 유격대의 내부적 결속과 교육의 힘에서 나오는 것이기도 하다. 유격대는 배우고 가르치는 곳이다. 교육을 전혀 받지 못한 경우라도 대원들은 이미 자신이 배워야 할 것을 알고 있는 훌륭한 학생들이다. 머슴 출신으로 어엿한 대원이 된 '최칠성'의 경우처럼, 배우지 못했다 하더라도 그들은 성실하고 순박한 직심을 갖고 있다. 한편 그들은 흔히 모진 착취나 상실을 경험한 사람들인데, 이 점은 확고한 혁명적 깨우침을 주는 발판이 된다. 그들은 쾌활하고 장난스러울 때도 있지만 서로를 돌보고 서로를 위해 몸바치는 진정함을 갖는다. 그들은 사적인 갈등이나 고뇌에 빠지는 모습을 보이지 않는다.

물론 장군은 그들 모두에게 '새로운 삶'을 주는 가르침의 원천이다. 그는 대원들을 따뜻하게 보살피며 준열하게 일깨운다. 대원들과 장군의 위계는 엄격하지만 그 사이엔 어떤 허식이나 차단막도 존재하지 않는 것처럼 그려진다. 그들에게 장군을 가까이 모시는 것은 가장 큰 영예와 행복이다. 유격대의 활동이 확대되면서 근거지가 될 '해방지구'들이 생겨나기 시작한다.

인민과 혼연일체가 되어 뜨락을 쓸고 물을 길으며 호미를 들어 김을 매는 김일성의 군대는 올바른 영도가 없어 우왕좌왕하는 다른 무장세력들에게 바른 본보기가 된다. 지하조직이 계속 확장되는 것과 더불어 도처에선 일본군의 무기를 탈취하는 투쟁이 잇따른다. 해방지구를 지키기 위해 유격대는 토벌대를 유인해 꼬리에 달고 다님으로써 적이 스스로 소모되게끔 하는 전투방식을 구사한다. 김일성은 토벌대를 따돌려 다른 항일군대를 구하고 또 그들을 포섭한다. 상세한 정찰

자료를 근거로 과감하고 신속하게 군대를 움직여 적의 허점을 치고 사라지는 그의 작전은 언제나 주효하다. 김일성은 승리를 담보하는 존재다. 동지들의 희생도 없지 않지만 조국을 해방시키려는 의지를 더욱 굳게 벼리는 것이야말로 희생된 동지에 대한 의리를 지키는 일로 간주된다.

김일성 장군은 모든 인민의 바람을 한 몸에 모은 '귀인'이다. 그는 인민들이 진심으로 사모하는 대상이다. 1932년은 그의 지도 아래 조국을 되찾기 위한 혁명전쟁이 시작된 해였다.

이 두 소설은 자연 이후 씌어질 다른 소설들의 길잡이가 될 것이었다. 여기서[25] 김일성은 모든 인민의 열망과 기대를 수렴하고 실현해

---

25) 김수경의 『승리』(1994)가 출간되기까지 <불멸의 력사> 총서는 모두 20편이 씌어졌다.

이야기의 순서상 첫머리에 놓이는 것은 『닻은 올랐다』(김정, 1982)와 『혁명의 려명』(천세봉, 1973)이다. 전자는 1925년 10대의 소년인 김일성이 <타도제국주의동맹>이라는 단체를 조직하기까지의 과정을 그렸다. 『혁명의 려명』에 이어지는 『은하수』(천세봉, 1982)와 『대지는 푸르다』(석윤기, 1981)는 1930년 조선혁명을 무장투쟁으로 발전시키기 위한 혁명노선을 선포한 이른바 '카륜 회의'를 전후한 이야기로, 김일성이 이를 관철하기 위한 전략전술적 방침들을 제시하고 혁명의 터전을 마련하는 줄거리를 내용으로 한다. 『봄우뢰』(석윤기, 1985)에 이르면 그는 이미 광범한 인민들의 추앙을 받는 영도자다. 인민을 묶어 세우는 연락망과 지하조직이 퍼져 나가는 가운데 그는 머슴으로 가장하여 마을에 들어가 인민들을 깨우친다. 마침내 '반일인민혁명군'은 창건된다. 인민혁명군은 첫원정을 승리르 이끌고(『1932년』), 유격 근거지를 마련(『근거지의 봄』, 이종렬, 1981)하는 한편, 백두산 쪽으로 유격 근거지를 넓히기 위해 각지의 유격대를 모아 조직한다.(『혈로』, 박유복, 1988) 이윽고 백두산 지구로 진출(『백두산 기슭』, 현승걸·최학수, 1978)한 그는 보천보의 횃불을 올린다.(『압록강』, 최학수, 1983) 『잊지 못할 겨울』(진재환, 1984)에 이르면 중일전쟁을 도발한 일제에 맞서 준엄한 시련을 헤쳐 가는 과정이, 『고난의 행군』(석윤기, 1976)에서는 일군 토벌대의 집요한 추적을 따돌리는 이야기가 그려진다. 김일성의 항일유격대는 함경도 무산 일대에 진출, 일제에 심대한 타격을 입히며(『두만강 지구』, 석윤기, 1980), 신출귀몰한 작전으로 토벌대를 격파한다.(『준엄한 전구』, 김병훈, 1981) 『빛나는 아침』(권정웅, 1988)과 『조선의 봄』(천세봉, 1991)에서는 해방을 맞아 토지개혁을 위시한 제반 민주개혁을 이루어 나가는 한편, 조만식 등이 벌이는 반동세력의 음모를 물리치는 '건국'의 과정이

온 유일하고 궁극적인 존재로 그려졌다. 그는 비범하고 탁월하지만 권위적이지 않은 인민의 영웅이었다. 소설들은 적에 대해 더없이 준열하나 부하와 인민들에겐 따뜻한 은정(恩情)을 베푸는 그의 모습을 그리고 있다. 그는 강압을 통해서가 아니라 사랑의 힘으로 인민과의 견고한 윤리적 통합을 이루어 낸다. 그의 주변에 뭉친 전사와 인민들은 그가 베푸는 은정에 답하려는 마음에서 온갖 어려움과 희생을 무릅쓴다. 반면 침략자들과 인민의 적들은 저열하고 간교하지 않으면 잔혹할 뿐이다. 김일성이 제공하는 도덕적 우월성과 정신의 힘은 승리를 보장하는 것이다. 물론 조직의 의의와 중요성은 강조되었지만 윤리적 통합성은 그에 앞서는, 그것의 조건이었다. 모든 것을 무엇보다 인간의 문제로 보는 인간중심주의는 이 두 소설의 배경이 되고 있다. 김일성은 덕치(德治)의 이상을 충실히 구현하는 존재인 것이다.

두 소설에 등장하는 모든 긍정인물들은 김일성이 직접 '키웠거나', 그로부터 배움을 얻고 그를 따르는 사람들이다. 김일성은 그들에게 정치적 생명을 나누어 준 것이다. 그의 전사들이 김일성의 지혜와 덕성에 다가갈 수 있는 것은 아니지만, 그들은 마치 신성(神性)의 부분을 나누어 가진 듯한 자신감을 보인다. 김일성이 열어준 혁명의 길을 따르는 그들에게선 회의나 주저의 감정을 찾아 읽기 어렵다. 그들은 김일성을 향한 믿음과 그의 가르침을 실천하려는 열정으로 일체화되어 있다.

물론 김일성과 그의 전사들은 인민을 위해 투쟁한다. 그러나 그들은 일방적 시혜자는 아니다. 새 세상으로 가는 길은 인민들이 김일성의 주위에 하나로 묶일 때 열 수 있는 것이다. 따라서 인민들은 이를 깨닫고 스스로 나서야 했다. <불멸의 력사>에서는 김일성을 찾아 몰

서술된다. 그러던 가운데 미제는 '북침'을 하며 그는 최고 사령관으로서 이를 분쇄하여 '괴뢰군'과 미제 세력을 낙동강 이남으로 밀어 붙인다.(『50년 여름』, 안동춘, 1990) '전략적 후퇴'를 감행해 적의 통천 상륙작전을 파탄시킨(『조선의 힘』, 정기종, 1992) 그는 미군의 신공세를 물거품으로 만들고 정전 담판장에서 항복서를 받아낸다.(『승리』, 김수경, 1994)

려들고 새롭게 태어나는 인민들의 모습이 줄을 이어 그려진다. 민심은 강물처럼 김일성을 좇아 흐른다. 김일성은 민심의 지향을 굽어보며 그들의 공감을 유도한다. 기품과 위엄을 갖는 그의 모습이 부각되지만, 그는 또 농사일에 밝고 구들을 놓는 데나 지붕의 이엉을 올리는 데도 솜씨를 발휘한다. 그는 스스럼없이 인민들과 어울려 새끼를 꼬고 소찬을 같이한다. 인민들이 굶주릴 땐 그도 절식을 하며 언제건 검박하게 생활한다. 그는 비범한 만큼 소탈하며 놀라운 친화력을 발휘한다.

그와 인민, 그와 유격대의 관계는 모든 구성원이 도덕적 자발성에 의해 움직이는 인민주의적 이상을 구현한다. 부당한 압제자를 물리치려는 입장, 패권주의에 맞선 자주적 태도 또한 인민주의적 우대감을 거스르는 것은 아니다. 인민주의적 결속은 인민이 민족의 절대 다수를 차지하는 존재라는 점에서 어렵지 않게 민족적 감정으로 발전될 수 있는 것이다. 김일성은 인민의 영웅이자 민족의 지도자이다.

줄거리와 세부들은 언제나 김일성이 움직여 가는 중심선으로 수렴되었다. 줄거리와 세부들을 장악하고 통제하는 것은 주제다. 주제를 선명하게 살려야 한다는 점은 북한 문예학이 계속해서 강조해온 사항이었다. 문학작품이 '의의있고 바른' 주제를 효과적으로 드러내어야 한다는 이 오랜 입장은 획기적인 '문학적 발명'이라는 종자론에 의해 더욱 강화되었다. 혁명적 대작 논의에서 역시 혁명역사를 형상화하는 원칙의 하나로 제시되었던 것은 역사적 사건 자체를 보여주는 데 만족할 것이 아니라 그것을 조선혁명의 발전과정으로, 곧 김일성의 영도가 전개되는 과정으로 그려야 한다는 점이었다.26) <불멸의 력사>

---

26) 종자론은 김정일이 창안한 것이라고 하지만 어쨌든 종자론이 나오는 데 큰 역할을 한 것은 혁명적 대작 논의다. 혁명역사의 형상화는 그저 사실을 뒤쫓음으로써 이루어질 것이 아니라 먼저 그 전체적 흐름과 '의의있고 심각한' 중심사상을 포착하는 데서 시작되어야 한다는 것이 대작 논의를 통해 주장된 바였다. 한 논자의 글을 인용하면, "의의있고 심각한 중심사상의 씨앗을 얻어내고 주체사상에 맞게

는 이 주제로부터 한시도 벗어날 수 없는 것이었다.

'의의있고 바른' 주제가 무엇인지 권위적으로 규정되어 있는 상황에서 역사적 사실에 대한 구체적 서술은 제약을 받게 마련이다. 혁명역사의 형상화와 관련하여 새삼 역설되었던, 역사를 그리는 작가는 역사적 사건의 '사상적 본질'을 드러내는 데 주력해야 한다[27]는 주장은 역사에 대한 주제의 우위를 확인해 주는 것이었다고 읽지 않을 수 없다. <불멸의 력사>는 김일성과 그의 주체사상이 새 역사를 창도했다는 주제에 입각해야 했다. 낱낱의 소설들은 이 전체 주제를 확인하고 구성해 가야 했다. 소설들의 경계는 주제의 발전적 매듭을 표시하는 것이었다.

주제가 강고한 지배력을 갖는 상황에서 인물들이라고 자립적일 수는 없다. 그들은 긍정적이거나 부정적이고, 중간적 위치에서 긍정적으로 개변되지 않으면 부정인물로 전락된다. 긍정적이냐 부정적이냐는 그들의 윤리적 상모에 따라 선명히 구분되지만, 그것을 가르는 궁극적 근거는 주제의 실현에 긍정적으로 작용하느냐 부정적으로 작용하느냐이다. 이에 따라 인물들은 긍정선과 부정선 안에 배치된다. 김일성과 그의 가르침에 자신을 합치시키는 것은 긍정성을 보장하는 충분한 조건이다. 그들은 개연적인 현실논리에 따라 행동한다기보다는 주제를 실천하기 위해 움직인다. 모든 긍정인물들은 김일성에 의해 숨을 쉬며 그의 가르침을 전달한다.

어떤 주제적 방향에 의해 지배되는 서술은 일방적이거나 관습적일 수 있다. 특히 이런 입장에서 역사를 서술하는 경우, 대상은 선택적이기 쉬우며 결과적으로 서술은 상투화되게 마련이다. 각 단계의 역사적 상황과 동력학이 제시되고 있음에도 불구하고 <불멸의 력사>에서

묘사할 수 있는 성격의 혁명적인 알갱이를 파악하였다면 구성과 얽음새는 그 형상들의 논리에 따라 자연스레 결정지어질 수 있는 문제가 아니겠는가?"

장형준, 「혁명전통주제의 대작 창작에서 제기되는 중요한 사상미학적 요구」, 조선문학, 1967. 9., 89쪽.

27) 『수령형상문학』, 232쪽.

역사적 전개와 발전은 결코 구체적으로 보이지 않는다.

    역사적 사실에 기초하여 그것을 구체적으로 '발굴'해야 한다는 것은 <불멸의 력사> 총서가 계획되는 과정에서부터 강조되었던 바지만, 되살려진 줄거리와 세부들은 오늘날 북한 밖에서 추적된 김일성의 전기적 사실[28]들과 비교해볼 때 확인할 수 없는 부분들이 많다. 그것의 진위를 가리는 것은 다른 일이지만 <불멸의 력사>의 중심 줄거리가 여러 부분 꾸며지고 과장[29]되었다면 이런 역사서술은 궁극적으로 어떻게 보아야 할 것인가.

    역사를 이끄는 영웅의 이야기가 취할 수 있는 형태의 하나는 신화다. <불멸의 력사>는 '창조'와 '추구'라는 신화의 근본 범주[30]를 벗어나지 않는다. 여기서 김일성은 한띠의 지도자가 아니라 모든 것을 정초(定礎)하고 이룩한 창조자이며 장래 역시 담보하는 역사의 궁극적 주체이다. 그는 모든 인민의 운명을 혼자 지고 나가는, 역사적 합법칙

---

28) 이에 관한 최근의 저작 가운데 하나는 서대숙의 『북한의 지도자 김일성』(청계연구소, 1989)이다. 콜롬비아 대학 출판부에서 먼저 영문으로 출간되었던 이 책은 많은 자료들을 동원하여 김일성의 항일투쟁활동과 그가 북한에서 권력을 장악하고 지배를 절대화하기까지의 과정에 대한 객관적 이해를 돕고 있다. 서대숙은 서문에서 김일성이 자신의 통치를 정당화하기 위해 여러 차례 자신의 경력을 개작했음을 지적하고 있다. 찬사르 가득찬 김일성의 전기 가운데 사실로 확인된 부분은 아주 적다는 것이다.

29) <불멸의 력사>의 역사적 진실성 여부를 밝히는 것은 이 글의 목적도 아니고 또 필자의 역량 밖의 일이다. 그러나 김일성의 혁명역사가 조작되고 과장된 것이 아닐까 의심케 하는 증거를 찾는 것이 어려운 일은 아니다. 해방 직후의 북한 출판물에서 언급되었던 김일성의 전기(傳記)나 유격대 전사(戰史)와, 주체시대 이후 씌어진 김일성의 혁명역사의 내용은 여러 면에서 매우 다르다. 이는 주체시대에 들어 김일성의 혁명역사가 과장되었으리라는 추측을 하게 만든다. 역시 찬사로 가득찬 것이었지만 해방 직후 한재덕이 쓴 『김일성 장군 개선기』(민주조선사, 1947)는 항일무장투쟁의 의의를 다만 '정치적'인 것으로 보고 있다. 그 안에 수록된 「김일성 장군 유격대 전사(초)」"에 의하면 그의 무장투쟁은 국지적인 소전투에 그친 것이었다.

30) cf. John J. White, *Mythology in the Modern Novel*(Princeton Univ. Press, 1971), p. 54.

성을 주재하고 구현하는 자다. 그의 생애는 인민의 적을 물리치고 참다운 공산주의사회를 건설하기 위한 영웅적 추구의 과정으로 그려져야 했다.

수령의 혁명역사를 형상화하려는 작가는 허구의 개입을 배제해야한다는 것이 <불멸의 력사>의 창작 원칙이었다. 그러나 김일성의 혁명역사는 역사이자 신화로 씌어진 것이다. 이 신화로서의 역사에서 읽을 수 있는 것은 주체시대 이후 오늘날까지 북한의 사회관계를 재생산해온 이념적 원리와 그에 입각하여 유도된 관습적 상상력이다.

이렇듯 역사가 신화로 서술되고 신화가 역사를 압도하게 된 데에 다른 원인이 있다면 어떤 것들을 생각해볼 수 있을까? 신화는 그 사회의 정서적이고 심리적인 요청에 부응한 것일 수 있다. <불멸의 력사> 역시 북한사회가 요구했던 바를 상상적으로 해결하는 일종의 사회적 환타지로서의 면모를 보인다. 예를 들어 승리를 보장하는 영도자 김일성의 위대한 면모는 자부심과 믿음을 필요로 했던 상황에 답한 것이었을 수 있다.[31]

긍정적인 것과 부정적인 것의 선명한 대조, 혹은 동정과 증오라는 강한 대립적 감정은 가치의 이중성이나 의식의 미결정 상태를 배격하는 것이다. 그것은 현실에 대한 선명한 이해를 제공한다. 이는 오랫동안 윤리적인 혼돈 속에 있었던 사람들에게 상당한 매력을 갖는 것일 수도 있었다.

한국사회는 오랫동안 정치적 권위와 신념의 공백을 경험했다. 부당하고 왜곡된 권위에의 복종이 강요되고 그에 대한 비판이나 도전이 이루어지지 못함으로써 초래된 이른바 '권위의 위기'[32]는 한편으로 진

---

31) 김일성의 위대한 풍모와 그가 간고한 시련을 헤치고 혁명을 승리로 이끄는 이야기는 집단적 나르시시즘을 조장하고 충족시켜 주는 것이었을 수 있다. 집단적 나르시시즘은 유토피아적인 환타지를 조성하고 그것을 이룰 수 있다는 마술적 믿음을 갖고자 하는 입장에서 조장될 수 있는 것이다.

32) 권력이 소수 상층계층에 집중되어 있는 상황에서 사상이념적 일체성을 유지해

정한 지도자를 고대하고 그를 좇으려는 추종의 열망을 요구하는 것이었다. 때문에 권위의 위기 속에서 또 강압적인 통치는 재생산될 수 있었으니, 결국 <불멸의 력사>는 완벽한 카리스마를 세우려 한 것이라고 볼 수 있다.

영웅의 시대가 지속되는 한 영웅이 이끄는 신화로서의 역사는 근본적인 동시성을 갖는다. 즉 영웅의 시대에서 그의 행적은 끊임없이 돌이켜지고 숭상되는 것이다. 간고한 투쟁과 감격에 찬 승리로 점철된 과거는 배움의 원천이다. 과거의 열정은 계속해서 되살리고 간직해야 할 것으로 간주된다.

주체시대에서도 항일혁명투쟁은 지난 일이 아니다. 항일유격대식으로 살고 투쟁해야 한다는 것이 사회 모든 부면에 요구된 것은 그전부터였다. <불멸의 력사>는 혁명투쟁이 발전적 전개를 거듭해온 것으로 그렸지만, 과거의 현재적 동시성이 부정되었던 적은 없다. 김일성은 언제나 인민을 이끌고 모아 세우는 존재이다. 이미 10대 소년시절부터 그는 사람들의 믿음의 대상이었거니와, 그를 향한 믿음은 그에 의한 통치가 끝난 이후로도 영원히 계속되어야 할 것이었다. 그의 생애는 쉴 틈 없이 적들을 물리친 과정이었다. 이야기 안에서 선과 악은 선명하게 나뉘며 그것의 양극적 대립은 지속된다. 그러나 선의 승리는 이 이야기의 필연적 결말이다. <불멸의 력사>는 김일성에 의해 이 궁극적 승리가 약속되었음을 말하며 이를 믿고 기다려야 한다는 것을 말하고 있었다.

온, '유교적인' 한국사회가 식민지 시대 이래 겪는 '권위의 위기'에 대해선, Gregory Henderson, *Korea; the Politics of the Vortex*(Harvard Univ. Press, 1968), pp. 77-120 참조.

3. 항일혁명문학의 복원

주체시대에 들어 주체문학의 새로운 기원으로 제시되고 부각되었던 것은 지난 항일무장투쟁 시기, 김일성이 직접 짓거나 그의 지도 아래 공연되고 불리웠다는 연극과 시가들이다. 이 항일혁명문학 가운데 특히 김일성이 친히 창작했다는 연극「피바다」와「한 자위단원의 운명」,「꽃 파는 처녀」등을 비롯한「조선의 노래」,「반일전가」,「조국광복회 10대 강령가」등의 시가들은 혁명문학의 기념비적 본보기를 보인 것이라는 뜻에서 '불후의 고전적 명작'으로 명명되었다.

항일혁명문학은 주체시대 이전부터 항일무장투쟁의 정신과 그 전통을 부흥하는 방법으로 간주되었다.33) 그것은 항일투쟁의 영웅적 현실을 반영한 의의를 가질 뿐 아니라, 혁명투사들과 인민들에 의해 투쟁의 일환으로 씌어지고 공연된 것이기 때문에 군대와 인민을 고무, 교양해야 하는 선전·선동 문예의 원칙을 충실히 구현하고 있다는 점 역시 지적되었다. 특히 인민들의 문제를 인민들의 말로 알기 쉽게 표현해야 한다는 인민성의 원칙은 여기서 훌륭하게 실천되고 있다는 것이다. 나아가 그것은 공산주의의 정신도덕적 특질을 민족적 특성에 입각하여 형상화해야 한다는 과제34)에 답하는 것일 수 있었다. 항일혁명문학은 인민과 혁명가들의 입장에서 조선혁명의 현실을 반영하였고 조선혁명이 요구하는 혁명정신의 높이를 보여준 혁명문학의 이정표였다. 그러나 항일혁명자료들이 조직적으로 '발굴'되기 시작했던

---

33) 김재하,「혁명전통의 심오한 형상화를 위하여」,『공산주의 교양과 창작문제』(조선작가동맹출판사, 1959), 79-80쪽.

34) 윤세평,「공산주의자의 전형 창조와 관련된 민족적 특성에 대한 약간의 고찰」, 조선문학, 1960. 4., 118쪽.
공산주의적 단계로의 발전이 사상적 주체화를 통해 가능하다는 점이 강조되기 시작하는 50년대 후반의 상황에서 문학의 과제로 부각되었던 것은 공산주의자의 정신도덕적 특질을 민족적 성격 속에서 구현하는 일이었다. 공산주의적 전형 창조와 민족적 성격의 구체화는 이후 한동안 문학 논의의 중심주제가 되었다. 여러 논자들은 양자가 분리할 수 없는 것임을 강조했다.

1960년대에도 항일혁명문학의 복원이 활발히 이루어졌던 것은 아니다.

그것이 새로운 공산주의문학의 본보기로 제시되는 것은 주체시대에 들어서이다. 주체시대의 본격적인 '고전부흥'은 이 문학적 유산들이 김일성의 직접적이고 세심한 지도의 결과임을 강조하는 가운데 이루어졌다. 그것들은 김일성이 창시한 주체사상과 주체적 문예방침을 구현한 것이었으며 그 등가물이었다.[35] 항일혁명문학이 주체적인 문예사상의 보고인 만큼 항일혁명문학의 전통을 되살려 내는 것은 주체적 문예사상을 바르게 이해하고 그것의 요구를 실천하는 방법이 된다.

불후의 고전적 명작을 대표하는 「혈해」가 지면에 소개되기 시작하는 것은 1950년대 말이다. 1959년에 나온 『조선문학통사』는 「혈해」가 여러 '바리안트'를 갖는다고 하면서, 2막 3장쯤 되는 것으로 추정하는 한 바리안트의 줄거리를 짧게 소개하고 있다. 그러나 이 줄거리 소개는 구체적인 각본에 근거한 것이 아니라 입으로 전해온 내용을 옮긴 것이었다. 작자에 대해서도 분명한 언급이 없이 집단창작의 소산이리라는 막연한 짐작을 하는 데 그쳤다. 다른 한 논자는 김일성이 집단창작인 「혈해」를 '각색'했다는 지적[36]을 하기도 했다. 그러나 이 역시 분명한 근거를 댄 주장은 아니었다.

「혈해」에 대해 구체적인 각본을 가지고 이야기한 최초의 글은 윤세평의 「혁명연극 '혈해의 노래'에 대하여」(조선문학 1961. 4.)이다. 윤세평은 「혈해의 노래」라는 각본을 소개했다. 「혈해의 노래」는 1930년대의 혁명연극을 대표하는 「혈해」의 바리안트 가운데 하나로서, 각본이 오늘까지 전하는 유일한 작품이라는 주장이었다. 그에 의하면 「혈해의 노래」가 발굴되어 소개되기까지 「혈해」는 작자불명인 차로, 송영

---

35) 『위대한 주체사상의 빛발 아래 개화 발전한 항일혁명문학예술』(사회과학출판사, 1971), 4-5쪽.
36) 현종호, 「김일성 동지의 혁명적 문예사상」, 조선문학, 1960. 6., 13쪽.

의 전적지(항일혁명투쟁의) 답사기 『백두산은 어데서나 보인다』(195
6)37)에 소개된 '만강' 지방 인민들에게 '얻어들은 이야기'에 근거해 그
내용이 다만 추측되었을 뿐이었다는 것이다. 즉 알려진 것은 형식이
2막 3장쯤 되고, 부상당한 유격대원을 구하려 하다 아들을 잃은 어머
니가 유격대를 좇아 산으로 들어가 유격대원이 되어 마침내 자기 마
을을 해방시킨다는 대강의 줄거리 정도였다는 것이다. 소개자는 「혈
해의 노래」가 「혈해」를 대표한다고 주장하지는 않았다. 그러나 그가
분명하게 밝혔던 것은 「혈해의 노래」가 혁명연극들 가운데 "그 각본
이 현전하고 창작년대까지 알려진 유일한 작품"이라는 점이었다. 「혈
해지창(血海之唱)」이란 제목이 붙은 원 각본에는 "정축년(1937년) 음
력 8월 샘물골에서 저자 까마귀"라 하여 창작년대와 장소, 그리고 저
자의 필명이 부기되어 있다는 설명이었다.38)

하지만 윤세평의 소개가 이루어진 후 곧 안함광은 김일성이 「피바
다」와 「성황당」, 「경축대회」 등의 혁명연극을 '친히' 창작했다고 주장
했다.39) 윤세평은 「혈해의 노래」를 항일유격대에 의해 씌어지고 공연
된 1930년대 혁명적 문학유산의 하나로 간주하였지, 김일성과 직접적
인 연관을 갖는 것으로 소개하지는 않았다. 「혈해의 노래」의 각본에
는 필명이나마 작자가 명시되어 있었던 것이다. 윤세평의 말처럼 혁
명연극 가운데 각본이 현전하고 작자가 알려진 작품이 전무하다면,
대부분의 혁명연극은 그 내용이 다만 구전되었을 뿐이고 또 작자불명
인 채로 있었다고 보는 것이 타당하다. 혁명연극이 항일혁명투사들에
의해 상연되었던 것이라면 그것이 집체적으로 창작되었으리라는 짐작

---

37) 항일유격투쟁 전적지 조사단이 조직되어 동만 일대를 조사한 것은 1953년 8월부
   터 12월까지다. 조사단에 참여했던 송영의 이 책으로 항일혁명문학의 존재가 알
   려지기 시작했다는 것이다. 김재용, 「북한에서의 항일혁명문학 평가의 역사」, 『북
   한문학의 역사적 이해』(문학과 지성사, 1994), 200쪽 참조.
38) 윤세평, 「혁명연극 '혈해의 노래'에 대하여」, 조선문학, 1961. 4., 95-96쪽.
39) 안함광, 「혁명문학예술에 대한 김일성 원수의 지도 방침에 대한 약간의 고찰」, 조
   선문학, 1961. 5., 104쪽.

도 자연스럽다. 그같은 상황에서 또 여러 바리안트들의 생산은 불가 피했을 것이다. 이러한 추정은 「혈해」가 김일성의 소작이라는 단정과 상충된다. 「혈해」가 김일성에 의해 친히 창작된 것이라는 주장은 여러 바리안트들의 원래 형태인 원본을 그가 지어 냈다는 의미로 해석하지 않을 수 없다. 그러나 김일성이 지은 「혈해」의 각본은 제시되지 않았다.

「혈해」가 「피바다」라는 영화와 가극의 형태로 등장하는 것은 1972 년40)이며, 1973년 그것은 「한 자위단원의 운명」과 함께 소설로 씌어 진다.41) 역시 불후의 고전적 명작으로 불리워진 「꽃 파는 처녀」도 이 시기에 혁명가극으로 각색된다.42) 이들 불후의 고전적 명작들의 가극 화와 소설화는 그것들이 수령의 주체적 문예사상을 구현한 본보기임 을 전제하는 가운데 이루어졌다. 「피바다」를 비롯한 불후의 고전적 명작들이 김일성에 의해 '친히' 창작되었다는 것도 더 이상 의문의 여 지 없는 사실로 간주되었다.43)

뚜렷한 근거 없이 「혈해」를 김일성이 직접 지은 것으로 단정하는 입장은 주체적 수령관에 따른 것으로 보인다. 주체시대의 수령은 주 체사상을 창시한, 역사와 인민의 의지를 체현하는 유일한 존재다. 수

---

40) 혁명가극의 이름이 붙은 「피바다」의 대본에는 그것이 불후의 고전적 명작인 「피 바다」를 "원작 그대로 옮긴" 예술영화 「피바다」에 기준하여 각색되었다는 설명이 붙어 있다. 「불후의 고전적 명작 '피바다' 중에서 혁명가극 '피바다'」, 조선문학, 1972. 2.

41) 「불후의 고전적 명작 혁명연극 '피바다'와 '한 자위단원의 운명'을 소설로 옮긴 장 편소설 『피바다』와 『한 자위단원의 운명』을 출간」, 조선문학, 1973. 7.

42) 「계급교양의 불멸의 교과서, '피바다'식 혁명가극의 가일층의 발전을 보여 주는 걸출한 대작—불후의 고전적 명작 '꽃 파는 처녀'를 각색한 혁명가극 '꽃 파는 처 녀'에 대하여」, 조선문학, 1973. 2.

43) 「피바다」 등을 김일성이 직접 지은 것으로 단정하는 태도는 1992년판 『조선문학 사』에까지 계속되고 있다. 이 문학사는 김일성이 1927년, 그러니까 16세의 소년시 절 「안중근 이등박문을 쏘다」를 친히 창작한 것을 시작으로, 1940년대에 이르기 까지 계속하여 숱한 창작을 해왔다고 적고 있다. 『조선문학사』(8권)(사회과학출판 사, 1992), 172-194쪽.

령은 모든 것을 만들고 준비하며 이끄는 자다. 「혈해」를 주체적 문예사상이 구현된 불후의 고전적 명작 「피바다」로 제시하기 위해서 주체사상과 주체적 문예사상을 창시했다는 수령은 역시 이들 항일혁명문예작품의 궁극적 창작자가 되지 아니면 안되었을 것이다.

각본 「혈해의 노래」가 입으로 전해온 「혈해」의 줄거리를 크게 벗어나는 것은 아니나 주제면에서 몇 가지 다른 점을 보인다. 구전되어 왔다는 「혈해」의 내용은 다음과 같다.

무대는 북간도의 한 빈농 가정으로, 맏아들 '원남'이가 유격대로 떠난 뒤 어머니와 누이동생 '갑순'이, 그리고 어린 '을남'이가 남아 있는 집에 부상을 입고 적에게 쫓기는 유격대원 하나가 피신하여 들어온다. 어머니와 을남이는 그를 감자굴에 감춘다. 곧 왜병과 위만 경찰이 달려와서 유격대원이 있는 곳을 대지 않으면 을남이를 쏘겠다고 위협한다. 어머니가 끝내 모른다고 대답하자 이들은 을남이를 쓰러뜨리고 물러간다. 어머니와 누이는 을남이의 시체를 부둥켜안고 피바다의 노래를 부른다. 이때 부상당한 유격대원이 나와 그들을 위로하고 산으로 데리고 간다. 재봉대원과 선전대원이 된 어머니와 누이는 소대장이 된 원남이를 만난다. 이들 유격대가 어머니가 살던 부락을 습격하여 해방시키는 것으로 막은 내린다.[44]

반면 「혈해의 노래」의 각본은 1937년 음력 8월 14일 하루 안에 일어난 사건을 다루고 있다. 막이 오르고 '김 영감' 등의 농민들이 모여 앉아 간고한 삶을 한탄하고 빨치산들에 대한 소문을 주고받고 있을

---

[44] 이 줄거리는 또 『조선문학통사』에 소개되어 있는 줄거리와 조금 다르다. 그 줄거리는 다음과 같다.
남편이 항일무장투쟁을 위해 떠난 뒤 3남매를 데리고 빈한하게 살아가던 어머니는 또 큰아들을 빨치산 대원으로 보낸다. 어머니 역시 지하공작을, 딸은 연락공작을 맡던 가운데, 연락 임무를 마치고 돌아온 딸은 빨치산이 숨은 곳을 말하지 않아 희생된 어머니와 동생의 시신을 발견한다. 시신을 안고 복수의 결의를 다진 딸은 적의 병영을 공격하여 통쾌하게 원수를 갚는다.

때 유격대 정찰대원 '뻐꾹새'가 등장해 농민들의 숙명론이 부당한 것임을 깨우친다. 그런데 김 영감의 딸 '분회'가 도망쳐 오고, 그녀를 뒤쫓아온 '황 지주'의 아들은 분회가 자신과 결혼하지 않으면 김 영감이 부치고 있는 소작지를 떼겠다고 위협한다. 지주의 아들이 뻐꾹새를 보고 의심을 품자 유격대원은 육혈포를 꺼내어 그를 처단한다. 별안간 유격대원을 추격하는 왜병들의 호각소리가 시끄러운 가운데 1막은 끝난다.

2막의 무대는 중국 농민 '왕펑'의 가난한 오막살이집이다. 왕펑과 그의 어머니 '송마마'는 부상을 당한 유격대원 뻐꾹새를 구호하는 한편, 왕펑은 그의 연락 임무를 대신 맡아 하려 한다. 그러나 이때 일경이 몰려와 왕펑은 체포되고 정찰대원은 나뭇가리 뒤로 피한다. 헌병 오장은 어머니 송마마에게 '공산비적'을 숨겨 놓지 않았느냐고 다그치면서 그가 있는 곳을 대면 아들을 놓아 주겠다고 한다. 복잡한 심경으로 눈물을 흘리는 어머니와, 곤경 속에서도 굳은 의지를 드러내는 왕펑을 보여 주며 무대는 암전된다.

등불이 다시 켜지면 부상당한 유격대원을 간호하는 송마마가 그와 지난 이야기를 주고받는 장면이 이어진다. 여기서 왕펑의 아버지가 조선 사람을 숨겨 주었다는 이유로 황 지주에게 맞아 죽은 사정과 어릴 때부터 탄광 노동자로 갖은 고통을 당하면서도 투쟁의 의지를 다져 온 왕펑의 과거 모습이 돌이켜진다. 밤이 깊어 유격대원은 왕펑과 어머니 송마마를 모셔 가겠다는 약속을 하고 떠난다.

2막의 3장은 일제 군경의 총창에 떠밀려 왕펑이 들어오는 데서 시작된다. 헌병 오장은 유격대원을 내놓으라고 재촉하지만 왕펑은 태연하게 '혁명군의 노래'를 부른다. 결국 왕펑은 총을 맞고 어머니의 품속에서 숨을 거둔다. 어머니는 죽은 아들의 머리를 안고 호령[45]을 하며, 이때 산을 울리는 총소리와 나팔소리, 만세소리가 들려온다. 오장

---

45) "하나의 목숨이 죽었다만 16억 5천만 무산대중이 피값을 갚아줄 게다 '(윤세평, 앞의 글)

은 총을 들어 어머니를 쏘고 서둘러 도망치려 한다. 곧 유격대 5-6명이 등장하여 원수들을 체포하고 무릎을 꿇린다. 유격대원 뻐꾹새는 숨진 어머니의 가슴에 얼굴을 파묻고는 외치다가 통곡한다.46) 그리고 왕펑의 주검을 향해서도 비장한 조사(弔辭)를 읊는다.47)

중국인 왕펑과 그의 어머니 송마마가 유격대원 뻐꾹새를 구하기 위해 목숨을 버린다는 줄거리의 의미는 명백하다. 소개자가 지적하듯이 2막은 조중(朝中) 인민의 피로써 맺은 연대를 보여 주고 있다. 물론 유격대원을 구하려고 아들을 희생시키는 점은 다르지 않고, 북간도의 피바다 속에서도 오히려 혁명과 투쟁의 의지는 거세게 타오른다는 작품의 기본 주제 역시 변함이 없지만, 원남 을남의 가족 대신 중국인 왕펑과 그의 어머니가 등장하는 점은 사소한 차이가 아니다. 소개자는 이 「혈해의 노래」가 중일전쟁이 발발한 직후에 씌어졌음을 상기하면서, 조중인민이 힘을 합쳐 공동의 적인 일제와 맞서야 한다는 점을 말하려 한 것이 작자의 의도였으리라 추측하고 있다. 「혈해의 노래」가 이렇듯 정세의 추이를 민감하게 반영한 것이고 그것이 「혈해」의 확실한 바리안트라면, 「혈해」란 시기나 여건에 따라 여러 변이태를 가질 수 있는 매우 탄력적인 형식이라는 짐작이 가능하다. 더구나 「혈해」의 권위적 결정본을 확정할 수 없는 상황에서는 그것이 어떤 계열성을 갖는 작품들을 가리키는 것만이 아니라 여러 계열의 작품들을 아우르는 총칭일 가능성도 전혀 배제할 수는 없다.

소개자는 「혈해의 노래」의 등장인물들이 구체적이고 생동감있게 나타나고 있다고 평가했다. 특히 아들을 살리는가 유격대원을 구하는가를 놓고 갈등을 벌이는 어머니의 내면은 핍진하게 제시되었다는 것이

---

46) "무산자야 듣거라. 통곡하라. 조선독립을 위해 영별한 저 중국 어머니에게 조선의 무궁화를 안겨 주자."
47) "왕펑아! 너는 자유를 얻은 몸이다. 우리와 같이 가자. 너의 어머님 무덤 위에 우리 승리하고 돌아오는 날 무궁화 꽃동산을 이루어 주마. 그리고 네 이름 천추에 길이 빛나 3천만 백의동포의 가슴에 새겨 주리라."

다. 그는 또 내면의 묘사가 인물의 성격발전 과정의 필연성을 설명해 주고 있다고 지적했다. 소개자에 의하면 이 작품의 의의는 어머니와 왕평의 성격발전 과정을 훌륭히 보여준 데 있었다. 사소해 보이는 세부들이 작품의 사상주제적 방향에 맞게 의미있는 역할을 하는 점이라든가, 인민대중의 생활적 언어가 자유롭게 구사된 점, 곳곳에서 우리 고전 유산에 대한 소양과 감각을 살려낸 점 등은 이 작품의 긍정적 특징으로 열거되었다. 1막과 2막의 내용이 달라 전체의 연결이 미흡한 점은 결점이라는 것이나, 그는 각각이 훌륭한 단막극이 될 수 있다는 의견을 덧붙였다.

「혈해의 노래」가 처음으로 소개된 이후 10여 년이 지나, 「피바다」는 영화와 혁명가극의 형태로 제출된다. 가극 「피바다」는 영화 「피바다」를 각색한 것이라는데, 그것들은 모두 원작을 충실히 옮겨낸 것이라는 점이 강조되었다. 그러나 김일성이 직접 지었다는 원작이 제시된 적은 없었기 때문에 이 '불후의 고전적 명작'은 1970년대 초에 제작된 영화와 가극을 통해 비로소 그 모습을 나타내고 있는 것이다.

가극이란 말 그대로 대사 대신 노래를 하는 극이다. 관현악을 배경으로 등장인물들은 노래와 서창을 하며, 연극에서의 방백과 같은 역할을 하는 방창(傍唱)이 군데군데 끼어드는 형식이다. 가극 「피바다」는 모두 7장으로 이루어져 있고 각 장은 또 몇 개의 경(景)으로 나누어진다.

가극 「피바다」가 구전되었다는 「혈해」의 줄거리에 가깝다는 점은 등장인물에서 이미 드러난다. 여기엔 어머니와 원남 을남 형제, 그리고 갑순은 물론 남편 '윤섭'이 등장한다. 유격대원은 정치공작원으로 그려지며 그 밖에도 뒤에 자위단장이 되는 '변구장'을 비롯하여 수비대장 등이 부정인물의 역할을 맡는다.

때는 1930년대 초의 어느 해 여름이다. <피바다가>와 함께 막이 열리면 귀틀집 옆에 산비탈의 돌밭과 멀리 밀림이 보이는 무대가 나타난다. 암울한 역사를 상징하는 검은 구름이 밀려 가는 하늘에 번개가 치고 소나기가 내리는 가운데 배고파 울며 보채는 을남을 업은 갑순이 등장하면서 시작되는 제1장은, 3·7제 투쟁을 벌이던 아버지 윤섭이 마을을 습격한 토벌대에 의해 불길 속에서 총에 맞아 죽고, 정처없이 떠난 어머니와 마을 사람들이 백두산 기슭을 향한다는, 본 이야기에 앞선 줄거리를 제시한다.

서로를 위해 먹을 것을 남기는 어머니와 오누이들의 식사 장면이나 걱정 속에서 아버지를 기다리는 그들의 정경은 이들 가족이 깊은 사랑과 믿음으로 뭉쳐 있음을 보여 준다. 대물린 머슴살이를 피해 낯선 북지의 산간 마을로 들어온 윤섭 가족이지만 여기도 일경으로부터 자유로운 곳은 아니다. 윤섭은 투쟁의 열정에도 불구하고 그 방향과 방법을 확고히 쥐지 못한 점을 스스로 탄식한다.48) 갑자기 마을에 들이닥친 왜병들에 의해 마을은 피바다로 변하고 윤섭은 불길 속으로 사라져 간다. 참혹한 피바다에서 남편과 아버지를 잃은 가족들은 비통함 속에서도 유격대의 소문을 전해 듣고,49) 백두산 자락을 향해 떠난다.

몇 년의 시간이 흐른 뒤인 2장에선 야학을 중심으로 청년들이 일제

---

48) 이후 각주는 조선문학(1972. 2.)에 게재된 가극 「피바다」의 대본에 의한 것임. 윤섭과 청년들이 부르는 합창.
　"빼앗긴 내 조국 땅 피에 잠기고
　겨레들의 깊은 원한 사무쳤구나
　캄캄한 어둠 속에 갈 길 모르네
　아 어데로 가나 어쩌면 좋은가
　가슴속에 피는 끓건만 싸워 갈 길 알 수 없네"
49) 대바른 장로(長老)로 나오는 '별제노인'의 노래.
　"듣자하니 금년 초봄부터 조선군사들이 일어나
　손에 총을 들고 왜놈을 쳐부시고 있다오
　천지의 맑은 물 흘러내려 어디 가나 물 맑은
　삼천리 금수강산 우리 나라를 찾기 위해
　유격대는 하루에 천 리를 내달리며
　왜놈들을 때려 눕히고 있다는 소문이 자자합니다"

에 반대하는 조직운동을 벌이는 장면들과 어머니의 생신상을 준비하는 원남 남매의 정겨운 모습이 티쳐진다. 어머니는 투쟁에 가담하고 있는 원남을 걱정하는데 그때 유격대 연락원 '조동춘'이 등장하여 어머니를 고무, 교양하는 노래를 부른다.[50] 조동춘은 어머니에게 첫연락 임무를 주며 배움의 중요성을 강조한다. 어머니는 유격대원이 되어 떠나는 원남을 보내며 기쁨의 눈물을 흘린다.

3장에 오면 어머니는 부녀회장으로 유격대 활동을 적극 방조한다. 자위단장이 된 친일파 변구장은 어머니를 의심하지만 그녀의 신념은 이제 그 어떤 것으로도 무너질 수 있는 것이 아니다. 그녀는 폭약을 운반하여 유격대로 보내는 중요한 임무를 맡는다.[51] 어머니는 어느덧 임무에 투철한 조직인의 모습을 보인다. 부녀회장으로서 여인들을 교양하고 묶어 세우는 어머니의 활약은 4장으로 이어진다. 여인네들은 광산에서 폭약을 빼내는 일을 감쪽같이 수행한다.

5장에서 어머니는 잡혀 감옥에 갇힌다. 수비대장과 변구장은 어머니를 고문하지만 물론 어머니는 의연하게 모진 고통을 이겨 낸다. 수비대장 등은 어머니의 뒤를 밟기 위해 그녀를 석방한다. 갑순이와 을남이가 어머니를 부축하고 돌아오는 길에 어머니의 심정을 대신하는 방창이 울려 퍼진다.[52]

---

50) "어머니: 철없이 자라난 어린것들이
　　　　무슨 일을 제대로 하고 있으리
　　　　원쑤를 갚을 생각은 간절하건만
　　　　마음만 가지고 되지 않으리
　　조동춘: 혁명은 아무리 간고하여도
　　　　결심품고 모두다 나서야 하리
　　　　광복의 길 따라서 나선 아들을
　　　　어머니도 도와서 싸워야 하리"
51) "어머니: 원쑤들의 총칼이 우리 앞길 막아도
　　　　조직에서 준 임무 기어이 다하리
　　　　험한 산도 뒤엎고 바다라도 가르며
　　　　폭약을 운반하여 유격대로 보내리라"
52) (방창) "모진 세월 모진 고생 가시덤불 헤치고

6장의 무대는 어머니가 앓고 있는 집이다. 물고기를 잡아서 팔아 어머니의 약을 사온 을남이를 어머니와 갑순이가 기특해 하는데, 이때 다리에 총을 맞은 공작원 조동춘이 갑자기 들이닥친다. 뒤쫓아온 일군 오장 등이 공산군의 행방을 대지 않으면 을남이를 죽이겠다고 위협하자 조동춘이 뛰어나와 그들을 쏘다가 총에 맞고, 조동춘을 향해 달려가던 을남도 오장의 총에 쓰러진다. 왜병들은 무자비하게 마을을 토벌하지만 한쪽에서 인민들은 폭동을 준비하고 있다. 투쟁을 고무하는 노래를 부르며53) 농민 노동자와 청년무장대는 막 앞으로 행진한다.

7장에서 유격대는 드디어 성문을 열고 들어가 수비대를 무찌른다. 어머니는 무서운 기세로 수비대장을 쏘아 눕히고 적들을 추격한다. 갑순이도 총을 겨누고 그 뒤를 따른다. 곧 유격대와 인민들은 감격적으로 어울려 대 군무를 춘다. 원남과 상봉한 어머니는 가슴속에 맺혔던 슬픔을 투쟁의 의지로 쏟아 낸다. 어머니가 붉은 기를 앞세우고 혁명가를 부르며54) 전진하는 유격대를 손저어 바래 주는 장면에서 막

일편단심 붉은 마음 간직합니다
언제나 그 어디서나
혁명절개 고이 지켜 싸우렵니다

비바람 눈보라가 우리 앞길 막아도
굴함없이 혁명의 길 걸어갑니다
저 멀리 구름 넘어
붉은 서광 아름답게 비껴 옵니다"

53) (합창) "동무여 싸우자 우리의 불타는 가슴
복수의 복수의 피가 끓는다 피가 끓는다

정의의 싸움에 일어나라
철천지 원쑤를 처부시자
혁명의 붉은 기 들고서
판가리 싸움에 나가자"

54) (합창) "우리는 누리에 붙는 불이요
철쇄를 마스는 마치라

은 내린다.

　가극 「피바다」는 「혈해」의 이야기를 부연하고 구체화한 것이라고
말할 수 있다. 유격대가 공연했을 「혈해」가 소박하고 단순한 형식이
었을 것이라 짐작해 본다면 모두 7장에 이르는 이 가극은 우선 크기
나 길이에서 훨씬 웅장하다. 총을 들고 싸우는 길만이 살 길이라는
중심 주제엔 변함이 없지만 크기가 커진 만큼 「혈해」의 원 줄거리는
가극에선 부분적으로 다르게 재구성되어 있다.

　우선 그것은 일제의 잔혹한 '토벌' 장면과 그에 의해 아버지 윤섭이
죽임을 당하는 장면을 제시한다. 예를 들어 「혈해의 노래」에서 왕펑
아버지의 원통한 죽음은 정찰대원 뻐꾹새와 어머니 송마마와의 대화
속에서 돌이켜지는 정도이나 가극은 이 부분을 본 이야기의 전(前)
줄거리로 극화해 내고 있다.

　남편 윤섭을 잃음으로써 어머니는 깊은 슬픔에 빠진다. 그러나 그
녀는 슬픔을 이겨야 하며 이를 투쟁의 힘으로 바꾸어야 한다는 것을
점차 깨닫는다. 윤섭의 희생은 어머니가 투쟁에 나서는 내부적 필연

　　　희망의 표대는 붉은 기요
　　　웨치는 구호는 투쟁뿐
　　　　게걸든 소리에 목이 쉬리
　　　　우리 피 짜내던 놈들아
　　　　맹렬한 최후의 전투에서
　　　　우리의 대오는 백배해

　　　무기를 잡으라 억눌린 자들아
　　　멍에를 벗으라 종된 자
　　　우리의 앞에는 희망뿐이요
　　　나가세 앞으로 앞으로
　　　　게걸든 소리에 목이 쉬리
　　　　우리 피 짜내던 놈들아
　　　　맹렬한 최후의 전투에서
　　　　우리의 대오는 백배해"

성의 계기가 되는 것이다. 또 투쟁의 열정만 가졌지 어떻게 일제와 맞서야 할 바를 모르는 윤섭의 존재는 투쟁이란 바른 방향과 방법의 확집을 통해 가능한 것이라는 교훈을 주는 역할을 한다. 그의 갑작스럽고 비극적인 죽음은 바른 지도의 부재로 인한 안타까운 희생이다.

더불어 지적해야 할 사항은 부상을 입고 나타나는 유격대원이 정치공작원으로 형상화된 점이다. 가극 「피바다」는 어머니의 성격발전 과정을 단계적으로 제시하였으며, 그녀가 적극적 투사로 변신하는 데서 이야기는 정점에 이른다. 정치공작원 조동춘은 어머니의 각성을 추동하는 매개적 역할을 한다. 공작자 조동춘은 정치적 계몽자로 어머니에게 다가서는 것이며, 따라서 원 줄거리와는 달리 그 만남이 우연히 이루어지는 것은 아니다. 조동춘은 애당초 어머니를 변화시키려는 의도를 갖고 있다.

조동춘은 용의주도하고 사려깊은 인물로 그려진다. 이런 점에서 그는 「혈해의 노래」의 협기넘치는 '뻐꾹새'와 크게 다르다. 어머니를 깨닫게 하고 그녀에게 과업을 부여하는 것도 매우 계획적이다. 평범한 어머니가 견결한 투사로 변신하는 과정(고리끼의 『어머니』에서 보았던 것과 같은)이 가극 「피바다」의 핵심 줄거리라면, 이 가극에서 조동춘이 갖는 비중은 자못 무겁다고 할 수 있다. 그는 투쟁의 방향과 방법을 교시하는 권위적인 전신자이기 때문이다. 조동춘과 어머니의 관계는 정치적 각성이 뚜렷한 목적의식을 갖는 가운데 이루어져야 할 것임을 말하고 있다.

그러나 조동춘이 의식적인 계몽자로 등장하고 있음에도 불구하고 가극 「피바다」의 중심인물은 어머니라고 하지 않을 수 없다. 가극의 어머니는 을남을 잃은 뒤 유격대원의 위로를 받으며 산으로 들어가 재봉대원이 되는, 구전된 「혈해」의 어머니와 다르다. 또 왕평과 함께 일본군의 총에 맞아 죽는 「혈해의 노래」의 어머니와도 무척 다르다. 전자의 어머니가 직접 유격대원이 되고 후자의 경우는 희생되지만 가극의 어머니는 원남과 곁에 있던 딸 갑순까지 유격대로 보내면서 자신은 마을에 계속 남는다. 그녀는 유격대를 뒷받침하는 혁명적 인민을 표상한다. 자식들을 보낸 만큼 그녀와 유격대는 혈연적으로 연계되어 있다. 게다가 그녀는 자식을 희생시키면서 혁명적 지조를 지킨 인물이다. 유격대원은 아니지만 왜병을 무찌르는 데 앞장선 그녀가 어떤 위험한 임무도 마다하지 않으리라는 것은 분명하다. 유격대와 이를 따르는 어머니의 관계는 정치적, 군사적 지도와 인민적 대오가 어떤 식으로 결합되어야 할 것인가를 보여 주고 있다.

혁명적 지조를 지키고 혁명의 요구에 무한히 충실하려는 어머니의 모습은 혁명적 인민의 바람직한 상모를 구현하는 것이다. 그리고 동시에 그것은 가극이 출현하는 주체시대에 들어 강조된, 이른바 주체형 공산주의자를 형상화하는 데 따르는 요구를 또한 충족시키고 있다. 즉 어머니는 모두가 한결같이 혁명의 기치를 따라나서는 길만이 살 길이라는 주체적 자각에 이르며, 혁명을 위해 모든 것을 바치는 혁명적 절개를 구현한다. 옳은 혁명의 노선과 방법은 회의의 대상일수 없다. 어머니는 이를 절대적으르 내면화하는 모범을 보인다. 부녀회장으로 은밀히 활약하는 어머니 모습이 이미 제시되어 있기 때문에, 그녀가 무장투쟁에 나서는 마지막 부분은 돌발적인 것으로 느껴지지 않는다. 「혈해의 노래」의 경우, 어머니 송마마가 헌병 오장에 맞서는 것은 아들 왕펑의 죽음을 계기로 한 돌발적 행동일 수 있다. 반면 가극에서 어머니는 이미 굳은 신념의 혁명가이다.

그러나 아들에 대한 사랑이, 그 사랑을 짓밟는 원수를 향한 무서운 분노의 힘을 자아내면서 어머니가 적극적으로 변모하는 것은 「혈해의 노래」나 가극 「피바다」의 공통점이다. 극적 긴장이 고조된 가운데 이루어지는 어머니의 변모는 극의 결정적 전환점이 된다. 이러한 전환에 동반되는 정서적 격앙은 혁명에 몸 바치는 어머니에 대한 동감을 유도하고 원수에 대한 증오의 감정을 증폭시킨다.

「피바다」를 비롯한 불후의 고전적 명작들은 김일성이 창시했다는 주체사상과 주체적 문예방침의 등가물로 간주되었다. 「피바다」는 조선혁명이란 조선의 구체적 현실에서 출발하여야 하며, 혁명에 따르는 모든 문제는 인민이 스스로 풀어야 한다는 주체적 깨달음을 핵심으로 한다는 것이었다. 더불어 그것은 민족문화유산을 비판적으로 계승 발전시켜야 한다는 원칙에 입각하여 혁명적이고 전투적인 내용을 인민들이 좋아하는 민족적 형식에 담아낸, 주체문학의 교과서였다.

그러나 이들 고전적 명작들은 가극이나 영화로 다시 씌어진 형태로만 제시되었다. 원작에 대한 충실성 여부를 가릴 수 없는 상황에서, 다시 씌어진 형태만을 가지고 그것을 주체문예의 역사적 시원으로 간주하는 것은 이치에 맞지 않는다. 그러나 이 간단한 사실이 문제시되었던 적은 없다. 가극 「피바다」는 1930년대에 이미 씌어진 것이었다. 때문에 그것은 주체문학이 얼마나 일관되게 발전해 왔는가를 말하는 증거일 수 있었다. 나아가 이 불후의 고전적 명작들은 항일무장투쟁의 역사적 동시성, 즉 그것의 현재적 의의를 설명해 주는 것이었다. 「피바다」 등의 불후의 고전적 명작들은 영화나 가극에 머무르지 않고 소설화된다.

소설 『피바다』는 1, 2부로 된 장편이다.[55] 소설의 인물배치와 줄거리는 가극 「피바다」의 그것과 흡사하다. 가극에서처럼 배고파 울며 보채는 을남이를 업고 서있는 갑순의 머리 위로 어두운 역사적 상황의 상징이기라도 한 듯 하늘과 땅을 뒤덮는 먹구름이 밀려드는 역동적인 도입부는 이 소설이 가극을 기반으로 씌어진 것임을 확인케 한다.

이어지는 것은 어머니 '순녀'가 지주를 치러간 남편 걱정에 가슴을 졸이며 황황히 밭을 매는 모습이다. 감자순을 휘감고 있는 억새 뿌리

---

55) 소설 『피바다』는 집체작으로 소개되었으나 그 작자는 석윤기로 알려져 있다. 작가 황석영의 북한 방문기 『사람이 살고 있었네』에도 이 점이 언급되어 있다.

를 떼는 그녀의 손이 떨리는 모습이라든가, 별안간 쏟아지는 소나기에 누런 물거품을 이고 굽이쳐 가는 흙탕물은 그녀에게 닥치게 될 엄청난 불행과, 어렴풋이 이를 예감하는 그녀의 불안한 심경을 암시한다. 소설은 그녀의 생활 세부와 내면의 심경을 묘사하는 데 인색치 않다. 인상적 세부의 제시는 생동하는 내면 탐구와 균형을 이루고 있다.

어머니 순녀와 딸 갑순은 마치 "거칠은 들판에 애처럽게 피어난 한 송이 들꽃과 같이"56) 갸냘프지만 맑고 깨끗한 아름다움을 갖는 인물들로 그려진다. 혹독한 고난의 경험은 적어도 그들 가족에겐 도덕적 훼손의 원인으로 작용하지 않은 듯하다. 순녀의 꿈은 열심히 농사를 지어 가족과 오손도손 살았으면 하는 것이다. 끼니를 걱정해야 하는 처지지만 순녀의 가족들은 서로를 살뜰히 배려하는 정을 나눔으로써 험한 세상을 헤쳐나갈 용기를 얻는다. 특히 의지가지 없는 순녀에게 남편 윤섭은, 지주집 부엌데기로 갖은 천대를 받던 그녀가 머슴살이를 하던 그를 만나 고향을 등지고 두만강을 거너 화전을 일구고 살기까지 삶의 기둥이었다. 그러나 아직 그녀는 윤섭이 어떤 생각을 하는지 미처 이해하지 못하고 있다.

윤섭은 자신들이 만주의 산간으로 숨어들어 간고한 삶을 살아야 하는 현실이 일제의 침략에 따른 것이며, 때문에 그들과 맞서지 않고는 노예의 삶을 살 수밖에 없다는 사실을 깨달은 인물이다. 이미 곳곳에서 지주와 일제에 반대하여 농민들이 '폭동'을 일으켰다는 소식을 접하며 윤섭은 투쟁의 방도를 세워야 할 문제에 대해 고민한다. 소설은 '공산당'에 대한 농민들의 기대가 이미 신앙과 같은 것이었음을 말하고 있거니와, 윤섭 역시 자기 마을에도 공산당을 만들어야 하고, 그것은 "자신들의 힘으로 자신들을 이끌어 줄 줄을 찾으려 들 때" 가능하다는 생각을 굳히기에 이른다. 그러나 "2천만 동포가 죽기를 겁내지

---

56) 소설 『피바다』는 서울에서 『민중의 바다』라는 이름으로 출간된 것을 텍스트로 했다. 『민중의 바다』(상)(한마당, 1988), 13쪽.(이후 쪽수만 적음)

않고 들고 일어나면 되는 법이 있을 것"(상, 73쪽)이라고 말하는 윤섭이지만 그 일을 어디서부터 시작해야 할지 모르기 때문에 초조해 할 뿐이다. 가극과 달리 소설에서 윤섭의 의식과 형상은 자각한 혁명적 인민의 고결함을 구체화해 보여 준다. 그는 혁명이 어떻게 수행되어야 할 것인가를 바르게 이해하고 있고 그에 몸 바치고자 하는 열정으로 불타지만, 그러한 기회를 갖지 못한 비극적 희생자다.

토벌의 장면은 생생하게 그려진다. 아녀자들을 죽이고 갓난아이를 포대기째 불 속에 던지는 토벌대의 악착한 만행 앞에서도 어쩌지 못해 치를 떠는 윤섭은 결국 총에 맞고 불에 타 죽는다. 죽어 가는 윤섭은 총을 잡고 싸우는 길만이 살 길임을 외치며 원수를 갚아줄 것을 당부한다. 인민들과 윤섭의 희생은 무장투쟁의 필연성을 말하고 있는 것이다.

남편을 잃은 충격과 절망에 빠진 순녀를 일으켜 세우는 것은 윤섭의 피맺힌 당부다. 아이들 역시 겁에 질린 속에서도 복수를 다짐한다. 그녀는 이제 자신이 어머니로서 살아가야 한다는 것을 깨닫는다. 그들 가족은 폐허가 된 마을을 버리고 더 깊은 산 속으로 들어간다. 그들은 길에서 '탈속한 신선' 같아 보이는 노인을 만나며 그로부터 백두산 위에 '장수별'이 떴다는 소식과 '의로운 군사들이 나타나 왜놈 베기를 삼대 베듯 한다'는 소식을 듣는다.[57]

이야기는 몇 년의 세월이 흐른 뒤로 이어진다. 원남이는 지하공작을 벌이는 듬직한 소년으로 성장했다. 지극한 효성을 보이는 그는 또 마을 사람들의 믿음을 얻어 그들을 이끌고 나서는, 이미 상당한 인품과 능력을 갖춘 인물로 그려진다. '엄하고 빈틈이 없지만 도무지 큰소리라곤 치지 않는'(상, 163쪽), 그래서 상대편으로 하여금 오히려 성심을 다하게 하는 그의 의식형상은 혁명가의 그것에 가까이 간 것이다.

---

57) 노인은 설화적 예언자의 형상을 닮고 있다. 그는 유격대의 존재를 알리며 그들의 등장을 예고하는 기능을 한다.

이제 유격대의 활동은 풍문의 대상이 아니다. 원남이가 유격대 공작원 조동춘의 지도를 받고, 공청 조직을 기반으로 마을 청년들이 야학 등의 활동을 벌이는 모습은 '공산당'의 영향력이 인민들 사이에 깊이 스며들었음을 말해 준다.

어머니는 자식들을 믿고 자랑스러워하면서도 자식들 역시 남편처럼 희생될까봐 두려워하는 불안한 마음을 갖는다. 어머니에게 자식들은 그녀의 모든 것이다. 일제와 맞서 총을 들고 싸우는 길만이 살 길이라는 이야기를 오래전부터 들었고 또 그것이 옳다고 생각하는 그녀지만 아직 그녀는 걱정 많은 어머니다.

소설은 공작원 조동춘과 그의 활동을 훨씬 비중있게 다루고 있다. 철저하게 무사한 입장에서 언제건 오직 혁명의 이익을 위해 헌신하는 그가 보여 주는 것은 치밀하고 단호하며 열정적인 혁명가의 상모다. 원남을 통해 공청 활동의 지침을 주던 그는 부녀자들을 깨우쳐야 하는 과제의 중요성을 강조한 뒤, 어머니를 주목하고 그녀를 혁명대열에 끌어들일 것을 제기한다.

조동춘은 어머니를 찾아와 혁명에 대해 가르치는 일방, 비밀연락 임무를 준다. 일제와 맞서야 한다는 어머니의 생각은 여러 계기에 의해 차츰 분명한 의식적인 깨달음으로 바뀌어 간다. 본디 올곧고 순결한 성품의 그녀는 자신에게 부여된 일을 정성을 다해 수행함으로써 자신의 새로운 역할에 눈뜨는 것이다. 비로소 자신의 무지를 장애로 느낀 그녀는 또 글을 배우기 시작한다. 투쟁에 가담함으로써 그녀가 자식들과 함께 나누는 것은 혁명에 몸 바치는 기쁨과 보람이다. 그들의 가족적 유대는 '혁명적'인 것이 된다. 이제 그녀는 걱정하는 어머니만은 아닌 것이다. 원남은 유격대원이 되어 떠나는데, 그는 어머니가 자신의 입대를 만류하지 않을 것이고 오히려 기뻐하리라는 것을 의심치 않는다. 어머니는 인민들을 계몽하는 원남의 사업을 이어받는다.

어머니에게 인민들을 계몽하는 일은 간고한 삶의 경험을 디디고 혁명의 길에 들어선 자신과의 동감을 유도하는 것이며, 그들의 고통을 절감함으로써 다시금 자신을 다지는 일이다. 그녀는 조직의 의미를 깨우쳐 간다. 조동춘은 그녀의 문제를 풀어 주고 가르쳐 이끄는 세심하고 친절한 교사다. 부녀조직의 조직책으로 여러 임무를 수행하는 그녀의 모습은 진지하며 사려깊고 당차다. 그녀는 슬기롭고 대담한 지하공작자로 변신한 것이다. 이윽고 부녀회는 조직된다. 유격대는 성시(成市)를 공격할 계획을 짜는데, 어머니는 유격대의 군사행동에 맞춰 폭동을 일으키라는 지시를 받는다.

어머니의 성격이 발전해 가는 주인공선(線)은 친일파 변구장이라든가 수비대장 '호소가와'와 같은 부정인물들이 그리는 부정선과 대비된다. 부정인물들은 악착하고 음흉하지만 또 그만큼 어리석은 인물들로 형상화된다. 때문에 공산당 활동을 염탐하려는 그들의 기도는 번번이 실패하고 만다. 공청과 부녀회를 중심으로 폭동 준비는 무르익어 간다.

어머니는 폭동에 쓸 화약을 광산에서 빼내는 가장 위험하고 중요한 공작을 주도한다. 어머니는 진심을 보여 광산주의 첩인 '귀순'을 설득하고 그녀의 도움을 받아 화약을 실어내는 데 성공한다.[58] 그녀는 악당 변구장의 의심을 사 잡혀 갇히지만 모진 고문은 혁명을 향한 그녀의 믿음을 더욱 굳게 할 뿐이다. 왜병들은 어머니를 미끼로 혁명군들을 유인하기 위해 그녀를 풀어 준다.

드디어 폭동이 임박해 어머니에게 거사 계획을 알리러 오던 조동춘은 어머니를 감시하던 왜병의 총을 맞고 그녀의 집안으로 피신한다. 왜병들은 조동춘을 숨긴 곳을 대라고 어머니와 을남이를 다그치며 그러지 않으면 을남을 죽이겠다고 위협한다. 어머니와 을남이 죽음을 무릅쓰려는 상황에서 부상당한 조동춘이 나타나 왜병들을 처치하지

---

58) 광산에서 화약을 빼내는 장면은 다분히 활극적이다. 이러한 활극성은 이야기 전개의 비현실성을 말해 주는 것이다.

만, 그 와중에 을남이 희생되고 만다. 아들을 잃은 고통 속에서도 어머니는 슬픔에 짓눌리지 않는다. 대신 그녀는 슬픔을 원수를 갚으려는 무서운 의지의 힘으로 벼려 낸다. 그녀와 갑순은 폭동 계획을 알리는 조직의 임무를 수행한다.

유격대의 내습과 동시에 모든 인민들은 봉기한다. 어머니는 수비대장 호소가와를 사살하고 인민들과 함께 물밀듯한 기세로 친일파와 왜병을 무찌른다. 곧 성시는 해방된다. 원남이를 만난 어머니는 딸 갑순마저 유격대로 보내겠다고 선언한다. 불행을 이기고 스스로 쟁취한 승리의 기쁨 속에서 어머니는 혁명만이 살 길임을 외친다.

살펴본 바와 같이 소설 『피바다』는 가극 「피바다」를 텍스트로 한 것이다. 어머니가 '피의 교훈'을 통해 혁명가로 성장하는 기본 줄거리를 위시하여, 공작원 조동춘의 역할이 강조되는 점 등 기왕의 「혈해」에서 볼 수 없었던 가극의 특징이 소설에서도 그대로 나타난다. 그러나 소설은 가극과 다를 수밖에 없다. 소설은 인물들의 구체적 대화나 풍성한 생활세부를 묘사하고 있다. 인물들의 내면을 비춰 보이는 데도 소설은 유리하다. 인물들의 성격 묘사가 보다 구체화됨에 따라 줄거리나 사건들 역시 부분적으로 더 확대되었다. 소설의 윤섭은 가극과 달리 자기 마을에도 공산당을 만들어야 겠다는 생각을 갖는다. 어머니가 광산에서 폭약을 빼내는 이야기라든가, 폭동이 진행되고 유격대와 청년무장대가 성시를 해방하는 과정도 소설은 훨씬 자세히 그리고 있다. 하지만 가극과 소설의 차이를 본질적인 것이라고 말하기는 어렵다. 가극 「피바다」를 제작하는 토대가 되었을 주체적 문예방침에 입각하여 소설도 씌어졌을 것이기 때문이다.

어머니가 보여 주는 것은 인민의 혁명적 자질이 현실 발전과 더불어 성장하는 합법칙적 과정이다. 모진 핍박을 받았음에도 불구하고 오히려 그렇기 때문에 그녀는 도덕적 진정을 갖는 인물이다. 그녀는 순결하고 고상하다. 어머니의 성격적 바탕으로 그려진 고상한 윤리성이라든가 불굴의 기상, 낙천적인 생활의식 등은 우리의 민족적 성격 내용이라고 주장되었던 것이거니와, 이는 곧 북한소설이 그려내어야 할 긍정적 주인공의 내적 속성이었다. 주체소설에서 주인공의 이러한 혁명적 자질은 그가 '자주적 인간' 혹은 주체형 공산주의자가 되기 위한 조건이었다.

「혈해」의 변이태들과 가극과 소설 「피바다」는 하나의 공통적인 핵심을 갖는다. 이들 모두는 '피의 교훈'을 말하고 있다. 아픈 희생은 오직 혁명만이 살 길임을 깨우치는 계기가 된다. 소설 『피바다』는 어머니가 이 피의 교훈을 통해 혁명가로 나서는 과정을 이른바 '생활논리성'에 의거하여 보다 순차적이고 단계적으로 그렸다. 생활논리성은 풍부한 생활세부의 묘사와 더불어 그에 상응하는 의식의 발전을 논리적으로 제시해야 한다는 주체문학의 원칙이었다. 남편을 잃고 그녀는 잠시 절망하지만 곧 어머니로서의 길을 가게 된다. 남편의 뜻을 저버리지 않으려는 강의한 생활에서 혁명의식은 싹튼다. 생활논리성이란 희생과 시련의 경험을 통해 깨달음과 믿음에 가닿는 역동적인 과정을 그리는 것이었다.59)

어머니의 혁명적 깨우침은 또한 공작원 조동춘에 의해 가능했다. 어머니와 조동춘은 사제관계를 이룬다. 이 사제관계는 혁명적 깨달음에 작용하는 권위적 가르침의 역할을 절대화하고 있다. 이 권위적 가르침은 어디에서 발원하는 것인가. 소설에서 김일성이 직접 등장하는 것은 아니지만, '조국광복회 10대 강령'60)을 떠받드는 조동춘은 김일

---

59) 생활논리성은 생활묘사가 종자에 맞게 선택되어야 하며 종자를 구현하는 데 초점을 맞춰 종자의 형상을 밝혀낼 수 있는 것이어야 함을 강조했다. 어머니가 구현하는 생활논리성 역시 이러한 원칙을 위배하는 것이 아니다. 『사회주의적 문학예술에서 생활묘사』(과학백과사전출판사, 1979), 79쪽.

60) 북한의 역사기술에 의하면 <조국광복회>는 1936년 5월 김일성이 여러 반일세력을 통합하여 결성한 통일전선체라는 것이다. 회원이 20만에 이르렀다는 이 조직은 유격대 활동을 지원하고 인민들의 혁명적 각성에 기여한 의의를 갖는 것으로

성의 영도를 매개하는 존재다. 조동춘은 마을 부녀회의 조직을 지시하고 공청이 청년무장대를 결성하게끔 하거니와, 성시 해방을 위해 '인민들의 폭동과 유격대의 진공을 배합'(하, 101쪽)하는 전술을 구사하는 점 등은 인민에 대한 정치공작과 무장투쟁의 병행을 강조했다는 김일성의 노선61)을 따른 것으로 읽어야 옳다.

어머니는 남편과 을남을 잃은 대신 혁명에 몸 바치는 기쁨을 얻는다. 기꺼이 혁명을 위해 사랑하는 아들과 딸을 유격대로 떠나 보내는 어머니의 행동은 혁명적 지조를 지킴으로써 획득되는 '정치적 생명'의 중요성을 말한 것으로 이해해야 한다.

주체소설의 주인공이 되는 주체적 공산주의자란 김일성이 창시했다는 주체사상을 따르고 실천하는 자다. 따라서 주체소설에서 김일성은, 소설에 등장하건 하지 않건 간에 주인공에게 영감을 주는 궁극적 주체다. 어머니의 혁명적 충성 역시 이러한 구도를 벗어나는 것은 아니다.

혁명에 헌신한다는 것은 그것의 요구를 무조건적으로 수행하는 것을 의미한다. 혁명과 관련하여선 모든 개인적인 것은 배제되어야 한다. 어머니는 이미 철저한 조직인의 모습을 보인다. 예를 들어 딸 갑순조차 어머니가 스스로 밝히기까지 그녀가 부녀회장인 것을 모르고 있다.(하, 135쪽) 공적 엄격함은 생활로 이어진다. 어머니의 삶은 경건하다. 그녀는 어떤 상황에서든지 조직을 향한 충성을 잃지 않는다. 을남이가 희생된 뒤에도 어머니는 조금도 흔들리지 않고 자신의 임무를 수행한다.

혁명을 위해서는 어떤 위험도 무릅써야 하고 모든 방법을 구사해야 한다. 혁명은 숭고한 헌신과 자기 희생뿐 아니라 계략을 요구하는 것

평가되었다.

61) 북한의 혁명역사에 의하면 김일성은 일찍이 '카륜 회의'(1930. 6.)에서 무장투쟁노선을 내놓으며 모든 반일 역량을 묶어 세우는 민족통일전선운동노선을 제시했다는 것이다. 무장투쟁으로 일제의 폭압에 맞선 인민의 항거를 조직화하고, 광범한 인민적 기반이 마련될 때 무장투쟁은 이를 토대로 전개될 것이라는 생각이었다.

이기도 하다. 특히 혁명의 적인 악당들은 이미 인간이기를 포기한 존재이기 때문에 그들에 대한 술책과 속임수는 불가피할 뿐 아니라 또 얼마든지 정당한 것으로 간주된다.

악당들의 잔혹성은 개개인의 결함이 아니라 수탈계급의 본질을 반영하는 것이다. 부정인물과 긍정인물의 대비는 극단적이지 않을 수 없다. 긍정과 부정인물이 대비되는 것처럼 구성에서도 긍정선과 부정선이 대립하며 전개된다. 소설의 줄거리는 긍정선을 이끌고 부정선을 배제하는 주인공선으로 수렴되어야 했다. 모든 이야기가 주인공선으로 수렴되는 것은 사상주제적인 통합성의 제고를 강조한 데 따른 결과이기도 했다. 소설『피바다』는 이러한 구성원칙의 모범을 제시하는 것이었다.

긍정적 주인공이 부정적인 것을 극복하는 줄거리는 역사의 필연에 상응하는 것으로 설명되었다. 『피바다』에서 어머니는 역사의 필연적 발전을 체현하고 있는 것이다. 그러나 긍정인물과 부정인물이 각각 윤리적 선악을 대변하는 것일 때 긍정적인 것에 의한 부정적인 것의 배제는 윤리적 선의 승리로 그려지게 마련이다. 결과적으로 역사적 필연은 윤리적 필연이 된다. 긍정적인 것이 승리하는 과정이 정의(情意)적으로 채색되지 않을 수밖에 없었던 이유는 여기에 있다.

일반적으로 북한소설, 나아가 사회주의적 사실주의에서 긍정적 주인공은 객관적 거리를 두고 보아야 할 대상이 아니다. 그의 형상은 독자가 그의 시각에서 그와 함께 행동하기를 요구한다. 주체문학에서도 이 점은 강조되었다. 긍정인물의 형상은 무엇보다 매혹적이어야 한다는 것이다. 어머니는 순결하다. 그녀는 연약하지만 꿋꿋하고 소박하나 위엄이 있다. 그녀는 도덕적 진정성을 갖고 주위에 대해 자연스런 친화력을 발휘하고 있으며, 독자도 그 대상에서 예외는 아니다. 어머니의 편에 서서 그녀와 자신을 동일시하는 것은 이 소설이 권장하는 독법이다. 간고한 생활 속에서도 어머니와 자식들이 서로를 배려

하는 살갑고도 애틋한 정경에 연민을 느끼는 독자라면 그들을 해치는 야수들을 증오하게 된다. 어머니가 위해를 당하는 장면은 분노의 감정을 일으키며, 따라서 독자들은 적들에 대한 무자비한 복수를 마땅히 여기게 된다. 『피바다』는 이런 점에서 정서적 조직화의 훌륭한 예를 보여 주고 있는 것이다.

독자들은 그녀의 꿈과 기대를 공유해야 한다. 호소가와에게 잡힌 어머니는 어두운 고문실에서 다음과 같은 꿈을 펼쳐 보인다.

> 어머니의 마음은 달빛과 같이 철창을 넘어간다. 은은한 달빛은 숲 속을 누비고 어머니의 사랑은 온 세상을 아름다운 꽃동산으로 만들어 놓는다. 아름다운 꽃동산 가운데서도 가장 아름다운 상상봉에 아들 원남이가 서있다. 아들의 머리 위에는 혁명의 붉은 기가 펄럭거리고 그의 발밑에는 칠색 무지개가 깔려 있다. 그리고 아들의 손에는 이 세상에서 가장 강력한 혁명의 총이 쥐어져 있다. 아들이 그 총을 한 번 휘두르기만 하면 우뢰가 울고 번개가 쳐서 이 세상의 모든 침략자와 억압자들을 쓸어 눕히고 만다. 아들은 그런 무적의 힘을 가지고 있다. 수비대장도, 변장국이도, 텁석부리 헌병오장도 그 앞에서는 한갓 벌레새끼 같은 미물에 지나지 않는다.(하, 231쪽)

어머니와의 정감적 일체화는 그녀가 그리는 의지적 미래에 대한 동감을 요구하는 것이다. 이 상상적 그림은 어머니와 원남을 통해 인민과 혁명가의 관계를 정의하고 있다. 인민과 혁명가가 지극하고 숭고한 사랑으로 결합함으로써 혁명은 꽃피는 것이다. 인민의 사랑이 뒷받침될 때 혁명가는 무한하고 신비한 힘을 발휘할 수 있다. 혁명가와 인민의 힘이 하나가 되는 한 그 앞에 장애란 있을 수 없다. 주체소설의 인물설정은 혁명의 구심점과 이를 둘러싼 인민의 결합이라는 구도를 기본 틀로 하는 것이었다. 그러나 이 그림에서도 볼 수 있듯 인민과 혁명가의 관계는 설화적이다. 설화적 상상력의 수준에서 역사적 현실은 단순화되며 그 안의 구체적 문제들은 사상되고 만다.

『피바다』는 어머니의 성격발전 과정을 '핵'으로 하는 소설이다. 『피바다』와 같이 불후의 고전적 명작으로 꼽힌 『한 자위단원의 운명』이나 『꽃 파는 처녀』 역시 이와 종자적인 유사성을 보인다. 주인공들은 가족에 닥치는 위해를 경험함으로써 더 이상 예전과 같이 살 수 없음을 깨닫는다. 혈육과 같던 친구가 일제에 의해 총살을 당하고 부역에 시달리던 아버지가 비참하게 숨을 거두자 '갑룡'은 총대를 잡으며(『한 자위단원의 운명』), 허기에 지친 누이동생이 대추 한 알을 집어 먹으려다 지주의 손에 눈까지 멀게 됨으로써 '철용'은 지주 집에 불을 지르는 것이다.(『꽃 파는 처녀』) 소설들은 모두 인민대중이 폭동을 일으키고 유격대가 들이닥침으로써 투쟁을 승리로 매듭짓는 데서 끝난다. 『피바다』의 원남과 갑순이 그러하듯, 갑룡 남매와 철용 남매도 유격대원이 되어 떠난다. 소설들은 궁극적으로 하나의 이야기를 하고 있는 것이다.

소설 『피바다』의 분석은 그것이 가극 「피바다」를 토대로, 주체시대에 이르는 여러 논의의 결과를 충실히 수용한 것임을 보여 준다. 「한 자위단원의 운명」과 「꽃 파는 처녀」도 「피바다」와 다르지 않은 경로를 거쳐 소설화되었다는 사실은 이 일련의 고전부흥이 의도적이고 계획적으로 이루어진 것이라는 짐작을 가능하게 한다. 다시 말해 그것들은 주체문학과 주체소설의 형태를 정식화하는 보기로서 제시되었으리라는 생각이다. 불후의 고전적 명작들의 제시는 주체문학의 본격적 출발을 알리는 것으로 보아야 옳다. 그럼에도 불구하고 그것들은 '고전'으로 간주되었다. 이들을 고전으로 간주함으로써 주체시대와 주체문학의 출발점은 식민지 시대로 거슬러 올라가게 된다. 불후의 고전적 명작들은 항일혁명문학만이 주체문학이 가장 정당할 뿐 아니라 유일한 전통임을 말하고 있다.

고전들은 과거와 현재를 하나의 이야기로 묶어 내고 있다. 이 항일투쟁의 이야기를 동시적인 것으로 간주하려는 입장에 의하면 특별한 시대의 성격과 한계를 부각시킨다든가 인물들에게 작용하는 역사적 구속성을 제시하는 것은 불필요하지 않으면 유해한 것이다. 주체시대 (북한의 주장에 의하면 이미 항일투쟁기에 시작된) 이래 주인공이 달 성해야 하는 혁명적 깨달음의 내용과 목표는 언제든 변함없는 것이었 기 때문이다.

4. 주체문학, 주체의 부재

<불멸의 력사>가 김일성의 혁명역사를 주체시대의 근거이자 출발 점으로 그린 것처럼 항일혁명문학의 복원은 김일성이 직접 지었다는 '불후의 고전적 명작'들이 주체문학의 기원이자 지표임을 말하는 것이 었다. 모든 것이 오직 수령과 '수령의 기획'62)에 의해 움직여 가야 한 다고 여기는 가운데서 수령과 생각이나 입장을 달리하는 사회적, 역 사적인 주체는 존재할 수 없다.

수령을 주체로 하는 영도는 모든 추구의 확실성을 보장하는 것이었 다.63) 부르주아 문학은 주인공과 세계가 결렬된 것으로 그려 왔다. 주

---

62) 서구의 근대를 설명하면서 하버마스 등이 쓴 '모더니티의 기획'에 빗댄 말.
   인간 주체가 이성을 기반으로 세계를 합리적으로 파악하여 역사를 진보, 발전시
   킨다는 것이 '모더니티의 기획'이 뜻하는 바라면, '수령의 기획'은 역사의 추동력
   을 궁극적으로 수령 개인의 덕성과 예지에서 찾고 미래가 그의 의도적인 조정과
   관장에 의해 약속되는 것으로 보는 것이다. '모더니티의 기획'은 이성에 의한 역
   사적 진보의 과정을 '성숙'을 향한 '계몽'의 과정으로 설명했다. 이렇게 볼 때 '수
   령의 기획'에선 수령만이 계몽의 주체가 되고, 따라서 주체가 부재하거나 있더라
   도 다만 수령과의 전적인 동일시가 요구되는 것이다. 주체가 비판적으로 존재할
   수 없는 계몽을 과연 계몽으로 부를 수 있는지, 그러한 계몽이 '성숙'에 이를 수
   있는 것인지에 대해 의문을 갖는 것은 불가피할 듯하다.

63) 이 부분은 루카치의 소설이론과 비교할 필요가 있다. 루카치는 소설을 '결렬'의
   형식으로 보았다. 주인공에게 세계는 불확정한 곳이며 진정한 추구가 불가능하거
   나 진정한 추구를 가능하게 하는 확실성이 존재하지 않는 곳이다. 그러나 주체소
   설에서 수령은 이 확실성을 제공하는 존재다. 주체소설이 보이는 이러한 내적 형

인공은 진정한 추구를 할 수도 없고 그 목표에 이를 수도 없는 존재였다. 그러나 주체문학에서 수령은 시행착오나 우회의 과정 없이 역사의 법칙적 전개에 그대로 부합되는 방향을 가리키고 실천의 길을 앞서 여는 진정한 주인공이었다. 따라서 수령의 영도에 자신을 접합시키는 것은 모든 인물이 진정한 추구를 실현하는 열쇠가 된다. 아무리 하찮은 인물일지라도 수령을 따르고 수령과 하나가 될 때 '진리'에 이를 수 있는 것이다.

수령을 따르지 않는 모든 것은 적대시되었다. 적대자의 행로는 파멸로 귀결되어야 했다. 수령이 도덕적 빛을 발하는 중심이었던 만큼 적대자는 도덕적으로도 백치거나 봉사였다. 그들의 파멸은 흔히 도덕적 타락의 필연적 결말로 그려졌다. 수령의 가르침을 등한히 하거나 수령을 따르지 않는 잘못은 회개를 통해 만회될 수도 있지만, 끝내 그렇지 못한 경우는 미련없이 단죄되어야 했다. 어떤 이유로든 수령이 이끄는 혁명대열에 동참하지 않은 경우라든가 혁명의 낙오자들에 대한 연민은 불필요한 감정이었다.

주인공의 추구와 분투가 장애에 부딪혀 일시적으로 좌절되거나 주인공의 비극적 죽음으로 끝나는 경우도 있을 수 있다. 그러나 수령을 따르고 그에 대한 신심을 굳게 하는 한 궁극적인 장애란 있을 수 없었다. 그들의 희생은 정치적 생명의 중요성을 확인하는 것이어야 했으며, 따라서 비애가 아니라 신심과 용기를 북돋우는 것이어야 했다. 요컨대 비극은 '혁명적 비극'이어야 한다는 것이다. 소설은 주인공이 그들의 목표를 달성하지 않으면 미래의 승리를 확신하는 것으로 끝나야 했다. 주인공의 추구와 분투를 그리는 데서 '승리자'의 관점은 시종일관 철저히 관철되어야 할 것이었다.

식은 이른바 '권위주의 소설(Authoritarian Fiction)'의 형식적 특성이기도 하다. Susan Rubin Suleiman, *Authoritarian Fictions*(Princeton Univ. Press, 1983) pp. 64-67.

승리자의 관점에서 서술되는 수령의 혁명역사는 혁명적 신화가 될수밖에 없다. 수령은 민족의 운명을 이끌어 가는 영웅이었다. 민족적 영웅의 형상화는 거대한 서사적 화폭을 필요로 했다. 그의 성장과정은 역사적 격류의 중심에 놓이는 것이었으며, 여러 계층의 인물들과의 교섭을 통해서 모든 인민의 진정한 지도자가 되는 과정으로 그려져야 할 것이었다. 그는 바른 투쟁의 길을 제시함으로써 혁명적 전환점을 마련할 뿐 아니라, 계속적인 승리를 이루어 내는 구심점이 된다. 그는 불사(不死)의 정신이었다. 그에 대한 믿음과 그를 중심으로 한 단결은 궁극적 승리의 담보가 된다.

수령의 가르침과 요구를 이행하려는 헌신적인 주인공들의 이야기는 그가 높은 혁명적 자각에 이르는 발전의 과정을 흔히 그리게 된다는 점에서 성장문학의 구도를 보여줄 수 있다. 주인공은 시련과 시험을 이김으로써 드디어 진리를 확집하는 데 이르는 것이다. 그러나 그는 스스로 의미를 찾는 주체는 아니며 따라서 그가 찾은 의미는 그의 것도 아니다. 성장의 과정은 수령의 뜻에 자신을 접합시키는, 결과적으로는 수동적 과정이 아닐 수 없었다. 그의 수련의 행로는 이미 정해져 있다.

주체문학의 이 '바람직한' 틀들은 이미 선택할 수 있는 것들은 아니었다. 그러나 이 틀이 요구하는 그려야 할 세계가 현실로부터 지나치게 동떨어진 것이라면 이 틀들은 근본적으로 불안정한 것이라고 보아야 옳다. 승리자의 관점을 관철시키고자 하는 의도에서 사실을 위배하고 왜곡한다든지, 그 결과 주인공의 영웅적 활약이 활극(活劇)으로 떨어지고 마는 현상, 혹은 감정을 조작하려는 의도 때문에 수사가 상투화되고 작위적인 것이 되는 경우 등은 이를 나타내는 징후가 아닐까 싶다. 불안정한 환상이란 분열적이며 모호한 것이기 쉽다. 이는 주체문학이 그 출발점에서부터 갖는 문제점이었다.

주체문학, 주체의 인간학은 김일성만이 진정하고 유일한 주체임을 말하는 것이었다. 개인주체는 애당초 소멸되어야 했으니, 이러한 상황은 새로운 사회적 주체 수립의 의지나 가능성을 역시 박탈하는 것이었다. 새로운 사회적 주체의 수립이 불가할 때 그 사회는 정체되지 않을 수 없다. 사회적 잠재력이 배태되고 활성화될 수 없는 탓이다.

　수령을 유일한 주체로 보고 그가 가리키는 바람직한 태도와 행동양식을 절대적인 것으로 고착시킨 주체의 인간학은 변화를 향한 새로운 모색을 막는 역할을 했다. 주체시대에 들어 본격화된, 김일성의 혁명역사에 대한 문학적 수사(修史)와 항일혁명문학의 복원은, 과거를 꾸며 현재를 장악함으로써 결과적으로 변화에 대한 감각을 배제했던 것이다. 미래가 모든 인민이 오직 수령을 따를 때 약속되는 것이라면, 과연 그 미래가 인민들의 미래일 수 있을까? 주체의 인간학은 이런 의문에 답하고 있지 않다.

찾아보기

신형기

연세대학교 국어국문학과와 동 대학원을 졸업했고
「해방직후의 문학운동연구」로 문학박사 학위를 받았다.
현재 경성대학교 국어국문학과 교수로 재직하고 있다. 저서로는
『해방직후의 문학운동론』(1988), 『해방기 소설 연구』(1992),
『북한소설의 이해』(1996) 등이 있다.

문예학 총서 25

문학을 통해 본 우리의 근대 경험
변화와 운명

1997년 9월 19일 · 초판 1쇄 발행

지은이 · 신형기/ 펴낸이 · 이정옥/ 펴낸곳 · **평민사**
주소 · 서울시 서대문구 남가좌2동 370-40 (120-122)
전화 · 375-8571(영업부) 375-8572(편집부)
팩시밀리 · 375-8573
등록 · 제10-328호
값 10,000원

* 저자와의 협의에 의하여 인지는 생략합니다.
* 잘못 만들어진 책은 바꾸어 드립니다.